岩 波 文 庫

32-575-2

火 の 娘 た ち

ネルヴァル 作
野 崎 　歓 訳

岩 波 書 店

Gérard de Nerval

LES FILLES DU FEU

1854

目　次

火の娘たち

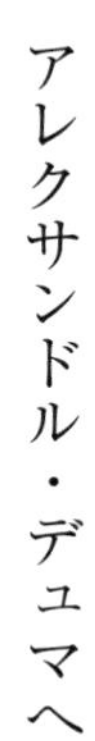

アレクサンドル・デュマへ

親愛なる師よ、『ローレライ』をジュール・ジャナン(1)に捧げましたように、本書をあなたに捧げます。かつて私はジャナンに対し、あなたに対してと同じ理由で謝意を表さなければなりませんでした。何年か前に、私は死んだものと思われ、ジャナンは私の評伝記事を書いてくれたのです(2)。数日前、私は発狂したものと思われ、あなたはこの上なく美しい文章の何行かを、わが精神の墓碑銘に捧げてくださいました(3)。いわば死後に受け取る分の前渡しとして、大変な名誉を賜ったのです。生きながらにして、あのような輝かしい冠を額に戴くことがどうしてできましょうか。私としてはつとめて謙虚な態度を装い、わが遺灰に捧げられた過分な賛辞を大いに割り引いて聞いてくれるよう、読者にお願いしなければなりません。あるいはそれは、アストルフォ(4)よろしく私が月まで探しにいった瓶の、取るに足りぬ中身に対する賛辞であったのかもしれません。その中身を、思考の通常の居どころに戻しおおせたものと、私としては考えたいのですが。

しかるに、私はもはやヒッポグリフ[5]にまたがってはおらず、俗に理性と呼ばれるものを人々の目には取り戻したのですから、——理屈をこねるといたしましょう。

以下に掲げるのは、あなたが昨年十二月十日、私についてお書きになった文章の一部です。

「読者諸君にもおわかりいただけたことと思うが、それは魅力ある、卓越した一個の精神なのだ、——ただしその精神においてはときおり、ある種の現象が生じる。それは幸いにも（そう願いたいが）、本人にとっても友人たちにとっても深刻な不安を抱かせるものではない。——ときおり、何か仕事のことで頭がいっぱいになると、〝一家の狂女〟の異名をとる想像力が、家の女主人にほかならぬ理性を追い払ってしまう。そうなると想像力はただ一人傲然と、カイロの阿片吸引者やアルジェのハッシッシュ摂取者に勝るとも劣らず夢と幻覚によって養われたこの脳髄のなかに居座る。すると何しろ想像力とはとりとめのないものだから、彼を不可能な理論や、なし得ない書物のなかに投げ込んでしまう[6]。彼はあるときは東方（オリエント）の王サロモンとなり、精霊たちを呼び寄せるためのしるしを見つけ出し、サバの女王（シバの女王）を待ちかまえる。そうなれば、どうか信じていただきたいのだが、どんなおとぎ話や『千一夜物語』の短編といえども、彼が友人たちに語る物語に及ぶものはなく、精霊たちのすばしこさや能力、女王の美しさや財宝について聞かされた友人たちは、彼を気の毒がるべきなのか、羨むべきなのかわからなくなってしまう。またあるときはクリミアのスルタンにしてアビシニアの伯爵、エジプトの公爵、スミルナの男爵となる。[7] また別の日には自分が狂人になったものと思い込み、どのようにして狂ったのかを、さも快活に楽しげに、愉快な筋立てをもりこんで話すので、幻想（シメール）と幻覚の国へと導いていくこのガイドのあとを追って、だれもが自分も狂人になりたくなってしまう。その国ときたら、アレクサンドリアからアンモン（リビア砂漠のオアシス）に至るまでの灼熱の街道に出現するオアシスよりも、さらに爽やかで蔭の濃いオアシスに満ちているのである。そしてまたあるときには、憂鬱（メランコリー）が彼にとっての詩の女神（ミューズ）となる。そうなったとき、できるものなら涙をこらえてみたまえ。なにしろウェルテルであれ、ルネであれ、アントニー[8]であれ、これほど悲痛な嘆き、苦しげな啜り泣き、優しい言葉、詩情に満ちた叫びを発したことはないのだから！……」

親愛なるデュマよ、あなたが以上のように語った現象について、これから説明を試みるとしましょう。ご存知のとおり、物語作者の中には、自分の想像力の生んだ登場人物に同一化せずには話を作り出せない者がいます。わたしたちの旧友ノディエ(9)が、不幸にも革命時に自分がギロチンにかけられることとなった次第を、どれほど確信をこめて語ったかは、あなたもご存知でしょう。それがあまりに真に迫っていたので、いったい彼はどうやって首をくっつけてもらうことができたのかと訝しくなるほどでした……。

いかがでしょう、物語の抗いがたい力がそれほどの効果を生み出すということを、理解していただけるでしょうか。自分の想像力の生んだ主人公にいわば化身し、その結果、主人公の人生があなたの人生になり、架空のものである主人公の野心や恋の炎に身を焦がすまでになるとは！　しかしながらそれが、ルイ十五世の時代にブリザシエ（ネルヴァルの旧作「悲劇物語」（一八四四）の主人公）の偽名のもとで実在したはずの人物の物語を手がけたときに、私の身に起こったことなのでした。この冒険家の悲劇的伝記を、私はいったいどこで読んだのだったか？　ビュコワ神父（本書「アンジェリック」参照）の伝記ならば見つけました。しかし、当時は著名でありながらいまでは知られざる人物となったブリザシエが実在したという歴史的証拠を、いかなるものであれ発見することは、私の力では到底無理なように思えるのです！　師よ、あなたにとっては遊びでしかないはずのことが――何しろあなたはわれらの年代記や回想録を実にみごとに操ってみせたので、後世は真偽の区別がつけられなくなり、あなたが小説に登場させた歴史上の人物たちに、あなたの作り出した物語をそっくり背負わせるようになるのではないかと思われるほどなのですから――、私にとっては執念となり、眩惑となったのです。創り出すとは結局のところ思い出すことだ、とある人間探究家(モラリスト)が述べています[10]。わが主人公が実在した証拠を見つけられぬまま、私はにわかに魂の転生を、ピタゴラスやピエール・ルルー[11]にも負けないくらい熱心に信じ込んだのです。十八世紀は――私はその時代に生きたことがあると想像したのですが――、まさにその種の幻想に満ちていました。ヴォワズノン[12]、モンクリフ[13]、クレビヨン・フィス[14]が魂の転生をめぐって山ほど冒険談を書いています。以前、自分がソファだったことを思い出すあの廷臣の話を覚えていますか。そう聞かされてシャアバアムは興奮して叫ぶのです。「何と！　そなたはソファであったのか！　それは粋なこと……。で、いったいそなたには、刺繍がしてあったのか？（『ソファ』の一節）」

この私はといえば、いたるところ刺繍だらけでありました。——自分のあらゆる前世を次々と思い出した気になったそのときから、自分が君主であり、王であり、魔術師、精霊、はては神でさえあったとしても、さほど怖くはないように思えました。鎖は切れ、時計は時間を分で示すようになったのです。わが思い出を一巻の傑作に凝縮しおおせたならば、スキピオの夢[15]か、タッソの幻視[16]、あるいはダンテの『神曲』ともなるでしょう。霊感を受けた者、幻視者、予言者としての名声をもはや諦めざるを得ない私にとって、あなたに捧げられるものとしては、不可能な理論、なし得ない書物とあなたが正しくもお呼びになったものしかありません。以下がその第一章なのですが、スカロンの『喜劇物語』[17]の続編とでもいいましょうか……ご判断を仰ぎます。

奥さま、私はまだ牢獄の中におります。相変わらずのそそっかしさで、いつもながら罪を負うべきはこの私であるらしく、しかも、ああ！　情けないことに、つかの間、私のことを運命（デスタン）の人と呼んでくれたあの芝居一座の美しき「星（エトワール）」を、私はいまなお信じているのです。エトワールとデスタン——詩人スカロンの小説の何と愛すべきカップル！　とはいえ、今日それら二つの役を立派に演じるのは何とむずかしいことか。かつて、ル・マン（フランス北西部サルト県の県都）の不揃いな敷石の上、私たちをがたごと揺さぶったあの鈍重な荷馬車は、豪華な四輪馬車や郵便馬車といった新しい発明品に取って代わられました。もはや、冒険などどこにあるでしょう？　私ども、いつだって哀れな詩人、しかもたいがいは貧乏と決まっている詩人を、あなたがた女優の同輩とも仲間ともしてくれたあの心愉しき窮乏生活はどこにいってしまったのか？　あなたがたは私たちを裏切り、見捨てた！　それなのに、私たちが生意気だといって非難なさる！　あなたがたは派手で色好みの、図々しい金持ち貴族連中のいいなりになったかと思ったら、私たちをみじめな宿に置き去りにして、あなたがたの乱痴気騒ぎのつけを払わせたのです。という次第でこの私、つい最近までは花形役者、実は知られざる王子にして謎の恋人、廃嫡者、喜びから追放された者、憂鬱な美青年にして、侯爵夫人たちからもサロンの女主人たちからも崇められ、ブーヴィヨン夫人には何ともふさわしからぬお気に入りだったこの私は、気の毒なラゴタン、田舎のへぼ詩人であり三百代言であるあの男よりましな扱いを受けたわけではないのです！……　せっかくの美貌も、膏薬（変装用の手段）をべったりと貼りつけたせいで台なしになり、私の破滅をいっそう確実なものとする役にしか立ってはくれませんでした。ランキューヌ(18)の言葉を真に受けて、宿の主人はこの私をかたに取ることで手を打とうと考えました。つまり、留学するためにこの地に送り込まれたクリミアの大ハンの息子にほかならぬ、キリスト教ヨーロッパの全土においてブリザシエの偽名のもと評判の人物を、というわけです。せめてあの情けないランキューヌのやつ、時代おくれの策士めが、古いルイ金貨かカロルス銅貨を何枚か、それとも模造ダイヤをちりばめた安物の時計でも置いていってくれたなら、私を訴えようとする相手に尊敬の念を起こさせもし、かくも馬鹿げた策略が嘆かわしい展開を示すことを避けられもしたでしょう。ところがそれどころか、あなたがたが私に残してくださった衣装とは、褐色のみっともない上っ張りに、黒と青の縞の入った胴着、保存状態の悪い股引(ももひき)だけでした。その結果、あなたがたの出発後、宿の主人は私の鞄を持ち上げて不安に襲われ、悲しい真相の一部を嗅ぎつけ、私のところまで来て、あんたはにせの王子でしかない、ときっぱり言い放ったのです。そう聞くやいなや、私は剣に飛びつこうとしたものの、剣はランキューヌに取り上げられていました。私を裏切った不実な女の目の前で、私が自分の心臓を一突きするようなことになってはならないというのがあいつの口実でした！　余計な心配というものだ、ランキューヌよ！　芝居用の剣で心臓を突けるはずもないし、料理人ヴァテル[19]のまねなどできない。それに私は悲劇の主人公なのだから、小説の主人公たちの物まねをしてもしかたがない。そんな最期を多少とも気高い調子で舞台にのせるのはとても無理であることは、仲間のみんなも認めてくれるでしょう。地面に剣を刺し、その上に両手を広げて身を投げるやり方なら私も知っています。とはいえ、ここの床は寄木張りで、この寒い季節に敷物もありません。いっぽう、窓は道に面して高い位置に広く開いており、悲劇的な絶望に駆られた者が自らの命を絶つにはもってこいでしょう。しかしながら……しかしながら、これまで幾度も申し上げたとおり、役者ではあっても私には宗教心があるのです。

覚えていらっしゃるでしょうか、私がアシル役[20]をどのように演じたかを。たまたま、とある鄙びた町を通りかかったとき、私たちは顧みられなくなってしまったフランスのいにしえの悲劇作者たちに対する崇敬を広めてやろうという気まぐれを起こしたのでした。緋色の飾り毛をつけた金色の兜に、輝く鎧をまとい、空色のマントをはおった私は、気高くも力強い様子をしてはいなかったでしょうか？　そして卑怯な父親アガメムノンが、涙に暮れた気の毒なイフィジェニーを早いこと刃に掛けようと、その栄誉を神官カルカスと競い合っているのは、何と悲惨な光景だったことか[21]！　私はこのどうにも変えようのない残酷な筋立てのただなかに、稲妻のごとく飛び込んでいきました。母親たちに希望を、そして義務や、神や、民衆の復讐や、家族の名誉、利益のためにつねに犠牲にされる可哀想な娘たちに勇気をもたらそうとしたのです！……というのも、これが結婚をめぐる人類の永遠の物語であるということは、どこにいっても、だれもが理解してくれたのですから。いつだって、父親は野心のために娘を裏切り、母親は欲にかられて娘を売ることでしょう。しかも恋人が、いつでもこの誠実なアシルのような男だとは限りません。何しろアシルは美形で、甲冑に身を固め、女性には優しく、しかも勇猛なのです。ただし剣の達人にしてはいささか美辞麗句を弄しすぎではありますが！　私は、これほど大義名分がはっきりしており、正しいのが私であると観客もすんなり納得してくれているのに、なおも延々と長ぜりふを朗誦しなければならないことに、時として苛立ったものです。さっさとけりをつけるため、王の中の王たるアガメムノンの愚かな廷臣全員を、居眠りしている端役たちの人垣ともども、斬り捨ててやりたいと思ったくらいです！　観客は大喜びしたことでしょう。とはいえ彼らは、それでは芝居があまりに短すぎると感じたかもしれません。姫君や恋人、女王が苦しむ様子をとくと眺め、彼らが涙し、昂奮し、神官と王の古くからの権威に対して、響き高いせりふで呪詛を浴びせるところを、じっくりと見物すべきなのだと考え直したことでしょう。そうしたすべてを味わうためには、五幕分、二時間という時間がかかって当然で、それより短ければ観客も満足しないでしょう。彼らは、ギリシアの玉座に華々しく座った一族、その前ではアシルすら口先で怒ってみせることしかできない、比類なき一族の栄光に対する復讐を欲するのです。緋色の衣の下にある悲惨をすべて知りたいと望むのですが、とはいえその衣の下には抵抗しがたいほどの威厳が備わっています！　イフィジェニーの世にも美しい目から、まばゆい胸元にこぼれた涙が、彼女の美貌、優雅さ、そして王女の衣装の輝きにも劣らず、観客の心を酔わせるのです！　まだ自分は人生を知らないのだと言って命乞いをする、あのあまりにいじらしい声。父親の弱みに訴えようと、涙をこらえて目元に優しい微笑みを浮かべてみせるとき、それは彼女にとって生まれて初めての媚びなのですが、気の毒に！　そんな微笑みが恋人に向けられることがないとは！……　ああ！　何事かを受け止めようと、だれもが何と注意深く見つめていることか！　あの娘を殺すだなんて！　彼女を？　だれがそんなことを思いつくだろう？　偉大な神々よ！　だれも思うまいに……。ところが実際には逆で、たった一人の男のために生きるよりは、あの娘は万人のために死んだほうがいいと、皆はすでに心の内で考えていたのでした。アシルはあまりに二枚目で、背が高く、見栄えがよすぎるとだれもが思ったのです！　イフィジェニーもまた、このテッサリアの禿鷹(はげたか)によって連れ去られてしまうのでしょうか、かつて別の娘、あのレダの娘が、アジアの逸楽的な岸辺に暮らす羊飼いの王子によって連れ去られたように。(22)それが全ギリシア人にとっての問題であり、英雄たちに扮したわれわれに判断を下す観客にとっての問題もまた、そこにあったのです！　そして私はというと、こうした立派で堂々とした恋人の役を演じるときには、女たちに崇められる分だけ、男たちには憎まれるのを感じていました。というのも私が守ってやり、心を奪い、大切にしてやるべきは、不朽の詩句を惨めたらしく一本調子で唱えるよう仕込まれた、舞台裏の冷ややかな姫君などではなく、本物のギリシアの娘、優美と愛と純潔の鑑(かがみ)であり、実際、男たちが妬み深い神々と争うに値する娘だったからなのです！　それはイフィジェニーひとりだけのことだったでしょうか？　いいえ、それはまたモニームであり、ジュニーであり、ベレニスであり、シャンメレ嬢(23)の美しい碧眼か、サン＝シール(24)の高貴な処女たちの素晴らしい優雅さに霊感を得て生み出されたヒロインたちすべてだったのです！　気の毒なオーレリー(25)！　私たちの仲間、私たちの妹、きみもまた、あの陶酔と得意の瞬間を懐かしく思わないだろうか？　ぼくのことを一瞬、愛してはくれなかったのか、冷たい星（エトワール）よ！　きみのためにぼくがあれほど苦しみ、戦い、あるいは涙するのを見て！　今日、世間はきみに新たな栄華をまとわせているが、それはぼくらがともに得た勝利の輝かしいイメージにまさるものだろうか？　あのころ、人々は毎日こう語り合っていた。「いままで私たちが喝采を送ってきただれをもはるかにしのぐあの女優は、いったい何ものかしら？　私たちは思い違いをしているのでは？　本当に見かけほど若く、みずみずしく、誠実な娘なのだろうか？　灰色を帯びた金髪にきらめいているのは、本物の真珠、上等のオパールなのか、そしてあのレースのヴェールはあんな娘っ子がつけるにふさわしいものなのか？　錦織の繻子や太い襞（ひだ）の入ったビロード、フラシ天や白鼬（アーミン）（オコジョの毛皮）だなんて、恥ずかしくないのかしら？　どれもこれも時代遅れの趣味で、どう見たってあんな若い子には似合わない品物じゃないの」　そんな風に話し合いながらも、母親たちは美しい思い出を呼び起こしてくれる過去の時代の装身具や装飾品が、かつてと同じようにあしらわれているのに、うっとりと見入るのでした。若い娘たちは妬ましく思い、いつかけちをつけたり、口惜しそうに褒めたりしていました。ところでこの私は、いついかなるときでも彼女を見ている必要がありました。それでようやく、彼女のそばにいても眩惑されずに、役柄が命じるとおり彼女の瞳に自分の目をひたと据えることができたのです。アシルが私の当たり役となったのはそのためでした。とはいえ、他の役を選ぶ際には困惑を覚えることもしばしばでした！　自分の望みどおりに場面を変えられず、天才のアイデアとはいえ、それを自分の抱いている敬意や恋心のために犠牲にできないのは、何という不幸だったでしょう！　ブリタニキュス(26)やバジャゼ(27)といった、囚われの身の臆病な恋人たちは、私にはふさわしからぬ役柄でした。それよりも皇帝の緋の衣にはるかに惹かれたものです！　ところが皇帝役の場合、せりふは冷酷な裏切りの言葉ばかりとは情けない！　何たることか！　これがローマに名をとどろかせたネロンその人なのか？　美しい闘士にして舞踏家、熱情的な詩人、万人に好まれることを唯一の望みとした人物だというのに(28)？　そのネロンを歴史はこんな風に仕立て、歴史にもとづいて詩人たちはこんな風に夢想したのか！　ああ！　彼の憤怒であればぜひとも表現してみせよう、だがその権力のほうは、私はご免こうむりたい。ネロン！　あなたの名前を厚かましくも借り受けたとき、わたしはあなたを、残念ながらラシーヌに従ってではなく、引き裂かれたわが心のままに理解したのです！　そう、あなたは一個の神だった、ローマを焼こうとしたネロンよ、あなたにはおそらく、その権利があった。何しろローマはあなたを侮辱したのだから！……(29)

野次の口笛、それも彼女のかたわらで、彼女ゆえに、卑劣な口笛を吹かれるとは！　それを彼女は自分のせいにしたが——実は私に落ち度があったのです(どうかわかってください！)。きっとあなたは、雷(いかずち)を握っているとき、人はいったいどういうふるまいに及ぶのかと問われるでしょう！……　ああ！　いいですか、わが友人諸君！　板切れと幕からなるあなたがたの舞台の上で、あなたがたの金ぴか芝居を演じながら、私は一瞬、自分が真実の偉大な存在となり、ついに不滅になるのだという考えを心に抱いたのです！　侮辱に対して侮辱で応えたせいで、私は罰を受け、いまだに苦しんでいるのですが、そんなやり方ではなく、また俗悪な観客を挑発したあげくに連中が舞台にまで押し寄せ、卑怯にも私を殴り倒すなどというのでもなしに……、私は一瞬、心に抱いたのです。崇高な、ローマ皇帝その人にもふさわしいアイデア、偉大なラシーヌには及ばないなどと、今度ばかりはだれも思わないようなアイデアを。それは劇場と観客を、あなたがた全員もろとも燃やしてしまおう、そして役柄どおり、あるいは少なくともビュリュス(30)の語る古典的な場面どおりに、髪を振り乱し、半裸の姿になった彼女だけを、炎をかいくぐって運び去ろうというおごそかな考えでした。そうなったらもう、その瞬間から死刑台まで、それから永遠の彼方まで、何ものも彼女を私から奪い取ることはできなかったに違いありません！

ああ、私は夜ごと熱に浮かされ、そして昼間は悔し涙に暮れたものです！　なんと！　そうしようと思えばできたのに、その気にならなかったのかとおっしゃる？　これはしたり！　あなたがたはなおも私を侮辱するのですか、私が恐れたからではなく、憐れをもよおしたからこそ命を救われたくせに！　だれもかれも、焼き殺してしまうことだってできたのです！　考えてみてください。P…劇場に出口は一つしかありません。私たちの出口は確かに、裏の小路に面していましたが、あなたがたみんながいた楽屋は舞台の反対側でした。私としては、幕に火をつけるには[31]カンケ灯を一個外すだけでよかったのです。番人からはこちらが見えませんから、現場を押さえられる恐れもなかった。私は一人でブリタニキュスとジュニーの気の抜けた対話を聞きながら、次なる出番を待っていました。この間、私はずっと自分を相手に闘っていました。ふたたび舞台に登場したとき、私は拾い上げた手袋を指に巻きつけていました。皇帝の心になりきって受け止めた侮辱に、皇帝その人よりも気高く復讐してやろうと待ち構えていたのです……。ところが！　卑怯なやつらはそれきり黙りこんでしまったではありませんか！　物怖じせずに睨みつけながら、私は観客を許してやろうという気持になっていました、ただしジュニーは別です。何しろ彼女はあんなことを……。不滅の神々よ！……　どうか、私の好きなように話させてください！……　そう、あの晩から、私の狂気は自らをローマ人、皇帝であると信じることでした。自分の役柄が自分自身と一体になり、ネロンの寛衣（トゥニカ）が四肢に張り付いて身を焼くのです、まるで瀕死のヘラクレスを苛（さいな）んだケンタウロスの肌着のように(32)。神聖な事物を弄ぶのはもうやめましょう、たとえそれがはるか昔に滅び去った民族や時代のものだとしても。なぜなら、ローマの神々の灰の下にはきっといまなお、いくらかの炎が残っているのですから！……　友人たちよ！　とりわけわかってほしいのです、私にとってそれは、堅苦しいせりふを冷静に再現するだけのことではなかったのだということを。あの場面ではすべてに生命が宿り、三人の心は互角の戦いを繰り広げつつあって、円形闘技場での試合のように、ひょっとしたら本物の血が流れ出そうとしていたのです！しかも観客はそのことをよくわかっていました。彼ら、この小さな町の観客たちは、私たちの舞台裏の事情に何もかも通じていたのです。女たちのうちには、私がもしわが唯一の恋人への想いを捨てるなら、私の恋人になってもいいという者が何人もいました！　男たちはみな、彼女ゆえに私を妬んでいます。そしてもう一人、ブリタニキュス役がお似合いの哀れな恋する男は、私と彼女の前ではすっかり困惑し、ふるえていましたが、彼こそはこの恐ろしいゲームで私に打ち勝つ定めだったのです。このゲームでは最後に来たものが恩恵も栄誉もすべてさらってしまう……。ああ！　うぶな恋人は自分の役割をよくわきまえていました……。とはいえ、彼には何も恐れる必要などなかった。なぜなら私は、だれかが私と同じように恋するのを責めるにはあまりに公正な男ですから。その点で私は、詩人ラシーヌが夢見た空想上の怪物ネロンとは違うのです。私だってためらいなくローマを燃やすでしょうが、しかしジュニーの命を救うときには、わが兄弟ブリタニキュスをも救うことでしょう。

そうとも、わが兄弟、そうだとも、私と同様の、芸術と空想の哀れな申し子よ、きみはあの人を勝ち取った、私と張りあうだけで彼女を得たのだ。私が自分の年齢や力に物を言わせ、さらには健康を回復するとともによみがえった高慢さゆえに、全能にして公平な、わが夢と人生の女神である女性の選択や気まぐれを責めたりしないよう、天の御加護があらんことを！……　とはいえ、私の不幸が少しもきみの益にならず、私だけにとって失われたはずの女性を、町の粋な色男たちが私たち二人の手から奪ってしまうのではないかと、長いあいだ気を揉んでいたのだが。

カヴェルヌ[33]から届いたばかりの手紙が、その点についてすっかり私の不安を晴らしてくれました。「あなたに向いていないし、あなたにとって少しも必要ではない芸術」などあきらめてしまいなさい、とカヴェルヌは私に忠告してくれています。いやはや！ この冗談は苦い味がする。何しろ私は、芸術ではなくとも、少なくともそれが生み出す輝かしい結果を、いまだかつてこれほど必要としたことはなかったのだから。あなたがたが理解してくれなかったのはこの点なのです。あなたがたは、これは有名な人物で、家族が見捨てておくなどということはありえない、ただし今は病状が重いので置いていかざるを得ないのだといって、ソワソン[34]の町の役人に私をゆだねた。そうしておけばもう十分だと考えたのでしょう。ところがあなたがたのお仲間のランキューヌが、自分はスペインの最上級貴族だがやむを得ぬ事情でこんな侘しい場所に二夜、足止めを食らったのだとでもいうような態度で、町役場と宿の主人の前に姿を現したのです。私がへまをしでかした翌日、あわただしくP…から出て行かなければならなかったあなたがたとしてはもちろん、こんなところで恥ずべき大道芸人扱いをされなければならない理由はいっさいなかったでしょう。なんの手立てもない場所で、仮面を顔に貼りつけたままでいるなどうんざりな話ですからね。しかしこの私はいったい、なんといえばいいのでしょう、ランキューヌの作り話のせいで巻き込まれた、恐ろしく込み入った陰謀の網の目からどうやって抜け出せばいいのでしょう。あの男が話をでっちあげるに当たっては、コルネイユの『嘘つき男』[35]に出てくる堂々たる長ぜりふが役立ったに違いありません。あんな下司なやつに、ああいう立派なことを思いつけるはずはありませんから。考えてもみてください……。だが、あなたがたが先刻ご承知なこと、あなたがたが私を陥れるために一緒になって企んだこと以外、私に何が申せましょう？　私の不幸の原因となった不実な女は、アラクネ[36]のような指で、哀れな犠牲者のまわりに解きほぐしようのない繻子の糸をできるかぎり張り巡らせてしまったのではないでしょうか？……　大した腕前だこと！　さて！　私はまんまと捕まりました、それは認めます。降参し、お慈悲を乞います。今やあなたがたは何の心配もなしに私を連れ戻すことができます。三か月前にあなたがたを乗せてフランドル街道を走り去った快速の郵便馬車ではもはやなく、私たちが最初に巡業に出たころの慎ましい荷馬車にまた乗っていらっしゃるのでしたら、どうかこの私を迎え入れてください。怪物、見世物、客寄せ用にぴったりのカロ風の化け物として(37)でけっこうですから。それら各種の役割を果たして、田舎のどんなうるさい芝居好きだって唸らせてみせるとお約束します……。という次第で、宿の主人の好奇心が心配ですから、ご返事は局留めでお願いします。お返事は宿の使用人の一人で、私に尽くしてくれている者に取りにいかせましょう……。

〈その名も高きブリザシエ〉

さて、愛する女にも仲間たちにも見捨てられたこの主人公を、どうすればいいのでしょう？　本当のところ、これはつまらない役者が、観客に対する無礼、愚かしい嫉妬心、気違いじみたうぬぼれの当然の罰を受けたにすぎないのではないでしょうか！　ランキューヌの狡猾な作り話のとおり、自分はまぎれもなくクリミアのハンの息子であるなどと、この男にどうやって証明できるのでしょう？　前代未聞の屈辱の底から、彼はいかにして至高の運命へと跳躍するのか？……　あなたなら少しも苦にならないだろうこうした問題が、私をこのうえなく奇怪な精神の錯乱へと投げ込んだのです。ほかならぬ自分自身の物語を綴っているのであると確信するやいなや、私はわが夢、わが感情のすべてを表現しにかかり、運命の夜の中に私一人を捨てていった逃げ去る星への恋に胸を打たれ、涙を流し、眠りのもたらす虚しい幻におののいたのでした。やがてわが地獄に神々しい光が一筋、差し込んだのです。これまで闇の中で闘ってきた相手である怪物たちに囲まれながら、私はアリアドネの糸[38]をつかみました。するとそれ以来、私のあらゆる幻は天上のものとなったのです。いつの日か、私はこの「冥府下り[39]」の物語を書くでしょう。そうすれば、それがたとえつねに理性を欠いたものだったとしても、完全に理屈の通らないものではなかったことが、あなたにもおわかりいただけるでしょう。

そしてあなたが不用意にも、ドイツ人なら超自然主義的[40]と呼ぶような夢想状態で作られたソネットの一つを引用なさった以上[41]、それらをすべて聞いていただかなければなりません。――本書の巻末（幻想詩篇）をご覧ください。それらはヘーゲルの形而上学や、スウェーデンボリの『メモラビリア[42]』ほど難解というわけではありませんが、解釈など加えたら魅力を失ってしまうでしょう。それも解釈が可能であればの話ですが。少なくとも、こんなふうに表現したという価値だけはお認めください。――おそらく最後まで私に残る狂気とは、自分は詩人であるという思いでしょう。それを治すのは、批評家の方々のお仕事です。

アンジェリック

第一の手紙

M・L・D(1)へ

一風変わった本を求めての旅。――フランクフルトとパリ。――ビュコワ神父。――ウィーンのピラト。――リシュリュー図書館(国立図書館のこと)。――お歴々。――アレクサンドリアの図書館。

一八五一年のこと、私はフランクフルトに立ち寄りました。――二日間の滞在を余儀なくされたのですが、すでに来たことがあったので、――主要な通りをぶらつくほか時間のつぶしようもなかったのです。ちょうどそのとき通りには露店商人の店が並んでいました。とりわけ市庁舎広場(レーマー)には贅沢な品々が並べ立てられていてまばゆいばかりでした。その近くの毛皮市には、シベリア高地やカスピ海沿岸から持ってこられた動物の皮がたくさん並んでいました。――何しろ立派な品々が展示されていましたから、そのなかでは白熊、青狐、白鼬(アーミン)などもありきたりな品でしかありませんでした。さらに先のほうには、細工を施され花綱模様で飾られた、彫刻や金の象嵌(ぞうがん)入りのボヘミアングラスが、ありとあらゆるきらびやかな色に輝いて糸杉の棚板の上に並んでいました。――まるで未知の楽園の切花のようでした。

それよりも地味な品々を並べた暗い店が、市(いち)のより慎ましい部分を囲んで続いていました。――小間物類や靴、さまざまな服飾関係の品を扱う店。ドイツ各地から来た本屋も並んでいましたが、暦や彩色画、石版画の類がもっともよく売れているようでした。「フォルクス＝カレンダー」（民衆暦）と、その木版画、――政治俗謡の歌詞集、ロベルト・ブルム[2]の石版画やハンガリー戦争の英雄たちなどが、群衆の視線とクロイツァー銅貨を集めていました。それら新刊の下に並べられているおびただしい古書は、値段の安さだけが取り柄という代物でした。――そこにフランスの本がたくさんあるのに私は驚かされました。

それは自由都市であるフランクフルトが、長いあいだプロテスタントの隠れ処(かくが)となっていたからでした。――そしてオランダの主要な都市と同じく、長らく印刷の拠点でもあったのです。その活動はまず、フランスの哲学者や不平分子らの大胆な作品をヨーロッパじゅうに広めることから始まりました。――それがいわば、純然たる海賊版の版元となったのです。根絶するのはかなり厄介なことでしょう。

パリジャンには、古本商(ブキニスト)が並べた古書をめくってみようという気持ちに抵抗することができません。フランクフルトの市のそのあたりはセーヌ河岸を思い出させました。――心動かされずにはいられない、魅力あふれる思い出です。私は何冊か購いました。――そうやって、他の本に長々と目をとおす権利を得たわけです。多くの本に当たるうち、半分はフランス語、半分はドイツ語で印刷された一冊を掘り出しました。その題名は以下のとおりですが、これはのちにブリュネ(3)の『書肆手引』で確かめることができました。

『世にも稀なる出来事、あるいは神父ド・ビュコワ伯爵の物語、就中(なかんずく)その司教裁判所およびバスチーユからの脱走物語、詩及び散文作品、とりわけ女性性悪論を付す、ジャン・ド・ラ・フランス書店刊、改革通り、希望県、誠実国。――一七四九年(4)』

店の主人によれば、値段は一フローリンと六クロイツァー(約七千円)(これをクリュシュと発音するのです)。こんな場所にしてはいささか高いと思えたので、めくってみるだけにしておきました。――さっき一冊買ったおかげで立ち読みができます。ビュコワ神父の脱走物語は興味津々たるものでした。とはいえ、私は思いました。「この本はパリでも見つけられるだろう。図書館があるし、フランス史に関係する回想録をできる限り集めたコレクションだっていくらでもあるのだから」そこで正確な表題だけメモしておき、「フォルクス＝カレンダー」の頁を繰りながら、マイン河畔のマイ、ン、ル、ス、ト、（マイン川の小島）を散歩しにいったのです。

パリに戻ってみると、文学は名状しがたい恐慌状態に陥っていました。新聞法に対するリアンセ修正案によって、議会が勝手に「新聞小説（フイユトン＝ロマン）」と呼ぶことにしたものの掲載が禁じられることとなったのです。(5) 何の政治色もない多くの作家たちが、自分たちの生活手段を残酷にも直撃するこの決議のせいで絶望しているのを私は見ました。

私自身、小説家ではないものの、二つの語をおかしな具合に結びつけたこの「新聞小説」なる表現は、いかようにも解釈できるのだと思うと心配になりました。連載の題を早く送るようあなたに急かされて、私は『ビュコワ神父』という題をお伝えしました。この人物について小説的にではなく歴史的に――何しろ言葉の使い方については誤解のないようにしておかねばなりませんから――語るために必要な資料は、パリですぐさま見つかるものと思っていたのです。

その本がフランスにあることは確かめてありました。ブリュネの『書肆手引』だけではなく、ケラール[6]の『フランス文芸録』にも掲載されているのをこの目で見たのです。――稀書とされてはいますが、どこかの公共図書館か、さもなければ蔵書家のところ、あるいは専門書店で簡単に見つかるに違いないと思われたのです。

それに本にはざっと目をとおしてあったし――さらにはデュノワイエ夫人[7]の才気あふれる興味深い書簡集の中で、ビュコワ神父の冒険をめぐる第二の物語にも出会ったのですから、――信頼に足る資料にもとづいてこの人物の肖像を描き、伝記を綴るのに苦労はあるまいと思っていたのです。

ところが、新しい法律の条文に少しでも違反した場合、その新聞に対しどれほどの罰金が科されることになるかを考えると、私は今さらながら怖くなってきました。発行停止になった新聞一部につき五十フラン[8]というのですから、これではどんな豪胆の者も尻込みしてしまいます。なぜなら、発行部数がせいぜい二万五千部という新聞にとってさえ――そんなのが何紙もあります――、これは百万フラン以上を意味するわけです。「広義に」解釈するならば、この法律が権力側に、あらゆる言論を消し去る手段を提供することになるのがわかります。これならば検閲制度のほうがはるかにましでしょう。旧体制下では、一人の検閲官の同意さえ得られれば――検閲官を選ぶ権利はこちらにありました――、自分の思想を何ら危険なく世に問うことができたのであり、ときには驚くほどの自由が認められていたのでした。ルイとフェリポー[9]の連署の入った本を何冊か読んだことがありますが、今日ならば間違いなく押収されるだろう代物でした。

たまたま私は、検閲制度下のウィーンで暮らしたことがあります。思ったよりも旅費がかさんでいささか懐具合が悪くなり、フランスから送金してもらうのが難しいこともあって、私は現地の新聞に寄稿するという単純至極な手段に助けを求めました。幅の狭い十六段分の記事一本で、原稿料は百五十フランでした。二種類の記事を連載したのですが、いずれにも検閲官の許諾が必要でした。

まず何日か待たされました。何の返事も届きません。――やむなく、検閲局の局長であるピラト氏のところへ赴いて「証印」を延々と待たされていると訴えなければなりませんでした。――ピラト氏は私に対してこの上なく愛想のいい態度を示してくれました。――私の申し出た不公正に関して、彼とほぼ同名の人物のように[10]、手を洗ってそれでおしまいにしようとはしませんでした。しかも私は、フランスの新聞を読むこともできずにいました。カフェには「デバ[11]」紙と「コチディエンヌ[12]」紙しか入っていなかったからです。するとピラト氏はいうのです。「今あなたがいらっしゃるところ（検閲局）は、帝国でもっとも自由な場所ですよ。毎日、新聞を読みにいらっしゃい、「ナシオナル」紙や「シャリヴァリ[13]」紙だってあります」

これぞドイツ人の役人でしかお目にかからない、気のきいた寛大な態度というものです。ただし困ったことに、そのおかげで専制がなおさら長持ちしてしまうのですが。

フランスの検閲相手に——つまり演劇の検閲ですが——、これほどの幸運に恵まれた経験はありません。そして本や新聞雑誌の検閲制度を復活させるとしても、そのほうがわれわれにとって幸せかどうかは疑わしいでしょう。われわれの国民性には、力を持つと必ずやそれを行使したくなり、権力を手にすればそれを振りかざしたくなるという傾向が常にあるのです。

私は最近、自分の窮状を一人の学者に打ち明けました。その人物については「愛書家[14]」と呼んでおけば十分でしょう。彼がいうところによると、「ビュコワ神父のことを書くのに、デュノワイエ夫人の『雅びな書簡集』を使うのはおやめなさい。そんな題名からして、真面目な本とは思われますまい。国立図書館が開くのを待つといい

（まだ休館中でした）。そうすればフランクフルトでお読みになった本は必ず見つかりますよ」

そのとき私は、愛書家がおそらくは唇に浮かべていた、いたずらっぽい微笑みに目を留めていなかったのです。——十月一日、私は先陣を切って国立図書館に乗り込みました。

ピロン氏は学識にも親切心にも富む人物です。そのピロン氏の指示で調査がなされたのですが、半時間たっても何ら成果はありませんでした。そこで氏がブリュネとケラールをひもとくと、くだんの本のことがちゃんと載っています。三日後また来るようにといわれました。——ところが本は見つかりませんでした。——「これはひょっとすると」ピロン氏は、人も知るとおりの忍耐強く思いやりのある様子でいいました。——「小説として分類されているのかもしれませんね」

私はふるえあがりました。——「小、小、い、小説としてですって？……　しかし、これは歴史書ですよ！……　ルイ十四世時代の回想録関係の部門にあるはずです。とりわけバスチーユの歴史に関係する本なのです。カミザールの乱(15)や、プロテスタントの亡命、それにあの有名なロレーヌの塩密輸人同盟について詳しく書かれているはずです。のちにマンドラン[16]はその同盟をもとに正規軍を組織し、いくつもの軍団を相手に戦って、ボーヌやディジョンといった町を攻め落とすほどの力を発揮したのです！……」

「知っていますよ」とピロン氏はいいました。「だが、書物の分類は、さまざまな時代にまたがって行われる結果、間違いが生じやすいものです。間違いはその本に対し閲覧希望が出されるたびごとに直していくほかありません。あなたをお助けできるのは、ここにはラヴネルさんのほかおりませんな……。残念ながら、今週の当番ではありません」

　そこで私はラヴネル氏の週まで待ちました。さいわい次の月曜日、閲覧室でラヴネル氏を知っている人物と出会い、氏に紹介してもらうことになりました。ラヴネル氏は大変礼儀正しく私を迎え、こういいました。「たまたまお知り合いになれてとても嬉しく存じます。ただし、何日か猶予をいただけないでしょうか。今週は、私は一般の閲覧者のために働きます。来週はあなたお一人のためだけに働きましょう」

　ラヴネル氏に紹介してもらったせいで、私はもはや一般の閲覧者ではなくなってしまったのです！　個人的な知り合いになったということは、――私のために一般業務を犠牲にするわけにはいかないのでした。

そもそも、これはまったく公正な話です。――とはいえ、何とついていないことか！……　自分の不運を嘆くほかありません。

国立図書館の人々の態度が横柄だとはしばしばいわれることです。いくらかは人員の不足のせいでしょうし、またいくらかは昔ながらの慣行が引き継がれているからでしょう。しかしこれまでいわれたなかで最も的確なのは、国立図書館で司書という報われることの少ない職務に携わっている立派な学者たちが、どこの貸本屋にも転がっているような平凡な本を日々六百人もの閲覧者に提供することに、その時間と労力の大半を費やしているという指摘です。――これは貸本屋だけでなく、出版社や著者にとっても迷惑な話であり、そうなると本を買ったり、お金を出して借りたりする必要はもはやなくなってしまうのです。

またこういうもっともな意見もあります。つまり、国立図書館のような世界でも唯一の機関は、公共の暖房付き休憩室や養老院のようなものであるべきではない、――なにしろやってくる客たちときたら大半は、本の存在や保存にとって危険な連中なのです。無作法な暇人、退職したブルジョワ、男やもめ、仕事にあぶれた求職者、翻訳を丸写ししにくる生徒、偏屈な老人――毎日、赤や水色や青りんご色のチョッキに、花で飾った帽子という格好でやってきた例の哀れな「カルナヴァル氏[17]」のごとき――の大群のことは、一考には値するとしても、図書館はほかにもあるでしょう。彼らだけに特別に門戸を開く図書館さえあるのです……。

印刷文書部には、かつて『ドン・キホーテ』の刊本が十九種類ありました。それがいまや、全巻揃っているものが一つもないという状態です。旅行記、喜劇、チエール氏[18]やカプフィーグ氏[19]の書くような面白く読める歴史物、それに名士録といったところが、図書館で小説が閲覧できなくなって以来、一般大衆が変わることなく求める本なのです。

そして閲覧者の名前さえ尋ねないあまりに寛大な貸出方式のせいで、揃いの本が一冊欠けたり、珍しい本がなくなったりするわけです。

文芸の共和国は、いくらかは貴族制の影響を留めるべき唯一の共和国でしょう、――学問や才能の貴族制が否定されることは決してないのですから。

有名なアレクサンドリア図書館[20]は、何らかの長所を備えた著作で知られる学者か詩人にしか開かれていませんでした。しかしまたそこでの歓待ぶりは申し分のないもので、著作家の本を閲覧しにやってきた人たちには、宿も食事も無料で提供され、好きなだけ滞在することができたのです。

その件に関していえば、——アレクサンドリア図書館の遺跡に立ち、その記憶に問いかけた旅人である私に、どうか有名なるカリフ・ウマル(21)の名誉を回復させてください。一般に、例のアレクサンドリア図書館の火災はカリフ・ウマルのしわざなのだと思われています。ところがウマルはアレクサンドリアには一度も足を踏み入れたことがないのです。——多くのアカデミー会員たちが何といおうとも。この件に関して、副官のアムル(22)に命令を出すということもしていません。——アレクサンドリア図書館、およびそれに付属した「セラペウム」と呼ばれる救護院(23)は、四世紀にキリスト教徒たちの手で焼かれ、破壊されたのです。——さらにキリスト教徒たちは、ピタゴラス学派の高名な哲学者ヒュパティア(24)を街頭で殺しました。おそらくこれらは、宗教のせいにするわけにはいかない逸脱行為なのでしょう。——ともあれ、気の毒なアラブ人たちに対する無知ゆえの非難は改めるべきです。ギリシアの哲学、医学、学問の最高の成果が保存され、さらにアラブ人たち自身の仕事の成果も加わったうえでそれらがわれわれに伝えられたのは、アラブ人たちによる翻訳のおかげなのです。——その強力な光線は、封建時代の頑固な霧をも絶えず射しつらぬいていたのでした。

こんな脱線をお許しください。――今後はビュコワ神父を探し求めて私が企てる旅について、あなたにお伝えすることにしましょう。風変わりな、たえず逃げ去っていく人物とはいえ、きびしい探索の手をいつまでも逃れるわけにはいきますまい。

第二の手紙

古文書学者。――一七〇九年の警察報告書。――ル・ピルール事件。――家庭の悲劇。

国立図書館に、この上なく親切な態度がいきわたっていることは確かです。現行の組織について、真面目な学者で文句をいう者はだれもいないでしょう。――とはいえ、新聞寄稿家(フイユトニスト)か小説家がやってきたとなると、「書庫の中では皆が震え出します」[25]。書誌学者や、ちゃんとした学問に身を捧げる者であれば、自分が何を要求しているのかわかっています。ところが、「新聞小説(ロマン＝フイユトン)」という罪を犯しかねない空想好きな小説家ときたら、自分の思いついた奇矯な考えのために何もかもを乱し、だれかれ構わずに迷惑を及ぼすのです。

ここで、ある図書管理員の忍耐心を称えねばなりません。——温かな献身的態度を身につけるには、平の職員ではまだ若すぎるという場合が多いでしょう。大衆の一人であるという身分ゆえに得られる権利について、度はずれな考えを抱いた無礼な連中が往々にしてやってきます。——そして司書に向かって、カフェで注文するときのような口をききます。——そんなとき、高名な学者やアカデミー会員からなる司書たちは、修道士のような諦念と思いやりをもって応じるのです。十時から二時半きっかりまでならば、相手の何もかもを堪え忍ぶことでしょう。

私の困惑ぶりを憐れんで、職員たちは目録をめくり、「特別保存書籍」や、さらには小説類の未整理の塊までも動かしてくれたのでしたが、——つまりその中に、間違ってビュコワ神父がまぎれこんでいるかもしれないというわけです。すると突如、一人の職員が叫びました。——「オランダ語の本ならありますよ!」彼はその題名を読み上げてくれました。「ジャック・ド・ビュコワ著『注目すべき出来事……』」

「申し訳ありませんが」私はいいました。「私が探している本は『世にも稀なる出来事……』と始まるのですが」

「まあ、待ってください。翻訳が間違っているのかもしれませんから。『……インドへの十六年間の旅』ハールレム、一七四四年」

「その本ではありませんね……。とはいえその本は、ビュコワ神父が生きていた時代と関係があります。ジャックというのは確かに彼の名前だ。あの型破りな神父さん、いったいインドまで何をしに出かけたのだろう？」

別の職員がやってきました。著者名の綴りが間違っていたというのです。ド、、ビュ、、コワではなくデ、ュ、・ビ、ュ、コ、ワ、が正しく、とするとデュ、、ビュ、、コ、ワ、と続けて綴られているかもしれないから、探索をDの項目からやり直さなければいけないのでした。

まったく、姓の前につく小辞の「ド」を呪いたくもなります！「デュビュコワだったら」と私はいいました。「平民かもしれない……。でも本の題名にはド・ビュコワ伯爵となっているんだが！」

隣の机で仕事をしていた古、文、書、学、者、が顔を挙げて私にいいました。「小辞は決して、貴族のしるしというわけではなかったのですよ。それどころかたいていの場合、それは土地の所有者である町民階級のしるしです。たとえば、かつて完全自由地（領主の支配に服していない土地）の人々と呼ばれていた連中ですな。この連中のことを所有地の名前で示し、姓の語尾を変化させて「さまざまな分家」をも表したのです。歴史上の偉大な一族といえばブシャール（モンモランシー）、ボゾン（ペリゴール）、ボーポワル（サントレール）、カペー（ブルボン）といった名前でしょう。ドやデュは例外や詐称だらけですよ。さらにいえば、フランドルおよびベルギー全土では、ドはドイツ語のデルと同じく冠詞でして、ルを意味します。というわけで、ド・ミュレールだったら「粉ひき屋（ル・ムーニエ）」という意味なのです。――こんな調子でフランスの四分の一はにせの貴族が占めています。ベランジェは自分の姓の前にあるドについて実に陽気に冗談をいったものですが(26)、あれもフランドル起源を示すものですな」

古文書学者が相手では議論になりません。お説を拝聴するのみです。

しかしながら、各種目録における「D」の項目の探索は実を結びませんでした。「デュ・ビュコワであるとお考えになる根拠は何なのです？」私は最後にやってきた親切な司書に聞いてみました。

「この名前を、警察関係資料目録の写本で調べたばかりだからです。一七〇九年の記録だったのですが、その時代でしょう？」

「確かに。それはド・ビュコワ伯爵が三度目の脱獄をした時期ですね」

「デュ・ビュコワですよ！……　写本目録にはその名前で載っています。上の階までご一緒にどうぞ。本そのものをご覧になってください」

やがて私は、赤いモロッコ革で装丁された、分厚い二つ折り版を自由に閲覧させてもらうことができました。そこには一七〇九年の警察関係のさまざまな書類が集められていて、第二巻にはこんな名前が並んでいたのです。「ル・ピルール、フランソワ・ブシャール、ブーランヴィリエ夫人、ジャンヌ・マセ、――デュ・ビュコワ伯爵」

われわれは狼の耳を掴んだのです（剣呑な事態になったの意）。――というのもそれはまさしく、バスチーユ脱獄に関する書類であり、ポンシャルトラン氏宛(27)の報告書の中で、ダルジャンソン氏(28)はこんな風に書いているのでした。

「自称デュ・ビュコワ伯爵の捜索を、ご指示賜りたるあらゆる場所にて継続中なれども、依然手掛りはなく、パリに居るものとは思われず」

このわずかな記述のうちには、私にとっては何かほっとさせてくれると同時に、困った部分があります。――ド・ビュコワ de Buquoy ないし de Bucquoy 伯爵について、私は漠然とした、あるいは疑わしい情報しかもっていなかったのですが、この資料のおかげで確かに実在人物となったわけです。もはやいかなる裁判所にも、彼を新聞小説の主人公とみなす権利はありません。

他方、ダルジャンソン氏はなぜ、「自称」ド・ビュコワ伯爵と書いたのでしょう？　これは偽物のビュコワなのか、――ビュコワになりすました男であるのか……。いったいどういう目的でそんなことをしたのかは、今となっては到底解明できないでしょう。

あるいは本人が、偽名の下に本名を隠していたのか？

証拠がこれだけしかないのでは、真実はまた私の手から逃れ去ってしまいます。――どんな法学者にだって、この人物の実在自体に疑義を呈することが可能なのです！

法廷で検事がこのように叫んだなら、どう答えればいいでしょう。「ド・ビュコワ伯爵とは、作者の小説的な想像力によって生み出された、虚構の人物であります！……」そして検事が、法律の適用を、つまりひょっとしたら百万フランもの罰金を要求してきたら！　しかも、日々押収される新聞の部数を加算していけば、その額は何倍にもなってしまいます。

学者という立派な肩書きに与れないとはいえ、作家であればだれしも、学術的方法を用いることをときおり強いられるものです。ゆえに私は、ダルジャンソンの署名のある報告書の、オランダ紙に記された黄ばんだ筆跡を念入りに調べ始めました。「自称デュ・ビュコワ伯爵の捜索を……」とある行の欄外に、鉛筆で走り書きした、力強い筆跡の数語からなる書き込みが残っていました。「徹底して行うべし」何を徹底して行うべきなのでしょうか？　——ド・ビュコワ神父の捜索を、でしょう……。

それは私の意見でもあります。

しかしながら、筆跡に関して確信を得るためには比較が必要です。その報告書の別のページに、以下のような数行に関してまた同じ書き込みがありました。

「ご指示に従いてルーヴル宮出入口の下に角灯を配置せり。毎晩点灯されるよう監督致す所存なり」

報告書の写本を作った書記の筆跡は、そこで終わっていました。それに比べると拙い別の字で、「毎晩点灯」にこう付け加えられています。「まさしくそうすべし」そして余白には、明らかにポンシャルトラン大臣の筆跡で、またも「徹底して行うべし」とありました。

ド・ビュコワ神父についてと同じ書き込みです。

とはいえ、ポンシャルトラン氏が表現を変える場合もあるようです。次はまた別の例。

「サン＝ジェルマンの露天商[29]に向け、教会の規則に従って断食を守るべき時間に、食事の提供を禁ずる王令に従うよう通告せり」

その余白には鉛筆書きで「良し」とのみ書かれています。

さらに先では、エヴルー（ノルマンディ地方の町）の修道女を殺害したかどで逮捕されたある人物について記されています。その男は茶碗を一個、銀の印章、血のついた下着、そして手袋を片方、所持していました。――男は神父だったのですが（またも神父！）、ダルジャンソン氏によれば嫌疑は晴れたとのこと。この神父は常に手元不如意であるため思うような結果の得られない訴訟の件で、ヴェルサイユに陳情しにやってきたのです。「要するに」とダルジャンソン氏は付け加えています。「これは妄想家と見做すべき人物にて、パリ在住を許すよりも故郷に戻すのが妥当なり。パリに於ては公の負担となるばかりなり」

大臣は鉛筆で書き込んでいます。「まず一度面会すべし」恐ろしい言葉ではありませんか。哀れな神父の一件は、ひょっとしたらこれで様相を一変させたかもしれないのです。

そしてもしこの人物が、ド・ビュコワ神父その人だったとしたら！　名前はなく、「ある人物」と記されているだけなのです。少しあとでは、ルボーという名の人物が問題になっています。カルディナルという者の妻で、売春婦として知られる女でした……。パスキエ氏がその女に関心を寄せ……。

余白に、鉛筆書きで、「フォルス監獄(30)に送致すべし。六か月が妥当」

「警察雑録」と題されたこれらの恐るべきページを、だれもが私と同じ興味をもって繰るものかどうかはわかりません。これら幾ばくかの事実は、逃亡する神父の人生が繰り広げられることになるはずの歴史上の時点を描き出しています。そしてその哀れな神父を知る――おそらくは、わが読者諸氏以上によく知る――私は、ダルジャンソンとポンシャルトランという二人の手を経たこれらの峻厳な報告書のページを繰りながらふるえあがりました。*

ダルジャンソンが何度か忠誠を誓ったのち、こんな風に書いている箇所があります。「閣下のお考えのままにどうか非難や叱責を賜りますよう。小生はそれを伏して身に受けるすべも心得ております……」

大臣はそれに対し三人称を用い、この度はペンを使って答えています……。「このような心がけであれば、それには値すまい。有能さは疑い得ないがゆえに、この人物の忠誠を疑わねばならぬとしたらさぞや遺憾であろう」

さらにもう一件分の書類が残っていました。「ル・ピルール事件」です。私の目の前で、身の毛のよだつような悲劇が繰り広げられたのです。

これは小説ではありません。

＊　当時、ポンシャルトランの名前は次のように韻を踏んだのである。
　それは踏み板の腐った橋（ポン）、
　夜叉（やしゃ）どもの引く山車（シャル）。
　悪魔の突き動かす部隊（トラン）。

家庭の悲劇。——ル・ピルール事件

その筋立ては、臨終の枕元で起こる家族間のおぞましい諍いの一つを描き出すものです。——かつてブールヴァール(31)で見事に演じられたたぐいの状況において——相続人は厳粛で物悲しげな仮面をかなぐり捨てて傲然と立ち上がり、家の者たちにいうのです。「鍵はどこだ?」

ビネ・ド ・ヴィリエの没後、二人の相続人がいました。包括受遺者である弟のビネ・ド・バス゠メゾン、そして義理の弟ル・ピルールです。

故人の代理人およびル・ピルールの代理人の二人に、公証人と公証人の書生が加わって、財産目録を作成していました。ル・ピルールは何件か、目録から外された書類があるではないかと抗議するのですが、さほど重要なものではないとビネ・ド・バス゠メゾンはいいます。そしてル・ピルールに対し、へたな言い掛かりはやめておけ、私の代理人であるシャトランを信頼していればいいのだといいます。

だがル・ピルールは、お前の代理人の意見など知ったことではない、どうすべきかはわかっている、たとえへたな言い掛かりであろうとも、自分のような大物ならばそれを押し通せるのだと応じました。

その言葉に苛立ったバス＝メゾンは、ル・ピルールに近寄り、彼のジュストコール(32)の上のボタン穴二つを摑むと、そんな真似をさせるものかといったのです。――ル・ピルールは剣を取り、バス＝メゾンも同じく剣を取りました……。最初両者は、互いにさほど近づくことなく剣を交わしました。ル・ピルールの奥方が夫と父（正しくは兄）のあいだに割って入りました。居合わせた者たちも加わり、両者を別々の部屋に押し込むと鍵をかけて閉じ込めたのです。

しばらくして、窓の開く音が聞こえました。ル・ピルールが中庭に残っている従者たちに向かって「私の二人の甥を呼びにいくように」と叫んだのです。

法律家たちがこの騒ぎに関する報告書を作ろうとしていたとき、二人の甥がサーベルを握って入ってきました。――彼らは近衛隊の士官でした。召使たちを押し戻すと、公証人や書生にサーベルの切っ先を向け、バス＝メゾンはどこだと問いただします。皆がそれを教えるのを拒んでいると、ル・ピルールが自室から叫びました。「甥たちよ、私はここだ！」

甥たちはすでに左側の部屋の扉を破り、哀れなビネ・ド・バス＝メゾンをサーベルの刀身でめった打ちにしておりました。バス＝メゾンは報告書によれば「息も絶え絶え」のありさまでした。

ディオニスという名の公証人は、これでル・ピルールの怒りも収まり、甥たちを止めに入るだろうと考えました。——そこで扉を開け、ル・ピルールに意見したのです。部屋から出てくると、ル・ピルールは叫びました。「思い知らせてくれる！」そして、依然としてバス＝メゾンを打ちすえている甥たちのあとに続くと、バス＝メゾンの腹部を剣で突き刺したのです。

これらの事実を語る書類にはもう一つ、より詳細な、十三人の証人の供述を付した書類が続いています。——証人のうち最重要人物は二人の代理人と公証人でした。

これら十三人の証人たちは、肝心のときに逃げ出してしまったのだといわざるを得ません。それゆえ、ル・ピルールがバス＝メゾンを刺したのが絶対に確かだとはだれも証言していないのです。

第一の代理人は、遠くからサーベルの刀身で叩く音を聞いたとしか確言できないと述べています。

第二の代理人の陳述もまた同様です。

バリという名の従僕はもう少し突っ込んだ証言をしています。――遠くから、窓越しに殺人の場面を見たというのです。しかしバス＝メゾンの腹部を突き刺したのがル・ピルールだったか、灰白の服を着た人物だったか、定かではありません。別の従僕、ルイ・カロもほぼ同じ証言をしています。

十三人の最後で、最も重要でない扱いの公証人の書生は、ル・ピルールの奥方が故人のさまざまな書類をかすめ取るのを見たといっています。そして事件ののち、ル・ピルールが奥方の待つ部屋に平然と戻ってきて、「奥方および暴行を働いた二人の男性とともに四輪馬車で立ち去った」と付け加えています。

当時の風習に関して教えるところの多い話ですが、このままでは教訓を欠くことになったでしょう――報告書の最後に次のような注目すべき結論が付されているのでなければ。「かくもおぞましく、かくも罪ぶかき暴力の例は稀である……。しかしながら、死亡した二人の兄弟の遺産の相続人もまた、殺人者の義兄弟であるのだから、この殺人は罰せられずに終わるのではあるまいか。とどのつまり、共通の利益に関して共同相続人たちよりル・ピルール氏に提案されるであろう調停案について、ル・ピルール氏がはるかに聞き分けがよくなるというだけのことではないかと懸念される」

偉大なる十七世紀においては、取るに足りない書記もボシュエ(33)のように壮麗な文章を書くといわれたものです。この報告書の見事なまでに平然たる口ぶりには感心せずにはいられません。何しろ殺人者が、自分の利益をめぐる調停の際には聞き分けがよくなるだろうと期待させてくれるのですから……。殺人や、書類の略奪、そしておそらくは法律家たちにもふるまわれたであろう殴打については、親戚も他の者たちも訴え出ない以上、罰せられはしません。――ル・ピルール氏はあまりに大物であるので、無茶な言い掛かりですら押し通せるというわけです……。

この事件については、以後は何の言及もありません。――私はしばし、哀れな神父のことを忘れてしまいました。――とはいえ、小説的潤色をほどこす代わりに、少なくとも実在した人物たちのシルエットを背景に浮かび上がらせることくらいはできるでしょう。私にとってはすでに一切が生命を得て、組み立て直されています。警視総監室のダルジャンソン、大臣執務室のポンシャルトランの姿が私には見えています。

サン＝シモン[34]描くところのポンシャルトラン、自分をド・ポンシャルトランと呼ばせていた滑稽な人物は、他の多くの連中と同様、嘲笑には恐怖をもって報いたのです。しかしながら、こうした準備がいったい何の役に立つでしょう？　フロワサール[35]やモンストルレ[36]の流儀で、事実を舞台にのせることだけでも、私に許されるのでしょうか？　――それは小説家であるウォルター・スコット[37]のやり方だといわれそうです。私は、ド・ビュコワ神父の物語の単なる要約紹介に徹するべきなのかもしれません……。それも、あの本が見つかったならばの話ですが。

第三の手紙

マザリーヌ図書館の管理員。――アテネのハツカネズミ。――「魔法にかけられた呼鈴」。

私には大きな希望がありました。ラヴネル氏が面倒を見てくれるはずなのです。

——あと一週間だけ我慢すればいい。しかもそのあいだに、どこか別の公共図書館で本を見つけられるかもしれません。

だが残念ながら、どこもみな閉まっていました。——マザリーヌ図書館[38]を除いては。そこで私は、あの図書館の荘厳にして冷ややかな回廊の静けさを乱しに出かけました。あそこには見事に整った目録があって、自分で検索でき、どんな質問に対しても十分足らずでウイかノンかはっきりと答えが出せます。下働きの若者たちも実に知識が豊かで、たいがいのことなら職員をわずらわせたり、目録をめくったりする必要さえないくらいです。その一人に尋ねてみると、相手はびっくりした顔をし、頭の中で探してからいいました。「私どものところにはその本はありません……。とはいえ、どこかで聞いたことがありますね」

マザリーヌ図書館の管理員は機知に富む人物です。そもそもだれもが知る、学識あるお方[39]です。彼は私のことを覚えてくれていました。「ビュコワ神父にいったい何の用がおありなのです？　オペラの台本にでもなさるのですか？　十年前、あなたのお書きになった素敵なオペラを見ましたよ。*音楽が素晴らしかった。魅力的な女優が出ていましたね……。しかし今日では、検閲がありますから、芝居に神父を出すわけにはいかないでしょう」

「歴史の仕事のために、その本が必要なのです」
　＊『ピキーヨ』。モンプー作曲、アレクサンドル・デュマとの共作。(40)
　彼は私を、錬金術の本を探しているとでもいわれたかのようにしげしげと眺めた。

「なるほど」とようやく彼はいった。「歴史小説をお書きになるんですな、デュマのような」

「そういうものは書いたことがありませんし、そのつもりもないのです。自分の書く新聞に、一日当たり四、五百フランの印紙税を支払わせたくはありません……。小説が書けないのですから、その本をそのまま印刷させるつもりです！」

　彼は頷きながらいいました。――「その本ならありますよ」

「えっ！」

「ありかを知っています。サン＝ジェルマン＝デ＝プレ大修道院(41)から運ばれてきた本の中にありますよ。まだ目録に載っていないのはそのせいです……。地下室にあります」

「そうですか！　もしできましたら……」

「お探ししましょう。何日かお待ちいただけますかな」

「あさってから連載開始なのですが」

「おやおや！　何しろ、何もかもごちゃごちゃになっておりますのでね。家一軒、まるごと動かすようなものです。とはいえ、その本はあります。この目で見ました」

「どうか、くれぐれもご注意ください」と私はいいました。「サン＝ジェルマン＝デ＝プレ大修道院の蔵書だった本には、――ネズミがいるでしょうから……。新しい種類が山ほど出てきているらしいですね、コサック兵と一緒にやってきたロシアの灰色ネズミもいますし。そいつがイギリスネズミを駆逐してくれたわけです。ところが今度は、つい最近、新たな齧歯類が到着したとか。アテネのハツカネズミです。すさまじい繁殖力らしいですね。アテネにあるフランスの大学[42]が送ってきた木箱の中に潜ってやってきたということですよ」

管理員は私の心配を笑い、十分に注意しますからといって私を送り出したのです。

魔法にかけられた呼鈴

さらに別のアイデアが浮かびました。アルスナル図書館(43)は休館中だ、しかしあそこの管理員には知り合いがいる。——彼はパリにいるし、鍵を持っているだろう。以前、私にたいそう親切にしてくれたこともあるから、きっと例外的に本を貸してくれるにちがいない。彼の図書館にこの種の本は山ほどあるのだから。

私は歩き出しました。恐ろしい考えが浮かんで足が止まりました。ずいぶん前に聞かされた怪談を思い出したのです。

私の知り合いの管理員は、ある有名な老人*の後継者です。その老人は熱烈な愛書家で、かなりの高齢になってから、大切な十七世紀の刊本と泣く泣く別れたのでした。その老人が亡くなり、新しい管理員は故人のアパルトマンを譲り受けました。

新婚ほやほやの彼が、若妻のかたわらで休んでいると、夜中の一時、けたたましく鳴り響く呼鈴の音で眠りを破られたのです。女中は別の階で寝ています。管理員は起き上がり、扉を開けました。

だれもいません。

建物内の様子を見てみますが、みな寝静まっています。——門番は何も見ていません。

翌日、同じ時刻に、またしても呼鈴が同じように長々と響き渡りました。

前夜同様、だれが訪ねてきたわけでもありません。管理員はしばらく前まで教師をしていた人でしたので、これはだれか、さんざん罰課に苦しめられた恨みを持つ生徒が建物内に忍び込んだのだろうと思いました——。あるいは、猫のしっぽを輪差結び[44]で紐に結んでおいたのが、猫が引っ張った勢いですっぽ抜けてしまったのか……。

とうとう三日目には、運命の時刻が過ぎるまで、ろうそくを灯して門番を踊り場に控えさせておきました。呼鈴が鳴らなければ褒美をやろうと約束したのです。

深夜一時、門番は呼鈴の紐がひとりでに揺れ始め、赤い房が壁に沿って激しく踊り出したのを見て呆然となりました。管理員が扉を開けてみると、そこには十字を切る門番の姿しかありません。

「前任の方の魂が来ていらっしゃるのです」

「それが見えたのか？」

「いいえ！　でも幽霊はろうそくの明かりでは見えませんから」

「よろしい、それなら明日は明かりなしで試してみよう」

「旦那さま、どうかお一人でお試しになってください……」

よくよく考えてみたあげく、管理員は幽霊を見ようとするのはやめることにしました。そしておそらく、老愛書家の霊のためにミサを挙げさせたのでしょう。以後、同じことは起こらなくなったのでした。

ところが私は、まさにその呼鈴を鳴らしにいくのです！……　扉を開けるのが幽霊ではないと、だれにわかるでしょう？
＊　サン＝マルタン氏[45]。

そもそも、この図書館は私にとって、悲しい思い出に満ちています。私は三人の管理員と知り合いでした。――最初の管理員はくだんの幽霊その人です。あんなにも才気豊かで優しかった二番目の人物は……わが文学上の庇護者の一人でした。[*]三番目の

人物[**]は見事な版画コレクションを惜しげもなく見せてくれたので、私は彼にドイツの図版で飾られた『ファウスト』を一巻、贈呈したのでした！

いや、アルスナル図書館を再訪する決心は、簡単にはつきそうにありません。それに、まだ訪ねるべき老舗書店が残っています。フランス[46]の店があるし、メルラン[47]の店がある。テシュネル[48]の店もあります……。

フランス氏はこういいました。「その本ならよく存じております。十回は手にしたことがありますよ……。うまく行けばセーヌ河岸で見つかります。私は河岸で見つけましたよ、十スー[49]でね」

稀書とされている本を求めて、河岸を何日もさまようというのは……。それよりもメルラン書店に行ったほうがいいと考えました。「ビュコワですか？」とメルラン氏の後継者はいいました。「知っていますとも。棚に差してありますが……」

どれほど嬉しかったかは申し上げるまでもありません。書店員は目録にあったとおりの十二折版の本を持ってきました。ただし、少しばかり分厚いようです(全六四九頁)。開いてみると、肖像画と並べて、こんなタイトルが掲げてありました。「ド・ビュコワ伯爵賛」肖像画の周囲にはラテン語で COMES. A. BVCQVOY(A・ビュコワ伯爵)と記されています。

私の幻想は長くは続きませんでした。それはボヘミアにおける反乱の歴史で、その肖像画は甲冑に身を包み、ルイ十三世風に髭（ひげ）を整えたビュコワ像でした。おそらく、哀れな神父の先祖でしょう。――とはいえ、この本を手に入れるのは意味のないことではありませんでした。趣味や特徴はしばしば繰り返されるものです。これはボヘミア戦役で戦った、アルトワ生まれのビュコワ(50)です。――顔立ちには想像力とエネルギーが感じられ、少しばかり風変わりな性向も窺えます。ビュコワ神父は活動家に夢想家が続くようにして、この人物に続いたに違いありません。

＊　ノディエ(51)。
＊＊　スリエ(52)。

カナリア

最後のチャンスを試しにテシュネル書店に向かう途中、私は小鳥屋の入口で佇みました。帽子をかぶり、かつては羽振りのいい時代もあったことを示すような、中途半端に贅沢な出で立ちをした年配の婦人が、カナリアを一羽、籠つきで売りたいのだと店員に持ちかけていました。

店員は、店のカナリアを養うだけで精一杯でして、と答えました。老婦人は苦しげな声で懇願します。あなたの鳥には値がつきませんよ、と店員。——老婦人はため息をつきながら立ち去りました。

私はビュコワ伯爵のボヘミアでの武勲のために持ち金を投じてしまっていました。そうでなければ、店員にいったことでしょう。「あのご婦人を呼び戻してくれ、そしてやっぱりその鳥を頂戴しますというんだ……」

ビュコワ一族の件で私に取りついた宿命ゆえ、そうできなかったのが残念です。

テシュネル氏がいうには、「お探しの本はもうなくなってしまいました。しかし近々、ある愛好家の方の蔵書売り立てに出されるようですよ」

「何とおっしゃる方です?……」

「X氏とでも申しましょうか、お名前は目録に出されない予定です」

「できれば、その本をいますぐ購入したいのですが……」

「目録に記載された分類済みの本を、売り立て前にお売りするわけにはいきません。売り立ては十一月十一日です」

十一月十一日!

昨日、私は先に紹介してもらった図書館管理員ラヴネル氏から知らせを受け取りました。氏は私を忘れておらず、これと同じ内容の事柄を教えてくれました。ただし、売り立ては十一月二十日に延期されたようです。

それまで、いったいどうすればいいのか? ――しかも、いまやその本には、ひょっとしたら途方もない値段がついているかもしれないのです……。

第四の手紙

古文書館の草稿。――アンジェリック・ド・ロングヴァル。――コンピエーニュへの旅。――ビュコワ神父の大叔母の物語。

思い立ってフランス古文書館[53]に出向いたところ、ビュコワ家の真正な家系図を見せてもらうことができました。父方の姓は「ロングヴァル」です[54]。この一族に関係する数々の資料を閲読するうち、何とも嬉しい掘り出し物に恵まれました。

それは百ページほどの、紙が黄ばみインクの薄れた草稿で、褪せた薔薇色の絹リボンで綴じられた中に「アンジェリック・ド・ロングヴァル」の物語が収められています。そこからいくらか抜き書きしてきたものに、忠実な要約を加えて、まとまりのある話にしてみようと思うのです。ロングヴァル家およびビュコワ家についておびただしい書類、情報をたどるうち、私はコンピエーニュの図書館にあるはずの別の資料へと導かれました。——明くる日はまさに万聖節の日(十一月一日)。私はこの気晴らしと研究の機会を逃しませんでした。

古きフランスの田舎はほとんど知られていません、——とりわけこのあたりはそうです、——パリ近郊であるにもかかわらず。イル＝ド＝フランス、ヴァロワ、ピカルディが出会うところ、[55]——あんなにゆったりと穏やかに流れるオワーズ川(セーヌ川の支流)とエーヌ川(オワーズ川の支流)によって分けられるあたりでは、——このうえなく美しい田園風景を望むことができるのです。

農民たち自身の言葉もきわめて純粋なフランス語ですが、語尾を上げる発音のしかたにわずかな違いがあります。ひばりの歌声のように空に上がっていくのです……。子どもたちの場合、それはまるでさえずりを思わせます。文章表現にはどこかイタリア語に似たところがあります。——ひょっとしたら、メディチ家の人々およびフィレンツェからきたお供の者たちが、かつて国王や王子の領地となっていたこの地方に長く滞在していたためかもしれません。[56]

ビュコワ家にまつわる事柄ならば何であれ追いかけているうちに、私は昨晩、コンピエーニュにたどり着きました。もたもたしながらもしつこく物事を追いかける性分なのです。パリの古文書館ではまだ多少ノートを取っただけでしたが、今日は万聖節ですから、古文書館は閉まっているでしょう。

アレクサンドル・デュマのおかげで名が知られたクロシュ・ホテル(57)は、今朝、ずいぶんにぎやかでした。犬が吠え、狩人たちは鉄砲の準備をします。猟犬係が主人にいう言葉が聞こえてきました。「こちらが侯爵様の猟銃でございます」

つまり、侯爵なるものがいまだ存在しているのです！

私は全く別の種類の狩りに没頭していました……。図書館は何時に開くのか、尋ねてみました。

「万聖節ですから、もちろん休館ですよ」との返事。

「では、ほかの日は？」

「夜の七時から十一時までです」

この土地では今まで以上につきがないような気がしてきました。私は司書の一人で、現代で最も著名な書物愛好家でもある人物(58)への推薦状を持っていました。この人はコンピエーニュにある本を見せてくれただけでなく、自分の蔵書も見せてくれました。

——その中には、ヴォルテールの未刊の書簡といった貴重な自筆資料や、ルソーが作曲したシャンソン集のルソー自身の手になる原稿も含まれていました。美しく整った文字を目にして、感動せずにはいられませんでした。――題は「古い歌詞を新しい調べにのせて」。マロ風[59]の文体による最初の歌の歌詞は次のとおりです。

われはもはやかつてのわれならず、
かつてのわれに戻ることあたわず。
わがやさしき春と夏は
窓から飛び去りにけり、云々[60]

そこで私は、エルムノンヴィル[61]経由でパリに帰ることを思いつきました。――それは距離にすれば最短コースなのに、いちばん時間のかかる行き方なのです。いっぽう鉄道は大きくカーブを描いてコンピエーニュに達しています。

少なくとも三里（リュー）（約十二キロ）は徒歩で行かなければ、エルムノンヴィルに着くことも、エルムノンヴィルから遠ざかることもできません。――直行の馬車はないのです。しかし明日は死者の日[62]、うやうやしく巡礼をなしとげることとしましょう。――美しきアンジェリック・ド・ロングヴァルに思いを馳せながら。

この女性について古文書館とコンピエーニュで収集したすべてをあなたにお送りします。手書きの資料や、とりわけ全体が彼女の手で書かれたあの黄ばんだ手帳にもとづいて、さして下準備もなしにまとめたものですが、手帳の内容は、名家の娘によるものとしては、――ルソーの『告白』さえ超える大胆さといえるかもしれません。

アンジェリック・ド・ロングヴァルは、ピカルディ屈指の大貴族の娘でした。父のダロクール伯爵(63)ジャック・ド・ロングヴァルは、国務評定官にして国王軍元帥であり、ル・シャトレおよびクレルモン＝アン＝ボーヴェジを治めていました。職務により宮中や軍隊に呼び出される際は、クレルモン近くのサン＝リモ城に妻と娘を残していったのです。

アンジェリック・ド・ロングヴァルは十三歳にしてすでに、内にこもり夢見がちな性格の持ち主でした。――「宝石にも、美しいタピスリーにも、きれいな衣服にも」惹かれず、「心のいやしを得るために、望むのはただ死ぬことばかりでございました」と自ら述べています。父の館にいた貴族が彼女に懸想しました。彼はたえず彼女に目を注ぎ、世話を焼き、アンジェリックのほうは「恋」とは何かをまだ知らないながら、そうやって言い寄られることに漠とした魅力を感じていたのです。

その貴族に恋心を打ち明けられたことは、彼女の記憶に深く刻まれたので、六年後、別の恋の引き起こした嵐に巻き込まれ、辛酸をなめ尽くしたのちも、なお最初の恋文を覚えていて、そっくり書き残せたのでした。ここでルイ十三世時代の田舎の恋人の文体を窺わせる貴重な見本を引用することをお許しください。

以下は、アンジェリック・ド・ロングヴァル嬢の最初の恋人の手紙です。

「薬草が、太陽の光の力なしには何の薬効も持ちえぬことに、私はもはや驚きはいたしません。なぜなら私は今日、悲しいかな、いつも私を満遍なく照らしてくれる美しい曙を見ることなく退去したのですから。あの曙なくしては、私はいつも闇に取り巻かれるばかりです。闇から出ようと願い、そしてまた麗しいあなたにお目にかかりたいと願うがゆえに、あたかもお会いせずには生きていけぬかのように、私はたちまちあなたのもとに舞い戻り、非の打ちどころなく美しいお姿の陰に侍ろうとするのです。あなたの美の魅力に心も魂もことごとく奪い取られてしまいました。わが心の盗人（ぬすびと）を敬わずにはいられません、なぜならおかげで私はかくも神聖にしてかくも峻厳なる境地にまで高められたからです。完璧なあなたにふさわしい情熱と忠誠を尽くして生涯、あなたを崇拝し続けたいと願うものです」

この手紙は書き手である哀れな若者に幸福をもたらしはしませんでした。アンジェリックに手紙をそっと渡そうとしたところを父親に見つかり、——若者は四日後に命を落としました。どのようにして死んだのかは書かれていません。

その死によって胸の張りさけるような思いを味わわされたことが、アンジェリックに「恋」とは何かを教えたのです。二年間、彼女は涙に暮れました。やがて本人の言葉によれば、その苦しみを癒すには死か、あるいは別の愛情以外にないと悟って、彼女は自分を社交界に出してくれるよう父親に頼みました。そこで出会うだろう多くの貴族のうちに、死んでしまって二度と帰らない人の代わりに思いを寄せるべき相手が見つかるだろうと考えたのです。

明らかに、ダロクール伯爵は娘の嘆願を聞き入れなかったように思われます。なぜなら彼女に恋焦がれたのは、父の館に伺候していた士官ばかりだったからです。とりわけ、伯爵の侍従であるサン＝ジョルジュ氏、そして伯爵の従僕であるファルグは、主人の娘に恋して敵対し合い、悲劇的な結末を生みました。相手が自分より優位に立っていることに嫉妬したファルグは、恋敵について悪い噂を流しました。サン＝ジョルジュ氏はそれを知り、ファルグを呼び出して咎めだて、ついにはファルグを剣の刀身で、剣がひん曲がるまでめった打ちにしました。怒り狂ったファルグは、剣を探して館じゅうを駆けまわりました。アンジェリックの兄であるダロクール男爵を見つけて剣を奪い取り、駆け出してそれを恋敵の胸に突き刺したのです。周囲の者が抱き起したとき、サン＝ジョルジュは虫の息でした。外科医がやってきましたが、サン＝ジョルジュにこう告げるほかありませんでした。「神の御慈悲を乞いなさい。ご臨終です」その間にファルグは逃げ去ってしまいました。

以上は、哀れなアンジェリックを次々に不幸に突き落とすことになる大恋愛の、悲劇的な序曲だったのです。

ビュコワ神父の大叔母の物語

さて、草稿の冒頭部分をご紹介しましょう。

「ふしあわせな運命につきまとわれて気のやすまることのない定めとなりましたの

は、サン＝リモでのある晩のこと、七年以上も前から知っており、丸々二年にわたり愛情もなしに接してきた一人の男性ゆえにでした。この若い男性は、ボールガールという名の母の侍女に好意を寄せているふりをして、わたくしの部屋に入ってきたのです。「お呼びでございますか、お嬢さま」などといいながら、ベッドに近寄ってきました。そしてさらにそばまできて、こんなことをいったのです。「ああ！　あなたさまをお慕いしております、ずいぶん前から！」　わたくしは答えました。「あなたのことは好きでもないし、きらいでもありません。とにかく、もうあちらにいらしてください。こんな時間にここにいらっしゃることが父に知られては大変ですから」

翌朝になるとすぐ、わたくしは昨晩恋をうちあけられた相手に会う機会をうかがいました。よく見れば、いやなところといってはその身分よりほかにないのです。彼は身分の違いゆえに一日じゅう、たいそう控え目な様子をしながらも、たえずわたくしを見つめておりました。続く日々、彼はわたくしの気に入ろうと、万事に気をくばって分別ある態度でとおしました。たしかにとても感じのいい人でしたし、そのふるまいは生まれついた地位にふさわしからぬものでした。なにしろとても気高く、勇敢な心の持ち主であったのです」

この若者は、アンジェリックの従兄(いとこ)であるセレスタン会[64]修道士の語るところによれば、ラ・コルビニエールという名前で、クレルモン=シュル=オワーズの豚肉屋の息子にほかなりませんでした。それがダロクール伯爵に雇われていたのです。ただし国王軍元帥である伯爵は、屋敷内を軍隊式に組織していて、使用人たちは口髭を生やし拍車をつけ、お仕着せとして軍服を着用していました。アンジェリックが抱いた幻想は、それによってある程度説明がつくでしょう。

疫痢を患ったロングヴィル公爵を見舞いに行く主人のお供をして、ラ・コルビニエールがシャルルヴィルへ出発するのを、アンジェリックはつらい気持ちで見送りました。――「困った病気だこと」というのが彼女の正直な思いでした。困った病気のせいで、「思いを寄せられてまんざらでもない」相手に会えなくなってしまうのです。再会したのはヴェルヌイユ[65]においてで、教会で会うことができました。若者はロングヴィル公爵のもとで立派な礼儀作法を身につけていました。真珠のような光沢のある明るい灰色のスペイン産ラシャ地の服に、刺繡細工の襟飾りという出で立ちで、灰色の帽子を、やはり明るい灰色と黄色の羽根で飾っています。だれにも気づかれないようにして一瞬、彼女に近寄ると、こういいました。「お嬢さま、どうかお取りください、シャルルヴィルから持ち帰りました、いい香りのする袖飾りです。あちらではじつに辛うございました」

ラ・コルビニエールは城での任務に戻りました。相変わらず、ボールガールという名の侍女に惚れたふりをして、女主人のところにくるのはおまえのためだと信じ込ませておいたのです。「この単純な娘は」アンジェリックは述べています。「それを固く信じておりました……。こうして、わたくしたちは夜ごと、三人で二、三時間、笑い興じて過ごしたのです。ヴェルヌイユの主塔、白い壁紙をはった寝室で」

ドゥルディイという従僕が目を光らせ、疑念を抱いたために、そうやって会うことができなくなりました。恋人たちは手紙で連絡を取るほかありません。そうするうちアンジェリックの父が、代官を務めるルーアンのロングヴィル公爵のもとに出かけたので、——ラ・コルビニエールは夜になると自室を脱け出し、壁の割れ目に足をかけてよじ登り、アンジェリックの窓の近くまで来るとガラスに石を投げたのです。

アンジェリックはそれに気づき、なおも芝居をしながら侍女のボールガールにいいました。「あなたの恋人ったら、頭がどうかしているわ。すぐに行って、下の広間の中庭に面した扉を開けてあげなさい。そこまで入ってきているのだから。そのあいだに服を着替えてろうそくを灯しましょう」

ラ・コルビニエールに夜食を出してやろうということになりました。「とはいえジャムしかありませんでした。わたくしたちは夜どおし」と令嬢は付け加えています。「三人で笑い興じて過ごしました」

しかし、哀れなボールガールにとっては気の毒な話ですが、自分が愛されているのだとばかり思っている彼女のことを、お嬢さまとラ・コルビニエールはひそかに笑いあっていたのです。

朝になると、二人はラ・コルビニエールを王様の寝室と呼ばれている、だれも足を踏み入れることのない部屋に匿（かくま）いました。――そして夜が来ると呼びにいきました。「三日のあいだ」とアンジェリックは述べています。「彼の食事は若鶏の冷肉で、わたくしはそれを肌着と上着のあいだに入れて運んだのでした」

やがてラ・コルビニエールは、当時パリに滞在していた伯爵のもとに赴かざるを得なくなりました。アンジェリックにとっては憂愁のうちに一年が過ぎました――慰めとしては恋人に手紙を書くことしかありません。「ほかには何も気晴らしはありませんでした」と彼女はいいます。「なぜならきれいな宝石もきれいなタピスリーもきれいな衣服も、紳士がたとの会話なしではわたくしを喜ばせてはくれませんから……。再会できたのはサン＝リモででした。その嬉しさといったら、恋したことのある人たちにしかわかってはいただけないでしょう。彼は緋色の礼服をまとった姿で、いっそう魅力的に思えました……」

夜の逢瀬がまた始まりました。従僕のドゥルディイはもうお城を去っており、彼の部屋を引きついだラヴィーニュという名の鷹匠は見て見ぬふりをしていました。

そうやって交際が続いたのですが、二人のあいだは清らかなままでした。――つらいことといえば、ラ・コルビニエールが軍役の求めに応じてしばしば伯爵に付き従うことを強いられ、何か月か留守にすることだけでした。アンジェリックは書いています。「フランスで過ごした三年間にわたくしたちが味わった喜びのすべてをいいあらわすことは、とてもできますまい」[*]

ある日、ラ・コルビニエールはより大胆になりました。おそらく、パリでの付き合いのせいで少々お行儀が悪くなっていたのでしょう。――かなり遅くなってから、アンジェリックの寝室に入ってきました。侍女は床で、アンジェリックはベッドで寝ていました。彼はいつものやり方で、まず侍女に見せかけのキスをしました。そして

「お嬢さまを怖がらせてあげなくては」といったのです。

「すると彼は」とアンジェリックは付け加えます。「わたくしが寝ているのを見て、すぐさま寝台にもぐりこんできたのですが、あの人が身につけていたのは下ばきだけでした。わたくしは嬉しさよりも恐ろしさのほうが勝り、恋しているのならどうかすぐに出ていってくださいと懸命にたのみました。なぜなら寝室で歩いたり話したりしたら、たちまち父上に気づかれてしまいますから。出ていってもらうには一苦労でした」

＊　当時、フランスでという言い方で、イル＝ド＝フランスに含まれるすべての土地を表したのである。その向こうがピカルディとソワソネだった。今でもなお、いくつかの場所を指すのにこの言い方が用いられる。

恋人はいささか恥じ入ってパリに戻りました。しかし彼が帰ってきたときには、互いの愛情はいっそう増していたのです。——両親も漠然とした疑いを抱いていました。——ある日、令嬢が王様の寝室で寝ていたとき、ラ・コルビニエールはテーブルを覆う大きなトルコの織物の下に身を隠し、「やがてわたくしのそばまでやってきました」このときも父親が入ってくることを恐れて、彼女は懸命に哀願したのでした。――そもそも間近で寝ていてさえ、二人の愛撫は清らかなままだったのです……。

第五の手紙

ビュコワ神父の大叔母の物語の続き。

それが時代の精神でした。――当時、とりわけ地方では、イタリアの詩人の影響で、ペトラルカのプラトニズム(66)に匹敵するようなプラトニズムがなお行き渡っていました。そうした精神の痕跡は、この告白の書き手である悔い改めた美しい女性の文体にも見て取ることができます。

そうするうちに朝が来て、ラ・コルビニエールはいくぶん遅くなってから大広間に出ていきました。早くから起きていた伯爵がそれに気づきました。娘の部屋から出てきたという確証はないものの、強い疑念が生じたのです。「そのせいで」アンジェリックは付け加えます。「わたくしの大切な父上はこの日、ひどくふさぎこんだ顔をなさって母上とだけ何かお話しになっていました。それでもわたくしは何もいわれませんでした」

三日目、伯爵は義理の兄マニカンの葬儀に出なければなりませんでした。ラ・コルビニエールをお供に連れていきました。――息子の一人、そして馬丁と召使二人も一緒でしたが、コンピエーニュの森の奥まで来ると、伯爵は突如ラ・コルビニエールに近づき、相手の吊り帯から不意に剣を抜き取りました。そして彼の胸元にピストルを突きつけると、召使に命じました。「この裏切り者の拍車を取ってしまえ。そしてもう少し先まで進むのだ……」

中　断

私はここで、コンスタンチノープルの講談師やカイロの語り手のやり方を真似るつもりはありません。彼らは世界の始まりとともに古い技を使って、いちばん面白いところで話を中断し、聴衆が翌日も同じカフェにくるようにするのです。[67]——ビュコワ神父の物語は実在します。いつかは本が見つかるでしょう。

ともあれ私は、啓蒙の中心であり、公共図書館に計二百万冊の本が収められているパリのような都市で、フランクフルトで読むことができたにもかかわらず——つい、買いそびれてしまったフランス語の本を見つけられないという事実に驚いているのです。

図書貸出制度のせいで、すべてが少しずつ失われていきます。——それはまた、革命以来、文学や芸術を愛する収集家の種族が新たに現れていないせいでもあります。盗まれたり、売られたり、失くされたりした珍しい本はすべて、オランダやドイツやロシアで出てくるというわけです。——こんな季節にどうやら長旅をしなければならなくなりそうですが、とにかくパリ周辺、半径四十キロの地域をさらに探索するとしましょう。

三時間でパリに着くはずの手紙をあなたに届けるのに、サンリス[68]の郵便馬車は十七時間もかけたそうですね。自分が育ったこの土地で、私が胡散臭い男だと思われているせいではないのでしょうが、こんなおかしな事柄もあったのです。

　数週間前、私はすでにあなたが掲載してくださる作品の計画を立て始めており、ビュコワ一族についての下調べに入っていました。――その名前は私の頭の中で、子ども時代の思い出のようにつねに鳴りひびいていたのです。私は友人と一緒にサンリスを訪れました。ブルターニュ出身で、たいそう背が高く、黒いひげを生やした男です。サン＝メクサン（ポン＝サント＝マクサンスのこと）で停まる鉄道に乗り、そこから乗合馬車に乗り換えました。馬車はいにしえのフランドル街道(69)づたいに森を横切っていきます。――夕方まだ早い時刻に着いたわれわれは、何か食べ物でも食べようと、町の一番目立つカフェにうっかり足を踏み入れたのです。

　カフェは愛想のいい憲兵たちでいっぱいで、彼らは仕事を終えて、しばし娯楽に興じていました。ドミノをする者もいれば、ビリヤードをする者もいます。

　憲兵たちはおそらく、私たちのパリ風の様子やひげに驚いたのでしょう。とはいえ、この晩はその驚きを少しも表わしませんでした。

　翌日、私たちが「逃げ去る鱒」という名前（信じていただきたいのですが、私は何も作り話などしていません)の立派な宿屋で朝食を取っていると、憲兵班長がやってきて、私たちにごく丁寧な態度で旅行許可証の提示を求めたのです。

ささいな事柄で申し訳ありません。――とはいえこれは、だれの身にも起こりうることですから……。

私たちは憲兵班長に、かつてある兵士が騎馬警察隊に答えたのと同じやり方で応じました。――この土地の民謡の伝えるところによれば……(私はこの民謡を子守唄がわりに育ったのです)。

そいつは訊かれた。
除隊許可証はどこにある?
――おいらのもらった許可証は
靴の裏にございます!

返答は気が利いています。しかしリフレインは怖ろしいものです。

スピリトゥス・サンクトゥス（精霊よ）、
クオニアム・ボヌス（かの人は善き人なるがゆえに）！

これは、兵士が好ましからぬ末路をたどったことを明らかに意味しています……。われわれの一件の結末は、それほど深刻なものではありませんでした。つまり私たちは、パリ近郊を訪ねるときには普通、旅行許可証は携帯しないものであると、ごく丁寧に答えたのでした。憲兵班長は反論せずに会釈をして立ち去りました。

私たちは、エルムノンヴィルにでも行こうかという漠とした計画のことを、宿屋に伝えてありました。ところが、天気が悪くなったので気が変わり、シャンチイ（ヴァロワ地方の森に囲まれた町）行きの馬車の席を予約しに行きました。いざ出発というとき、憲兵二人を引き連れた警視がやってきていいました。「証明書を拝見」

私たちは前にいったことを繰り返しました。

「そうですか。では、あなたがたを逮捕します」と警視。

ブルターニュ出身のわが友は渋い顔をし、それがいっそう私たちの状況を悪化させました。

私は友人にいいました。「落ちつけよ。僕は外交官といってもいいくらいなんだから……。——外国で、——王様や太守(パシャ)や回教国主(パディシャ)とだって間近に会ったことがある。権力者に対する口のきき方は知っているさ」

「警視殿」と私は切り出しました(必ず肩書きをつけて呼びかけなければなりません)。「私はイギリスを三度訪れましたが、旅行許可証の提示を求められたのは、フランスから出る権利をもらうときだけでした……。このあいだはドイツに行き、十の独立国をまわりましたが——ヘッセンも含めてです——、プロイセンにおいてすら、旅行許可証の提示は求められませんでした」

「ほほう! それをフランスでは、求めているのです」

「悪人はいつだって、証明書類をきちんと整えているではないですか……」

「いつもそうとは限りませんな……」

私の負けでした。

「私は七年間、この土地で暮らしたことがあるのです。ここにいくらか地所の残りも持っているくらいでして……」

「ところが証明書はお持ちでない?」

「そのとおりです……。それにしても、怪しい人間が、憲兵が宵を楽しんでいるカフェに、ポンチ酒をやりにいったりするとお思いですか?」

「うまく正体を隠すやり口かもしれませんからね」

相手は頭のよく回る人物であることがわかりました。

「わかりました! 警視殿」と私は付け加えました。「正直に申しますと、私は作家なのです。ビュコワ・ド・ロングヴァル家について調査しておりまして、彼らがこの地方に持っていた城のありかを確かめるか、その廃墟を見つけるかしたいと願っているのです」

警視の表情はさっと明るくなりました。

「ああ! 文学の仕事をなさっておられるのですか。じつは、私もそうなのですよ! 若いころ、詩を作っておりましてね……。悲劇をものしました」

一難去ってまた一難。――警視は私たちを夕食に招いて、その悲劇を読んで聞かせたい様子でした。シャンチイ行きの馬車に乗る許しを得るには、パリで用事があると言い訳をしなければなりませんでした。馬車は私たちの逮捕によって出発できずにいたのです。

たゆまぬ探索の途中でわが身に起こる出来事について、あなたに正確な事実のみをお伝えしていることはいうまでもありません。

秋の風景の美しさは、狩人でなければ本当にはわからないものです。――まさにいま、朝もやにもかかわらず、私たちはフランドル派の巨匠たちにふさわしい眺めを目の前にしています。城や美術館に行けば、いまでも北方の画家たちの精髄を見出すことができます。空はつねに薔薇色か青みがかった色合いを帯びていて、木々は半ば葉を散らし、――遠景には野原が、手前には田園風景が広がっています。

ヴァトー(70)の「シテール島への旅」は、この地方の透明で色彩を帯びたもやの中で構想されたものです。それは、オワーズ川とエーヌ川の氾濫によってできた沼に浮かぶ小島をモデルにしたシテール島なのです。――どちらも、夏にはあんなに静かでやさしい川なのですが。

こうした観察の抒情味にどうか驚かないでください。――パリでの空しい論争や不毛な騒ぎに疲れた私は、かくも緑に満ち、かくも豊かな田園をふたたび目にして安らぎを覚えています。――母なるこの地で、力を取り戻すのです。

哲学的にいったらどうなるかはともかく、私たちは多くの絆で土地と結びついていています。父祖の遺灰を靴の裏につけて運んでいるというわけではないにせよ。(71)――ともあれ、どんなに貧しい者でも、自分を愛してくれた者たちのことを思い出させてくれる神聖な記憶をどこかに保っているものです。宗教にせよ、哲学にせよ、すべてが人間に、思い出に対するこの永遠の信仰を告げています。

第六の手紙

死者の日。――サンリス。――ローマ人たちの塔。――若い娘たち。――デルフィーヌ。

死者の日にこの手紙を書いています。――憂愁に満ちた思いをお許しください。昨日サンリスに到着した私は、この季節に見ることのできる最も美しく、最も物悲しい景色の中を通ってきました。芝生の濃い緑の上に浮かぶ樫や山鳴(やまならし)の赤味を帯びた色合い、ヒースやいばらの茂みのただ中で際立つ白樺の白い幹、――そしてとりわけ、荘重に延びていくこのフランドル街道が、ときおり登り坂になって、霧に包まれた森の続く広大な地平線を示すさま、そうしたすべてが私を夢想へと誘ったのでした。サンリスに着くと町はお祭りでした。いたるところで鐘が――その遥かな響きを、ルソーはあんなにも愛したものでしたが(『告白』第三巻)――鳴っています。若い娘たちは連れ立って町をそぞろ歩くか、あるいは微笑んだりおしゃべりしたりしながら家の前で佇んでいます。私の錯覚でしょうか。サンリスで、まだ一人もみにくい娘に出会っていないのです……。そういう娘はひょっとしたら、表に出てこないのかもしれません!

いや、――ここでは一般に血がきれいなのです。それはおそらく清らかな空気、豊かな食物、澄んだ水のおかげでしょう。サンリスは人々をドイツのほうへと押し流していく北部鉄道の大々的な動きから取り残された町です。――北部鉄道が大きくカーブを描いてわれわれの土地を避け、――モンモランシー、リュザルシュ、ゴネス[72]といった町々の外側を通っているのはなぜなのか、私にはまったくわかりません。それらの町は、直通列車が通ったなら得られたはずの特権を奪われてしまったのです。鉄道を敷設した人たちは自分の地所の上を通らせたかったのかもしれません。――地図を眺めさえすれば、この意見が正しいことがわかります。

サンリスのお祭りの日にカテドラルを見にいくのは当然のことでしょう。最近修復されたこのとても美しいカテドラルは、元来、町の紋章であるユリの花をちりばめた紋章で飾られていたのですが、それがちゃんと脇門の上に戻してあります。司教その人がミサを執り行っていました。——そして信徒席は、この町にまだ存在している有名城主や著名町民たちでいっぱいでした。

若い娘たち

カテドラルを出た私は、沈む太陽の光の下、ローマ時代の城砦（じょうさい）の古い塔に見惚れました。半ば崩れ、蔦（つた）で覆われています。——修道院のそばを通ったとき、門前の階段に少女たちの一群が座っているのに気づきました。

いちばん大きな娘が音頭を取って、みんなで歌っているのですが、娘はみんなの前に立ち、両手を叩いて拍子を取っています。

「さあ、みなさん、もう一度ですよ。小さい子たちがそろっていないわ！……　二段目の、いちばん左の人の歌を聞かせてもらいましょう。——さあ、一人で歌ってみてちょうだい」

するとと小さな女の子が、弱々しい、しかしよく通る声で歌い始めました。

小川にうかぶあひるたち……云々

これもまた、私が聞いて育った歌の一つです。人生の半ばに達すると、子どものころの思い出がよみがえってきます。——それはまるで、化学的方法で文章をふたたび浮き上がらせるパリンプセスト(73)の写本のようなものです。

少女たちはまた一緒に、別の歌を歌い始めました。——ここにもまた、思い出が。

牧場に三人の娘たち……
わたしの心は飛んでいく……！(繰り返し)
あなたの思いのままに飛んでいく！

「まったく、このあまっ子たちときたら！」私のそばで立ち止まって聞いていた実直そうな農民がいいました……。「だがお前さんたち、おとなしすぎるじゃないか！……　さあ、踊らなくちゃいかん」

少女たちは階段から立ち上がり、風変わりなダンスを始めましたが、それは私にギリシアの島々の少女たちの踊りを思い出させたのです(74)。

女の子たちはみんな一列に——私たちの地方の言い方では「狼のしっぽに狼」になって——並びます。それから一人の少年が、最初の女の子の手を取って後ずさりしながら引っ張っていき、一方ほかの女の子たちは前後で互いに腕を取りあって進みます。そうやって蛇のような形を作り、最初は螺旋（らせん）状に、やがて輪を描いて動くうちに、輪は聞き手のまわりでどんどん狭くなっていきます。そのあいだ聞き手は一人でじっと歌に耳を澄ましていなければなりません。そして踊りの輪が狭まったなら女の子たちにキスしてやらなければならないのです。通りがかりのよそ者相手にでも、彼女らはそんな好意を示すのです。

私はよそ者ではありませんが、しかし子どもたちの歌声のうちに、かつて耳にした抑揚、装飾音、繊細な調べを聞き取って、涙が出るほど感動していました。――それらは母から娘へ変わることなく保たれていくのです……。

この地方では、音楽はパリのオペラや、サロンの恋歌(ロマンス)、オルガンで演奏されるメロディなどの模倣によって損なわれてはいません。サンリスにはいまだに、メディチ家以来保たれてきた十六世紀の音楽の伝統が残っているのです。ルイ十四世の時代の痕跡もあります。田園の娘たちの記憶の中には、田舎趣味とはいえ、聞く者をうっとりさせてくれるような哀歌が残っています。そこには、おそらく十六世紀のオペラの曲の――あるいは十七世紀のオラトリオの名残があるのでしょう。

デルフィーヌ

私はかつてサンリスで、女子寄宿学校で行われた劇の上演に立ち会ったことがあります。

神秘劇が演じられていました――遠い昔のように。――キリストの生涯が事細かに描かれていましたが、私が覚えているのは、キリストの冥府への降臨を待つ場面です(75)。たいそう美しい金髪の少女が、白い服を着て登場しました。真珠の頭飾りをつけ、光輪をいただき、金色の剣を佩(は)いて半球の上に立っています。それは光の消えた地球を表すものでした。

少女が歌いました。

天使らよ！　すみやかに降り来たれ、
煉獄の底に！……

そして少女は、冥界を訪れようとしている救世主の栄光を語りました。——彼女はこうつけ加えたのです。

あなたがたはその御姿(みすがた)を目の当たりにすることでしょう
冠をいただき……
玉座の上に腰を下ろした御姿を！

それは復古王政下のことでした。金髪の令嬢はこの地方でも指折りの名家の娘で、デルフィーヌという名前でした。――その名を私は決して忘れないでしょう！

――――――――――

……ロングヴァル伯爵は手下の者たちに命じました。「この裏切り者の体を調べろ。娘の手紙を持っているはずだ」――さらにラ・コルビニエールに向かってこういいました。「裏切り者め、やけに朝早く大広間に出てきたことがあったな。あのときいったいどこから出てきたのか、いってみろ」

「私はド・ラ・ポルト様のお部屋から出てまいりましたのです。手紙とおっしゃるのは何のことか、私にはわかりません」

さいわい、ラ・コルビニエールは以前受け取った手紙を燃やしていたので、何も見つかりませんでした。しかしロングヴァル伯爵は息子に――相変わらずピストルを握ったまま――いいました。――「こいつの口ひげと髪を切ってしまえ！」

そうすれば、ラ・コルビニエールがもう娘の気に入らなくなると考えたのです。

その点について彼女は次のように書いています。

「彼は自分がそんな姿にされて、死んでしまおうと思いました。わたくしがもう彼を好きでなくなるだろうと考えたからです。ところが反対に、わたくしへの恋ゆえにそんなありさまになってしまったのを見て、わたくしの思いはいっそうつのり、父があの人にさらにひどいことをしたなら、父の前で自殺しようと心に誓ったのです。――父は頭のはたらく人でしたから、慎重にふるまうようになりました。それ以上怒りを爆発させることなく、彼に良馬をあてがってボーヴェジにやりました。それはオルベ(76)の駐屯地に集まるしたくをするよう近衛騎兵たちに知らせるためでした」

令嬢は続けて書いています。

「父による手ひどい扱いや、身のほどをわきまえろという命令にもかかわらず、彼はその夜、わたくしと一晩をともにしました。それは次のような工夫によるものでした。ボーヴェジに行けと父に命じられた彼は、馬に乗ってすぐに向かうのではなく、ギュニの森で止まって夜を待ちました。それからクーシー＝ラ＝ヴィルのタンカル亭に行って夜食をとり、ピストル二丁をもってヴェルヌイユまで戻りました。小さな庭から壁をのぼると、わたくしが安心して、恐れることもなく彼を待っていたという次第です。ほかの人たちが、彼は遠くに出かけたと信じていることがわかっていたからです。わたくしは彼を寝室にみちびきました。すると彼がいうのです。「わたくしたちにとってこんなすばらしい機会を逃す手はありますまい。さあ、抱きあいましょう。だから服を脱がなければ……。何も心配することはありませんよ」」

ラ・コルビニエールは病気になり、そのせいで伯爵は彼に対する厳しい態度を和らげました。――しかし伯爵は娘から彼を遠ざけようとしていいました。「きみにはオルベの駐屯地に行ってもらわねばならん。ほかの騎兵たちはもう集まっているのだからな」

ラ・コルビニエールは渋々従いました。

オルベでラ・コルビニエールは、伯爵の鷹匠がトケットという名の従僕をヴェルヌイユに派遣すると聞いて、その従僕にアンジェリック・ド・ロングヴァル宛の手紙を託しました。しかし見つかるのを恐れて、体を調べられても何も出てこないよう、城に入る前に手紙を石の下に隠しておいてほしいと頼んだのです。

一度城に入ってしまえば、石の下の手紙を取りに戻り、それを令嬢に手渡すのはわけもないことでした。従僕の少年はうまいこと使いを果たし、アンジェリック・ド・

ロングヴァルに近づくと「あなたにお渡しするものがあります」といいました。

　この手紙に彼女は深い喜びを覚えました。そこには、ドイツで自分を待っているはずの大きな利益を捨ててあなたに会いにいきます、お会いするための手立てを与えていただけないなら私は生きていられませんと記されていたのです。

　兄によってヌヴィルの城に連れて行かれたアンジェリックは、母の召使で「クール＝トゥジュール」（絶えず駆け足の意）と呼ばれる男に頼みました。「お願いだから、ドイツから戻ってきたラ・コルビニエールに会いにいってちょうだい。そしてわたくしからだといって、この手紙をひそかに渡してほしいの」

第七の手紙

考察。――ルイ王。――白薔薇の木の下で。

アンジェリック・ド・ロングヴァルの重大な決心についてお話しする前に、もう一言つけ加えることをお許しください。それからあとは、滅多に口をはさまないつもりです。歴史小説を書くことが禁じられている以上、私たちは魚料理以外の皿にソースを用いることを余儀なくされているわけです。――つまり地方の描写や、時代の感覚、性格分析などを、実際にあった真実の物語だとはいえ、物語の外で用いるほかないのです。

ラ・コルビニエールのドイツへの旅についてはよくわかりません。それについてロングヴァル嬢は一言しか触れていません。当時は、上ブルゴーニュ地方(フランス東部、スイス国境近く)が「ドイツ」と呼ばれていました。――そこでロングヴィル公爵が疫痢になったことは前に見たとおりです。おそらく、ラ・コルビニエールはしばらく公爵のもとに出かけたのでしょう。

私がいま旅している田舎の父親たちの性格は、若いころ歌って聞かされた伝説を信じるならば、いつの時代も変わらぬものだったようです。厳しさと人の良さが、旧約聖書に出て来る族長たちのように混ざり合っているのです。以下に、この古きイル＝ド＝フランスの土地で採集した民謡の一つをご紹介しましょう。これはパリジ(パリ北郊)からピカルディ近辺まで伝わっているものです。

ルイ王は橋の上、
娘を膝元から離さない。
娘は父にねだります……
びた一文持たぬ騎士殿を！

――そうなのよ、お父さま、あのかたと結ばれたいの
わたしを生んでくださったお母さまが何とおっしゃろうとも。
親戚の皆さまが何とおっしゃろうとも
そして大好きなお父さまが何とおっしゃろうとも！

――娘よ、恋を捨てるがいい、
さもないと塔に閉じ込めるぞ……
――塔に閉じこもっていたほうがいいわ、
お父さま！　心変わりするくらいなら！

――急げ……　護衛役はどこにおる、
歩兵どもはどこにおる？
娘を塔に連れてゆけ、
決して日の光を拝ませてはならぬぞ！

娘は塔で七年のときを過ごした
だれに見出されることもなく。
七年目が終わり
父が面会にやってきた。

――やあ、娘よ！　調子はどうかね？
――お父さま……　具合がひどく悪いのです。
土の中で足がくさり
脇腹はうじ虫に食われています。

――娘よ、恋を捨てるがいい……
さもないと塔から出られぬぞ。
――塔に閉じこもっていたほうがいいわ、
お父さま、心変わりするくらいなら！

これは冷酷な父親の場合でした。――今度は寛大な父親の例です。節まわしをお聞きいただけないのは残念です。――歌詞は母音の繰り返しを伴ってスペイン風味を醸し出し、音楽的なリズムを刻んでいますが、節まわしもそれに劣らず詩的なのです。

白薔薇の下を
美しい娘が散歩する……
雪のように白く、
太陽のように美しい。

すると父親の庭で
三人の騎士が娘をつかまえた。

その後、人々はこの曲の韻に手を入れて台なしにしながら、ブルボネ(77)の民謡という触れ込みで世に出しました。きれいな挿画をあしらって前王妃に献呈までしたのです(78)……。すべてをご紹介することはできませんが、次のようなくだりを覚えています。馬に乗った三人の隊長が白薔薇のそばを通りかかります。

そのなかで一番若い騎士が
娘の白い手をつかんだ。
――お乗りなさい、お乗りなさい、別嬪(べっぴん)さん、
わたしの灰色の馬に。

この四行だけからも、詩においては韻を踏まないこともできるのだとわかります。――それはドイツ人ならば知っていることで、彼らはある種の詩作品では古代風に、

長音節と短音節の語だけを用いるのです。

三人の騎士と、一番若い騎士の馬の尻に乗った若い娘は、サンリスに着きます。

「着くとすぐさま、宿の女主人が娘に目をとめた」

　　お入りなさい、お入りなさい、別嬪さん。
　　あれこれいわずにお入りなさい、
　　三人の隊長さんたちと一緒に
　　一晩過ごすのですよ！

別嬪さんは、自分がいささか軽率なふるまいをしたことに気づき、――上座に座らされて夕食を終えてから、「死んだふり」をして、人のいい三人の騎士はそれに騙されます。――三人は「何ということ！　ぼくらの可愛いひとが死んでしまった！」と嘆きあい、彼女をどこに運ぶべきかと考えます。

　父親の庭に！

と一番若い騎士がいいます。彼らは白薔薇の下に遺体を運びに行きます。

語り手は続けます。

そして三日たつと

別嬪さんは生き返った！

――開けて、開けて、お父さま、

ぐずぐずしないで早く開けて。

三日間、死んだふりをしていました

わたしの操を守るため。

父親は家族そろって夕食をとっているところでした。三日間、姿が見えないので両親を大いに心配させていた娘を、みんなは喜んで迎えます。――そしておそらく、娘はのちにとても幸せな結婚をしたのでしょう。

アンジェリック・ド・ロングヴァルに戻りましょう。

「わたくしが祖国をはなれる決心をしたのは、次のようななりゆきによるものでした。メーヌに行っていたあの人が*ヴェルヌイユにもどってくると、父は夕食の前にたずねました。「おまえには金がたっぷりあるのか？」それに対し彼は「十分にもっております」と答えました。父は満足せず、テーブルの上のナイフをつかみました。食器類がならべられていたのです。そして彼におそいかかろうとしたところに、母とわたくしがかけよりました。けれども、わたくしにあれほど苦労をかけることとなった人は、このとき父のナイフをうばおうとして、すでに自分の指をきずつけてしまっていました……　しかも、そんなひどい目にあいながら、彼はわたくしへの恋心ゆえに、出ていこうとはしないのでした。まるでそれが義務であるかのように。

一週間のあいだ、父は彼に良い話も悪い話もしませんでした。そのあいだに彼は手紙で、一緒に逃げる決心をするよううながしたのでしたが、わたくしは決心のつかないままでいました。しかし一週間後、父は彼に庭でこういいました。「おまえの厚かましさには呆れる。あんなことがあったのに、まだわたしの家に居残っているとはな。

すぐさま出ていってもらおう。そしてわたしのどの屋敷にも二度と現れないようにしろ。決して歓迎されないだろうからな」

そこで彼はただちに自分の馬に鞍をつけさせ、身の回り品を取りに自室にあがりました。そしてわたくしに、ダロクール伯爵の寝室にあがってくるよう合図しました。控の間のとびらの一つには鍵がかかっていましたが、それでもそこで話ができました。わたくしがかけつけると彼はこういいました。「今度こそ決心してもらわなければなりません。さもなければ、もう二度と会えないでしょう」

わたくしは三日間だけ考えさせてほしいとたのみました。そこで彼はパリへ行き、三日後ヴェルヌイユにもどってきたのですが、そのあいだにわたくしはこの恋をわすれてしまおうと、できるかぎりのことをしてみました。家を出るまでに、これまで耐え忍んできたつらいことがらが何もかも目の前によみがえってきたのですが、どうしてもあきらめがつきません。恋と絶望が、どんな思慮分別にも打ち勝ちました。そこでとうとう決心したのです」

三日後、ラ・コルビニエールは城に戻り、小庭に入りました。アンジェリック・ド・ロングヴァルは小庭で待ち、二人は下の部屋から城に入って、お嬢さまの決心を聞かされたラ・コルビニエールは有頂天になったのでした。

＊　彼女は決してラ・コルビニエールの名を記そうとしない（ネルヴァルの勘違い）。われわれがその名を知ったのは、アンジェリックの従兄であるセレスタン会修道士の記録のおかげである。

出発は四旬節[79]の最初の日曜日と決められ、「お金と馬が必要」だと彼がいうので、彼女はできるだけのことをしようと答えました。

アンジェリックは銀の食器を持ち出す方法はないものかと思案したのですが、というのも父親が全財産をパリに保管しているので、お金をどうにかしようと考えても無駄だったのです。

当日になって、彼女はブルトーという名の馬丁にいいました。

「馬を一頭貸してもらえないかしら、今夜、ソワソンまで、わたくしのガウンを作るためのタフタ織の布地を取りにやりたいの。馬は母上が起きてこられる前には必ず、戻っているようにするから。夜中にそんなことをお願いするからといって驚かないでちょうだい。お前が母上に叱られないためですからね」

馬丁はお嬢さまのご意向に従いました。さらに、城の正門の鍵を何とかしなければなりませんでした。彼女は門番に、夜、誰々を町までやってある品を取ってこさせたいのだけれど、母上には知られたくない……、そこで、鍵束から正門の鍵を抜き取ってほしい、母上に気づかれないように気をつけて、と頼みました。

重要なのは銀器を手に入れることでした。娘のいうとおり、伯爵夫人はこのとき「神さまの啓示を受けた」かのようで、夕食のとき、銀器を預かっている女に言い渡しました。「ユベルド、いまみたいにダロクール様がいらっしゃらないときには、銀の食器をすべて大箱にしまって、鍵をわたくしのところに持っていらっしゃい」

令嬢は顔色を変えました。——出発の日を延ばさなければなりませんでした。しかし次の日曜日、母親が野原に散歩に出かけた折に、彼女は町の蹄鉄職人を呼び、大箱の錠を取り外させることを思いついたのです。——鍵を失くしたという口実のもと。

「ところが」と彼女はいいます。「それですべてではありませんでした。というのも騎士の位をもつ弟が一人だけ、わたくしと残っていたのですが、このまだ幼い弟が、わたくしがみなを使いに出し、城の正門をみずから施錠したのを見て、こういったのです。「お姉さま、父上と母上のものをお姉さまが盗もうとしているのなら、ぼくはそんなのいやだ。すぐに母上を呼びにいくよ」――「さあ、おいきなさい」とわたくしはいいました。「生意気なおちびさん。どちらにしろ母上には直接お話しします。そしてもし母上が反対なさっても、わたくしの好きなようにするつもりよ」――ただし、それはまったく本心ではありませんでした。弟はわたくしが隠しておきたかったことを告げ口しにいこうとかけ出しました。とはいえ、わたくしが自分のほうを見ていないかどうか何度もふりかえって、わたくしが少しも気にしていないと見てとった弟は、結局もどってきました。わざとそんなふうにしたのです。子どもたちを相手にするときには、こちらが懸念を示せば示すほど、黙っていてほしいことをいいたがるものだと知っていたからです」

夜になり、寝る時間が近づくと、アンジェリックは胸に非常な苦悶を隠しながら、母親にお休みなさいをいいました。――そして自室に下がると、侍女にいいました。

「ジャンヌ、先に寝なさい。少し考え事をしたいから。まだ服を脱がずにいるわ……」

彼女は服を着たままベッドの上に倒れこみ、真夜中を待ちました。――ラ・コルビニエールは時間どおりに現れました。

「ああ、神さま！　何という一刻だったことか！」――アンジェリックは書いています。――「彼がわたくしの部屋の窓に小石を投げる音が聞こえたときには、全身がふるえました……。彼が小庭に入ってきたのです」

ラ・コルビニエールが部屋にやってくると、アンジェリックはいいました。

「まずいことになったわ。母上が銀のお皿の鍵を取ってしまったの。いままでそんなこと一度もなさらなかったのに。でも、大箱のある貯蔵室の鍵はわたくしがもっています」

「その言葉に対し、彼はこういいました。

「とにかくまず、あなたは服を着なければ。それから、どうすればいいかを考えてみよう」

そこでわたくしは彼に手伝ってもらって、男用のズボンと長靴をはき、拍車をつけました。そのとき馬丁が馬を連れて部屋の戸口までやってきました。わたくしは仰天して、自分のラチネ織（厚地毛織物）のガウンをあわててまとい、ベルトにいたるまで男物を身につけているのを隠しました。そしてブルトーから馬を受け取ると、城の正門の外に出て、祭日に村の娘たちが木蔭でおどる楡（にれ）の木のところまで引いていき、それから部屋に戻ると、わたくしの従兄がじりじりしながら待っていました（旅のあいだ、彼のことをそう呼ばなければならなかったのです）。彼はいいました。「何か取れるかどうか、見にいきましょう。だめなら、何も持たずに出発するだけのことです」――そういうと彼は、貯蔵室の近くの調理場に行きました。物がはっきり見えるようにかまどの火のおおいを取ると、大きな鉄の火かきシャベルが目に入ったので、わたくしはそれを手に取りました。そして彼にいいました。

「貯蔵室にいきましょう」大箱に近づき、ふたに手をかけると、ふたはぴったりと閉まっていませんでした。そこでわたくしはいいました。「シャベルをふたと箱のあいだにこじ入れてみてちょうだい」二人して腕に力をこめましたが、びくともしません。しかしもう一度やってみると錠前の二つのばねがこわれ、わたくしはすぐさま箱に手を入れたのです」

彼女は銀の皿をひと山見つけて、ラ・コルビニエールに差し出しました。もっと取ろうとすると、彼はいいました。「それ以上は出さないで。毛織の袋はもう満杯ですから」

彼女はさらに大皿や、燭台や、水差しも取りたかったのですが、彼がいうのです。

「荷物になりますよ」

そして彼は胴衣とマントを身にまとって男装するよう、促しました。――正体を見抜かれないためです。

二人はまっすぐコンピエーニュに向かい、そこでアンジェリック・ド・ロングヴァルの馬を四十エキュ(80)で売りました。それから駅馬車に乗り、晩にシャラントン(パリ東端)に到着しました。

川が氾濫していたので、翌朝まで待たなければなりませんでした。――宿でアンジェリックは、男装で女主人をあざむくことができました。女主人は「御者がわたくしの長靴を脱がせているときに」こういったのです。

「旦那さま方、お夕食はどういたしましょう?」

「適当にみつくろってください」それが答えでした。

しかしアンジェリックは疲れのあまり食事をする元気もなく、床に就きました。とりわけ彼女は「そのころパリにいた」父のロングヴァル伯爵を恐れていたのです。

朝になって、二人は舟でエソンヌ(パリの南の町)まで行きましたが、アンジェリックは疲れがひどかったので、ラ・コルビニエールにいいました。

「どうかあなたが先にリヨンまでいってください、お皿をもって」

彼らは三日間、エソンヌに滞在しました。最初は乗合馬車を待つため、それから全速力で駆けたせいでアンジェリックの腿にできた擦り傷を癒すために。

ムーランを過ぎると、乗合馬車の相客で貴族だと称する男が言い出しました。

「男装したお嬢さんがおられるようですな」

ラ・コルビニエールは答えました。

「そうですとも……。それがどうかしましたか。自分の妻にどんな格好をさせようと、わたしの自由ではありませんか？」

その晩、彼らはリヨンの「赤い帽子」亭に到着し、そこで皿を三百エキュで売りました。ラ・コルビニエールはその金で「そんな必要は少しもなかったのですが、――金銀の飾り紐のついた、深紅の、とても立派な服を仕立てました」

彼らはローヌ川を下っていき、晩、ある宿屋に着くと、ラ・コルビニエールはピストルの試し撃ちをやりたがりました。それがあまりに下手なもので、アンジェリック・ド・ロングヴァルの右足に弾を撃ち込んでしまったのです。——何と軽率なことをしでかしたのか、と責める人々に向かって、彼はただこういっただけでした。「これはわたし自身に降りかかった災難ですよ……わたし自身にね、何しろあれはわたしの妻なのですから」

アンジェリックは三日間床に伏し、それから彼らはふたたびローヌ川を舟で下り、アヴィニョンにたどり着きました。アンジェリックは傷の手当てを受け、体調が回復するとまた別の舟に乗り、復活祭の日にトゥーロン（地中海に面した町）に着いたのです。

ジェノヴァに向けて港を出たとき、嵐に見舞われました。彼らは「サント゠スピス」という城に停泊し、城の奥方は彼らが助かったのを見て「サルヴェ・レジナ」（聖母マリア賛歌）を歌わせました。それから奥方は彼らに、オリーヴと鯉を用いた郷土料理を出させ、——召使にもアーティチョークを出すよう命じました。

「おわかりください」とアンジェリックは述べています。「これが恋というものなのです。——だれも住民のいない土地で、順風を待つあいだ三日間、何も食べずにすごさなければなりませんでした。それなのにわたくしには、またたく間に時がたつように思えました。とてもひもじい思いをしてはいたのですが。なぜならヴィルフランシュではペストの恐れから、食料の積みこみがゆるされなかったのです。こうしてみんなひどくお腹をすかせたまま、帆船を出しました。ただし出港前に、難破したときのことを考えて、わたくしは同じ船に乗り合わせた親切なコルドリエ会（フランシスコ会の別称）修道士の神父に告解をいたしました。神父もジェノヴァを目指していたのです」

「というのもわたくしの夫（アンジェリックはこのときからずっと、彼をそう呼ぶようになります）は、わたくしたちの船室にかたことのフランス語を話すジェノヴァの貴族が入ってきたのを見て、こうたずねたのです。「何かご用でしょうか」――「じつは」とジェノヴァ人はいいました。「ぜひあなたの奥方とお話がしたいのです」夫はすぐさま、剣に手をかけていいました。「家内をご存知なのですか？　出ていってください、さもなければ命はありませんよ」

オディフレさんがすぐさまやってきて、一刻もはやく逃げたほうがいいと夫に忠告しました。あのジェノヴァ人はまちがいなく、夫を痛い目にあわせるだろうからです」

「わたくしたちはチヴィタヴェッキア(ローマの外港)、ついでローマに到着しました。そこでは最高級の宿に泊まって、家具つきの貸部屋が見つかるまでのひとときをすごしました。貸部屋はボルゴニョーナ通りに見つかりました。ピエモンテ人の家で、奥さまはローマの出身でした。ある日、その家の窓辺にいると、法王聖下の甥御さまが十九人の護衛をつれて通りかかったのですが、護衛の一人をわたくしのもとにつかわされ、その人物がイタリア語でこういったのです。「お嬢さま、閣下のご命令により、閣下があなたさまに会いにこられるのをお許しいただけるかどうか、うかがいにまいりました」わたくしはすっかりおびえて答えました。「もし夫が家におりましたなら、その名誉をお受けするのですが、おりませんもので、恐れながらお許しいただきたいのです」

法王の甥御さまはわたくしたちの家から三軒離れたところに立派な四輪馬車を留めて、返事をお待ちになっていました。そして返事をうけとるやいなや馬車をお出しになり、それ以来その方の噂を聞いたことはありません」

それからまもなく、ラ・コルビニエールは彼女に、彼女の父親の鷹匠であるラ・ロワリという名前の男に出会ったと告げました。彼女は鷹匠に会いたくてたまらなくなりました。しかし会ってみると鷹匠は「だまりこんでしまいました」やがて鷹匠は落ち着きを取り戻し、大使夫人が彼女の噂を聞いて会いたがっていると伝えました。

アンジェリック・ド・ロングヴァルは大使夫人の歓待を受けました。——とはいえアンジェリックは、いくつかの点から考えて、鷹匠が何らかの事実を洩らしたのではないか、そしてラ・コルビニエールと自分は逮捕されてしまうのではないかと懸念したのです。

ローマに二十九日も滞在し、結婚のためにありとあらゆる請願をしたのにうまくいかず、二人は落胆しました。「こうして」とアンジェリックは述べています。「わたくしは法王に拝謁することもなく出発したのでした……」

彼らはアンコーナ(アドリア海に面した教皇領)で、ヴェネツィア行きの船に乗りました。嵐のせいでアドリア海に流されたのち、ヴェネツィアに到着し、大運河に面した部屋で暮らすことになりました。

「この都は感嘆すべきところではあるとしても」――とアンジェリック・ド・ロングヴァルはいいます、――「海のせいで好きになれませんでした。――この都ではわたくしにとって飲むことも食べることも、たんに死なずにいるためでしかなかったのです」

その間にもお金は出ていき、アンジェリックはラ・コルビニエールにいいました。「わたしたち、これからいったいどうするの？　お金はじきになくなってしまうわ！」彼は答えました。「ちゃんとした陸地にさえ住めれば、神さまが何とかしてくださるさ……。服を着なさい、そしてサン・マルコ大聖堂のミサに出かけよう」

サン・マルコ大聖堂に着くと、夫婦は元老院議員の席に腰掛けました。よそ者ではあっても、彼らがそこに座るのを咎める者はだれもいませんでした。――なぜならラ・コルビニエールは黒ビロードの粋なタイツを履き、銀白のリネンの胴衣に、同様の上着……、そして銀の飾りリボンという出で立ちだったからです。

アンジェリックもきちんと身なりを整えていて、嬉しい気持ちに浸りました。――というのもフランス風の服装のせいで、元老院議員たちの目は彼女に釘づけだったたからです。

ミサの行列の際、総督と一緒に歩いていたフランス大使が彼女に一礼しました。昼食の時刻になると、アンジェリックはもう宿から出ようとしませんでした。――ゴンドラで海に出るよりは、宿で休んでいるほうがいいといって。

ラ・コルビニエールのほうはサン・マルコ広場に散歩に行き、そこでド・ラ・モルト氏に会いました。この人物は彼に、何かお役に立てることはないかといい、ラ・コルビニエールがアンジェリックとなかなか結婚できず困っていると打ち明けると、それならば自分のいるパルマノーヴァ(81)の駐屯地までくるがいい、そこでなら許可も下りるだろうし、軍務につくこともできるだろうといいました。

その土地で、ド・ラ・モルト氏は将来の夫婦を将軍閣下に紹介したのですが、将軍にはこれほど身なりのいい男が歩兵部隊の槍持ちを志願しているとは信じられませんでした。将軍がラ・コルビニエールのために考えたのはリペール・ド・モンテリマール氏の率いる部隊でした。

ともかく将軍閣下は、結婚の証人役を引き受けてくれました……。結婚式のあとで簡単な披露宴が催されましたが、二人がまだ持っていた最後の二十ピストル[82]はそこで使い果たされたのです。

一週間後、元老院は将軍にヴェローナに部隊を送るよう命令を下しました。アンジェリックとしてはがっかりでした。なぜなら彼女は、暮らしが楽なパルマノーヴァが気に入っていたからです。

ふたたびヴェネツィアを通りかかったとき、彼らは世帯道具を買い込みました。「シーツ二組を二ピストルで買い、さらには掛けぶとん、マットレス、ファイアンス焼き[83]の大皿六枚、小皿六枚も買ったのです」

ヴェローナに着くと、そこにはフランス人の士官が何人もいました。――旗手のド・ブリュネル氏の紹介により、彼らはド・ボーピュイ氏に引きあわされ、お金の心配をする必要なしに家を貸してもらうことができました。――かの地では家賃が大変安かったのです。家の向かいには女子修道院があり、修道女たちは会いにくるようにとアンジェリック・ド・ロングヴァルを招待しました。――「あまりちやほやしてくださるので困ってしまいました」

この時期、彼女は最初の子どもを出産し、その子はアルイジ・ジョルジュ閣下とべヴィラクア伯爵夫人を代父母として洗礼を受けました。閣下はアンジェリックが産褥を離れると、四輪馬車でしげしげと彼女のもとに通ったのでした。

のちに開かれた舞踏会では、アンジェリックはアルイジ将軍を相手に踊ってヴェローナじゅうの貴婦人を驚かせました。――それも、フランス風の衣装を身にまとってです。――彼女はつけ加えています。

「共和国[84]のフランス人士官たちはみな、どこでも恐れられている偉大な将軍がわたくしをこれほどうやうやしく扱うのを見て、大喜びしていました」

将軍は踊りながら、アンジェリック・ド・ロングヴァルに「夫のいないところで」しきりに話しかけるのでした。こんな風にです。「イタリアで何を期待しているのです？……　あの男と一緒に、一生みじめな暮らしをしようというのですか。あの男はあなたを愛しているのだとおっしゃるかもしれないが、私にあの男以上のことができないとはお思いになりますまい……。この土地で手に入るいちばん美しい真珠を買ってあげるし、それより先に、あなたのお望みどおりの錦織のガウンを買ってあげます。さあ、お嬢さん、あなたによかれと願い、あなたにご両親の寵愛を取り戻させてあげたいと願ってこうしてお話ししている者のために、恋の相手を捨てることを考えてみてください」

そしてこの将軍はラ・コルビニエールに、ドイツの戦役に加わってはどうかと勧め、ヴェローナから七日しかかからないインスブルック(オーストリア・ハプスブルク家領)まで行けば、たっぷりと恩恵にあずかれるだろう、先に行っている中隊にあそこで追いつけるだろうからというのでした……。

第八の手紙

省察。——カトリック同盟の思い出。——シルヴァネクト族とフランク族。——カトリック同盟。

散歩の途中で、私は『シャルル七世』[85]の上演を予告する青いポスターを目に留めました——出演はボーヴァレとランブロ嬢。この演目を選んだのは正解です。この土地では中世やルネサンスの君主たちの思い出が好まれるのです。——彼らは私たちがいまでも見ることのできる素晴らしいカテドラルを造り、城も造ったのですが、――城のほうは時の経過と内乱によって損なわれてしまっています。

　というのも、カトリック同盟の時代、ここでいくつもの重大な戦いが繰り広げられたのでした……。プロテスタントの根城が昔からこの地にあってなかなか掃討されず、――そしてのちにはプロテスタントかぶれのアンリ四世を追い払おうとする、同じくらい熱烈なカトリック側の中核もあったのです[86]。

　興奮は極度にまで達しようとしていました――あらゆる大規模な政治的闘争がそうであるように。これらの地方は――かつてはマルグリット・ド・ヴァロワ[87]やメディチ家の領地の一部をなしており、――彼らはこの土地に恩恵を施しましたから、――人々は彼らに取って代わった一門(ブルボン家)に対して骨の髄からの憎しみを抱いているのです。昔からの言い伝えに従って、アンリ二世のお妃について祖母がこう語るのを、私はいったい何度耳にしたことでしょう。「立派な奥方だったあのカトリーヌ・ド・メディシスさま[88]……可哀そうに、あの方の御子たちは殺されてしまったのだよ！」

　しかしながら、この孤立した地方には、過去の古い戦いの跡を留める特徴的な風習が残っています。いくつかの村の一番大きな祭りは聖バルテルミーの祭り[89]です。この日のためには、とりわけ弓矢の大会が設けられました。——弓は、今日では武器としてむしろ軽いものでしょう。とはいえそれは第一に、荒々しいシルヴァネクト[90]の部族がケルト民族の恐るべき一派をなしていた時代を象徴し、思い出させるものなのです。

同様に、エルムノンヴィルのドルイド教（古代ケルトの宗教）の石や石斧（せきふ）、そして骸骨の顔が必ず東方に向いて葬られている墓は、これら、森と沼地——今日では湖になっています——が途切れ途切れに続く地方に住む人々の起源をはっきりと示しています。

ヴァロワ、およびラ・フランスと呼ばれたいにしえの小地方は、それぞれがそうやって区分されることで、はっきりと異なる種族がいた事実を示しているように思います。イル＝ド＝フランス地方の特別な一地域であるラ・フランスには、ゲルマニアからやってきた原初のフランク族[91]が住んでいたといわれており、年代記によれば、ここが彼らの最初の居留地だったのです。今日では、フランク族はガリアを征服したわけではまったくなく、ローマ属州間の戦いに巻き込まれたにすぎなかったことが知られています。ローマ人たちはフランク族を、住人のいない土地に植民させて、とりわけ大森林を切り拓いたり、沼沢地を埋め立てたりさせたのです。パリの北に位置する地方は当時、そうした状態でした。一般的にいってコーカサス民族の出であるフランク族は、父祖より伝わる風習に従って、平等の原則のもと暮らしていました。のちに北方民族の侵入から土地を守らなければならなくなったとき、封土が作られたのでした。とはいえ耕作者たちは与えられた土地を自由なままに保ち、それを人々は完全自由地と呼んだのでした。

二つの異なる種族間の戦い[92]を、とりわけカトリック同盟（とプロテスタント）の戦いにおいて明らかに見て取ることができます。ガロ＝ロマン（ローマ化したガリア人）の子孫たちがベアルヌ人[93]を擁護したのに対し、より自主独立の気風の強いもう一方の種族は、マイエンヌやデペルノン、ロレーヌ枢機卿、そしてパリの人々（いずれもカトリック陣営）に味方したのでした。いまでもいくつかの場所、とりわけモンテピロワでは、サンリスの戦い（一五八九―九〇年）に代表されるような、当時の虐殺や戦闘の結果生じた死骸の山が発見されています。

そして偉大なるロングヴァル・ド・ビュコワ伯爵[94]――ボヘミア戦役で戦ったあの人物も、カトリック同盟の先頭に立って、ソワソン、アラス、カレー地方を長きにわたりアンリ四世軍の手から守ったからこそ、名声を得ることができたのではないでしょうか？　その名声が伯爵の子孫――ビュコワ神父――にとっては大変な苦労の元となったのですが。フランドル各地で三年間持ちこたえた末、フリースラント[95]まで押し返されながら、伯爵はそれらの地方のために十年間の休戦条約を勝ち得たのです。のちにルイ十四世によって荒廃させられた地方です。

こうしてみると、ビュコワ神父が――ポンシャルトラン大法官のもと――迫害を被らなければならなかったというのも、はたして驚くべきことでしょうか。

アンジェリック・ド・ロングヴァルはといえば、これは裾（コタルディ）[96]の長い衣に身を包んだ反抗精神そのものです。とはいえ彼女は父親を愛しており、――後ろ髪を引かれながら父の元を去ったにすぎません。しかしながら、自分にふさわしいと思える男性を――ロートレックを騎士役に選んだルイ王の娘と同じように[97]――選び取ってからは、逃避行や災難にもくじけることなく、父の銀器を持ち出す手助けをしたあとにはこう叫んだのでした。「これこそは恋というもの！」

中世の人たちは魔法の力を信じていました。確かに、何らかの魔力が彼女と豚肉屋の息子を結びつけたように思えます。――彼女の言葉を信ずるならば、相手は美男子でした。――しかし彼がアンジェリックを非常に幸福にしたとは思えません。それでも彼女は、決して名指そうとしない「あの人」の性格上の欠点に気づきながら、少しも悪口をいいません。事実は事実として認めるに留め、――プラトン主義的な、自分の運命に理性的に従う妻として、いつまでも彼を愛し続けるのです。

ラ・コルビニエールをヴェネツィアから遠ざけようという意図を秘めた中佐(98)の言葉は、ラ・コルビニエールの目をくらましました。彼は妻をヴェネツィアに残して、財を成しにインスブルックに行くため、ただちに従軍徽章を売り払ったのです。

「こうしてついに」とアンジェリックは述べています。「従軍徽章はわたくしに恋していたおかたに売り渡されてしまったのです。そのかた(中佐)は満足して、これでわたくしももはや嫌とはいえまいと考えていました。しかし、あらゆる情熱の中の女王*である愛は、どんな苦労も意に介しませんでした。なぜなら、夫が出発の準備をしているのを見たとき、わたくしには夫なしで生きていくなど思いもよらぬことだったのでございます」

最後の瞬間、夫から妻を切り離して我が手に収めようとする企みが成功したものと中佐がほくそ笑んでいたそのときになって、――アンジェリックはラ・コルビニエールと一緒にインスブルックに行く決心をしました。「こうして、愛はフランスにおいてと同様、イタリアでもわたくしたちを滅ぼしたのです。イタリアでのそれは、決してわたくしのとが（罪）とされるものでなかったとはいえ」

彼らはヴェローナからボワイエなる者を伴って出発しました。ラ・コルビニエールは、その男がお金をほとんど持っていなかったので、ドイツまでの経費を肩代わりしてやろうと約束しました（ここで、ラ・コルビニエールはいくらか立ち直っています）。ヴェローナから二十五マイル、湖を渡ってトレンテ（イタリア北部の都市）の岸辺に出る地点まで来たとき、アンジェリックは一瞬弱気になり、よきヴェネツィアの国のどこかの町――たとえばブレシア――に引き返そうと訴えました。――ペトラルカを愛読するこの女性は、うまし国イタリアを去ってドイツを取り囲む霧深い山々に向かうのが辛かったのです。「わたくしにはよくわかっておりました」と彼女は述べています。「残された五十ピストルがとうてい長くはもつまいということが。しかしわたくしの愛はそうしたあらゆる懸念にもまして大きかったのです」

彼らはインスブルックで一週間を過ごしました。フェリア公爵がその町にやってきて、仕事を見つけるにはもっと離れたところ――フィッシュという町――まで行かなければならないとラ・コルビニエールにいいました。その町でアンジェリックが大量に出血したので、一人の女が呼ばれ、「奥様はお子のせいで体を損なわれたのです」

と彼女に説明しました。――何ともキリスト教的な言い回しですが、――当時の、そしてその土地独特の言葉としてお許しいただきましょう。

教会の人間の考え方からすると、この世に新たな罪人を生み出すことは――アンジェリックは結婚していたのですから、これは法にかなった事柄であったにもかかわらず――必ずや穢れとみなされたのでした。だがそれは福音書の精神とはいえません。

――ともあれ先に進みましょう。

哀れなアンジェリックは多少回復すると、夫婦の持っていた唯一の牝馬にふたたび跨らなければなりませんでした。「わたくしはまだ体の弱ったままで」と彼女は述べています。「本当のことをいえば半分死んだようなありさまでしたが、夫とともに軍隊にもどるために馬に乗ったのでした。――軍隊では、おおぜいの大佐や大尉の奥方にまじって、男の人たちと同じくらい女の人たちがいるのにとてもおどろきました」

彼女の夫が、ジルダズ(99)という名の偉い大佐にご挨拶申し上げにいったところ、大佐はワロン人(100)だったので、アンリ四世に抗してフリースラントを守ったロングヴァル・ド・ビュコワ伯爵の話を知っていました。彼はアンジェリックの夫を「好意あふれる」態度で迎え、正式に入隊するまでのあいだ、副官の地位を与えよう、――そしてロングヴァル家のお嬢さまには、連隊の主席大尉に嫁いだ自分の妹と同じ四輪馬車に乗っていただこうといったのです。

＊　愛という単語は当時、女性形で用いられていた。

不幸は飽きもせず新婚夫婦を襲いました。ラ・コルビニエールが発熱し、看病しなければなりませんでした。――善意の人たちはどこにでもいました。アンジェリックが嘆くのはただ、戦争という災いゆえに、「ある時はこちら、またある時はあちらへと」――エジプトの女たち[101]のごとく――連れまわされたことで、それが彼女には我慢ならなかったのです。ただし彼女には他のどんな女よりも満足してしかるべき理由もありました。というのも彼女は、大佐と妹の水入らずの食卓に加わることが許された唯一の女性だったのです。――「さらに大佐はラ・コルビニエールに親切すぎるほどの配慮を示しました。――食卓の一番のごちそうを彼に食べさせたのです……病人だからというので」

ある夜、行軍のただなかで、婦人たちに提供される宿舎といってもせいぜい馬小屋しかなく、敵襲への恐れから服を着たまま寝なければなりませんでした。「真夜中に目が覚めたとき」とアンジェリックはいいます。「あまりの寒さに、わたくしは思わず大声で「神さま！　これでは凍え死んでしまいます！」と叫ばずにはいられませんでした」すると大佐が外套を投げてくれたのですが、大佐自身は自分の体を覆うものがなくなってしまいました。軍服の上にかけるものとしては外套以外に何もなかったのです。

ここで実に深遠な意見が述べられています。

「こうした名誉の数々は」と彼女はいうのです。「ドイツの女の心を引きつけることはできたでしょうが、フランスの女はそうはいきません。フランスの女は戦争が好きになれないのです……」

これほど正しい意見もないでしょう。ドイツの女たちはいまだに古代ローマの女たちなのです。トゥスネルダはヘルマンとともに闘いました。[102] マリウスが勝利を収めたキンブリ族との戦い[103]には、男と同じほどの人数の女が加わっていました。

女たちは一家の大事に際し、苦しみや死を前にして勇敢です。わが国の市民騒乱では女たちがバリケードに旗を打ち立てます。――彼女らは雄々しくその首を死刑台に差し出すのです。北国やドイツに近い地方は、ジャンヌ・ダルクやジャンヌ・アシェット[104]のような女たちを輩出しました。しかしフランスの女たちの大半は、我が子を愛するがゆえに戦争を恐れるのです。

戦いに加わる女たちはフランク族の女たちです。アジア出自のこの民族[105]には、女たちを戦場に立たせて戦士たちの勇気を鼓舞し、褒賞としてその女たちを与える伝統があります。アラブ人にも同様の風習が見られます。身を捧げる処女はカドラと呼ばれ、彼女のために命を捨てる覚悟をした男たちに囲まれて最前列を進むのです。――一方フランク人の場合は何人もの女たちを前線に押し出します。

女たちがあまりに勇敢であるばかりか、しばしば残忍でさえあったことは、サリカ法[106]が採用される原因となりました。しかしながら戦士であろうがなかろうが、フランスで女たちが支配力を失うことは決してなかったのです。ときには王妃として、あるいは寵姫として。

ラ・コルビニエールの病気は、彼がイタリアに戻る決心をする原因となりました。ところが彼は旅券を持って出るのを忘れてしまいました。「わたくしたちはたいそう困りました」とアンジェリックは述べています。「ライストルという城砦までやってきたとき、通すわけにはいかないといわれたのです。そして病気であるにもかかわらず夫は留め置かれました」アンジェリックのほうは自由を認められていたため、ラ・コルビニエールの恩赦を得ようとインスブルックに赴き、レオポルト大公妃[107]の足元に身を投げて恩赦を乞いました。――妻はそういっていないものの、ラ・コルビニエールは要するに軍隊から逃亡してしまったのでしょう。

大公妃の署名入り恩赦状を手に、アンジェリックは夫の留め置かれている場所に戻りました。それはライツという町でしたが、彼女は人々に囚われの身のフランス人貴族を知らないかと尋ねました。教わった場所に行ってみると、夫はストーブの傍らで半ば死んだようになっていました。――彼女は夫をヴェローナまで連れ帰りました。そこで彼女はド・ラ・トゥール（ド・ペリゴール）氏と再会し、夫に徽章を売り払わせたことを非難しました。それが彼の不幸の原因をなしたのです。「いったいそれが」と彼女は付け加えています。「まだわたくしに愛情を抱いていたためなのか、それともあわれみからだったのかはわかりませんが、ともあれこのおかたはわたくしに二十ピストルと家具一式をくださったのです。しかし身の処し方を知らない夫は、わずかのあいだにお金をすべて使いはたしてしまいました」

彼はいくらか健康を回復し、ド・ラ・ペルル氏とエスキュット氏という二人の仲間とともに始終、放蕩にふけるようになりました。それでも妻の愛情は弱まることがありません。彼女は意を決し、「まったくの不如意のうちに暮らさずにすむよう、下宿人をおくことにした」のです。——これはうまくいきました。——ただしラ・コルビニエールはもうけをことごとく、家の外で使ってしまいました。「このことは」と彼女は述べています。「わたくしを死ぬほど苦しめました」彼はとうとう家具まで売り払ってしまいました。——こうしてもはや暮らしは立ちゆかなくなりました。

「それでもなお」と哀れな妻はいうのです。「わたくしはあいかわらず自分の愛情が、ふたりがフランスを去ったときと同じくらい大きいことを感じていました。母からの最初の手紙をうけとったとき、その愛情がふたつに引きさかれたことはたしかです……。けれども正直にいうなら、わたくしがこの人に抱いていた愛は両親に対する愛情をもしのいでいたのでした」

第九の手紙

新たな知られざる事実。――セレスタン会修道士グサンクールの手記。――アンジェリックの最後の冒険。――ラ・コルビニエールの死。――手紙。

古文書館に所蔵されているアンジェリックの自筆の手記はそこで終っています。しかし同じ書類には、彼女の従兄であるセレスタン会修道士グサンクールによる次のような覚書が付されていました。アンジェリック・ド・ロングヴァルの話と同じような魅力があるとはいえませんが、こちらにも誠実な素朴さはうかがえるのです。以下はセレスタン会修道士グサンクールの覚書の一節です。

「必要に迫られ彼らは居酒屋を始めた。――飲み食いにやってくるフランスの兵士たちは敬意を払い、彼女には酒を注がせたがらなかった。彼女はリネンの襟飾りを縫ったが、毎日八スーの稼ぎにしかならなかった。仕事を抱えて一日じゅう地下室に籠り、夫のほうは客と一緒になって酒ばかり飲んだせいですっかり赤鼻になってしまった。

ある日、彼女が戸口にいたとき一人の大尉が通りがかり深々とお辞儀をした。彼女もお辞儀を返した。——これを嫉妬深い夫に見られた。夫は彼女を呼んで喉首をつかんだ。彼女はやっとのことで叫び声を上げた。飲んでいた客たちが行ってみると彼女は半ば意識を失って地面に倒れていた。——夫はなおも彼女の脇腹を蹴りつけ、彼女は言葉も出ないありさまだった。夫が弁解していわく、あいつと口を利くのは禁じておいたはずだ、もし口を利いていたら剣を突き刺してやったところだ、と」

アンジェリックの夫は放蕩のあげく骨と皮になってしまいました。この頃、彼女は母に手紙を書いて赦しを請うたのです。母からの返事には、お前のことは赦すから戻っておいで、遺言の中でもお前のことは忘れずに触れておくからとありました。

遺言はヌヴィル＝アン＝エズ（オワーズ県の村）の教会に保存されており、遺贈額は八千リーヴルとなっています。

アンジェリック・ド・ロングヴァルが留守にしていたあいだに、とあるピカルディの娘が彼女の地位を騙り取ろうと目論んで、アンジェリックになりすましたことがありました。——ずうずうしくも、アンジェリックの母親であるダロクール伯爵夫人の前に現れさえしたのですが、夫人はあなたは私の娘ではないといったのです。娘はあることないこと吹聴したので、親族のうちにはその言い分を信じてアンジェリックだと信じた者が何人もいたほどでした……。

従兄のセレスタン会修道士は、彼女に戻ってくるよう手紙を書きました。——しかしラ・コルビニエールは、フランスに戻ったなら逮捕され処刑されるのではないかと恐れて耳を貸そうとしません。フランスでの行いは彼自身にもよい結果をもたらしていませんでした。——アンジェリックの罪ゆえに、ダロクール伯爵は「豚肉店を営んで生計を立てていた」ラ・コルビニエールの母と兄弟を、クレルモン＝シュル＝オワーズの城下から追い払ってしまったのです。

ダロクール伯爵夫人はとうとう一六三六年十二月にヌヴィル＝アン＝エズで亡くなり、今もそこに眠っています（ダロクール伯爵は一六三一年に亡くなっています）。彼らの娘は夫にさんざん懇願して、やっとフランスに戻ることを同意させました。フェラーラに到着、そこで二人とも病気になり――十二日間の滞在――、リヴォルノで船に乗ってアヴィニョンに到着。二人は相変わらず病気のままです。その地でラ・コルビニエールは一六四二年八月五日に亡くなりました。彼は（アヴィニョンの）サン＝マドレーヌ教会に眠っています。――いまわの際には、自分の妻に対するひどい扱いを深く悔やみ、「おまえの心を慰め、悲しみをぬぐい去るには、わたしがおまえにどんな扱いをしたかを思い出すがいい」と言い残したのでした。

「そこで」セレスタン会修道士は続けます。「彼女は非常な窮状に陥ったので、セレスタン会の人々の助けがなかったならば飢え死にしていただろうと、のちに私への手紙に書き、また直接私に語りもした。

　彼女は乗合馬車で十月十九日日曜日にパリに着き、親友だったブーローニュ夫人に迎えに来てくれるよう頼んだ。夫人が不在であったので宿の主人が迎えに行った。翌日、昼食後に彼女はくだんのブーローニュ夫人および自らの義母、つまりラ・コルビニエールの母ともども私に会いに来た。息子のせいでクレルモンを追われて以来、母親はフェラン氏の家で台所付女中として働くことを余儀なくされていた。

彼女が最初にしたのは、私の足元に身を投げ、両手を合わせて赦しを求めることであった。女たちは涙を催した。私は、あなたを赦しはしない（そう聞いて彼女は嘆息したが、続きを聞いて安堵の吐息を洩らした）、なぜならあなたは私に罪など犯していないのだからといった。そして彼女に手を差し伸べて「お立ちなさい」と呼びかけ、傍らに座らせた。そこで彼女は、それまでに手紙で何度も書いてきたことを繰り返し述べた。つまり神さまと母上の次に、私のおかげで自分は生きていられるのです、と」

四年後、彼女はニヴィレル（オワーズ県の村）に隠退したのですが、ひどく不幸せで、肌着にも事欠くありさまだったことは、以下の手紙にも明らかです。

〈彼女が帰国の四年後、ニヴィレルから従兄のセレスタン会修道士に書き送った手紙〉

一六四六年一月七日

やさしいお父さま（彼女は修道士をこう呼んでいたのです）、

無音にうちすぎましたことを、あなたさまのおやさしさに対する感謝の念に欠けているからだとはどうかお思いになりませんよう、つつしんでお願い申し上げます。終生、あなたさまへの感謝を忘れることなどございません。ただ、その気持ちをお示しするのに、自分にはあいかわらず言葉しかもちあわせがありませんことを恥じるがゆえのことでございます。つつみ隠さずに申し上げるなら、悪運に責めさいなまれるあまり、肌着にも事欠くありさまでございます。そんな貧困ゆえにこれまで、あなたさまにもブーローニュさまにもお手紙を書くことができずにおりました。なにしろこれまでおふたりにはわたくしのせいでさんざん苦労をおかけしてきただけに、そのお返しとして喜びだけをお受け取りになられるべきだと考えたからです。ですからどうか、わたくしの心がまえをではなく、わたくしの不幸をお責めになりますように。そしてやさしいお父さま、なにとぞご近況をお知らせくださいませ。

あなたさまのごくつつましいしもべより。

A・ド・ロングヴァル

（パリ、セレスタン会修道院、グサンクール様）

これ以上のことは何もわかりません。――この愛の物語についての、セレスタン会修道士グサンクールの全般的な意見は次のとおりです。そもそも修道士の単純な想像力にとって、従妹（いとこ）がしがない豚肉屋ふぜいに恋をするなど思いもよらぬことで、すべては魔術のせいなのでした。――そこで彼は次のように考えたのです。
「彼らの出発は一六三二年四旬節の最初の日曜日の夜であった。――戻ってきたのは一六四二年の四旬節である。――両人は駆け落ちする三年前から好きあっていた。――彼女に恋心を抱かせるために、彼はクレルモンで作らせたジャムを食べさせたのだが、そのジャムにはカンタリス[108]が入っていた。それで娘は興奮したが、恋に落ちたわけではない。だが続いて煮たマルメロを食べさせられたので、以後、非常な恋心を抱くこととなった」

修道士が従妹に肌着一枚なりと与えた証拠はどこにもありません。――アンジェリックは一族の中ではよく思われていませんでした。――それは、クレルモン＝アン＝ボーヴェジ総督ジャック＝アニバル・ド・ロングヴァルと、サン＝リモの奥方シュザンヌ・ダルカンヴィリエの名の見える一族の家系図に、彼女の名が記されていないという事実にもうかがえます。両者はアニバルの名を受け継ぐ息子を二人残しましたが、その二人目のアレクサンドルという名の息子こそ、姉が「父上と母上のものを盗む」のをやめさせようとしたあの男児です。——彼らにはさらに息子が二人いました。——しかし娘については触れられていません。

第十の手紙

わが友シルヴァン。——ソワソネのロングヴァルの城。——投書。——追伸。

私はこの土地を旅するときには必ず、一人の友人につきあってもらうことにしています。彼のことはシルヴァンというファーストネームで呼ぶことにしましょう。これはこの地方ではごくありふれた名前です。——女性形はあの優美なシルヴィ、——シャンチイの森の花束によって有名になった名前です。詩人テオフィル・ド・ヴィオーはその森にしげしげと通い夢想にふけったのでした。(109)

私はシルヴァンにいいました。――「シャンチイに行こうか？」

彼は答えました。――「だめだよ……。きみは昨日、自分でいってたじゃないか。ソワソンに行くために、まずエルムノンヴィルに行かなけりゃならない、それからシャンパーニュと接したソワソン[110]にあるロングヴァル城の廃墟を訪ねるんだって」

「そうだった」と私は答えました。「昨日の晩はあの美しいアンジェリック・ド・ロングヴァルのことで、頭がぼうっとなっていたからね。だから彼女が――男装で、馬に乗って――ラ・コルビニエールに連れ去られた、その城を見てみたいと思ったんだ」

「確かなのかい、それが本当にロングヴァル家のものだっていうことは。何しろロングヴァルやロングヴィルの一族はそこらじゅうにいるからな……。ビュコワ一族と同じように……」

「ビュコワのほうについては確信が持てないんだが、とにかくアンジェリックの手記のこのくだりだけでも読んでみてくれ。

「あの人が夜、呼びにくるその日になりましたので、わたくしはブルトーという名の馬丁にいいました。『馬を一頭貸してもらえないかしら、今夜、ソワソンまで、わたくしのガウンを作るためのタフタ織の布地を取りにやりたいのよ。馬は母上が起きてこられる前には必ず、戻っているようにするから……』」

「とすると間違いないようだな」——とシルヴァンはいいました——「ロングヴァルの城はソワソンのあたりにあったんだ。それならなおのこと、シャンチイに戻っている場合じゃないぞ。そんな風に行き先を変えたせいで、きみはすでに一度、逮捕されそうになったことがあるじゃないか。——急に考えを変える人間というのは、とかく怪しく見えるものだよ……」

投　書

あなたはビュコワ神父をめぐる最初のころの記事についての読者からの投書を二通、転送してくださいました。一通目は、ある略伝にもとづき、Bucquoy と Bucquoi は同じ名前を示しているのではないと主張する手紙です。——それに対しては、昔は名前に定まった綴りはなかったのだとお返事しましょう。一族の同一性は紋章によってしか確定できないのですが、この一族の紋章に関してはすでに示しておきました（盾形紋地にシベリアス模様（銀と青の釣鐘が交互に並ぶ）とギュールズ（赤地）斜帯入りで、六つの部分からなる）[11]。それがピカルディであれ、イル＝ド＝フランスであれ、ビュコワ神父の出たシャンパーニュであれ、すべての家系で用いられているのです。すでにご存知のとおり、ロングヴァルはシャンパーニュに接しています。――紋章学的議論をこれ以上繰り広げてもしかたがありません。

あなたから受け取った二通目の投書は、ベルギーからのものでした。

「ジェラール・ド・ネルヴァル氏に共感を抱く読者として、氏に喜んでいただければと願い、ここに資料を同封いたします。リアンセ修正案から生まれた捕えがたい羽虫ともいうべきビュコワ神父を求めての、氏のユーモラスな遍歴の続きのために、ひょっとしたら何がしかお役に立つかもしれません」

「156 Olivier de Wree, de vermoerde oorlogh-stucken van den woonderdadighen velt-heer Carel de Longueval, grave van Busquoy, Baron de Vaux. Brugge, 1625. ―Ej. mengheldichten : fyghes noeper ; Bacchus-Cortryck. *Ibid*, 1625. ―Ej. Venus-Ban. *Ibid*, 1625, in-12, oblong, vél.[*]

興味深い稀書。水の染みあり」

＊　ここに印刷した注釈は目録からの抜粋である。かくして、われわれはすでにビュコワの名について五通りの綴り方を知っていたのだが、この Busquoy で六つ目ということになる。

このフランドル語の書誌の項目を翻訳するつもりはありません。——ただ、これが十二月五日以降、ブリュッセル、パロワシヤン通り五番地、ヘベルレ氏の管理の下に売りに出される予定になっている蔵書の内容目録の一部であることを申し添えましょう。

私としてはテシュネルの売り立てを待ちたいと思います。——それが予定どおり、二十日に行われるのならばいいのですが。

廃墟。――散策。――シャーリ。
――エルムノンヴィル。――ルソーの墓。

これまでにお送りした手紙の一通で、反動という言葉を誤って用いてしまいました。つまり、権力の濫用が反対方向への反動を引き起こすと書いたのです[112]。

一見、これは単純な誤りだと思えます。――しかしながら反動にもいろいろな種類があります。遠回りの道を取るものもあれば、止まってしまうことが反動となる場合もあります。私がいいたかったのは、行き過ぎは別のさまざまな行き過ぎを生むということでした。つまり放火や、私的略奪を非難しないわけにはいきません。――今日では稀になっているとはいえ。騒擾状態の群衆のうちには敵意ある、ないしは異質な分子が常に混ざっていて、一般的な良識が働いていたなら課されたはずの限界を越えたところまで事態を進展させてしまうのです。そして最後には必ずや、良識によって限界線が引かれることになります。

その証拠としては、ある名高い愛書家が語ってくれた逸話を一つご紹介するだけで十分でしょう。――その人とは別の愛書家が主人公です。

二月革命[113]の日、人々は馬車――王室費に計上されるという――を何台か炎上させました。これは確かに、大きな過ちであり、闘士たちの背後に裏切者たちも引き連れていた混成の群衆は、今日、その点できびしく非難されています……。

その晩、くだんの愛書家はパレ＝ナシオナル（パレ＝ロワイヤルのこと）に出かけていきました。彼の気にかかっていたのは馬車のことではありません。『ペルスフォレ』[114]という題名の二つ折り版四巻本のことが心配だったのです。

それはアーサー王――あるいはシャルルマーニュ――系列の古譚の一つで、われらが最古の騎士たちの戦いを描く叙事詩が含まれています。

愛書家は群衆をかきわけて進み、宮殿（パレ）の中庭に入っていきました。――かぼそい男で、ぎすぎすした顔立ちですが、しかし皺を寄せて微笑むとやさしい表情になります。きちんとした黒服姿で、人々は好奇心をそそられて道を開けました。

「諸君」彼はいいました。「『ペルスフォレ』は燃やされてしまったかね？」

「馬車しか燃やしていないよ」

「大変けっこう！　お続けなさい。だが書庫は？」

「手を出しちゃいませんよ……。ところで、何の御用です？」

「『ペルスフォレ』の四巻本の版を大切にしていただきたいのです。――いにしえの英雄の物語ですよ……。たった一つしかない版で、二頁が入れ違っていて、第三巻に大きなインクの染みがついています」

だれかが彼に答えました。

「二階に行ってみなさい」

二階で会った人々はこういいました。

「始めに起こったことは残念でした……。騒ぎの中で絵が何枚か駄目になったのです……」

「ああ、それは知っています。オラス・ヴェルネ[115]が一枚に、ギュダン[116]が一枚……。そんなのはみな何でもありませんよ。――で、『ペルスフォレ』は？……」

人々は彼を狂人扱いしました。彼はいったん引き下がると、自分の家に避難していた宮殿の門番女をどうにか見つけ出しました。

「マダム、群衆が書庫の中までは入り込まなかったならば、ひとつだけご確認いただきたい。『ペルスフォレ』がちゃんとあるのかどうか。――十六世紀の版で、羊皮紙で装丁された、ゴーム(ベルギー南部の町)の刊本です。残りの蔵書は何でもない……選書がなっていないのだ！――本を読まない連中が選んだから！だがあの『ペルスフォレ』ならば、競売にかける前に四万フランの値がつきます」

門番女は目を大きく見開きました。

「私なら、今すぐ二万払ってもいい……。革命のせいで相場は必ず下落するはずだが、それでもね」

「二万フラン！」

「金は家にあります。ただし、それはもっぱら、いずれ本を国民の手に戻すためなのです。あれは記念碑なのですから」

門番女は驚き、目がくらんで、勇敢にも書庫まで赴き小さな階段から中に入ることを承知しました。学者の熱意が乗り移ったのです。

問題の本が愛書家の記憶どおりの棚にあることを見届けて、門番女は戻ってきました。

「旦那様、本はそこにありました。でも三冊しかありませんでしたよ……。お間違えになっているんでしょう」

「三冊ですと！……　何という損失！……　臨時政府に会いに行ってこよう。——ともかく政府は存在しておるのでしょう……。『ペルスフォレ』が不揃いになってしまった！　革命とは恐るべきものだ！」

愛書家は市役所（オテル・ド・ヴィル）に駆けつけました。——ほかのことで手一杯で、書誌学の問題にかかずらっている暇などだれにもありません。しかしながら彼はアラゴ氏(117)をつかまえることができました。——アラゴ氏は訴えの重大さを理解し、ただちに命令が出されました。

『ペルスフォレ』が全冊揃っていなかったのは、一冊が貸し出し中だったからでした。

この作品がフランスに留まることができたのは何よりでしょう。

二十日に売りに出されるはずの『ビュコワ神父の物語』の場合は、ひょっとすると同様の運命とはいかないかもしれません！

さて、ここでどうかお願いしたいのですが、私が何か間違ったことを書くかもしれないということはご承知おきください。——何しろ急ぎの田舎まわりの途中で、しかも雨や霧にしょっちゅう足止めされるという次第なのですから……。

私は後ろ髪を引かれるようにしてサンリスをあとにします。——わが友がそう望むのも、私がうっかり口にしたアイデアに私を従わせようとしてのことなのですが……。

この町での滞在は実に愉しかった。ここではルネサンスと中世と古代ローマ時代がそこかしこに見出されるのです、——通りの角に、厩(うまや)の中に、地下倉の中に。——「蔦で覆われたローマ人たちの塔！」については前にお話ししました(第六の手紙)。——塔がまとっている永遠の緑は、われらの寒い土地の変わりやすい自然を恥じ入らせるものです。——オリエントでは、木々は常に青々としています。——どの樹木にも落葉の時期はあります。しかしその時期は樹木の性質によって異なります。カイロで私は、エジプトいちじくの木が夏に葉を落とすのを見ました。逆にそれは、一月には緑の葉をつけていたのです。

サンリスを取り囲む並木道は、いにしえのローマの城壁があったところで、——のちにカロリング朝(118)の王たちが長きにわたり滞在したおかげで修復されたこともあったのですが、――いまでは楡と菩提樹の赤茶色の葉が目に入るばかりです。とはいえ晴れた日の夕暮どき、あたりの眺めは相変らず美しい。――シャンチイ、コンピエーニュ、エルムノンヴィルの森、――シャーリ（本書「シルヴィ」第七章の舞台）やポン＝タルメの林が、互いを隔てる明るい緑の平原の上に、赤味を帯びたかたまりをなして際立っています。彼方の城にはなおも塔がそびえ続けています。――それらの城はサンリスの石材を用いた堅牢な造りですが、いまではおおむね鳩小屋としてしか使われていません。

　土地の人たちが（なぜだか知りませんが）骸骨と呼ぶ、梁の突き出た尖った鐘楼は、かつてルソーの魂に甘美な憂愁をもたらした鐘の音を、いまなお響かせているのです……。

　しようと決めた巡礼(119)を、最後までなしとげることにしましょう。偉人廟(パンテオン)に眠るなきがらのもとへではなく、――エルムノンヴィルの、ポプラ島と呼ばれる島にある彼の墓への巡礼を。

　サンリスのカテドラル、いまでは胸甲騎兵の兵舎に使われているサン＝ピエール教会、町の古い城壁を背にしたアンリ四世の城、シャルル肥満王(120)とその後継者たちのビザンチン風回廊。それらには足を止めるべきものは何もありません……。いまはまだ、森の中を歩きまわるにふさわしいときです。朝霧がしつこく残っているとはいえ。

私たちはサンリスを徒歩で出発し、林を抜けながら、秋のもやを幸福な気持ちで吸い込みました。

そしてモン゠レヴェックの森と城に通じる道を歩き通しました。——松の暗い緑を背にくっきりと映える紅葉を透かして、沼がそここに光って見えます。シルヴァンは土地の古い歌を歌ってくれました。

元気を！　友よ、元気を出そう！
もうすぐわれら、村に到着だ！
いちばん最初の家で、
喉を潤すとしようじゃないか！

村で飲まれている地酒は、旅の者にとってもなかなかいけるものでした。女主人はわれわれの髭を見ていいました。――「絵描きさんたちだね……。シャーリを見に来なさったんでしょう？」

シャーリ、――その名前を聞くと、はるか昔のことが思い出されました……年に一度、ミサを聞くために、そして近くで立つ市（いち）を見物するために修道院に連れていってもらった頃のことです。

「シャーリ」私はいいました……。「あの村はいまでもまだあるのですか？」

ラ・シャペル・アン・セルヴァル（サンリスの南約十キロの村）にて、十一月二十日

交響曲ならば、それがたとえ牧歌的な作品であっても、優雅で甘美な、あるいは恐怖を誘うような第一主題をときおり反復しつつ、やがてフィナーレともなればあらゆる楽器の音が嵐のように高まる中、ここぞとばかりその主題を轟かせるべきであるのと同様、――私もまた、彼の父祖たちの城へと向かう足取りを中断することなしに、ビュコワ神父の話に戻るのがよろしかろうと思うのです。正確な描写にもとづく演出

を凝らそうと意図してのことですが、それなしでは神父の冒険も興味の薄いものとなってしまうでしょう。

フィナーレはなおも先延ばしされてしまいますが、これもまた私の意に反してであることは、すぐにおわかりいただけるでしょう……。

ところでまず、国立図書館のあの親切なラヴネル氏に対する恩知らずな言葉を償っておかなければなりません。氏は書物の探索をあっさりすますどころか、八十万冊の蔵書すべてを引っ繰り返してみてくれたのです。私はそのことをあとから知りました。それでもなくなった本を見つけることができなかったため、氏はテシュネルの売り立てについて非公式に知らせてくださったのです。これこそは真の学者のやり方です。

大きな蔵書の売り立てというのは何日間も続くものであると知っていたので、私はくだんの本が売りに出される日を問い合わせました。もしまさに二十日であるなら、晩の売り立てに居合わせたかったからです。

ところがそれは三十日だというのです！

本は確かに「歴史」の項目中、三五八四番に分類されていました。『世にも稀なる出来事云々』、ご存知のとおりの表題です。

そして以下の注が付されていました。

「稀書。――この奇妙な本の表題は以上のとおり。巻頭に「生者たちの地獄」、あるいはバスチーユ監獄を描いた版画。それに続く一巻はおよそ風変りな事柄からなる。M…氏蔵書目録、等々」


この本の面白さを疑う向きもあるようですが、ミショーの伝記叢書[121]から抜き書きしたメモをご紹介しておけば、前もってその面白さをおわかりいただけることでしょう。

フランス、ボヘミア、ハンガリーでの戦役における名高い総司令官にして金羊毛勲章受勲者[122]、その孫シャルルが帝国皇太子となったビュコワ伯爵シャルル・ボナヴァンチュールの伝記に続き、――ド・ビュ、コワ神父の項目があり、――前者と同じ一族に属すと記されています。神父の政治的人生は五年間の兵役に端を発します。大変な危機を奇跡的に免れた彼は、俗世を捨てる決心をし、トラピスト大修道院に引き籠りました。ところが、シャトーブリアンがその最後の著作の題材としたランセ神父[123]は、信心が足りないとしてビュコワを追い出してしまいます。彼はふたたび飾り紐のついた軍服をまといますが、まもなくそれを一人の乞食のぼろ着と交換したのでした。

イスラム教の苦行者や托鉢修道僧にならって、謙虚さと厳しさの手本を示そうと考え、彼は諸国を遍歴しました。自らを死者と呼ばせ、ルーアンではその名前で無償の学校を開きもしたのです。

話の新鮮さがなくなってしまうと困りますから、ここまでにしておきましょう。この物語に真面目な部分があることを示すために、神父がのちに、ルイ十四世と戦っていたネーデルラント連邦に対し「フランスを共和国にするため、そして専制的権力を打倒するための案」なるものを提案したことのみ指摘しておきましょう。彼は九十歳でハノーファーで死去し、家具や本はカトリック教会に遺贈されました。決して教会を捨てたことはなかったのです。――彼のインドへの十六年にわたる旅行については、私にはまだ国立図書館のオランダ語の本以外に資料はありません。

修復工事がなされる前に土地の細かなところまで見ておこうと、私たちはシャーリに赴きました。まず、楡に囲まれた広大な城壁があります。それから左手に十六世紀様式の建物が見えますが、これはおそらくシャンチイの小城の重苦しい建築に合わせて、のちに修復されたものでしょう。

配膳室や調理場を見てしまうと、アンリ四世時代の吊り階段に導かれて、広々とした居室の並ぶ二階の回廊に出ます。――大小の居室が林に面して続いています。額縁に収まった何枚かの絵、大コンデ公(124)の騎馬姿や森の風景、それが私の目にとまったすべてでした。下の部屋には、三十五歳のころのアンリ四世の肖像があります。

それはガブリエル(125)の時代、――ひょっとしたら、この城は二人の恋を目の当たりにしたのかもしれません。――この王は私にとって、結局のところあまり好感のもてる人物ではありませんが、彼はとくに在位の始めのころ、しばらくサンリスに住んでいたことがありました。役場の扉の「自由、平等、博愛」の三語の上には彼の青銅像が掲げられ、そこに刻まれた銘には、王が最初に幸福を知ったのはサンリスにおいて――一五九〇年のことであったと記されています。――とはいえ、ヴォルテールがアリオストにならって作った劇(126)の中で、アンリ四世とガブリエル・デストレの恋の主要な舞台としたのはここではありません。

このデストレ家がまた、ビュコワ神父の親族であるというのは奇妙なことだと思われませんか？　しかしそれが一家の系図の示すところなのです(127)……。私は作り話など何ひとつしていません。

私たちに――長らく打ち捨てられていた――城を見せてくれたのは番人の息子でした。――学はなくとも、古い遺物を尊ぶことを知っている男です。彼は廃墟の中で自ら発見した修道僧を、城の一室で見せてくれました。石の櫃（ひつ）に寝かされたその骸骨を見て、私は僧侶ではなくケルトないしフランク族の戦士が、土地の風習に従い、顔を東方に向けて寝かされたのではないかと考えました。――このあたりには近郊のエルムノンヴィルはもちろんのこと、エルマンやアルメン*といった地名がよくあります。――エルムノンヴィルのことを、土地の者はアルム＝ノンヴィルとかノンヴァルと呼んでいますが、これは古くからの呼び名です。

主たる廃墟の一群は大修道院跡(128)で、これはシャルル七世（一四〇三―六一）の時代に建てられたとおぼしい後期ゴシック様式の建物です。カロリング朝の穹窿（きゅうりゅう）の跡に建てられたもので、墓はその重々しい柱の陰に隠れています。柱廊としては、修道院を最初の遺跡につなぐ交差リブヴォールトの長い歩廊が残るのみですが、そこにはシャルル肥満王の時代に彫られたビザンチン様式の円柱が、十六世紀の重厚な壁にはめこまれているのをいまでも見て取ることができます。

「お城から沼が見渡せるようにするために」番人の息子がいいました。「柱廊の壁を取っ払ってしまえばいいって。奥さまにそう進言した人がいるんです」

「奥さまには」私はいいました。「交差リブのアーチ部分が石で埋めてあるけれども、あそこだけ石を取り払ってしまうよう申し上げるべきだよ。そうすれば歩廊が沼の上にくっきりと浮かび上がって見える。そのほうがずっと優雅だと思うな」

番人の息子は忘れずに伝えると約束してくれました。

＊　エルマン、アルミニウス、ないしはおそらくヘルメス。(129)

遺跡がさらに続き、塔と礼拝堂がありました。私たちは塔に上ってみました。沼や川で区切られた谷間全体をつぶさに眺めることができました。エルムノンヴィルの砂漠と呼ばれる細長いはだかの土地には、灰色っぽい砂岩のところどころにやせた松とヒースが生えているのみです。

葉を落とした林の合間から、赤味がかった石切り場がそこかしこに浮かび上がり、野原や森の緑がかった色をひときわ鮮やかに見せていました。――白樺や、蔦に覆われた幹、そして晩秋になお残る緑の葉が、全体として赤味を帯びた森の中にくっきりと見え、青い色調の地平線がそれを囲んでいます。

　私たちは礼拝堂を見るために塔を下りました。それは実に素晴らしい建築物でした。すらりと伸びた柱やリブ、簡素で繊細な細部の装飾は、後期ゴシックとルネサンスの移行期に属するものであることを示しています。しかし中に入ってみて、私たちは絵画に目を見張りました。それらはむしろルネサンスのものと私には思われました。

「少しばかりしどけない聖女たちをご覧にいれましょう」と番人の息子がいいました。なるほど、扉の脇に一種の天界画がフレスコで描かれていて、色は褪せているものの保存状態は完璧ですが、下のほうをテンペラ絵具で塗り隠してあります。しかしこれは容易に修復できるでしょう[130]。

　シャーリの善良な修道士たちは、メディチ様式の肌もあらわな部分は消してしまいたかったのでしょう。――なるほど、これらの天使や聖女たちはいずれもみな、胸元や太腿をむき出しにしたエロスやニンフといった様子です。礼拝堂の後陣では、それよりは保存のいい、ルイ十二世(一四六二―一五一五)よりあとの時代に用いられた寓意的な様式の画像をリブのあいだから眺めることができます。――外に出ようと振り返ったとき、私たちは扉の上の紋章に気づきました。最後に装飾が加えられた時代を示しているはずの紋章です。

四分割された盾形紋[131]の細部まで見分けることはできませんでしたが、後世の手で青と白に塗り直されていました。1と4でまず目につくのは鳥で、番人の息子は白鳥だというのですが、――それぞれに二羽と一羽が並んでいます。ただし白鳥ではありませんでした。

翼を広げた鷲でしょうか、それともメルレット（水鳥の図像）か、アレリオン（翼を広げた小鷲の図像）か、あるいは稲妻に翼の紋でしょうか？

2と3にあるのは槍の穂先か、ユリの花か、いずれにせよ同じ意味です。盾に枢機卿の帽子が乗っかり、房が両脇に垂れた飾り紐が三角形を描いています。しかし三角形が何列になっているかまでは、石が磨滅しているため数えられませんでした。神父の帽子を表したものだったかもしれませんが、わかりません。

ここには参考書を持ってきていません。しかしあれはフランスの紋章を四つ割にしたロレーヌの紋章ではないかと思うのです。カトリック同盟によって、この地方でシャルル十世として王にまつりあげられたロレーヌ枢機卿の紋章でしょうか、それともやはりカトリック同盟にかつがれた別の枢機卿のものでしょうか[132]？……　何ともわかりかねます。自分でも認めなければなりませんが、私はいまだまったく非力な歴史家でしかないのですから。

第十一の手紙

エルムノンヴィルの城。――幻視者たち。――プロイセンの王。
――ガブリエルとルソー。――墓。――シャーリの神父たち。

シャーリをあとにして、なおいくつか木立をとおりすぎると砂漠に出ます。砂地が広がっていて、その真ん中に立つと四方には何も見えないほどです。――とはいえ半時間ほど歩けば、世にも静かで魅力的な景色にたどり着きます……。林のただ中にスイスを思わせるような風物がくっきりと現れ出るのは、自らの一族の故郷のおもかげを移植しようとしたルネ・ド・ジラルダン[133]のアイデアによるものです。

革命の数年前、エルムノンヴィルの城は宗教的幻視者（イリュミネ）たちが集いひそかに将来を準備する場所となっていました。有名なエルムノンヴィルの夜会には、サン＝ジェルマン伯爵[134]、メスメル[135]、そしてカリオストロ[136]らが入れかわり立ちかわり登場し、ひらめきに満ちた会話のなかで、のちにいわゆるジュネーヴ派[137]があとを引き継ぐことになるような思考や逆説を展開したのでした。——思うに、アラスのスコットランド系結社の創設者の息子ド・ロベスピエール氏も、まだごく若いころに、——そしてのちにはおそらくセナンクール[138]、サン＝マルタン[139]、デュポン・ド・ヌムール[140]、そしてカゾット[141]らが、この城か、あるいはモルトフォンテーヌのル・ペルチエ[142]の城にやってきては、古い社会の改革をめざす奇抜なアイデアを開陳したのではないでしょうか。その社会は、どんな若者の顔でも年寄りくさく見せてしまう髪粉の使用といった流行現象にいたるまで、抜本的な変革の必要を示していたのでした。

　サン＝ジェルマンはそれより前の時代の人物ですが、やはりここにやってきていたのです。ルイ十五世に、首を刎ねられた孫（ルイ十六世）の姿を鋼（はがね）の鏡に映して見せたのは彼でした。ちょうどノストラダムスが、マリー・ド・メディシスに彼女の血を引く王たちを見せたとき、四番目の王の頭が刎ねられていたのと同じように[143]。

　そんなのは子供だましでしかありません。神秘家の本領を示しているのはボーマルシェ[144]の伝える事柄で、プロイセンの兵士たちが――ヴェルダンまでやってきたとき――予期せぬことに突如、撤退したというのです。それは王の前に突如亡霊が現れたためで、王はいにしえの騎士がそんな風にいったように、「これより先には進むまいぞ！」と叫んだのでした。

フランスとドイツの幻視者たちのあいだには結社のつながりがあり、互いに理解しあっていました。わが国では、ヴァイスハウプト[145]とヤコブ・ベーメ[146]の教説が、起源を同じくする種族としての古来の共感と長年の親炙(しんしゃ)により、いにしえのフランク族やブルグント族[147]の地方に浸透していきました。フリードリヒ二世の甥(フリードリヒ・ヴィルヘルム二世)につかえた首相[148]その人も幻視者でした。ボーマルシェの推測によれば、ヴェルダンでは動物磁気の催しと見せかけて、フリードリヒ・ヴィルヘルム二世の前に叔父の霊を出現させ、シャルル六世に向かって亡霊がいったごとく「引き返せ！」といわせたというのです[149]。

こうした奇妙な事例には想像も及ばないものがあります。ただし懐疑家であるボーマルシェは、この幻術の一場面のためにパリから、以前フリードリヒ二世を演じたことのある俳優フルーリ[150]が呼ばれ、プロイセン王をだましたのだと主張しています。プロイセン王がそののち、フランスに対抗する諸王の連盟[151]を脱退したことは人も知るとおりです。

いま私がいる場所にまつわる思い出のせいで、私自身、胸苦しさを覚えています。その結果、あなたにはこうした一切を行き当たりばったり、ただし確実な情報源にもとづいてお送りする次第です。記憶にとどめるべきより大切な事柄、それは王政復古期にわが国が敗北を喫した際、この土地を占領したプロイセンの将軍が、ジャン゠ジャック・ルソーの墓がエルムノンヴィルにあると聞いて、コンピエーニュからこちらの全地域に対し占領軍費用の負担を免除したという事実です。確かダンハルト大公だったと思います。[152] 必要な折にはこの事実を思い出すようにしましょう。

ルソーはエルムノンヴィルにほんのわずかなあいだしか滞在しませんでした。彼がこの地に身を寄せることにしたのは、モンモランシー[153]の「隠棲荘(エルミタージュ)」からここまで散歩してくるたびに、この土地が植物採集家に対し、変化に富む土壌のおかげでさまざまな注目すべき植物の種類を提供してくれていることに以前から気づいていたためでした。

私たちは「白十字」旅館に泊まりました。ルソーその人も到着後しばらく滞在した宿です。それから彼はやはり城の反対側にある家に間借りしたのですが、今日では食料品屋が入っています。ルネ・ド・ジラルダン氏は城の門番が住むあずまやと向かいあった、使っていない別のあずまやをルソーに提供しました。ルソーはそこで死んだのです。

朝起きると、私たちはまだ秋の霧に覆われている林を散歩しに行きました。霧は少しずつ晴れて、合間から湖沼の青い鏡のような面（おもて）が現れました。こういう遠近法の効果を、私は昔の煙草入れの絵で見たことがあります……。池の向こうにポプラ島が見えました。池の下方には人工洞窟（グロッタ）があり、池から水が落ちてくる仕掛けになっていて、水が落ちると……。その様子はゲスナー[154]の牧歌にあるとおりです。

林を歩いていると出会う岩々には、詩的な銘文が刻まれています。こちらには、

不壊（ふえ）の岩塊（がんかい）は時をも疲弊せしむ

とあり、あちらには、

　この地は恋にはやる牡鹿らの
　勇猛なる競争の舞台なり

はたまた、やどりぎ(ガリア人が神木とした)を切るドルイド僧の浅浮き彫りに添えて――

　人里離れた森にてのわれらが先祖はかくの如きなりき

こうした仰々しい詩句は、ルーシェ[155]の作ではないかという気がします……。ドリール[156]であれば、これほどかっちりとした詩句にはならなかったでしょう。

ルネ・ド・ジラルダン氏もまた詩を作っていました。――そのうえ、心の善良な人だったのです。この近くの泉水の壁面に彫られた次の詩句は彼のものでしょう。泉水をネプトゥヌスとアンピトリテ(海神ネプトゥヌスの妃)の像が見下ろしているのですが、後者はシャーリの天使や聖女たちと同じように、やや肌もあらわな様子をしています。

花盛りの岸辺にて、わが水の
　清らな水晶を心愉しく撒きしが、
　流れきて、この地に到る、
人の願いと家畜の欲求とに応えんものと。

わが豊かな壺の宝を汲むとき
思えよ、そは慈悲深き心遣いの賜物なりと。
願わくは、わが波の恵みによりて潤される者の、
　安らかに心足りた者たちのみであらんことを！

　詩の形式を云々するつもりはありません。——誠意ある人の思いを称えたいのです。彼がこの地に滞在した影響は、いまも深く感じられます。——あそこは踊りの会場、——「老人たちのベンチ」がなお見られます。あちらは弓を射る場所、そして賞品を授けるための壇……。水のほとりには、大理石の柱が並ぶ円形の神殿がありますが、

それは母なるウェヌス、あるいは慰めを与えるヘルメスに捧げられたものです。――こうした神話体系いっさいには当時、深遠な哲学的意味が備わっていたのでした。ルソーの墓は古代風の単純な形もそのまま、かつての姿を留めており、池の眠れる水に影を映す記念碑に落葉したポプラの木々がいまなお寄り添って、絵のような趣を湛えています。[157] ただし、参拝客を墓まで連れて行く小舟は、今日では水に沈んでいました……。どういうわけか、白鳥は島のまわりを優雅に泳ぐかわりに、濁った流れで水浴びするほうを好むのです。流れは柳の赤みを帯びた枝のあいだを堀に従って進み、街道に面した洗濯場に達しています。

私たちは城に戻りました。――これもまたアンリ四世の時代に建てられ、ルイ十五世のころに改修された建物ですが、もともとはさらに古い廃墟の上に建てられたのでしょう。――なぜなら他の部分と不調和な銃眼のついた塔が残っており、どっしりとした土台の四囲には水がめぐらされ、隠し戸や跳ね橋の名残が見られるからです。

門番は主人たちがそこに住んでいるからといって、居住部分の見学を許可してくれませんでした。[158]――芸術家は王侯の城ではもう少しましな扱いを受けるものです。王侯貴族は結局のところ、国民に何がしか借りがあると感じているからです。

私たちは大きな湖のほとりを散策することしか許されませんでした。左手にはいにしえの城の名残である、いわゆるガブリエルの塔がそびえているのが見えます。案内してくれた土地の人がいいました。「あれが別嬪のガブリエルの閉じ込められていた塔ですよ……。毎晩ルソーさんはあの窓の下にやってきてはギターを爪弾いていたのですが、王さまは焼餅を焼いて、何度もすきをうかがったあげく、とうとう暗殺させておしまいになったのです」

なるほど、伝説というのはこんな風に作られるものなのです。何百年ものちには、人々はそう信じるようになるでしょう。――アンリ四世とガブリエルも、ルソーも、この土地の大切な思い出なのです。人々はすでに――二百年の隔たりがあるにもかかわらず――両方の思い出を混同してしまっており、ルソーは徐々にアンリ四世の同時代人になりつつあります。民衆はルソーを愛しているので、民衆の苦しみに同情したこの人物にひいきするあまり――王はルソーに嫉妬し、かつ寵姫に裏切られていたと思いたがるのです。そういう考えのもとになっている感情には、おそらくわれわれが思う以上に真実なものがあるのでしょう。ポンパドゥール夫人からの百ルイを拒んだルソー(159)は、アンリによって建立された王権(ブルボン朝)を根底から瓦解させたのでした。すべては崩れ落ちたのです。――ルソーの不滅の像だけが、廃墟の上に建ち残っています。

彼の手になるシャンソンといえば、私たちがコンピエーニュで出会ったその最後の作は、ガブリエル以外の女性たちを讃えるものでした。しかし美の典型は天才と同じく永遠なのではないでしょうか？

庭園を出て、私たちは高台にある教会のほうへ向かいました。非常に古い教会ではありますが、この土地の多くの教会に比べて特に見どころがあるわけではありません。[160]墓地の扉は開いていました。そこで見たのは主として、ド・ヴィック――アンリ四世のかつての戦友――の墓で、アンリ四世は彼にエルムノンヴィルの領地を贈ったのです。一族の墓ですが、墓碑銘は一人の神父で途絶えています。――その後は娘たちばかりで、嫁ぎ先は平民です。――これが大半の旧家のたどった運命でした。神父たちの、非常に古びた碑文を読むのも難しい平らな墓が二つ、盛土の近くに残っています。そして小径のそばに簡素な石が一つあり、その上には「アルマゾールここに眠る」と刻まれています。道化でしょうか？――従僕でしょうか？――犬でしょうか？　石はそれ以上何も語ってくれません。

墓地の盛土の上からは、この地方のもっとも美しい一帯を見はるかすことができます。紅葉した大木、緑の松や柏のあいだに湖面がきらめいています。左手では砂漠の砂岩がドルイドの古代を思わせるような様相を帯び、右手にはルソーの墓が浮かび上がり、さらに遠くの岸辺には、そこにはいまさぬ女神——真理の女神だったに違いありません——のための大理石の神殿が建っています。

国民公会に派遣された代表団が哲学者の遺骸をパンテオンに移すためにやってきた日は、さぞかし華やかだったことでしょう。——村を歩いていると、少女たちのみずみずしい美しさに驚かされます。——大きな麦わら帽子をかぶって、まるでスイスの娘たちのようです……。『エミール』の作者の教育理念が守られたのでしょう。おそらく、さまざまな賞がもうけられて力やわざの鍛錬、踊り、精密な手仕事が奨励されているために、この地の若い人たちは元気潑剌として、有益な仕事をこなす才能を身につけているのです。

私はこの土手道が大好きです。——子どものころの思い出もある道なのですが、

――城の前をとおって村の二つの部分を結んでおり、両端には四本の低い塔が建っています。

シルヴァンがいいました。――「これでルソーのお墓は見たね。今度はダマルタンまで行かなくちゃならないな。ダマルタンでソワソン行きの馬車が見つかるだろう。そこからロングヴァルに行けばいい。城の前で洗濯をしている洗濯娘たちに、道を訊きに行こうよ」

「左の道をまっすぐお行きなさい」と洗濯娘たちはいいました。「それとも、右の道でもおんなじだけれど……。ヴェールかエーヴに着きますからね。――オチスを通りすぎて、二時間ほど歩けばダマルタンに着きますよ」

あてにならない娘たちのおかげで、ずいぶん奇妙な道のりをたどることになりました。――雨が降っていたこともつけ加えておかなければなりません。

道はひどく荒れていて、わだちに水が満々と溜まっているので、それを避けて草の上を歩かなければなりませんでした。胸元まで届く巨大な薊（あざみ）――半ば凍ってはいるが、なお勢いのある――によって、ときおり行く手をさえぎられました。

一里ほど進んだものの、ヴェールもエーヴもオチスも見当たらず、野原にさえ出ないので、どうやら道に迷ったらしいと気づきました。

不意に、右手に空き地が現れました。――暗伐(樹木をわずかに伐採すること)しただけの箇所とはいえ、それでも森の中がかなり明るくなったように思えるものです……。

私たちは、木の枝を組みあげて土で塗り固めまったく原始的な藁ぶき屋根をのせた小屋があるのに気づきました。入口で木こりがパイプをふかしています。

「ヴェールへの道は?……」

「ずいぶん遠くまで来てしまいましたな……。この道を行くと、モンタビーに着きますぞ」

「ヴェールに行きたいのです。――それともエーヴか……」

「それだったら、道を引き返しなされ……。半里ほど戻ってな(法律があるのですから、ここはメートル法に直してもいいでしょう)(161)。弓を引く広場に出たら、右手にお行きなされ。森から野原に出ますから。そうしたらヴェールへの行き方はだれでも教えてくれますよ」

私たちは弓の広場まで戻りました。そこには壇があり、七人の老人像が半円形の観覧席の観客です。それから小径に入っていったのですが、新緑の季節にはさぞ美しいことでしょう。足取りを励まし、人けのない寂しさをまぎらわすために、土地の民謡をなおもあれこれと歌いながら行きました。

道は悪魔のように延々と続いていきました、もっとも悪魔がどこまで延びるものかは知りませんが。——そんなことを考えたくなるのはパリジャンである証拠でしょう。——シルヴァンは森を出る前に、ルイ十四世時代のこんな輪舞（ロンド）の歌を歌いました。

　一人の騎士がおりました
　フランドルからの帰り道……

そこからはお伝えするのがむずかしいのです。——リフレインの部分は鼓手への呼びかけで、こんな風になっています。

　非常呼集（こしゅう）の太鼓を叩け
　夜の明けるそのときまで！

シルヴァンは口数少ない男ですが、――いったん歌い出したとなると、簡単には容赦してくれません。――もともとシャーリに住んでいたという赤い修道士たちの歌なるものを聞かせてくれました。――それがまた何という修道士たちでしょう！　テンプル騎士団員[162]たちだったのです！――王と教皇は彼らを火炙りにすることで意見の一致を見ました。

赤い修道士たちについてはこれだけにしておきましょう。

森を抜けると、耕作された土地に出ました。私たちはふるさとの土を靴の裏にたっぷりとつけて運んでいきました。――しかし結局はその先の野原で土をお返ししたわけですが……。ようやくヴェールに到着しました。――大きな村落です。

旅籠（はたご）の女将は親切で、その娘もたいそう愛想がいい。――きれいな栗色の髪にやさしく整った顔立ちをし、霧深い土地ならではの話しぶりがなんとも魅力的です。それはごく若い娘たちの声にも、ときとしてコントラルトの低音の響きを与えるのです！

「ようこそ、いらっしゃいまし」宿の女将がいいました……。「さあ、火に薪（まき）を足してさしあげましょう！」

「勝手をいって悪いけれど、夕食を出してもらえるかな」

「それでは最初に」女将がいいました。「オニオンスープをお作りしましょうか」

「悪くないね。で、そのあとは？」

「そのあとは、狩りの獲物がありますよ」

どうやら私たちはいいときに来あわせたようでした。

シルヴァンには才能があります。思慮ぶかい若者で、——あまり学はないものの、ちゃんと教育を受けなかったため自分が不完全にしか学べなかったものを完全なものにしようと頑張っているのです。

彼はとても物知りです。——懐中時計や……羅針盤だって組み立てることができます。——懐中時計で厄介なのは鎖で、つないで長くするのがむずかしいのだそうです……。羅針盤で厄介なのは、地球の磁極が必ずや針を引き寄せるということはわかるとしても、——そのほかのことについては、——原理や使い方に関して資料が不十分なのだそうです！

旅籠は少し人里離れているものの、造りはしっかりとしていて、私たちは一夜の宿を得ることができました。内側はまさしくワラキア(ルーマニア南部)風の設計による、回廊つきの中庭になっていました……。シルヴァンは娘に口づけしました。なかなかスタイルのいい娘です。私たちは二匹の猟犬をなでながらぬくぬくと足を暖め、犬たちは焼き串を回す音に耳をそばだてています。——夕餉のときの近いことを知らせる希望の音です……。

第十二の手紙

トゥールーズ氏。——二人の愛書家。——サン＝メダール・ド・ソワソン。——ロングヴァル・ド・ビュコワの城。——考察。

あなたからご依頼いただいた歴史物語の進行を十日間中断してしまったことを、やましく思ってはおりません。底本となるべき作品、つまりビュコワ神父の正式の物語の売り立ては十一月二十日のはずが、実際には三十日になってようやく行われたのでした。最初は引っ込められていたのか(そう教えてくれる人がいました)、あるいは目録に発表されている売り立ての順番自体からして、それより早く競(せ)りにかけるわけにはいかなかったのでしょうか。

他の多くの本と同様、この本もまた国外に流れてしまうかもしれず、北方の国々から私に寄せられた情報はオランダ語訳に触れているだけで、フランクフルトで印刷された、ドイツ語対訳つきのフランス語原典については何も教えてくれないのでした。

ご存知のとおり、私はパリでこの本をむなしく探しまわりました。公共図書館の蔵書には含まれていませんでした。専門書店も久しい以前から見たことがないといいます。ただ一人、トゥールーズ氏ならば所蔵しているかもしれないと教えてもらいました。

トゥールーズ氏は宗教上の論争の本を専門に扱っています。どんな性格の本なのかと尋ねてから、氏は私にいいました。「それは私のところにはありません……。手に入ったとしても、ひょっとするとお売りできないかもしれませんな」

ふだん聖職者たちに本を売っている氏としては、ヴォルテールの息子(啓蒙思想で育った不信心な世代)など相手にはしたくないのだとわかりました。

私は彼に、本はなくてもかまわない、問題の人物についてすでに大まかな知識は得たからといいました。

「それにしても、それで歴史が書けますかな！」と氏は答えました。*

＊　トゥールーズ氏、フォワン＝サン＝ジャック通り、[163]憲兵宿舎正面。

あなたはきっと、ド・モンメルケ氏[164]その他、いまなお健在の愛書家のだれかにビュコワ神父の物語を貸してもらうことだってできただろうにとおっしゃることでしょう。それに対して私は、真剣な愛書家は自分の蔵書を貸さないものだとお答えしましょう。本を傷めるのを恐れて、自分でも読まないくらいなのです。

ある有名な愛書家に一人の友人がいました。――この友人が、十六世紀にリヨンで刊行された十六折本のアナクレオン[165]詩集で、ビオン[166]とモスコス[167]とサッポー[168]の詩集を付した増補版に惚れ込みました。しかし本の持ち主は、自分の妻だってこの十六折本ほどは懸命に守らないだろうという人物。友人は昼食にやってくるたびごとに、関心のなさそうな様子で書庫を横切りました。しかしアナクレオンにこっそり目をくれていたのです。

ある日、彼は愛書家にいいました。「あの十六折本はどうするつもりかね、装丁もぞんざいだし……ページも切ってあるようだが？　何なら、イタリア版の『ポリフィルの旅』[169]を喜んで進呈しよう。アルド[170]の初版本で、ベラン[171]の版画入りだ……。あの十六折本と交換でね……。実は僕のギリシア詩人コレクションに加えたいんだよ」

　持ち主は微笑むだけでした。

「さらに何が欲しい？」

「何も。僕は本を交換するのは好きじゃない」

「それなら『薔薇物語』[172]も進呈するとしたらどうだ、余白のたっぷりある、マルグリット・ド・ヴァロワの書き込み入りの版だ」

「いや……。もうその話はよそう」

「お金となると、君も知ってのとおり僕は貧乏だ。でも、千フラン（約百万円）出そう」

「もう、やめようよ……」

「仕方がない！　千五百リーヴル（リーヴルはフランと同じ）出そう」

「友だち同士で金の話はごめんだね」

　抵抗に出会って、愛書家の友人はいよいよ欲求をつのらせました。さらに申し出を重ねて断られ続けた末に、彼はすっかりむきになってこんなことを口走りました。

「よし！　それなら君の本の売り立てのときに手に入れてやる」

「僕の本の売り立てだって？……　でも、僕のほうが君より若いんだぜ……」
「ああ、だが君はたちの悪い咳をしている」
「それならば君だって……。坐骨神経痛じゃないか」
「神経痛持ちでも八十まで生きるさ！……」

ここでやめておきましょう。この問答はモリエールの一場面か、それとも人間の愚かしさの物悲しい分析の一例となりそうです。それを陽気に扱うことは、エラスムスだけになしえたことでした……[173]。結局、愛書家は数か月後に死に、友人はその本を六百フランで手に入れたのです。

「それなのにあいつは、千五百フランで譲ってくれといっても聞かなかったんだ！」のちに彼は、その本を人に見せるたびにそういうのでした。とはいえ、五十年に及ぶ友情に唯一の影を投げかけたこの本以外の話になると、卓越した人物であった大切な友人のことを思い出して、彼は目を潤ませたのです。

書物や自筆原稿や芸術作品の蒐集という趣味が、フランスではもはや一般には理解されなくなってしまった時代にあって、この逸話には思い起こしてみるだけの価値があるでしょう。とはいえこの話によって、『ビュコワ神父』を手に入れようとしてなぜ私が苦労を重ねなければならなかったかもおわかりいただけることでしょう。

先週土曜日の七時に、私はソワソンから戻り――ソワソンでビュコワ一族についての情報を得られるものと期待したのですが――、テシュネルによるモトレー氏蔵書の売り立てに参加しました。売り立てはいまも続いており、一昨日「ブリュッセルの独立」紙（一八五〇年十二月一日付）に記事が出ていました。

本や骨董品の売り立ては、愛好家にとっては賭博場のような魅力を持っています。本を押し出したり金を集めたりする競売人の熊手（くまで）が、この比喩をきわめて正確なものとしてくれます。

競りは大いに活況を呈しました。一冊で六百フランの値をつけた本も現れました。十時十五分前、『ビュコワ神父の物語』が初値二十五フランで卓上に置かれました……。五十五フランで、常連客もテシュネル氏自身も手を引きました。私と競おうとする人物はたった一人でした。

六十五フランで、その愛好家も息が切れたのです。

競売人の槌（つち）が振り下ろされ、私が六十六フランで落札したことが告げられました。

それから私は売り立て費用として三フラン二十サンチームを請求されました。

あとになって、最後まで競り合った相手は国立図書館から派遣されてきた係員だったと知りました。

こうして本を入手し、私は執筆を続けることができる次第です。

敬具

ヴェールからダマルタンまでは、歩いてせいぜい一時間半ほどです。——よく晴れた朝、私は古い城のまわりに広がる十里もの地平線を眺めて愉しみました。かつてはこの地方全域に君臨する、たいそう恐れられた城だったのです。高い塔は壊されてしまいましたが、その跡は、散歩道にするため菩提樹の並木が植えられた高台に、なおはっきりと残っています。そこはまさに城の入口と中庭があった場所です。いばらとベラドンナの生垣が、なお残る深い空壕に人が落ちるのを妨げています。——町寄りの壕の一つには、弓の射手のために的がしつらえられています。

シルヴァンは自分の土地に帰りました。——私はヴィレル＝コトレの森を抜けてソワソンに向かう道を歩き続けました。森の木々はすっかり葉を落としていましたが、かつて暗伐が行われた広大な空き地に、いまでは松が植えられて、そこここで緑がよみがえっています。——夕刻、ソワソンに到着。六世紀にフランス国民の運命が決せられた「厳粛(アウグスタ)なるスエッソニウム」[174]の古い町です。

クロヴィスがソワソンの戦いでローマ軍に勝利を収めたのち、このフランク族の首長がランスを略奪して手に入れた金の壺を手放さざるを得ないという屈辱を味わった[175]のは人も知るとおりです。ひょっとしたら彼はすでに、神聖にして貴重な品を返すことで教会と和解しようと考えていたのかもしれません。そのとき戦士の一人が、壺もみなの分け前のうちに含めてほしいと言い出したのでした。平等は、アジアに源を発するフランク諸部族の原則だったのです。——金の壺は割られ、平等な分配を要求したフランク人の頭も、首長の戦闘用斧(フランシスク)の一撃のもと、壺と同じ運命をたどりました。これがわれらの君主政の起源です。

ソワソンは城砦都市としては二流でも、興味深い遺物を蔵しています。大聖堂には高い塔があり、そこから七里四方の土地が見渡せます。——主祭壇の後方にはルーベンスの立派な絵（「羊飼たちの礼拝」）が掛かっています。昔使われていたカテドラルのほうははるかに奇妙で、花綱模様で飾られ、レース状に透かし細工の入った鐘楼があります。残念ながら残っているのはファサードと塔だけです。さらにもう一つ教会があり、この地方が誇りとする美しい石材と古代ローマ式コンクリート(176)を用いて修復されている最中です。その現場で石切り職人たちと語りあいました。彼らはヒースの火を囲んで朝食を取っているところで、芸術の歴史に実によく通じているように思えました。彼らも私と同じく、いま取り組んでいる重苦しい教会ではなくて、昔カテドラルだったサン＝ジャン＝デ＝ヴィーニュ修道院のほうが修復されないことを遺憾に思っていました。――しかし前者のほうが居心地がいいのだそうです。信仰心が衰えていく現代、信者を引きつけるすべは優美さと快適さのほかにありません。

　見るべきものとして、職人たちは町のすぐそば、エーヌ川の橋と船着場の向こうにあるサン＝メダール大修道院を挙げました。最も新しい部分は聾唖学校の建物として使われています。そこでは驚きが待っていました。まず、半ば崩れた塔が目に入ったのですが、それはアベラール(177)がしばらくのあいだ閉じ込められていた塔だったのです。いまなお壁には、アベラールの刻みつけたラテン語の文字が残されています。――それから、最近発掘された広大な地下墓所。そこではルイ温厚王(178)の墓が発見されました。――その大きな石棺を見て、私はエジプトの墓を思い出しました。

　まるで古代ローマの墓のように、そこここに壁龕（へきがん）のついた地下の個室からなる墓所の近くには、この皇帝が実の子どもたちによって入れられていた牢獄があり、皇帝が壁のへこんだ奥にござを敷いて寝た跡などが完全に保存されています。それは地下墓所を満たす石灰土や化石の破片が湿気を遮断してくれたおかげでした。発掘作業としてはそれらを取り除くだけでよかったのであり、その作業はいまなお継続中で、日々新たな発見がもたらされています。――これはカロリング朝のポンペイなのです。

サン＝メダールを出てから、私はエーヌ川の岸辺で少し道に迷いました。川は赤く色づいた柳と葉の落ちたポプラのあいだを流れています。天気のいい日で、草は緑、二キロほど進むとキュフィという名の村に出ました。そこからソワソンの町のぎざぎざの塔、へりに石の階段がついたフランドル風の屋根がはっきりと見えました。

村では地元の白い発泡ワインで喉をうるおしましたが、シャンパーニュ地方のティザーヌ（発泡ワイン）によく似た味です。

実際、ここの土壌はエペルネとほとんど同一なのです。地層は隣接するシャンパーニュから続いており、南向きの丘の斜面は、やはり火のような熱い飲み口の赤ワイン、白ワインを産出します。家という家はどれも珪石を用いて建てられていて、石材の表面には葡萄のつるや巻貝によってスポンジのように穴が穿たれています。教会は古く、鄙(ひな)びた味があります。丘の高みにはガラス工場が建っています。

ここまで来たらもう、ソワソンに戻らないわけにはいきません。図書館や古文書保管所を訪ねて調査を続けるべく、ソワソンに戻りました。——図書館ではパリにもあるものしか見つかりませんでした。古文書は町役場にあり、町の歴史の古さを考えると興味を引かれました。書記は私にいいました。「私どもの古文書はこの上にありまして、——屋根裏にございます。ただし分類はされておりません」

「なぜですか?」

「なぜなら、そのための予算が町から出ないからです。資料の大部分はゴシック書体で書かれたラテン語でして……。パリからどなたか来ていただかないことには」

ビュコワ一族に関する情報をたやすく手に入れられる見込みがないことは明らかでした。ソワソンの古文書の現状については、古文書学者の皆さんに訴えておくに留めます。——フランスが自らの歴史に関する記憶の調査に出資するだけの豊かさをもった国であるなら、私としてはこの事実をお知らせできて満足に思うことでしょう。

このときちょうど町で開かれていた大きな市のことも、あなたにお伝えしておきましょう。――それから、『リュクレース・ボルジア』[179]をやっていた劇場のことや、鉄道の動きから取り残された場所にあるこの土地で、かなりよく保たれている地方の風習のことも。――さらには、現下の状況に住民たちが感じている苛立ちについても。彼らとしては一時期、北部鉄道の沿線に加えてもらいたいという希望を抱いていたのです。そうすれば大いに景気が振興されたでしょうから……。有力者がいたならば、ストラスブール線がこの地方の森を通っていてもおかしくなかったでしょう。そうすれば森の物産には販路が開けるのですから。――しかしそれは必ずしも公正とはかぎらない地元の要請、利益の絡んだ臆説の類にすぎません。

いまや、私が旅に出た目的は達せられました。ソワソンからランスへ行く乗合馬車がブレーヌまで運んでくれました。一時間後には、ビュコワ一族の出身地であるロングヴァル[180]に到着することができました。ここが美しいアンジェリックの暮らしたところ、その父親の本城のある場所なのです。アンジェリックの父親は、祖先であるビュコワ大伯爵がボヘミア戦役で攻め落としたのと同じくらいの数の城を所有していたようです。――ダマルタンでもそうだったように、塔は取り払われています。しかしながら地下室はいまも残っています。細長い谷間の村を見下ろす城の跡地は、七、八年前に廃墟が売却されたのちに建てられた建物で覆われています。小説作品に魅力を添えることのできる――歴史の実証的見地からしても無駄ではありません――、こうした土地の思い出を十分に胸に刻んで、私はシャトー＝チエリに着きました。ここではかの良き人ラ・フォンテーヌの彫像が物思いにふけっているのに挨拶することができます。像はマルヌ川のほとり、ストラスブール線の見える場所に建っています。(181)

考　察

「で、それから……」(ディドロならばそんな具合に話を始めたものだ、(182)といわれることでしょう。)

「とにかく、先を続けてください！」

「あなたはまさにそのディドロを模倣したのだ」

「ディドロはスターン(183)を模倣した……」

「スターンはスウィフトを模倣した」

「スウィフトはラブレーを模倣した」

「ラブレーはメルラン・コカイ[184]を模倣した……」

「メルラン・コカイはペトロニウス[185]を模倣した……」

「ペトロニウスはルキアノス[186]を模倣した。そしてルキアノスはほかの大勢を模倣した[187]……。そして行きつく先は結局、『オデュッセイア』の著者かもしれませんね。かの著者は主人公に十年間、地中海をさまよわせたあげく神話のイタケ島に連れ戻します。いっぽうその妃は五十人もの求婚者たちに取り巻かれ、昼に織った布を夜ごとほどいていたのです」

「でもユリシーズは結局、イタケ島に戻ることができたわけでしょう」

「私はビュコワ神父を見つけ出しましたよ」

「その話をしてください」

「一か月前からずっと、その話ばかりしてきたじゃありませんか。読者はもう飽き飽きでしょう。――カトリック同盟派、オーストリア軍総司令官のド・ビュコワ伯爵のことも、ド・ロングヴァル・ド・ビュコワ氏とその娘でラ・コルビニエールに連れ出されたアンジェリックのことも、――そして私がその廃墟の上を歩いてきた、一族の城のことも……。

　そして伯爵ド・ビュコワ神父についても、同様だと思いますよ。この人物について、手短かな伝記はすでに紹介しておきました。――ダルジャンソン氏は手紙の中で彼を自称ド・ビュコワ神父と呼んでいます。

　モトレー氏の売り立てで私が買ったばかりの本は、縁が無残に裁断されてさえいなかったなら六十六フラン二十サンチーム（六十六は六十九か）以上の値がついたでしょう。装丁は真新しく、魅力的な表題が金文字で刻まれています。『伯爵ド・ビュコワ神父殿の物語』云々。おそらくこの十二折本の価値は、著者の作った詩と散文の薄い冊子三冊があわせて綴じられている点にあるのですが、そちらの版型のほうが大きかったせいで本文の間際（まぎわ）まで余白が切られてしまっています。とはいえ、読むことはできます。

　この本にはブリュネやケラール、ミショーの書誌に載っているとおりの、すでに引用した全表題が記されています。前扉の口絵はバスチーユを描いた版画で、その上に「生者たちの地獄」と記され、次のような引用があります。「地獄へ降ルハイト易シ[188]」

ビュコワ神父の物語は『幻視者たち』（パリ、ヴィクトル・ルクー書店）と題した私の本で読むことができる。私が帝国図書館に寄贈した十二折本[189]もご参照いただけるだろう。

シャーリの礼拝堂創設者の紋章について、私の解釈には間違いがあったかもしれない。シャーリの修道院長たちについての記録が私のもとに送られてきた。「とりわけ、一五〇一年から一五二二年まで修道院長を務めたロベール・ド・ラ・トゥーレット（正しくはトゥーロット）が、大規模な修復を行った……」彼の墓は主祭壇の前に残っている。

「そこにメディチ家の人々が到来した。フェラーラ枢機卿イポリット・デステ[190]、一五五四年。――アラワ・デステ、一五八六年」

「続いて、ギーズ枢機卿ルイ、一六〇一年。シャルル＝ルイ・ド・ロレーヌ、一六三〇年」

エステ家の紋章は2と3に小鷲が一羽だけだが、シャーリの盾形四分割紋には1と4に三羽の小鷲が描かれていたことに注意する必要がある。

「ブルボン枢機卿で、一五五一年以降イル＝ド＝フランスの国王代理官を務めたシャルル二世（のちのシャルル十世――つまり昔のシャルル十世）には、プーランなる息子がいた」

この枢機卿＝国王には私生児が一人いたのだと考えたい。とはいえ、2と1（1と4の間違いか）に置かれた三羽の小鷲のことは理解できない。ロレーヌ家の小鷲であれば帯の上にあるはずだ。細かな点で申しわけないが、紋章の知識はフランス史の鍵である……。哀れな著述家風情にはいかんともしがたい！

シルヴィ

ヴァロワの思い出

1　失われた夜

とある劇場から出るところだった。毎晩、ぼくは恋焦がれる男ならではの装いをこらして、その劇場の前桟敷に陣取っていた。場内は満員のときもあれば、がらがらのときもあった。義理で駆り出された芝居通が三十人ほど平土間に座っているだけで、桟敷席には縁(ふち)なし帽をかぶり時代遅れの服装をしたご婦人方が、ちらほら目につく程度だとしても、――あるいは逆に、客席は活気に満ちてさんざめき、華やかな衣装や煌めく宝石、喜びあふれる顔ですべての階が飾られているとしても、いずれにせよどうでもいいことだった。ぼくは場内の様子に関心がないだけでなく、舞台にも注意を引かれなかった。――ただし、当時は傑作扱いされていたぱっとしない劇の第二場か第三場で、おなじみのあの女優の姿が現れるときだけは別だった。それまでうつろだった場内は彼女の登場で明るく輝き、彼女の息遣い一つ、せりふ一つで、周囲の人々のくすんだ顔も生き生きとした表情を取り戻すのだった。

　ぼくは彼女のうちでこそ生きていると感じていたし、彼女もまたぼくだけのために生きているのだった。その微笑みはぼくを限りない幸福で満たした。あんなにも優しく、それなのによく響くその声のふるえを聞くと、嬉しさと恋しさで身のわななく思いがした。ぼくにとって彼女はあらゆる完璧さを備え、こちらのいかなる熱狂、いかなる夢想にも応えてくれるのだった。――フットライトで下から照らされたときには日の光のように美しく、フットライトが消され、シャンデリアの明かりで上から照らされたときにはより自然な様子で、夜のように蒼白く、闇の中では自らの美しさのみによって輝く。その姿はまるで、額を星で飾った時の女神たち(ホーライ)(1)が、ヘルクラネウム(2)のフレスコ画の茶色い地に浮かび上がるかのようだった！

　一年このかた、ぼくは彼女がどういう人物なのか調べようという気も起こさないままでいた。彼女の面影を映し出す魔法の鏡を曇らせることを恐れていたのだ。――せいぜい、多少のうわさに耳を貸す程度だったが、それはもはや女優としてではなく、女としての彼女をめぐるうわさだった。そんなのはぼくにとって、エリードの姫(3)やトレビゾンドの女王(4)についてのうわさほどにも知る気になれなかった。――十八世紀の終わり頃を生きた伯父の一人が、その時代に生きた人ならではの知恵だろう、女優というのは女ではない、自然は女優に心を作るのを忘れたのだと早くからぼくに教えてくれていた。伯父がいうのはおそらく、当時の女優たちのことだったろう。しかし伯父は、自分の夢や失望の数々をぼくに語り、象牙に彫った肖像画や、煙草入れの飾りにしてしまっていたきれいなメダイヨン[5]、黄ばんだ恋文や色褪せたリボンの数々を見せながら、それにまつわる物語と顛末を話して聞かせたので、ぼくは時代の推移も考えに入れずに、女優といえばとかく偏見の目で見るようになっていたのである。

そのころぼくらは、一般に革命や、偉大な治世の衰退期に続く時代がそうであるような奇妙な時代に生きていた。そこにはもはやフロンドの乱[6]のころの雄々しい色好みも、摂政時代[7]の優雅に飾り立てた放蕩、総裁政府[8]時代の懐疑主義と狂おしい無礼講もなかった。それは活気、迷い、怠惰、輝かしいユートピア、哲学的ないし宗教的な憧れや取りとめのない熱狂が入り混じった状態で、そこに再生（ルネサンス）へと向かうある種の衝動や、過去の反目への嫌気、あてのない期待が加わり、——どこかペレグリヌス[9]やアプレイウス[10]の時代を思わせた。卑俗な人間は、美しいイシス女神[11]の手で自分を生まれ変わらせてくれるはずの薔薇の花束に憧れたのである。永遠に若く汚れのない女神は、夜になるとぼくらの前に姿を現し、昼の時間を無駄に過ごしたことを咎(とが)めるのだった。とはいえ野望はぼくらの世代のものではなく、地位や栄誉をめぐる貪欲な争いを目のあたりにして、ぼくらはその気になれば加われる活動の領域から遠ざかってしまうのだった。避難所として残されていたのはもはや詩人たちの象牙の塔だけで、ぼくらは群衆から逃れようとしてその塔をたえず上へ上へと登っていった。偉大な詩人たちに導かれて高みにまで達すると、ようやく孤独の汚れない空気を胸に吸い込み、伝説の黄金の杯から忘却を飲んで、詩と恋に酔った。とはいえ、ああ！　それは漠とした姿かたち、薔薇色と青に寄せる恋、抽象的なまぼろしへの恋でしかなかった。間近で見ると現実の女はぼくらのうぶな心に反発を抱かせた。女は女王か女神として現れるのでなければならず、とりわけ近寄ってはならないものだった。

　しかしながらぼくらのうちには、そんなプラトニックな逆説を少しも重んじない者たちもいた。彼らは、アレクサンドリアの夢[12]をよみがえらせるような夢想にふける仲間たちのさなかにあって、地下の神々の松明をふりかざす。すると火の粉は尾を引きながらつかの間、闇を照らし出した。――そんなわけで、消え失せた夢の残す苦い悲しみを胸に抱いて劇場から出ると、ぼくは好んであるサークルの集いに加わりにいくのだった。そこで大勢で夜食を取りながら、才気を煌かせ、激しやすく喧嘩っぱやく、ときに崇高でもあるような精神の持ち主たちの尽きることない雄弁に耳を傾けていると、どんな憂愁の思いも消えてしまうのだった。――革新の時代、あるいは頽廃の時代にはそんな精神の持ち主たちが必ずいるものだが、彼らの議論があまり高揚すると、ぼくらのうちでいちばん臆病な連中は、ついには匈奴族かトルクメン人、もしくはコサック[13]が演説家や詭弁家たちの議論をやめさせにやってくるのではないかと恐れて、ときおり窓の外を確かめにいかずにはいられなかった。

「飲もう、恋をしよう、それこそが英知だ!」というのが、最も若い者たちの唯一の意見だった。彼らの一人がぼくにいった。「いつもあの劇場できみに出くわすようになってからずいぶんたつじゃないか。ぼくが行くたびごとにだよ。いったい**どの**女がお目当てなんだ?」

どの女が?……だれか**別の**女のためにあそこに出かけるなど想像も及ばないことだった。とはいえぼくは名前を打ち明けた。――「そうだったのか!」友人は同情のこもった口調でいった。「いいかい、あそこにいるのが、その女優を送ってきた幸せな男さ。ぼくらのサークルの決まりは忠実に守るやつだから、女とまた会うのは夜が明けてからにするつもりなんだろう」

　ぼくはさして動揺することもなしに、彼が指さす人物に目を向けた。それは身なりのきちんとした若い男で、青白く神経質そうな顔をし、物腰は礼儀正しく、目には憂愁とやさしさを湛えていた。ホイスト(14)のテーブルに金貨を投じては、それを平然とすっていた。――「どうだっていいさ」とぼくはいった。「あの男だろうが、別のだれだろうが。とにかくだれか男がいなくてはならないんだろうし、あの男なら選ばれるにふさわしい男のようじゃないか」――「きみはどうなんだ?」――「ぼくか? ぼくが追い求めているのはただの面影、それだけさ」

　出がけに図書閲覧室に立ち寄り、何とはなしに新聞に目をやった。たしか株式相場を見ようとしたのだったと思う。潤沢にあったわが財産を使い果たしてなお残った中には、かなりの額の外国債が含まれていた。長いあいだ見向きもされなかったその債券が値を呼びそうだという噂が流れていた。――それは内閣が交代した結果生じた事態だった。債券はすでに非常な高値を呼んでいた。ぼくはふたたび金持ちになろうとしていた。

　そうした状況の変化から頭に浮かんだのはただ一つ、久しく恋してきた女を、望みさえすればわがものにできるという考えだった。——いまや自分の理想に手が届こうとしている。これもまた一つの幻想にすぎないのではないか、人を愚弄するただの印刷ミスなのではないか？ だがほかの各紙の報道も同様だった。——儲かった金額がぼくの前にモロク神[15]の黄金像のようにそびえ立った。「先ほどの青年はいったい何というだろう」とぼくは思った。「彼が一人残してきた女性を、ぼくが横取りするとしたら？……」 そんな考えにわれながら身ぶるいし、自分のプライドが許さないと感じた。

だめだ！ そんな風に、ぼくの年頃で、金の力で愛を殺したりするべきではない。人の心を金で買うような真似はぼくにはできない。それにそんなのは昔の考え方だ。そもそも、あれが金で身を売る女だなどとだれがいった？ ——まだ手にしたままの新聞にあてどなく目を走らせていると、次のような二行にぶつかった。「田舎の花束、祭り。——明日、サンリスの射手たちはロワジー[16]の射手たちに花束を贈る予定」。ごく簡単なそれらの言葉が、ぼくのうちにひとつながりの新たな印象を次々に呼び起こした。それは久しく忘れていた田舎の思い出、少年時代の素朴な祭りの遠いこだまだった。——角笛（つのぶえ）や太鼓が遠く方々の村落や森に鳴りひびいていた。若い娘たちは花飾りを編み、歌いながらリボンで飾った花束を作り上げていた。——それらのプレゼントを、牡牛の引く重い車が通りがかりに受け取り、ぼくら、その地方の子どもたちは弓矢をもって、騎士になったつもりで行進した。——当時は知るよしもなかった、そうやってぼくらが、新たな君主制や宗教が登場したのちにも生き残ったドルイドの祝祭(17)を、時代を越えて繰り返していたのだとは。

2　アドリエンヌ

ベッドに入ったものの、眠りにつくことはできなかった。夢うつつの境でまどろむうち、幼いころのすべてが思い出となってよみがえってきた。奇妙に織りなされていく夢の世界に精神がなおあらがっている状態においては、しばしば、人生の長い一時期のとりわけ際立った場面が、わずか数分のうちに次々と生起するさまを見ることができるのである。

アンリ四世の時代の城館をぼくは思い浮かべていた。スレートぶきのとがった屋根をのせ、ファサードは赤茶けた色で、角には黄ばんだ石が互いちがいにはめ込まれている。広々とした緑の庭園は楡と菩提樹に囲まれ、木々の葉のあいだから夕陽の光が燃える矢のように射し込んでいた。若い娘たちが芝生の上で、古い歌を歌いながら輪になって踊っているが、母親から受けついだその歌のフランス語は本来の純粋さを実によく保っていたので、ここは千年以上のあいだフランスの心臓が鼓動してきたヴァロワの古い土地なのだとしみじみ感じられるのだった。

その輪踊りの中で、ぼくはただ一人の男の子だった。ぼくは隣村のまだほんの幼い少女シルヴィを連れてきていた。シルヴィは元気溌剌として、黒い瞳に整った顔立ちをし、肌はうっすらと日に焼けていた！……　ぼくが好きなのは彼女だけ、彼女のことしか目に入らなかった――そのときまでは！　踊りの輪に、金髪で背の高い、アドリエンヌと呼ばれる美しい娘がいることに、ぼくはろくに気づいてもいなかった。突然、踊りの決まりに従って、アドリエンヌはぼくと二人きりで輪の真ん中に立たされた。ぼくらの背丈は同じくらいだった。みんなはぼくらにキスするようにいい、踊りと合唱はいよいよ勢いよくまわり出した。キスをしながら、ぼくは思わず彼女の手を握りしめずにはいられなかった。金髪の長い巻き毛がぼくの頬をなでた。そのときから、ぼくはそれまで覚えたこともなかった胸のときめきにとらわれた。——美しい娘は踊りの輪に戻してもらうために一曲歌わなければならなかった。みんなが彼女を囲んで腰を下ろすと、やがて娘はみずみずしく心に染みる、霧の多いこの土地の少女ならではの少しヴェールのかかったような声で、憂愁と恋の想いに満ちた古い恋の歌を一曲歌った。そうした歌ではいつだって、恋をした娘を罰しようとする父親の意志で塔に閉じ込められた姫君の、不幸な身の上が語られるのである。メロディは一節ごとにわななくような顫音(トリル)でしめくくられるのだが、その効果は少女たちが声をうまくふるわせて祖母たちのふるえ声をまねるとき、いっそう引き立つ。

彼女が歌ううちに、大きな木々から闇が降りてきて、昇り始めた月の光が、じっと聴き入るぼくらの輪から離れた彼女一人の上に落ちた。——歌は終わったが、沈黙を破ろうとする者はいなかった。かすかなもやが露となって芝生を覆い、草の先にその白い玉が連なっていた。ぼくらはまるで天国にいるような心地がした。——とうとうぼくは立ち上がり、城館の花壇まで駆けていった。そこには単彩で模様をつけたファイアンス焼きの大きな鉢に月桂樹が植えてあった。枝を二本取ってきて冠のように編み上げ、リボンを結びつけた。アドリエンヌの頭にその飾りをのせると、つやつやした葉が彼女の金髪の上で蒼白い月光を浴びて輝いた。その姿は、天国を間近にしてさまよう詩人に微笑みかけたダンテのベアトリーチェのようだった。(18)

アドリエンヌは立ち上がった。すらりとした体を伸ばし、ぼくらに向かって優雅に挨拶すると、走って城館の中に帰っていった。——彼女はいにしえのフランス王家と姻戚関係で結ばれた一族の子孫の孫娘ということだった。その血管にはヴァロワ王家の血が流れていたのだ。この祭りの日に限って、ぼくらの遊びに加わることが許されていたのである。もはやふたたび会えるはずもなかった。というのも翌日、彼女は寄宿生として預けられていた修道院に発ってしまったからだ。

シルヴィのそばに戻ってみると、彼女が泣いているのがわかった。歌を歌った美しい娘にぼくが手ずから冠を与えたことが涙の原因だった。もう一つ取ってこようと提案したが、そんなことはしてもらわなくていい、自分には冠をもらう資格などないのだからという答えだった。弁解しようとしてもむなしく、両親のところまで送っていくあいだ、彼女はぼくに一言も口をきかなかった。

ぼく自身、勉強を続けるためパリに呼び戻され、心に二重の面影を持ち帰った。悲しくも断ち切られた優しい友情と、——叶うはずもない、漠とした恋の面影だった。それらは苦しい物思いの源となり、中等学校での勉強もそれを鎮めてはくれなかった。アドリエンヌの姿のみが勝ち残った。——栄光と美のその幻影は、厳しい勉学のときもぼくを慰め、支えてくれた。次の年の夏休みになって、ぼくは垣間見ただけのあの美しい娘が、家族の意向により修道生活に入ったことを知ったのである。

3 決心

こうした思い出が夢うつつのうちによみがえり、ぼくにとってはすべての説明がついた。一人の女優に対する漠とした、希望のない恋、夜ごと開演の時間ともなればぼくを捕え、眠る時刻になるまで放してくれないその恋心は、蒼白い月光を浴びて開いた夜の花、白いもやに半ば浸された緑の芝生の上をすべっていった薔薇色とブロンドのまぼろしであるアドリエンヌの思い出から芽生えたものだった。——何年ものあいだ忘れていた顔とよく似ていることが、いまや不思議なほどはっきりとわかってきた。油絵に仕上げられていたのは、時とともにぼやけてしまっていた鉛筆画だった。それは巨匠の古いクロッキーを美術館で眺めたのちに、別のところでまばゆい原画と出会うようなものだ[19]。

女優の姿のもとに修道女を愛するとは！……　そしてもしそれが同じ一人の女だとしたら！　――そこには気を狂わせんばかりのものがある！　淀んだ水辺の藺草の上を逃げ去る鬼火のように、得体の知れぬ何かに引き寄せられるような、破滅を招きかねない誘惑だ……。現実をしっかり踏みしめよう。

それにしても、あんなに好きだったシルヴィのことを、どうして三年ものあいだ忘れていられたのだろう？……　とてもかわいい娘で、ロワジー一の別嬪さんだったのに！

あの娘がいるじゃないか。善良で、きっと心も清らかなままだろう。彼女の部屋の窓辺が目に浮かぶ。葡萄のつるが薔薇のつるにからまり、左手にはほおじろのかごが吊るされている。織物を織る錘の音を響かせながら、お気に入りの歌を歌う彼女の声が聞こえてくる。

　　きれいな娘がすわってた
　　小川の流れるそのほとり……

　彼女はまだぼくを待っている……。だれがあの娘を嫁にもらったりするだろう？　あんなに貧しいのに！[20]

　それに、あの娘の村や周囲の村にいるのは、野良着姿の善良な農民たち、荒れた手にやせた顔、日に焼けた肌をした者ばかりだ！　あの娘はぼくだけを愛していた、ちびのパリっ子のぼくだけを。それはロワジーの近くに伯父を訪ねていったころのことだが、その伯父もいまでは気の毒に死んでしまった。この三年というもの、ぼくは伯父が遺してくれたささやかながら、ぼくの人生には十分だったはずの財産を、お大尽気取りで浪費してきた。シルヴィが一緒だったなら財産をなくさずにいられただろうに。たまたまその一部が戻ってこようとしている。まだ時間はある。

　いまごろ、あの娘は何をしているだろう？　眠っているのか……いや、眠ってはいない。今日は弓の祭り、年に一度、一晩中踊り明かす日じゃないか。――祭りに出かけているはずだ……。

いま何時だろう？

ぼくは懐中時計を持っていなかった。

当時は、昔の住居を地方色もそのままに再現するため、骨董をあれこれ集めるのがはやりだった。ぼくの部屋には、逸品の数々が壮観を誇るただなかに、ルネサンス期の鼈甲（べっこう）の振子時計が一つ、よく磨かれてつやつやと光っていた。「時（クロノス）」の神をのせた金箔塗りの円屋根をメディチ様式の女像柱（カリアティード）が支え、女像柱は後肢で立ち上がった馬たちの上に乗っている、そんな趣向の時計である。文字盤の下には歴史上のディアナ(21)がお供の鹿にもたれかかった姿の浅浮き彫りが施されている。文字盤には黒金象嵌（くろがねぞうがん）細工が施され、時間を示す七宝の数字が並んでいる。機械仕掛はおそらく優秀なのだろうが、二世紀このかた、ねじが巻かれたことはなかった。――トゥーレーヌ（フランス中西部）でこの時計を買ったのは、時刻を知るためではなかった。

ぼくは門番のところに下りていった。鳩時計は午前一時を指していた。――「四時間あればロワジーの踊りの会場に着ける(22)」とぼくは考えた。パレ＝ロワイヤル広場にはまだ辻馬車が五、六台、クラブや賭場の常連をあてにして停まっていた。――「ロワジーまで」ぼくは目にとまった一台に声をかけた。──「それはいったいどこです？」──「サンリスの近く、ここから八里（リユー）だ」──「郵便馬車の駅までお連れしましょう」こちらほど熱意のない御者はそう答えた。

フランドル街道は、夜のあいだは何と侘しい街道だろう。眺めがよくなるのは森に達してからでしかない。両側にどこまでも続く単調な並木が、取りとめのない姿かたちを描き出してみせる。あちらには緑の畑と掘り返された耕地が、左手につらなるモンモランシー、エクーアン、リュザルシュの青みがかった丘まで広がっている。ここはゴネス、ありふれた町だが、カトリック同盟とフロンドの乱の思い出に満ちている(23)……。

ルーヴル（イル＝ド＝フランスの町）を越えるとりんごの木を植えた並木道になる。その花々が闇の中で、地上の星のように輝いているのを幾度も目にしたものだ。これがめざす村への一番の近道だった。──馬車が丘を登っていくあいだ、このあたりにしょっちゅう来ていたころの思い出を組み立て直すとしよう。

4　シテール島への旅

数年の月日が流れた。城館の前でアドリエンヌに会ったころのことは、すでに子ども時代の思い出でしかなかった。ぼくは村の守護聖人の祝日にロワジーに戻った。前にも加わったことのある弓の射手の集いに、また入れてもらうためだった。そのあたりには、革命による被害よりも時間の経過によって傷んでしまった城が森の中にいくつも埋もれていた。それらをまだ所有している旧家の若者たちが祭りを企画したのだった。シャンチイやコンピエーニュ、サンリスから陽気な騎馬の連中が駆けつけ、弓の集いの鄙(ひな)びた行列に加わった。村や町を横切って延々と進み、教会でミサをすませたのち、弓の腕前を競い合い、賞品の授与がなされてしまうと、勝利者たちはノネット川とテーヴ川の注ぐ湖のひとつに浮かぶ、ポプラや菩提樹が影を落とす島で催される会食に招かれた。(24) 飾り立てられた舟がぼくらを島に運んだ。——その島が選ばれたのは円柱の並ぶ楕円形の神殿があって、祝宴の場としてちょうどいいからだった。――そこはエルムノンヴィルと同じように、十八世紀末の優美な建造物が散在する土地柄で、それらは啓蒙思想に傾倒した富豪たちが、当時支配的だった趣味に想を得て作ったものだった。神殿は、元来はウラニア(25)に捧げられたものだったに違いない。円柱のうち三本が崩れ、それとともに梁の一部も落ちてしまっていた。しかし神殿内部の残骸は片づけられ、円柱のあいだに花飾りを吊るし、この近代的廃墟――ホラティウスというよりはブフレルかショリユー(26)の異教趣味に属する――を若返らせてあった。湖を渡っていくのは、おそらくヴァトーの「シテール島への旅」を呼び戻そうとしての趣向だったろう。ぼくらの当世風の服装だけが、その幻想を損なっていた。お祝いの巨大な花束が、それを運んできた山車(だし)から下ろされ、大きな舟の上に据えられた。しきたりに従って付き添ってきた白い服の娘たちの一行も、舟の座席に腰を下ろし、古代の日々をよみがえらせる優美な祭列は、湖の静かな水にその姿を反映させていた。一行の向かう島の岸辺では、さんざしのやぶや列柱、明るい葉むらが夕陽を浴びて赤々と染まっていた。まもなくすべての舟が岸にたどり着いた。うやうやしく運ばれた花籠が食卓の中央を占め、各自は着席した。とりわけ恵まれた者たちは若い娘の傍らに席を得たが、そのためには娘たちの家族の知り合いでありさえすればよかった。ぼくがシルヴィのそばに座ることができたのもそのおかげだった。彼女の兄とは祭りの最中からすでに一緒だったが、ずいぶんご無沙汰じゃないかと彼はぼくを責めた。勉強のせいでパリを離れられないんだと言い訳し、きみの家を訪ねようと思って帰ってきたんだと力説した。「違うわ、この人はわたしのことを忘れてしまったのよ」とシルヴィがいった。「わたしたちなんか村の人間で、パリにはかないっこないのですもの！」ぼくはキスして彼女の口をふさぎたかった。しかし彼女はまだふくれ面で、兄のとりなしでようやく、気のない様子で頰を差し出した。そんなキスならばほかにも大勢がその恩恵にあずかっているのだから、ぼくは少しも嬉しくなかった。通りがかりのだれにでも挨拶をするこの質朴な土地では、キスは善良な人々のあいだの礼儀でしかない。

祝宴の幹事たちは思いがけない趣向を用意していた。食事が終わるころ、それまで花々の下に囚われていた野生の白鳥が巨大な花籠の底から飛び立ったのだ。力強くはばたいて、絡まりあった花飾りや花冠を払いのけ、それらをそこらじゅうに撒き散らした。白鳥は夕陽の最後の輝きのほうに向かって嬉しげに飛んでいき、一方ぼくらは手あたり次第に花冠を拾い上げ、それですぐさま隣の娘の額を飾った。ぼくは運よくいちばん立派な花冠のひとつを拾い、シルヴィはにっこりと微笑んで、今度は先ほどよりもやさしい表情でぼくにキスをさせてくれた。そうすることで以前の思い出が拭い去られるのがわかった。このたびは、ぼくはもっぱら彼女に見とれていた。本当にきれいになっていた！　それはもはや、より賞賛を浴びてもしかたのない年上の娘のためにかつて、ぼくがないがしろにしたあの小さな村娘ではなかった。すべてが素晴らしくなっていた。子どものころからすでにあれだけ心を引きつける力をもっていた黒い瞳は、いまや逆らいがたいほど魅力的だった。弓なりの眉の下で、整った穏やかな顔立ちを不意に明るく照らす彼女の微笑みには、何かしらアテナイ風のところがあった。(27)仲間の娘たちの愛嬌はあるが造作の整わない顔のあいだにあって、古代芸術にもふさわしいそのかんばせにぼくは見とれた。手はほっそりと伸び、腕はふっくらとして色白になり、背もすらりと伸びて前に会ったときとはまるで別人のようだった。どれほど見違えるようになったかを本人にいわずにはいられなかった。そうやって昔の、つかの間の心変わりを償えればと願いながら。

そのうえ、いっさいがぼくの味方をしてくれた――シルヴィの兄の友情、祭りの魅力的な雰囲気、夕べの時刻、そして場所までが。そこでは趣味のいい思いつきによってかつての雅びな儀式の光景が再現されていた。ぼくらはできるかぎり踊りから逃れて、子どものころの思い出話にふけり、木蔭や湖水に映える空の照り返しを二人で夢見心地で眺めていた。とうとうシルヴィの兄が、親たちの暮らすかなり遠くの村まで戻る時間だといって、ぼくらをわれに返らせなければならなかった。

5　村

それはロワジーの、以前は森番が住んでいた家だった。そこまで彼らを見送ってから、ぼくはモンタニー[28]に戻った。モンタニーの伯父のところに泊まっていたのだ。道をそれてロワジーと聖S…[29]のあいだの小さな林を横切っていくと、まもなくエルムノンヴィルの森沿いの奥深いほそ道に分け入った。やがて、修道院の壁に突き当たり、その壁に沿って四分の一里ほど進むことになるはずだった。月は雲に隠れがちで、暗い色の砂岩の塊や足元に生い茂るヒースをろくに照らしてはくれなかった。右手も左手も、道の通っていない森のはずれで、前方には相変わらずこの土地ならではの、ローマ人によって根絶やしにされたアルメン(30)の息子たちの記憶を守る、ドルイドの巨石が建ち並んでいる！　それらの崇高な石組みの上に立つと、遠くの湖が霧のかかった平原の上に鏡のようにくっきりと見えたが、そのうちのどれが祭りの催された湖だったかは見分けられなかった。

空気は生暖かく、かぐわしかった。ぼくはそれ以上先に進まず、ヒースの茂みの上に寝て朝を待つことにした。——目が覚めると、夜中に迷い込んだ場所のまわりに何があるのかが少しずつわかってきた。左手には聖S…修道院の壁が長々と続いていた。谷間の反対側はジャン＝ダルムの丘で、かつてのカロリング王朝の宮殿の崩れた廃墟が見えた。その手前、森の茂みの向こうには、チエールの大修道院の荒れ果てた丈高い建物が、三つ葉模様や尖塔アーチ型にくり抜かれた壁面を地平線にくっきりと浮かび上がらせていた。その先には、昔と同じように堀に囲まれたポンタルメのゴシック式城館があり、まもなくそれが最初の陽光を浴びて輝いた。一方、南の方角のモンメリアンの丘が始まるあたりには、トゥルネルの高い鐘楼とベルトラン＝フォスの四本の塔がそびえているのが見えた。

ぼくにとっては甘美なその一夜、思うのはシルヴィのことばかりだった。ところが、修道院を目にすると一瞬、ひょっとしたらこれがアドリエンヌの暮らす場所かもしれないという考えが浮かんだ。朝の鐘の音がなおも耳に残っていた。目が覚めたのはその音のせいだったのかもしれなかった。一瞬、岩のいちばん高い先によじ登って壁の向こうをちらりと見てみようかと思った。しかしそれは冒瀆の行いではないかと思い直した。昇っていく朝日が頭の中のむなしい思い出を追い払ってくれて、あとにはシルヴィの薔薇色を帯びた面影だけが残された。「あの娘を起こしに行こう」ぼくはそう独りごち、ロワジーへの道を引き返した。

森に沿って延びる小道の先まで来ると、いよいよその村だ。二十軒ほどの藁ぶき家屋の壁を、葡萄やつる薔薇が飾っている。朝も早くから糸を紡ぐ娘たちは、赤いスカーフで頭を覆い、一軒の農家に集まって仕事をしている。そこはシルヴィのいる場所ではない。繊細なレースを編めるようになってこのかた、彼女はほとんどひとかどのお嬢さまなのだ。いっぽう彼女の家の人たちは気のいい村人のままである。――ぼくはだれも起こさないようにしながらシルヴィの部屋に上っていった。彼女はとっくに起床して、レース編みの錘を動かしていた。膝の上にのせられた四角い緑の編み台の上で、錘どうしがかちかちと気持ちのいい音を立てていた。「あら、あなたなの、お寝坊さん」彼女は晴れやかに微笑みながらいった。「きっとついさっき、寝床から起き出してきたところなのでしょう！」ぼくは昨晩寝ずに過ごしたこと、森や岩のあいだをさまよい歩いたことを話した。彼女はひとしきり同情してくれた。「もし疲れていないなら、もっと歩かせてあげましょうか。オチスにいる大叔母さんに会いに行きましょうよ」彼女はこちらの返事も待たずに嬉しげに立ち上がると、鏡の前で髪を直し、田舎風の麦わら帽子をかぶった。瞳は無邪気に明るく輝いていた。ぼくらはテーヴ川に沿って、雛菊と金鳳花が一面に咲いた野原を行き、それからサン＝ロランの森に沿って、ときどき小川を越えたり林を抜けたりして近道をしながら進んだ。木立では鶫がさえずり、ぼくらの体がやぶに触れると四十雀が陽気に飛び出した。

ときおり足元では、ルソーがあんなにも愛した蔓日々草が(31)、対になった葉の並ぶ長い茎のあいだに青い花びらを開いていた。その慎ましいつるが絡んできて、ぼくの連れの足を通り過ぎざま引きとめようとした。ジュネーヴ生まれの哲学者の思い出に関心のない彼女は、そこここでいい匂いのする野いちごを探し、ぼくは『新エロイーズ[32]』の話をし、何節かを暗唱してきかせた。「きれいなお話なの？」彼女が尋ねた。――「崇高なんだ」――「オーギュスト・ラフォンテーヌ[33]よりもっといいのかしら？」――「もっと心に触れるんだよ」――「まあ！　それなら読んでみなくちゃ。兄さんに、今度サンリスに行ったら買ってきてって頼んでおくわ」そしてぼくは『新エロイーズ』の断片を暗唱し続け、そのあいだシルヴィは野いちごを摘むのだった。

6　オチス

森を出ると、赤紫のジギタリスが大きな茂みを作って咲いているのに出くわした。彼女はそれで立派な花束をこしらえながらいった。「これは叔母さんにあげるのよ。こんなきれいな花で部屋を飾ったらさぞかし喜ぶでしょう」あとは野原のはずれを少し行くだけでオチスだった。モンメリアンからダマルタンにまで及ぶ青みをおびた丘の上に村の鐘楼がそびえているのが見えた。テーヴ川がふたたび砂岩や小石のあいだでせせらぎの音を立てていたが、水源に近づくにつれその幅は狭まっていった。水源まで行くと、川はグラジオラスやアイリスに囲まれた小さな沼となって草原にやすらいでいる。まもなくちらほらと家屋が現れた。シルヴィの叔母さんが住んでいるのは不揃いな砂岩を積んで建てた藁ぶきの家で、ホップと野葡萄のからまった塀が家のまわりを囲んでいた。叔母さんは夫に先立たれたのち、村の人たちが耕してくれるわずかばかりの畑地を頼りに一人で暮らしているのだった。姪がやってきたというので、家の中は火が燃えるような賑わいになった。「こんにちは、叔母さん！　叔母さんの子どもたちが来ましたよ！」とシルヴィはいった。「お腹がぺこぺこなの！」彼女はやさしく叔母さんにキスし、その腕に花束を抱かせてから、ようやくぼくを紹介する気になってこういった。「この人がわたしの恋人よ！」

ぼくも叔母さんにキスすると、叔母さんはいった。「まあ、いい人じゃないの……。それに金髪なんだね！……」——「きれいな、細い髪をしているのよ」とシルヴィが説明した。——「長持ちはしないよ」と叔母さんがいった。「でもあんたたちにはまだ時間はたっぷりあるんだからねえ。それにお前の髪は茶色だから、とてもお似合いだよ」——「叔母さん、この人に朝ごはんを食べさせてあげなくちゃ」シルヴィはいった。そして彼女は戸棚や櫃（ひつ）の中を探しに行き、牛乳、黒パン、砂糖を見つけてくると、テーブルの上に皿や大皿を無造作に並べた。陶器の大皿は大きな花々や、羽の色も鮮やかな雄鶏の絵で飾られていた。クレイユ(34)の磁器の鉢に牛乳を満たし、そこにいちごを浮かせたものが食卓の中央に置かれた。庭でさくらんぼとすぐりの実を少しばかり摘んできてから、シルヴィは花瓶を二つ、テーブル掛けの両端に置いた。ところが叔母さんは嬉しいことをいってくれた。「こんなのはみんな、デザートにしかならないさ。今度はわたしにまかせてごらん」そして壁のフライパンを外すと、背の高いかまどに柴の束を投げ入れた。「おまえは手を出しちゃいけないよ！」叔母さんは手伝おうとしたシルヴィに向かっていった。「シャンチイのレースよりもっと立派なレースを作るおまえのきれいな指を傷めたらどうするのさ！　前にくれただろう、だから知ってるんだよ」——「ああ！　そうだったわね、叔母さん！……　ねえ、昔のレースの切れ端は残っていないかしら。お手本にしたいんだけど」——「それなら、二階に行って見てごらん」と叔母さんはいった。「わたしの箪笥（たんす）の中にあるかもしれないよ」——「鍵をちょうだい」とシルヴィ。——「なあに、引き出しは開いているよ」――「そんなことないわ、いつも鍵がかかっている引き出しがあるでしょ」そして叔母さんがフライパンを火で温めてから拭っているすきに、シルヴィは叔母さんの腰帯に吊り下げられた鍵束から細工物の小さな鋼(はがね)の鍵を抜き取ると、得意顔でぼくに見せた。

ぼくは彼女のあとに従って、叔母さんの寝室に通じる木の階段を急ぎ足で上った。――ああ、聖(きよ)らかな青春よ、聖らかな老年よ！ ――思い出を忠実にとどめるこの神聖な場所に足を踏み入れて、初恋の汚れなさを曇らせようなどと思った者がいただろうか？ 古き良き時代の、黒い目と薔薇色の唇をした青年の肖像画が、田舎風ベッドの枕元に掛けられた金色の楕円形の額におさまってほほえんでいた。青年はコンデ家[35]の狩場番人の制服を着ていた。半ば軍人のようなその様子、薔薇色のやさしげな顔立ちや、髪粉をふった髪の下の整った額のおかげで、出来としては凡庸なものかもしれないこのパステル画に、若々しく素朴な優美さが加わっていた。コンデ公の狩りに招かれたどこかの慎ましい画家が、精一杯腕をふるってこの肖像を描いたのだろう。もう一つの楕円の額に入った若い妻の肖像についても同様で、こちらは魅力にあふれ、いたずらっぽい表情を浮かべてすらりとした体を胴着に包み、リボンの段々飾りのついた胸元が開いていた。顔を仰向けて、指に乗せた小鳥をからかっている。それがいまかまどに屈みこんで朝ごはんを料理しているあの気のいい老女と同じ人物なのである。皺の寄った仮面の下に魅力的な顔を隠す、フュナンビュール座(36)の妖精をぼくは連想した。大詰めになって「愛」の神殿が現れ、回転する太陽が魔法の火であたりを輝かせるとき、妖精はその素顔を明らかにするのだ。「親切な叔母さん」とぼくは叫んだ。「叔母さんは、なんて美人だったんだろう！」——「じゃあ、わたしはどう？」くだんの簞笥をまんまと開けたシルヴィがいった。彼女が見つけたのは、ぼかしの花模様の入ったタフタ織の立派なドレスで、襞(ひだ)がきゅっきゅっと音を立てていた。「似合うかどうか、着てみたいわ」彼女はいった。「きっと年取った妖精みたいに見えるでしょうね！」

「永遠に若い、伝説の妖精だ！……」ぼくは心の中で思った。——はやくもシルヴィは着ていたインド更紗の服を脱いで足元に落としていた。年老いた叔母さんの布地をふんだんに使ったドレスは、シルヴィの細身の体にぴったりと合った。シルヴィはぼくにホックをはめてくれと頼んだ。「あら、袖が平袖(襞のない短い袖)だわ、なんてみっともないんでしょう！」と彼女はいった。とはいえ、レースで飾られた袖は彼女のむき出しの腕を見事に引き立てていたし、黄ばんだチュールと色褪せたリボンをあしらった清楚な胴着は胸元を際立たせていた。その胴着がかつて叔母さんの魅力的な肢体を締めつけたのは、ほんの束の間のことでしかなかったのだ。「ねえ、早くしてちょうだいよ！ドレスのホックもはめられないの？」シルヴィはいった。その様子はまるで、グルーズ描くところの村の許嫁のようだった。「おしろいがいるね」ぼくはいった。「すぐ見つかるわよ」彼女はふたたび箪笥の引き出しを探った。そこには何と豊かな品々があったことか！何といい匂いがしていたことか、それらは何と強い輝きを放ち、金ぴかの安物ながら、何と色鮮やかに煌めいていたことか！少しこわれた螺鈿細工の扇が二つ、中国趣味の図柄で飾られた練りおしろい入れ、翡翠のネックレス、そしてレースの飾りが山ほどある中に、白の浮綾織の小さな布靴が一足輝いていた。留め金にはアイルランドのダイヤモンド(水晶の摸造ダイヤ)が象嵌されている！「まあ、履いてみたいわ」シルヴィがいった。「刺繍入りの長靴下が見つからないかしら！」

まもなくぼくらは、かかとが緑色をした淡い薔薇色の絹の長靴下を引っ張り出した。ところがそこに叔母さんの声が、フライパンをがたごといわせる音と一緒に聞こえてきて、ぼくらはたちまち現実に引き戻された。「あなたは早く下に降りて！」シルヴィがいった。そしてぼくが何といおうとも、長靴下を履く手伝いをさせてはくれなかった。そのあいだに叔母さんはフライパンの中身であるベーコンエッグを皿に移していた。やがてシルヴィの声がぼくを呼んだ。「あなたも早く服を着てちょうだい！」自分はすっかり衣装を身につけたシルヴィは、狩場番人の花婿衣装が箪笥の上に出してあるのを指さした。一瞬にしてぼくは別の世紀の花婿に変身した。シルヴィは階段で待ち、やがてぼくら二人は手をつないで下に降りていった。叔母さんは振り返って大声を上げた。「あらまあ、あんたたち！」叔母さんは泣き出した。そして涙ながらに微笑んだ。――それは彼女の若かりし頃の姿だったのだ。――残酷な、そして愛おしいまぼろし！　ぼくらは感動し、神妙な様子で叔母さんのそばに座ったが、そのうち陽気さが戻ってきた。驚きがおさまると、気のいい叔母さんは結婚式の披露宴がどんなに盛大だったか、そればかりを思い起こすのだった。当時の習わしだった、婚礼の席の端と端で交互に呼びかわす掛けあいの歌や、踊りのあとで家に帰っていく新郎新婦を送る素朴な祝婚歌まで思い出した。ぼくらはそれらの何とも単純なリズムの歌を繰り返し歌った。歌詞はその時代らしく、母音がくっつきあったり[38]、韻を正確に踏んでいなかったりしたが、まるで伝道者の雅歌[39]のように愛にあふれた華やかな歌だった。——その美しい夏の朝かぎり、ぼくらは花婿と花嫁だったのである。

7　シャーリ

いまは朝の四時。道は土地の起伏に従い、下がったかと思えばまた上っていく。馬車はこれからオリーとラ・シャペルを経由する。左手にはアラートの森に沿った道が見える。ある晩、シルヴィの兄がぼくを二輪馬車に乗せて地元の祝典に連れていってくれたときに通ったのはこの道だった。それは確か聖バルテルミーの日（八月二十四日）の晩だった。道もろくにない森を抜けて、シルヴィの兄の小さな馬は魔女の集会（サバト）にでも向かうかのように駆けていった。モン＝レヴェックまで来てようやく舗道になり、ほどなくわれわれはシャーリの大修道院跡の狩場番人の家で停まった。——シャーリ、ここにもまた思い出が！

かつて皇帝たちはこの地を隠れ処（かくが）としたのだが、もはや見るべきものといってはビザンチン風拱門つきの大修道院の廃墟だけで、拱門の端の一列がいまなお池の点在する向こうにくっきりと見えている。(40)——昔はシャルルマーニュの小作地と呼ばれていた領地に属する神聖な建物の忘れられた名残だ。街道や都市の動きから隔絶されたこの土地では、宗教はメディチ家の時代、エステ家の枢機卿たちが長逗留したころの特徴を保っている。(41)土地柄や風習には雅びで詩的な何かがいまでも残っていて、イタリア人芸術家たちの手で装飾を施された礼拝堂の、ほっそりとした交差リブに支えられたドームの下では、ルネサンスの香りを味わうことができる。聖人や天使たちの薔薇色の姿が、淡い青で塗られた丸天井にくっきりと浮かび上がり、まるで異教の寓意画のようなおもむきがあって、ペトラルカの感傷的な表現や、フランチェスコ・コロンナ(42)の奇想に富む神秘主義を連想させる。

シルヴィの兄とぼくは、その晩開かれた特別な催しに闖入(ちんにゅう)したのだった。きわめて高貴な生まれで、当時この領地を所有していた人物が、土地のいくつかの名家を招いて一種の寓意劇を上演しようと思いついた。近所の修道院の寄宿生たちが出演するはずだった。サン゠シールで上演された悲劇(43)にあやかったものではなくて、ヴァロワ王朝の時代にフランスに導入された最初の歌劇の試みに由来するものだった。(44)ぼくが見たのは、いにしえの神秘劇を思わせるような光景だった。全員が揃いの長い衣装を身につけていたが、衣装の色だけは紺青（こんじょう）、橙（だいだい）色、曙（あけぼの）色とまちまちである。天使たちが破壊された世界の残骸の上で演じる場面だった。生命の滅びてしまった地球が、かつてはどれほど素晴らしかったかをそれぞれの天使が歌い、死の天使が破滅の理由を説き明かした。深淵から一人の天使が、炎の形をした剣を片手に上ってきて、地獄に打ち勝ったキリストの栄光を讃えるために集まるようみんなに呼びかけた。その天使こそアドリエンヌにほかならず、衣装のせいで見違えるようだった。そもそも宗教の道に入ることで、彼女は別人になっていたのである。彼女の頭は金色の紙の暈（かさ）で天使のように飾られていたが、ぼくらにはそれが本物の光の輪であるとしか思えなかった。彼女の声は力強さを増し、音域も広がっていた。そしてイタリアの歌の際限のない装飾音（フィオリトゥーラ）が、荘重な叙唱（レチタチーヴォ）のいかめしい文句に、小鳥のさえずりのような彩りを与えていた。

　こんな記憶の細部をたどるうちに、いったいそれが現実のことなのか、それとも夢に見たものなのかわからなくなってしまう。シルヴィの兄はこの晩、少し酔っていた。ぼくらは狩場番人の家に立ち寄った。——驚いたことには、翼を広げた白鳥が扉の上に飾られていて、彫刻を施した背の高いくるみ材の戸棚には、台座にのった大時計や弓矢の試合での勝利を讃えるトロフィーが並び、その下に赤と緑の標的があった。中国風の帽子をかぶり、片手に瓶、片手に指輪を持った奇妙なこびとが、しっかり的を狙えと射手たちに促しているようだった。こびとは確か、ブリキ板を切り抜いて作ったものだったと思う。それにしても、アドリエンヌの登場はこうした細かな記憶や、明らかに実在しているシャーリの大修道院と同じように現実のことだったのだろうか？　しかしながら、劇が上演される広間までぼくらを案内してくれたのが狩場番人の息子だったのは間違いない。ぼくらは深く感動した様子で座っている大勢の客のうしろで、扉のそばに立ったまま観ていた。それは聖バルテルミーの日、――メディチ家の思い出とことのほか因縁のある日だが(45)、そのメディチ家の紋章がエステ家の紋章と並んで広間の古びた壁面を飾っていた……。この思い出はひょっとしたらぼくの心につきまとう妄想なのかもしれない！――　さいわい、いま馬車はプレシの路上で停車した。夢まぼろしの世界から逃れて、あと十五分ほど歩けばロワジーに着くことができる。森の中、道はかならずしもちゃんと切り拓かれてはいないのだけれど。

8　ロワジーの舞踏会

夜明けが近づくとともに星の光が弱まりながらまたたく、あの侘しくもなお甘美な時刻に、ぼくはロワジーの舞踏会に入っていった。菩提樹も根元のほうはまだ闇に包まれていたが、梢（こずえ）は青みを帯びていた。田舎の笛はもはやナイチンゲールのさえずりと競いあってはいなかった。みんな蒼白い顔をし、集まりは散り始めていて、見知った顔もあまりなかった。ようやく、のっぽのリーズがいるのに気がついた。シルヴィの友だちである。彼女はぼくにキスした。「久しぶりじゃないの、パリっ子さん！」と彼女はいった。——「そうだね、お久しぶり」——「こんな時間に着いたの？」——「郵便馬車でね」——「ずいぶん遅いお出ましだこと！」——「シルヴィに会いたかったんだ。まだ踊っているのかな」——「朝にならなければ帰らないわよ。あの子、何しろ踊るのが好きなんだから」

しばらくのち、ぼくはシルヴィのそばにいた。疲れた顔をしていたが、昔と変わらないアテナイ風の微笑みを浮かべ、黒い瞳が輝いていた。若者が一人そばに控えていた。彼女は次のコントルダンス[46]は踊らないというしぐさをしてみせた。若者はお辞儀をして立ち去った。

夜明けの光が差しそめた。ぼくらは手をつないで踊りの場を離れた。シルヴィの頭を飾る花はうなだれ、髪はほつれていたし、胴着を飾る花束もしわくちゃになったレースの上でしおれていた。レースはシルヴィが手ずから編んだ精巧な品だった。ぼくは家まで送っていこうと提案した。もうすっかり朝になっていたが、天気はぱっとしなかった。テーヴ川のせせらぎがぼくらの左手で聞こえていた。流れは曲がり角ごとに淀んで渦を巻き、そこに睡蓮が黄色と白の花を開いていて、水の星[47]がまるで雛菊のようにはかなげにそのふちを飾っていた。野原にはあちこちに刈り穂や藁が積まれ、その匂いのせいでぼくは、以前に森や花咲くいばらの生垣の新鮮な匂いの作用でそうなったのと同じように、酔っているわけではなくても頭がぼんやりしてきた。

ぼくらはまた野原を横切っていこうという気にはならなかった。――「シルヴィ、きみはもうぼくのことを愛してはいないんだね」――彼女はため息をついた。――

「ねえ、分別をもたなくてはいけないわ。人生って思いどおりにはならないものよ。前に『新エロイーズ』の話をしてくれたわね。わたし、あの本を読んだの。最初に「この本を読む若い娘はみな身を持ちくずした娘である」と書いてあって、ぞっとしたわ。でも自分は分別をわきまえているのだからと信じて、かまわずに読み進めたの。叔母さんの婚礼衣装を着てみた日のこと、覚えてる？……あの本の版画にも、昔の時代の古い服を着た恋人たちが描かれていて、わたしにはあなたがサン＝プルーみたいに思えたのよ。自分はジュリというつもりになって(48)。ああ！　どうしてあのころ、帰ってこなかったの！　うわさでは、イタリアに行ってたんですってね。わたしなんかよりずっときれいな人たちに会ったでしょうね！」――「とんでもないよ、シルヴィ。きみみたいなまなざしをした人、きみみたいにきれいな顔立ちの人はだれもいなかったさ。自分では気づいていないけれど、きみは古代の自然の精(ニンフ)なんだよ。それにこのあたりの森はローマの田園と同じように美しい(49)。ここにはローマに劣らず崇高な御影(みかげ)石の塊もあるし、岩の上からはテルニの滝のように水が落ちてくる。ここになくて残念だと思えるようなものは、何一つ見当たらなかった」――「それじゃ、パリでは？」と彼女はいった。――「パリでは……」

ぼくは何も答えずに頭を振った。

突然、こんなにも長いあいだぼくを惑わしてきたむなしい面影のことが頭をよぎった。

「シルヴィ、ここでちょっと休んでいかないか。いいだろう?」

ぼくは彼女の足元に身を投げ出した。さめざめと涙しながら、自分の優柔不断や気まぐれを告白した。自分の人生につきまとう不吉なまぼろしのことを打ち明けた。

「ぼくを助けてほしい! これからずっと、きみのそばにいるつもりで戻ってきたんだよ」

彼女はぼくに優しい目を向けた……。

そのとき、けたたましい笑い声が響いて会話は中断させられた。シルヴィの兄がぼくらに追いついて、田舎ならではの陽気さを発揮してくれたのだが、祭りの夜たっぷりときこしめしたあとだけに度を超えたはしゃぎぶりだった。シルヴィの兄に呼ばれて、向こうのいばらの茂みに控えていたあの踊りの相手の色男もやってきた。彼もまた連れと同様足元のおぼつかない状態で、シルヴィの前に出たからという以上にパリっ子がいるせいで落ちつかないらしかった。敬意と困惑の入り混じった純朴な表情を眺めていると、シルヴィがこの青年と踊るために祭りの夜、こんなに遅くまで残っていたことを恨む気にはなれなかった。恐れるまでもない相手だと思えた。

「家に帰らなくちゃね」シルヴィは兄にいった。「またあとで」彼女はぼくに向かって頰をさし出しながらいった。

恋する青年は別に気にするふうもなかった。

9　エルムノンヴィル

ぼくは少しも眠りたいとは思わなかった。そこで、モンタニーまで伯父の家を見に行くことにした。黄色い正面の壁と緑の鎧戸（よろいど）が目に入るや、ぼくはたちまち大きな悲しみに捕われた。すべては以前と同じままのようだった。ただし、扉の鍵をもらいに小作人のところへ行かなければならなかった。鎧戸を開いて、古い家具類をしみじみと眺めた。昔と同じ状態に保たれていて、ときおり磨いているらしい。背の高いくるみ材の箪笥に、わが一族の祖先だという昔の画家が描いた二枚のフランドル派の絵画、ブーシェ(50)の原画にもとづく二枚の大きな版画、そしてモロー(51)による『エミール』と『新エロイーズ』の場面を描いた額入りの一連の銅版画があった。机の上には犬の剥製が置かれていたが、これはぼくがかつて一緒に森を歩き回ったなつかしい犬で、ひょっとしたら最後のカルラン(パグの仲間)だったのではないだろうか。いまでは滅びてしまった種属の犬だったのである。

「おうむのほうは」と小作人がいった。「まだ生きていますよ。私のところに引きとりました」

庭は見事に野生に戻っていた。隅のほうに、子どものころ作った花壇の跡がまだ残っていた。ぼくは身もふるえる思いで仕事部屋に入っていった。本がぎっしり並んだ小さな本棚は健在だったが、それらの本を選び、長きにわたりおのが友とした人はもはやいない。書きもの机の上にはローマの花瓶やメダイユなど、庭で見つかった古代の遺物の破片がいくらかころがっていた。この土地ならではの蒐集品として、伯父を幸福にさせた品々である。

「おうむを見に行きましょう」ぼくは小作人にいった。――おうむは若かりし頃と同じように朝の餌をほしがっていた。そして、皺だらけの皮膚で縁取られた円い目でぼくを見たが、それは経験を積んだ老人の目を思わせた。

かつてあれほど好きだった場所に遅ればせに戻ってきたことで、すっかり物悲しい思いにとらわれたぼくは、シルヴィに会いたくてたまらない気持ちになった。生き生きとした、まだ若さのただなかにあるあの娘だけがぼくをこの土地につなぎとめているのだ。そこでロワジーへの道を引き返した。もう昼間だったが、村人たちはお祭りの疲れでまだ眠っていた。気分を変えるため、森の道をとおって一里先のエルムノンヴィルまで散歩しようと思いついた。夏のよく晴れた日だった。公園の小径のような道の涼しさが心地よく感じられた。高い樫の木立は一様に緑で、葉をそよがせる白樺の幹だけがときおりそこに変化をつけていた。小鳥たちも静まり返り、聞こえてくるのはきつつきが木に巣穴を開ける音ばかりだった。一瞬、道に迷いそうになった。さまざまな岐路を示す道しるべの板の文字が、ところどころかすれていたからである。とうとう、左手の「砂漠」(52)をあとにして踊りの会場となった円形広場に出た。そこにはまだ「老人たちのベンチ」が残っている。『アナカルシス』(53)と『エミール』の情景を興趣豊かに実現したような眺めを前にすると、かつてこの領地を所有していた人物(54)

がよみがえらせた、哲学的な古代のあらゆる記憶がそっくり戻ってきた。

柳と榛（はしばみ）の枝越しに湖の水が輝くのが見え、伯父が散歩のとき何度も連れてきてくれた場所をすぐに見分けることができた。つまり「哲学の神殿」だが、残念ながら創設者はそれを完成させることができなかった。それはティブルの巫女の神殿[55]に似た形をして、松の木立の蔭にいまもなお建ち残っており、モンテーニュ、デカルトに始まりルソーに至る大思想家たちすべての名前がそこに刻まれている。しかしながらこの未完の建造物はもはや廃墟でしかなく、蔦（つた）が優美にまといつき、崩れた階段にはいばらがはびこっている。まだほんの子どものころ、お祭りの折りに、白い衣を着た娘たちがそこで勉強や善行のご褒美を受け取るのを見たことがある。丘を取り囲んでいた薔薇の茂みはどこにいってしまったのか？　野薔薇や木苺の蔭にその最後の苗が見られるものの、それも野生状態に戻りつつある。――月桂樹は切られてしまったのだろうか、もう森には行きたくないという若い娘の歌にあるように[56]。いや、温暖なイタリアからやってきた月桂樹は、霧の多いわれらの風土では滅びてしまったのだ。嬉しいことに、ウェルギリウスの水蠟樹（いぼたのき）（『牧歌』第二歌第一八行）はいまだに花をつけている、扉の上に記された彼の言葉、「宇宙ノ因果ヲ知リキワメルコト！」（『農耕詩』第二歌第四九〇行）を引き立てるようにして。――そうなのだ、この神殿は他の多くのものと同様に崩れ落ち、忘れっぽく飽きやすい人間たちは近辺から立ち去って、無関心な自然が、かつて人のわざによって奪われた地歩を取り戻すのである。それでも知ることへの渇きは、あらゆる力、あらゆる活動の動機として永遠にあり続けるだろう！

あそこに見えるのは島のポプラの林、そしてルソーの墓だが、遺骸はない(57)。ああ、賢者よ！　あなたはわれわれに強い人間のための乳を与えたが、われわれはそれを滋養とするには脆弱すぎた。われらの父が学んだあなたの教えをわれわれは忘れ、古代の英知の最後のこだまであるあなたの言葉の意味を見失った。しかしながら絶望はすまい、そしてあなたが最後の時にしたように、われわれも目を太陽のほうへ向けよう(58)！

城館と、それを取り囲む静かな堀、岩の合間で呻(うめ)くような音を立てる滝、そして村の二つの集落をつなぐ道がふたたび見えてきた。村の四隅には鳩小屋が建ち、その先にはサバンナのように芝生が広がり、薄暗い丘がそれを見下ろしている。遠くにはガブリエルの塔(「アンジェリック」第十一の手紙)が人工池の面(おもて)に姿を映し、はかない水草の花が星のように水面に散らばっている。泡が湧き、虫が羽音(はおと)を立てる……。むっとくる有害な臭いを避けて、砂漠の砂と小石、荒地のほうに戻ろう。そこでは薔薇色のヒースが羊歯(しだ)の緑を際立たせている。そんなすべてが何と孤独で侘しいことか！　シルヴィの魔法のまなざし、むやみに駆けまわるあの姿、陽気な叫び声が、いま通りすぎてきた場所をかつてはあんなにも魅力的にしていたのに。そんな彼女はまだ野生の娘だった。足ははだし、麦わら帽子をかぶっていても肌は日に焼けていて、帽子の幅広のリボンが編んだ黒髪と一緒に風にひるがえっていた。二人でスイス風の農家に牛乳を飲みに行く。そうするとぼくはいわれるのだった。「ちびのパリっ子くん、なんてきれいなんだ、あんたの恋人は！」　ああ！　あのころは農夫が彼女のダンスの相手を務めるなんて思いもよらなかった！　彼女はぼくとしか踊らなかったのだ、年に一度だけ、弓の祭りのときに。

10　のっぽの縮れ毛

ぼくはロワジーへの道に戻った。みんなはもう起き出していた。シルヴィはお嬢さん風の身なりをしていて、ほとんど町の流行と変わりがなかった。それでも、以前と同じ天真爛漫さで二階の部屋に上がらせてくれた。魅力いっぱいの微笑を浮かべると き、その目は変わらぬ輝きを放っていた。ただしくっきりと弓を描く眉のせいで、表情にはときおり真剣さが加わった。部屋の装飾は簡素だったが、家具は今風のものになり、昔の窓間飾りの鏡にかわって金めっきの縁(ふち)の鏡が置かれていた。昔の鏡には牧歌風の羊飼いが、青と薔薇色に彩られた羊飼いの娘に、鳥の巣を差し出している絵が描かれていたのだが。前にあった、枝葉模様入りの古いインド更紗のシーツでつつましく覆われた柱つきのベッドは、矢印模様のカーテンの掛かったくるみ材の小さな寝台にかわっていた。窓辺の鳥かごにいるのは、かつては鶯(うぐいす)だったが、いまはカナリアだった。昔のものが何も残っていないその部屋から、ぼくはすぐさま出たくなった。

――「いまではもう、レース編みの仕事はやっていないの？……」ぼくはシルヴィに訊ねた。――「あら、レース編みはもうやらないわ。注文がこないんですもの。シャンチイでさえ工場は閉じてしまったわ」――「それじゃ、何を作っているのさ」――彼女は部屋の隅から、長いペンチのような鉄の道具を持ち出してきた。――「それはいったい何だい」——「機械って呼んでるわ。これで革を押さえておいて、手袋を縫うのよ」——「なるほど、きみは手袋を作ってるんだね、シルヴィ」——「ええ。この辺りでは、ダマルタンに卸(おろ)しているの。近ごろはいい儲けになるのよ。でも今日は仕事はしないわ。どこでも、あなたの好きなところに行きましょう」ぼくはオチスに向かう道のほうを見やった。彼女は首を振った。それで、年取った叔母さんはもうこの世にいないのだとわかった。シルヴィは小さな男の子を呼び、ろばに鞍をつけさせた。——「まだ昨晩の疲れが残っているの」と彼女はいった。「でも散歩に出れば元気になるわ。シャーリに行きましょう」そこでぼくらは、枝を一本手にした男の子を従えて森を横切っていった。やがてシルヴィが休みたがったので、ぼくは彼女の体を腕でささえて座らせた。ぼくらの会話はもう、あまり打ち解けたものにならなかった。彼女に話してやらなければならなかった。パリでの暮らしのことや、旅のことを……。——「どうしてそんなに遠くまで行けるものなのかしら」彼女がいった。——「こうやってきみにまた会うと、自分でも不思議に思えてくるよ」——「まあ、お上手ね！」——「きみだって、前はこんな美人じゃなかったよね」——「知らないわ」——「ぼくらがまだ子どもで、きみのほうが背が高かったころのこと、覚えてる？」――「あなたのほうがお利口さんだったわね！」――「ああ、シルヴィ！」――「一人ずつかごに入れられて、ろばの背中に乗せられたんだったわ」――「あのころはあなただなんて他人行儀な言い方はしなかったぞ……。覚えてるかい、テーヴ川やノネット川の橋の下で、ざりがにの釣り方を教えてくれたろう？」――「それならあんたは覚えてる？　いつだったか、あんたの乳兄弟がおみじゅから引っぱり上げてくれたこと」――「のっぽの縮れ毛（グラン・フリゼ）だ！　あいつにそのかされたんだよ、おみじゅを渡っていけるって」

ぼくはあわてて話題を変えようとした。この思い出は、イギリス風の子ども服などを着てここにやってきたせいで農夫たちに笑われていたころのことを、あまりにまざまざと思い起こさせる。シルヴィだけがぼくの出で立ちを立派だといってくれたのだった。はるか昔のそんな意見を彼女に思い出させる気にはなれなかった。そのとき、なぜだかわからないが、オチスの叔母さんのところで一緒に着た婚礼衣装のことが頭に浮かんだ。あれはどうなったか訊ねてみた。――「ああ、やさしかった叔母さん。ダマルタンのカーニヴァルに踊りに行くのに、あのドレスを貸してくれたの。いまから二年前のことよ。その翌年、叔母さんは亡くなったわ、かわいそうな叔母さん！」

シルヴィは溜息をつき、涙まで流したので、ぼくは彼女がどういうわけでカーニヴァルの仮面舞踏会などに出かけていったのかを聞きそびれてしまった。とはいえ、仕事の腕前のおかげで、シルヴィがもはやただの田舎娘ではなくなったことはよくわかった。親族はみんな元の身分のままでいたが、そのなかで彼女だけは器用な妖精のように、まわりに豊かさをもたらしながら暮らしているのだった。

11 帰還

森を出ると眺望が開けた。ぼくらはシャーリのいくつも池がある辺りの端に来ていた。柱の並ぶ歩廊、交差リブのすらりとのびた礼拝堂、封建時代の塔、そしてアンリ四世とガブリエルの恋の隠れ処となった小さな城が、森の暗い緑を背に、夕陽の赤で染められていた。――「まるでウォルター・スコットの風景みたいでしょう?」とシルヴィがいった。――「ウォルター・スコットだなんて、いったいだれに教わったんだい？」とぼくは訊ねた。「どうやらこの三年のあいだに、ずいぶん本を読んだんだね！……　ぼくは本なんか忘れてしまおうと努めている。ぼくにとっては、きみと一緒にこの古い修道院をまた見るほうが魅力的なんだよ。ほんの小さな子どものころ、あそこの廃墟でかくれんぼをしたよね。シルヴィ、覚えてるかい、森番が赤い修道僧の話[59]をしたとき、きみがどんなに怖がったか？」――「ああ！　そんな話、やめてちょうだい」――「それなら、あのきれいな娘の歌を歌っておくれよ、父親の庭の、白薔薇の木の下で誘拐されてしまった娘の歌を[60]」――「あれはもう歌わないのよ」――「ひょっとして、きみは音楽家にでもなったのか？」――「少しはね」――「シルヴィ、シルヴィ、きっといまでは、オペラのアリアでも歌っているんだろう！」――「どうしてそれが不満なの？」――「だってぼくは昔の歌が好きなのに、きみはもう歌ってくれないんだもの」

シルヴィは現代のオペラの堂々たるアリアを少しばかり口ずさんでみせた……。それも歌手みたいに抑揚をつけてである！

ぼくらは近くの池をめぐった。菩提樹や楡に囲まれた緑の芝生がある。ここでよく踊ったものだった！　ぼくはいいところを見せようと、カロリング朝の古い城壁を示したり、エステ家の紋章を読み解いたりした。――「あなたこそ、わたしよりどれほどたくさん本を読んでいるのかしら！」とシルヴィはいった。「あなたは学者になったのね？」

咎めるようなその口調にぼくは自尊心を傷つけられた。それまでは今日の早朝のように心を打ち明けて話すのにふさわしい場所を探していたのだが、ろばと男の子のお伴つきでは、いったいどんな話ができるというのか。男の子ときたらたえずこちらに寄ってきては、パリっ子の話しぶりを聞こうと興味津々なのだ。そのときぼくは、記憶に刻まれている、シャーリで見たまぼろしのことをつい彼女に話してしまった。アドリエンヌが歌うのを聴いた館の広間までシルヴィを連れて行った。――「ああ！どうか歌ってくれないか！」とぼくは彼女にいった。「きみの懐かしい声をこのドームの下に響かせて、ぼくを苦しめている霊をここから追い払ってほしい。それが神聖な霊であれ、不吉な悪霊であれ！」――彼女はぼくが教える歌詞とメロディを繰り返した。

天使らよ、すみやかに降り来たれ

煉獄の底に(61)！……

「ずいぶん悲しい歌ね！」と彼女はいった。

「崇高なんだ……。ポルポラ(62)の曲だと思うよ。歌詞は十六世紀に訳されたものだろう」

「知らないわ」とシルヴィ。

ぼくらはシャルルポン(63)の道にそって谷間を抜けて戻った。元来語源の知識など持たない農民たちは、相変わらずシャヽ、ヽーヽ、ルポンと呼んでいる。ろばに疲れたシルヴィはぼくの腕にもたれていた。侘しい道だった。ぼくは胸のうちを何とか彼女に話そうとした。しかしなぜだか知らないが、平凡な表現しか出てこない。そうかと思うと小説じみた大げさな文句が飛び出してくるのだった。――シルヴィだって読んだことがありそうな言葉である。そこでぼくは古典主義的なセンスをはたらかせて、口をつぐんでしまい、彼女としてはあふれ出すかに見えたぼくの言葉が途切れるたびにいぶかしく思うのだった。聖S…修道院の壁のところまで来ると、足元に気をつけなければならなかった。ぼくらは小川が幾筋もくねくねと流れる湿地帯を横切った。――「あの修道女はどうなっただろう？」ぼくはだしぬけにいった。

「あらまあ！　修道女のこととなるとずいぶんご熱心ね……。それが……、それがね、じつは残念なことになったのよ」

シルヴィはそれ以上一言もいおうとしなかった。

女たちは、これこれの言葉が心の底から出たのではない、口先だけのものであると、本当に感じ取るのだろうか？　彼女らがあんなにもたやすく騙されるのを見、たいていの場合どんな男を選ぶことになるかを考えるにつけても、どうもそうとは思えない。恋の喜劇をじつに上手に演じてみせる男というのがいるものだ！　ある種の女たちは承知の上で騙されるのだとは知りながらも、ぼくはそういうやり方に決して慣れることができなかった。それに、子ども時代にまでさかのぼる恋には神聖な何かがある……。大きくなるのを見てきたシルヴィは、ぼくにとって妹のような存在だった。誘惑するわけにはいかない……。そのとき、まったく別の考えが浮かんだ。――いつもなら、劇場にいる時間だ……。オーレリー(それが女優の名前だった)は今夜はいったい、何の役だろう？　新作のお姫さま役に決まっている。ああ！　第三幕の彼女は、なんと感動的なことか！……　それに第二幕の恋の場面でも！　相手の若い二枚目は皺だらけなのだが……。

「何か考えごと?」とシルヴィがいった。そして歌い出した。

ダマルタンにはきれいな娘が三人。

そのうち一人はお日様の光よりもっときれい……

「何だ!　意地悪だなあ」ぼくは叫んだ。「古い歌だって、まだちゃんと知ってるんじゃないか」

「あなたがもっとしょっちゅう戻ってきてくれるなら、思い出せるのに」とシルヴィがいった。「でも、分別をもたなければね。あなたにはパリで用事があるし、わたしだって仕事がある。あまり遅くならないうちに帰りましょう。わたし、明日は太陽と一緒に起きなければならないのよ」

12　ドデュ爺さん

ぼくはシルヴィに答えようとした。彼女の足元にひざまずいて、伯父さんの家をきみにあげようと提案するところだった。遺産相続人は何人かいたが、この小さな地所は分割されずに残っていたので、ぼくにはまだそれを買い戻すことができるはずだった。だがそのときぼくらはロワジーに着いてしまった。みんなはぼくらが夕食に加わるのを待っていた。オニオンスープの素朴な匂いが遠くまで漂ってきていた。お祭りの翌日、隣近所の人たちが招かれていた。その中に年老いた木こりが一人いることにすぐ気がついた。かつて実に滑稽な話や怖い話を寝る前に聞かせてくれたドデュ爺さんである。羊飼いでもあれば配達人でもあり、狩場番人、猟師、さらには密猟者でもあるドデュ爺さんは、暇なときには鳩時計や焼き串回しを作っていた。長いあいだ、イギリス人たちにエルムノンヴィルを案内する仕事に従事し、ルソーが瞑想にふけった場所に連れて行ったり、ルソーのいまわの時の様子を語って聞かせたりしてきた。ドデュ爺さんこそは哲学者が野草を分類するために雇った少年だったのである。ルソーに命じられて毒人参の汁を絞り、カフェオレの椀に入れたのも彼だった。[64] だが「金十字」亭の主人はその話を否定していて、そのせいで両者は長らく反目し合ってきた。ドデュ爺さんに対しては以前から、まじないを使うというので非難する向きもあったが、それは祈りの文句を逆から唱えたり、左足で十字を切ったりして病気の牝牛を治すといった罪のない秘伝だった。とはいえ爺さんはとうの昔にそうした迷信とは手を切っていた。――「ジャン＝ジャックと話をしたおかげでな」と爺さんはいうのである。

「おや、あんたかい！　ちびのパリっ子くん」とドデュ爺さんがいった。「わしらの娘っ子たちを誘惑しにやって来たんかね？」――「ぼくがですか、ドデュ爺さん？」――「狼のいないあいだに、娘っ子たちを森に連れて行くんじゃろう」――「ドデュ爺さん、あなたが狼でしょう」――「牝羊がいるうちはそうじゃった。いまじゃ牝山羊しか見つからんわ。身を守るすべをわきまえおってな！　だがあんたがた、パリのお人はずるがしこいからな。ジャン＝ジャックがいったのももっともじゃよ、「都市の毒された空気のもと、人は堕落する[65]」となー——「ドデュ爺さん、人間はどこにいたって堕落するものだって、よくご存知でしょう」

ドデュ爺さんは酒飲みの歌を歌い出した。きわどいくだりの前でやめさせようとしても無駄だった。みんなはその歌詞をそらで知っていた。シルヴィはぼくらが是非にと頼んだのに歌ってはくれなかった。もう食事の席で歌など歌わないものだというのである。ぼくは昨晩の恋する青年がシルヴィの左隣に座っているのに気づいていた。その丸顔や逆立った髪にはどこか見覚えがあった。青年は立ち上がると、ぼくの席の後ろにやってきてこういった。「ぼくのことがわからないのかい、パリっ子さん？」ぼくらに給仕をしてくれてから、デザートになってようやく自分の席に戻った親切な女性が耳打ちしてくれた。「あなたの乳兄弟じゃないの」教えてもらわなかったなら、ぼくは笑い者になるところだった。「ああ、きみか、のっぽの縮れ毛！」とぼくはいった。「ぼくをおみじゅから引き上げてくれたのはきみだったね！」シルヴィはぼくがやっと気づいたので笑い出した。「それにさ」青年はぼくにキスしながらいった。「きみは立派な銀時計をもってたろう、帰り道、自分のことよりも時計のことをずっと心配してたんだよ、動かなくなっちゃったって。「虫さんがおぼれちゃった、チクタクいわなくなっちゃった。伯父さんに何ていわれるだろう……」ってね」

「時計のなかに虫がいるだと！」ドデュ爺さんがいった。「パリでは子どもにそんなことを信じ込ませておるんだな！」

シルヴィは眠そうだった。もう脈はないとぼくは思った。彼女は二階の自室に引き上げ、ぼくがキスをすると「明日、また会いに来てちょうだい！」といった。

ドデュ爺さんはシルヴァン[66]、そしてぼくの乳兄弟と一緒に食卓に残った。ぼくらはルーヴルのラタフィア[67]の瓶を囲んで長々とおしゃべりした。「人間は平等だ」ドデュ爺さんは歌の合間にいった。「わしにとっては菓子屋と飲むのも王族と飲むのも一緒だぞ」――「菓子屋というのはどこにいるんです？」ぼくは訊ねた。――「隣を見てみろ！　この若者は店を構えようという野心を抱いておるんだ」

わが乳兄弟は困ったような顔をした。ぼくにはすべてが飲み込めた。――ルソーのおかげで有名になった土地で乳兄弟を持つというのが、ぼくの背負った宿命だった、――ルソーは乳母制度の廃止を望んでいたのだが[68]！　――ドデュ爺さんによれば、シルヴィとのっぽの縮れ毛のあいだで縁談が進んでおり、のっぽの縮れ毛はダマルタンで菓子店を開きたがっているのだという。ぼくはそれ以上くわしく聞こうとは思わなかった。翌日ぼくはナントゥイユ=ル=オードゥアンから来る馬車でパリに戻った。

13 オーレリー

パリへ！――馬車で五時間かかった。急ぐことはない、晩に到着しさえすればよかったのだ。八時ごろ、ぼくはいつもの指定席に座っていた。オーレリーは、シラーの作品にわずかばかり想を得た当時の才人作の詩句に、自らの霊感と魅力を注ぎ込んでいた。庭園の場面での彼女は崇高だった。彼女の出番がない第四幕のあいだに、ぼくはプレヴォ夫人の店(69)に花束を買いにいった。愛情のこもった手紙を添えて、未知の、、、者よりと署名した。「今後どうなるか、これではっきりするだろう」とぼくは思った。

――翌日、ぼくはドイツに向かって旅立った。

ドイツで何をしようというのか？　自分の気持ちを整理したいと思ったのだ。――もし小説を書くとしたら、同時に二つの恋に夢中になる胸のうちなど物語っても、決して受け入れてはもらえまい。シルヴィはぼくのせいで去っていこうとしている。だが、一日会うだけでもぼくの魂に励ましを与えてくれた。これからは彼女を、微笑する影像として「知恵」の神殿に置くことにしよう。彼女のまなざしがぼくを深淵の縁で立ち止まらせてくれた。——オーレリーの前に正体を現すという考えを、ぼくはきっぱりとしりぞけていた。つかの間の輝きを放っては砕け散っていく、その他大勢の恋人たちとしばし競いあうのはまっぴらだった。——いつかわかるだろう、とぼくは思った。あの女に心があるかどうかは。

ある朝新聞で、オーレリーの病気を知った。ぼくはザルツブルクの山中から手紙を書いた。ドイツ風の神秘主義があまりに色濃く出た手紙だったから、そう喜ばれるとは思えなかったし、返事も望んでいなかった。ぼくは偶然のなりゆきと——そして「未知の者より」という署名に少しだけ期待していたのだった。

何か月か過ぎた。遠出の合間をぬい、空いた時間を利用して、ぼくは画家コロンナと美しいラウラの恋を詩的な筋立てのうちに描き出そうと試みた。ラウラの両親は彼女を修道女にしたが、コロンナは彼女を死ぬまで愛し続けたのである。(70) このテーマにはぼくの心をつねにとらえている事柄と関連する何かがあった。劇の最後の行を書き上げてしまうと、もうフランスに戻ることしか考えなかった。

さて、あとは何を語ろうとも、他の多くの人々の話と同じになってしまうのではないだろうか？　劇場と呼ばれる試練の場の円環を、ぼくはすべて経めぐった。「私は太鼓を食べ、シンバルを飲んだ」と、エレウシスの秘儀伝授者たちの一見意味のない文章にあるとおりだ。(71)——その意味するところは、おそらく、場合によっては無意味と不条理の境を越えなければならないということだろう。ぼくにとってそうする理由は、わが理想をかち取り、動かぬものにすることだった。

オーレリーはぼくがドイツから持ち帰った劇の主役を引き受けてくれた。彼女がぼくに、その劇を朗読させてくれた日のことは決して忘れないだろう。恋の場面は彼女のために書かれたものだった。われながら心をこめて、そして何といっても情熱的にせりふを読み上げたと思う。そのあとの会話のなかで、ぼくは自分が二通の手紙の「未知の者」であることを明かした。彼女はいった。——「あなたって本当におかしな方ね。でも、また会いにいらしてくださいな……。私を本当に愛してくださる方なんて、これまで一度だって見つからなかったのよ」

ああ、女よ！　なんじは愛を求めている……。そしていったい、このぼくは？

続く日々、ぼくはおそらく彼女がこれまで受け取ったなかでもいちばん優しく、美しい手紙を何通も書いた。彼女からの返信はいずれも理性の勝ったものだった。やがて胸打たれた彼女は、ぼくを自分のもとに呼び、昔からの縁を切るのはむずかしいのだと打ち明けた。――「あなたが本当にわ、た、し、の、こ、と、を、思って愛してくださるのなら」と彼女はいった。「私が一人のものにしかなれないことも、わかってくださるわね」

二か月後、ぼくは真情あふれる手紙を受け取った。ぼくは彼女のもとに馳せ参じた。――その間に、ある人が貴重な情報をもたらしてくれた。ぼくが一夜サークルで見かけたあの美青年は、アフリカ騎兵隊に志願してしまったのである。

翌年の夏、シャンチイで競馬があった。オーレリーの演じている劇団がその町で上演した。いったん町に着くと、劇団は三日間、座長の指示に従った。――ぼくはその気のいい男と友だちになった。かつてはマリヴォーの喜劇のドラント(72)を演じ、長らく若い二枚目役を務めてきた男で、最近評判を呼んだのは、例のシラーを模倣した劇での恋人役だった。オペラグラスごしには皺だらけに見えたのだったが、そばで見るともっと若く見え、ほっそりした体型を保っていて、田舎ではいまだお客に受けた。彼には燃えるような熱気があった。ぼくは座付き作者の身分で劇団に随行していたのだが、サンリスとダマルタンでも公演を行うよう座長を説き伏せた。彼は最初、コンピエーニュでやりたがっていた。しかしオーレリーもぼくに賛成してくれた。翌日、みんなが芝居小屋の持ち主や関係当局との交渉に行っているあいだ、ぼくは馬を借り、オーレリーを連れてコンメルの池沿いの道をとおり、ブランシュ王妃の城にお昼を食べに行った。[73]馬に横乗りになったオーレリーは金髪をなびかせて、かつての王妃のように森を渡っていき、農夫たちは目を丸くして足を止めた。——彼らに向かってこれほど威厳に満ち、そして優美な挨拶を送った女性は、ド・F…夫人[74]のほかにはいなかった。——昼食後、ぼくらはスイスの村を思い出させるような村落に下りていった。そこではノネット川の水を動力にして製材工場が営まれていた。こうしたぼくにとっては懐かしい風景を彼女は興味深そうに眺めていたが、立ち止まろうとはしなかった。ぼくはオーレリーを、オリーの近くの城館[75]、ぼくが最初にアドリエンヌに会ったあの緑の広場に連れていこうと計画した。——彼女は何も感じない様子だった。そこでぼくは彼女にいっさいを話した。この恋の由来を語って聞かせ、夜ごと垣間見たのち夢に現れた面影が、彼女によって現実のものとなったのだと打ち明けた。彼女は真剣に耳を傾けてからぼくにいった。――「あなたはわたしを愛してなんかいないわ！　こういってほしいんでしょう、女優は修道女と同一人物だって。あなたはドラマを求めている、それだけのことよ。結末は手に入らないわ。わたし、あなたのことなんかもう信じません！」

それは稲妻のような言葉だった。ぼくがこれほど長いあいだ感じてきた奇妙な情熱、あれらの夢、涙、絶望、そして優しい気持ち……。それは愛ではなかったのか？　では、愛はいったいどこにあるのか？

オーレリーはその晩、サンリスで舞台に立った。ぼくには彼女が座長に惚れているのではないかという気がした。――皺だらけの若い二枚目。とても性格のいい男で、何かと彼女の世話を焼いていた。

オーレリーはある日ぼくにいった。――「わたしを愛してくれる人、それはこの人よ！」

14　最後のページ

人生の朝に人を魅惑し迷わす幻想(シメール)とは以上のようなものである。ぼくはそれをあまり秩序立てずに書きとめようと試みたのだが、心ある多くの人たちは理解してくれるだろう。幻想は果実をおおう皮のように一枚また一枚と落ちていく。そして果実とは経験なのだ。その味は苦い。しかしながらそこには何か、われわれを鍛錬してくれる刺激がある。――古めかしい文体をお許しいただきたい。ルソーは、自然の風景はすべての慰めになるといった。ぼくはときおり、霧のなか、パリ北部にうずもれたわがクラランの木立(76)と再会しにいく。何もかも、すっかり変わってしまった！

エルムノンヴィル！　古代の牧歌がいまだ花開いていた土地よ、――ただしその牧歌とはゲスナー(77)をさらに翻訳したものだったが！　おまえは、ぼくにとって二重の輝きで煌めく唯一の星を失った。人の目を欺くアルデバランの星(78)のような、あるときは青、あるときは薔薇色のその星はアドリエンヌかシルヴィか、——それは唯一の愛を分けあっていたのだ。一方は崇高な理想、他方は優しい現実。ぼくにとっていまや、おまえの木蔭や湖水、さらには砂漠など、いったい何だろう？　オチス、モンタニー、ロワジー、近隣の貧しい集落、シャーリ——現在、修復工事中——、おまえたちは過去のすべての何も保ちはしなかった！　ときおり、ぼくはあれらの孤独と夢想の土地に再会する必要を覚える。彼の地でぼくは、自然のものにさえ気取りがあった時代[79]のはかない痕跡を、わが心のうちに侘しく見出すのだ。花崗岩の側面に彫られたルーシエの詩句——かつてのぼくには崇高に感じられたもの——や、噴水やパン神に捧げられた洞窟の上に掲げられた善行を説く格言を読んでは、ときに微笑を誘われる。巨額の費用を投じて掘られた池はむなしく水を湛えている。白鳥もその淀んだ水を嫌っているのだ。もはや過ぎ去ってしまった、コンデ公の狩りの一行が騎馬姿の誇り高いご婦人たちともども通りゆき、遠くでかたみに応えあう角笛の音が、幾重にもこだましていたあの時代は！……　エルムノンヴィルまでの直通の道は、今日ではもうない。ぼくはときにはクレイユやサンリス経由で、またあるときはダマルタン経由で行く。

ダマルタンには晩にならなければ着かない。そこでぼくは「聖ヨハネ像」亭に投宿する。いつも、古いタピスリーを張ったなかなか清潔な部屋に通される。鏡の上には絵が飾られている。この部屋に来るのは、ぼくがとうの昔に縁を切った骨董趣味にもう一度立ち戻ることだ。夜はこの土地で用いられている羽根布団にくるまって暖かく眠れる。朝になれば葡萄と薔薇のつるにふちどられた窓を開けて、ポプラの木が隊列のように並ぶ十里におよぶ緑の平原をうっとりと眺める。あちらこちら、土地の人の言葉でいう「骸骨が突き出た」ような尖った鐘楼の下に村落が身を寄せている。まず見分けられるのはオチス、――それからエーヴ、そしてヴェールだ。鐘楼さえあれば、森の向こうにエルムノンヴィルを見分けることもできただろう。――だがあの哲学的な土地では、教会はまったくおろそかにされたのである。高台ならではの澄み切った空気で肺を満たしてから、ぼくは陽気に下に降りていき、菓子屋に立ち寄る。「やあ、のっぽの縮れ毛!」――「やあ、きみか、ちびのパリっ子!」ぼくらは幼なじみらしく親愛の念をこめてこぶしで叩きあい、それから階段を上っていくと、子どもたち二人の陽気な叫び声がお客を迎えてくれる。アテナイ風の微笑がシルヴィの嬉しげな顔を輝かせる。ぼくは内心でつぶやく。「きっとここに幸福があったのだろう。とはいうものの……」

ときおりぼくは彼女をロロットと呼び、彼女はぼくが少しウェルテルみたいだという。(80)ただしピストルはなしである。もう流行ではないのだから。のっぽの縮れ毛が朝食の支度をしてくれているあいだ、ぼくらは子どもを連れて、城の煉瓦造りの古い塔の廃墟を取り囲む菩提樹の並木道を散歩しにいく。子どもたちが弓の集いの弓を使って、父親の矢を麦わらの中に射る練習をするかたわらで、ぼくらは詩を何篇か、あるいはいまではもう書く者もいないようなごく薄い本の何ページかを朗読するのである。

言い忘れていたが、オーレリーの所属する劇団がダマルタンで公演を行ったとき、ぼくはシルヴィを劇に連れていき、あの女優は昔知っていただれかに似ていると思わないかと訊ねた。――「いったいだれに?」――「アドリエンヌのこと、覚えているだろう?」

彼女は「まあ、なにを言い出すやら!」といって吹き出した。それから、笑ったことを悔いるように、ため息をつきながらいったのである。「かわいそうなアドリエンヌ!　あの人は聖S…の修道院で亡くなったのよ……。一八三二年ごろに」

ヴァロワの歌と伝説

ヴァロワの田舎のことを思い出すたびに、子どものころの自分を育んでくれた歌や物語がよみがえってきて、私はうっとりとなるのである。伯父の家は美しい歌声で満ちていたし、私たちについてパリにやってきた女中たちは一日じゅう、彼女たちの若かりし頃の陽気なバラードを歌っていた。残念ながらそのメロディを引用するわけにはいかない。いくつかの歌の断片はすでに紹介しておいた。[81] いまとなっては私には、それらを補って完全なものにすることができない。何もかもがすっかり忘れ去られた。

その秘密は祖先の女たちの墓に眠っている。今日ではブルターニュやアキテーヌの方言による歌が本になって刊行されているが[82]、真のフランス語が常に話されてきた古い地方の歌は、何一つとして保存されそうにない。これまでは、脚韻や韻律、構文のことなどおかまいなしに作られた歌詞を本に載せるのは許されないことだったからである。羊飼いや船頭、通りがかりの荷車引きの話す言葉は、母音を勝手に省いたりするとはいえ、そのあやしげな言い回しや、きわどい語句、気まぐれな語尾や連音(リエゾン)なども含めて、たしかに私たちの言葉なのである。しかし無知のしるしを帯びているせいで、方言以上に社交界人士の顰蹙(ひんしゅく)を買ってしまう。とはいえそうした言葉にも規則、あるいは少なくとも決まった形が備わっているのであり、子音の置き方が少しばかり奇妙だからといって、「もしわたしがつばめだったなら[83]」のような有名なロマンスの歌詞が、門番や料理女たちの歌のレパートリーに追いやられてしまうとしたら残念なことだ。

それにしても、これほど優美で詩的なものがほかにあるだろうか。

もしわたしがつばめだったなら！　——飛んでいけるものなら、——美しい女(ひと)よ、私はあなたの胸元に、――行って安らうだろうに！

なるほど、その続きは「私にゃやんちゃな弟がいて……」という具合になるが、そうでもしなかったらとんでもない母音衝突が生じてしまう。[84] それにしても、フランス語はこんなに便利で柔軟な、いにしえの道化役者(アルルカン)の言葉の味わいをそっくり生み出していた魅力的な「Z」をなぜ追い払ってしまったのか。総裁政府期に青春を謳歌した若者たちはこれをサロンの言葉に導入しようとしたものの、徒労に終わったのである。

そんなのはまだ取るに足りないことで、表現にささやかな修正を加えさえすれば、こうした慎ましい詩人たちによる魅力的で素朴な作品を、わが国の何とも貧弱でインスピレーションに乏しい大衆詩の分野にもたらすことができるだろう。だが脚韻、フランスの厳格なる脚韻は、次のような歌の一節とどうすれば折り合いをつけられるのか。

オリーヴの木の花よ――あなたが愛でた木よ、――うるわしいひとよ！――
そしてすてきなあなたの目、――わたしがこんなにも愛する目よ、――そのいず

れとも別れなくてはならないのか！（定型外の自由な押韻）

　こうした無邪気にして大胆な表現が、それを音楽に乗せると見事に生きてくるということ、そして元の詩句に盛り込まれている——無駄には使われていない——半諧音（同一母音の繰り返し）のうちに、詩が音楽に提供すべきあらゆる素材が含まれていることに注目していただきたい。上に掲げた二つの魅力的な歌は、聖書の香りにも似たものを漂わせているが、しかしそうした歌の歌詞は大半が失われてしまった。なぜならそれを書き写したり、印刷したりしようと考える者がだれもいなかったからである。次の一節を含む歌の場合も同様だ。

　　とうとうあなたは結ばれた、——きれいな花嫁さん、——とうとうあなたは結ばれた——花婿さんと結ばれた、——長い金の糸は——死ぬまで切れません！

　言葉としても、想いとしても、これほど純粋なものがほかにあるだろうか。だが、この祝婚歌の作者は文字を書けなかったのである。しかも印刷術がわれわれのために保存してくれているのは、コレやピイス、パナール[85]のきわどい歌ばかりときている！
詩の豊かさはフランスの船乗りにも、兵士にも決して欠けてはいなかった。彼らの歌で夢見られているのはもっぱら、王の娘やスルタンの妃、さらにはあのあまりに有名なバラードが示すとおり、裁判長夫人のことなのである。

ボルドーの町のなか――三艘の船が着きました、云々

だがフランス衛兵隊の太鼓叩きのほうはいったい、どこまで進んだら止まるのか？

いなせな太鼓叩きが戦争に行きましたとさ、云々

王さまの娘が窓辺にいて、太鼓叩きはその娘に結婚を申し込む。――「いなせな太鼓叩きよ」と王さまがいう。「そなたの財産では無理な話だ！」――「そうでしょうか？」太鼓叩きは平然としていう。

おだやかな海に浮かぶ三艘の船はぼくのもの、——一艘は黄金、もう一艘は上等の真珠でいっぱいです、——そして三艘目はいとしい人を運ぶため！

「太鼓叩きよ、もうけっこう」王さまがいう。「姫はやらん！」——「それは残念！」と太鼓叩き、「もっとかわいい娘を見つけるとしよう！……」

兵士や船乗りのいささかガスコーニュ流[86]の言葉に、これだけ豊かな表現が含まれているのを見たあとで、次にわれわれは一介の羊飼いの運命をうらやむことになるのだろうか？　羊飼いはこんな風に歌い、夢見る。

父さんの庭に向かって、——飛んでいけ、ぼくの心よ、飛んでいけ！——そこにはなつかしいりんごの木がある、——ほんとうになつかしい！

三人のきれいなお姫さま、——飛んでいけ、ぼくの心よ、飛んでいけ、——三人のきれいなお姫さまが——木の下に横になって、云々

わが民族には真の詩情、理想へのメランコリックな渇きが欠けていて、それゆえに

ドイツやイギリスの歌に比肩できるような歌を理解することも、生み出すこともできなかったのか？　いや、そんなはずはない。だがフランスでは文学が一般大衆の水準まで降りてきたためしがいまだかつてないのである。十七、八世紀のアカデミックな詩人たち[87]のあまりに生気がなく堅苦しい頌歌や書簡詩、偶感詩は、農民たちには理解できなかっただろうが、アカデミックな詩人たちのほうにもそうした民衆の発想は理解できなかっただろう。ともあれ以下に引用する歌を、当時上流社交界で賞賛されていた「クロリスへの花束[88]」のたぐいと比べてみようではないか。

ジャン・ルノーがいくさから戻ったとさ、――悲しげな、陰気な顔で戻ったとさ。――「ただいま、母さん」――「お帰り、息子よ！――おまえの妻はかわいい男の子を産みましたよ」

「さあ、母さん、さっそくですが、――きれいな白亜麻のベッドを用意してください。――でもそっと用意してくださいよ――妻に音が聞こえないように！」

そしてその日の真夜中ごろに、――ジャン・ルノーは息を引き取った。

続いてバラードの舞台は変わり、産婦の寝室になる。

「ああ！　お母さま、教えて、――泣き声が聞こえるのは、いったいなぜ？」
――「娘や、あれは子どもたちだよ、――歯が痛くて泣いてるのさ！」

「ああ！　お母さま、教えて、――釘を打っているのは、いったいなぜ？」
――「娘や、あれは大工だよ、――床を直しているのさ！」

「ああ！　お母さま、教えて、――歌っているのは、なんの歌？」――「娘よ、
あれは教会の行列だよ――家のまわりをまわっているのさ！」

「でも、お母さま、教えて、――どうしてそんなふうに泣いているの？」――
「ああ！　もう隠しきれない。――ジャン・ルノーが死んだのさ」

「お母さま！　墓掘り人にいってください――二人用の穴を掘るように、――内側は広くして、――赤ちゃんも一緒に入れるように！」

これはドイツの最も感動的なバラードにさえいささかも劣らない。あとは細部の仕上げが欠けている程度だが、それはゲーテやビュルガーに先立つ、「レノーレ」や「魔王」(89)の元々の伝説にも欠けていたのである。さらには聖ニコラの哀歌だって、その気になれば詩人はどんなに活用できたことだろう。その一部を引用してみよう。

三人の小さな子ども(プチ)がおりました――畑に落ち穂ひろいに行きました。

夜、肉屋に行きました。――「肉屋さん、ぼくらを泊めてくれますか」――「お入り、お入り、子どもたち、――むろん場所はあるともさ」

入るとすぐさま、――肉屋は子どもたちを殺(あや)めました、――体を切り刻んで、

——豚肉みたいに塩櫃（しおびつ）に漬けました。

七年たって、聖ニコラが、——聖ニコラがその田舎に来なさった。——肉屋の家に来なさって——「肉屋よ、わたしを泊めてくれないか」

「どうぞ、どうぞ、聖ニコラ、——もちろん泊めてさしあげましょう、お部屋はちゃんとございます」——聖ニコラは入るとすぐに、——夕食をご所望になりました。

「ハムでも少々いかがです？」——「ハムはいらない、うまくない」——「子牛肉を一切れ、いかがです？」——「子牛はいらない、品（しな）が悪い！

塩漬け豚肉（プチ・サレ）をいただこう、——七年も櫃に入っているやつを！」——それを聞いて肉屋は、——扉の外に逃げ出しました。

「肉屋、肉屋、逃げるでない、――悔い改めよ、神さまは許してくださるぞ」

――聖ニコラは指を三本――塩櫃のふちに置きました。

最初の子がいいました、「ああ、よく寝た！」――二番目の子がいいました、「ぼくも！」――三番目の子がいいました、――「天国にいるみたいだったよ！」

詩句として整ってはいなくとも、これはウーラント[90]のバラードにも匹敵するものではないだろうか？　ただし、こうした民衆の素朴な発想にはいつだって技巧が足りないものと考えてはならない。

先に紹介した「ルイ王は橋の上」（一〇九―一一一頁）[91]は、この世で最も美しいメロディの一つに乗せて作られた歌である。まるで教会の歌をいくさの歌と組み合わせて作ったかのようだ。後半部分は失われてしまったものの、内容は漠然とではあるがいまに伝わっている。王の娘の恋人、美男のロートレックは娘が墓に運ばれようとするそのとき、パレスチナから戻ってくる。サン＝ドニ[92]への路上で葬列と出くわすのだ。彼の憤激を前にして司祭も歩兵も逃げてしまい、棺は彼のものとなる。彼は従者に命じる。「さあ、私の純金のナイフを持ってきてくれ。この亜麻の棺覆いを裂いてやろう！」屍衣(しい)から解き放たれるとすぐに、美しい娘は生き返った。恋人は彼女を連れ去り、森の奥の城に連れていく。二、、、、、、、、、、、、、、、、、、、人は幸せに暮らしましたとさという次第でそこで終わりと思われることだろう。だが、ひとたび結婚生活の幸せに浸り切ると、美男のロートレックもつまらない夫でしかなくなり、自分の領地の湖のほとりで釣り糸を垂れて過ごすばかり。とうとうある日、誇り高い妻は夫の背後からそっと近づき、意を決して黒々とした湖水に突き落とすのである。こう叫びながら。

　　消えうせろ、益体(やくたい)もない魚釣りめ、――魚がおいしく育ったら――わたしたちが食べてやる。

アルカボンヌやメリュジーヌ(93)にふさわしいような不思議な話である。――死の間際(まぎわ)に、哀れな城主はかろうじて帯から鍵束をはずすとそれを王の娘に向かって投げ、これからはおまえが城の主人として君臨するがいい、おまえの意志で死ぬのだから満足だ！と言い残す……。この奇妙な結末には、胸を打たれずにはいられない何かがある。

そしてわれわれは、いったい詩人は諷刺の矢を放ってしめくくろうとしたのか、あるいは死んだのちロートレックの手で屍衣から引き出された美女とは、しばしば伝説に登場するたぐいの一種の女吸血鬼だったのではないかと思いめぐらすのである。

加えて、この種の民謡には異文や加筆が非常に多い。どこの地方にも異なる版が存在するのである。ブルボネ地方に伝わるものとして記録に残された「ラ・ガルドの乙女」はこんな風に始まる。

ラ・ガルドのお城には――きれいな娘が三人、――そのうち一人はお日様の光よりもっときれい、――隊長さん、急げ、――公爵が嫁にしてしまうぞ。

これはわれわれが先に引用した歌(94)(一一一頁)と同じで、そちらはこんな風に始まっていた。

白薔薇の下を――美しい娘が散歩する。

単純で魅力的な出だしである。舞台はいったいどこなのか？　どこでもかまわない！　お望みなら、スルタンの娘がシーラーズ[95]の木陰で夢想していると考えてもいいのだ。月明かりの下、三人の騎士が通りかかる。――「お乗りなさい」と一番若い騎士が声をかける。「私の美しい灰色の馬に」。これは「レノーレ[96]」に描かれている騎行ではないか、そしてこうした見知らぬ騎士たちは宿命的な魅惑を備えてはいないだろうか！

彼らは町に着き、明かりで照らされたにぎやかな宿の前で止まる。かわいそうな娘はわなわなと全身をふるわせている。

入ってきた娘に、――女主人はすぐさま目を止める。――「あなたは無理やり連れてこられたの――それとも好きで来たのかしら？」――「お父さまのお庭から――三人の騎士にさらわれたの」

話の途中で夕食の支度ができる。「お食べなさい、別嬪さん、楽しくおやりなさい三人の隊長さんたちと一緒に、——一晩過ごすのですよ」ところが夕食を終えると、——美しい娘は死んでしまった。——死んでしまって——二度と息を吹き返さない！

「ああ！　ぼくの可愛い人が死んでしまった！」一番若い騎士は嘆いた。「いったいどうしよう！……」そして騎士たちは、遺体を父親の城の白薔薇の木の下まで運ぶことにした。

すると三日後に——美しい娘はよみがえった。——「開けて、開けて、お父さま、——ぐずぐずしないで早く開けて！——三日間、死んだふりをしていたの——操を守りとおすため」

よこしまな貴族に襲われて庶民の娘の貞節が危うくなる話は、さらに多くのロマンスの主題を提供してきた。たとえば、父に命じられて色好みの貴族のもとに菓子を届けにいった菓子屋の娘がいる。貴族は日が暮れるまで娘を引きとめ、家に帰らせようとしない。辱めを受けそうになった娘は身を任せるふりをして、胴着のホックを切るからと、くだんの伯爵に短刀を借りる。その短刀で自分の胸を突き、菓子屋たちは殉教者となったこの同業者を称える祝日を定める。
有名事件を扱った歌もあり、小説的な興味では劣るとしても、しばしば恐怖と迫力に満ちている。狩猟から帰った男が、別の男に訊ねられてこんな風に答えるところをご想像いただきたい。

「おれは白い小兎を山ほど仕留めたから——靴が血だらけなんだ」——「嘘をついているな、卑劣な裏切り者め！——思い知らせてやる。——その真っ青な顔を見ればわかる——お前はぼくの妹を殺したな！」

ほとんど詩句の体もなしていないこうした歌詞に、どれほど陰鬱な詩情が宿っていることか！　別の歌では、脱走兵が騎馬憲兵隊[97]に出くわしてしまう。銀の縁飾りのついた帽子をかぶった、恐るべきネメシスである。

そいつは訊かれた――「除隊許可証はどこにある?」――「おいらのもらった許可証は、――靴の裏にございます」

こうした哀しい話には、泣きぬれた恋人がつきものだ。

美しい娘は大尉さんに会いにいった。――大佐さんと軍曹さんにも……

リフレインはできそこないのラテン語だが[98]、単旋律聖歌の曲調に乗せて、不幸な兵士の運命を雄弁に予告している。

ビロン[99]はこれらの地方では今なお大変に惜しまれている人物だが、彼についての歌ほど魅力的なものがほかにあるだろうか。

ビロンは踊りたくなって、――ビロンは踊りたくなって、――靴をもってこさせた――靴をもってこさせた。――ビロンのシャツは――ヴェネツィア製、――ビロンの胴衣は――体にぴったり、――帽子はまんまる。――いざ踊らん、ビロン！

続く二行はすでに引用済みである（第三章）。

きれいな娘がすわってた——小川の流れるそのほとり、——ぴちぴち跳ねる水のなかに、——きれいな白い足を浸してた。——さあ行こう、いとしい人、心も軽く！——心も軽く！

その田舎娘が水遊びしているところを領主が見てしまうのだが、それはあたかもペルシヴァルがグリセリディスにたまたま出会う場面のようである。(100) 二人の出会いから子どもが生まれる。領主はいう。

「これを司祭にしようか、——それとも裁判長はどうか？」

「いいえ」と美しい妻は答える。「ただの農夫にいたしましょう。

背中にかごを負わせて――そのなかに玉ねぎを三つ入れて……――大声で売り歩かせましょう。――「おらの白い玉ねぎはいらんかね……」――さあ行こう、いとしい人、心も軽く、云々

次に紹介するのは、私がかご編み職人たちのところで聞いたのを覚えている、夜なべのおとぎ話である。

魚の女王

ヴァロワの里、ヴィレル＝コトレの森のなかに男の子と女の子が住んでおりました。二人はその土地を流れる小川の岸辺で、ときどき会っていました。男の子は木こりをしている自分の叔父、「樫の木ねじり(トール＝シェーヌ)」に命じられて枯れ枝を集めに、女の子は両親にいわれて小さなうなぎを捕まえにきていました。季節によっては川の水が下がり、

川底の泥のなかにいるうなぎが見えるのです。さらに女の子は、ほかにいい獲物がいないときには、石のあいだのあちこちにたくさんいるざりがにを捕まえなければなりませんでした。

かわいそうに女の子は、いつも体をかがめ、水に足を浸しておりました。生き物が苦しむのに同情せずにはいられないたちでしたので、川から引き上げた魚が身をよじるのを見ると、たいていはまた川に戻してやり、ざりがにしか持ち帰らないのでした。ざりがにには指を血がにじむほど挟まれることがしょっちゅうだったので、女の子もそれほど同情しないようになっていたのです。

男の子のほうは枯れ枝やヒースの束をこしらえるのですが、「樫の木ねじり」に怒られてばかりいました。束が足りなかったり、魚を取る女の子とおしゃべりに夢中になったりするせいでした。

一週間のうちに、二人の子どもが決して会わない日がありました……。それはどういう日だったのでしょう？　きっと、[101]妖精メリュジーヌが魚に変身したり、エッダのお姫さまたちが白鳥に姿を変えたりするのと同じ日だったのでしょう。

そんな日の翌日、木こりの男の子は魚とりの女の子にいいました。「覚えているかい、きのうきみがあそこのシャールポン(第十一章)の川のなかを、魚をみんな引き連れて泳いでいくのを見たよ……鯉や川魣までいたっけ。きみはきれいな赤い魚になって、体の両側が金色のうろこに包まれて輝いていた」

「よく覚えてるわ」女の子がいいました。「だってあたしもあんたを見たんだもの、あんたは水辺にいて、まるでりっぱな緑樫の木みたいに見えたわ。上のほうの枝は金色だった……。森の木はみんな、地面につくまで頭を垂れてあんたにお辞儀してたわ」

「そのとおりさ」男の子はいいました。「そんな夢を見たよ」

「あたしもあんたのいうとおりの夢を見たわ。でもどうしてあたしたち二人、夢のなかで会えたのかしら?……」

そのとき、「樫の木ねじり」が現れて二人の話は中断されました。「樫の木ねじり」は太い棍棒で男の子をぶち、まだ一束もできていないのかと叱りました。

「それだけじゃないぞ」と彼は続けました。「簡単に折れる枝はねじって折って、束に加えるようにいっておいただろう?」

「だって」男の子がいいました。「束のなかに生木がまじっているのが見つかったら、森番に牢屋に入れられちゃうよ……。それに、いわれたとおりにやろうとしたら、木の泣き声が聞こえたんだ」

「あたしもそうよ」女の子がいいました。「魚をかごのなかに入れて運んでいくと、とっても悲しそうな声で歌うから、水に放してしまうの……。そうすると家でぶたれるのよ！」

「黙っておれ、ずるがしこい小娘めが！」と「樫の木ねじり」がいいました。どうやら酒に酔っている様子です。「甥っ子の仕事のじゃまばかりしおって。おまえのことはよく知っておるぞ、真珠色のとがった歯のこともな……。おまえは魚どもの女王なんだろう……。だが、週のうち一日だけは、おまえを捕まえることのできる日がたしかにある。そうすればおまえは、柳のかごのなかでくたばることになる……。柳のかごのなかでな！」

「樫の木ねじり」が酔いにまかせて口にした脅しの文句は、やがて現実のものとなりました。女の子は運命によって決められた日に赤い魚に変身するのでしたが、その姿のまま捕まえられてしまったのです。さいわい、「樫の木ねじり」が甥に手伝わせて柳のかごを水中から引き上げようとしたとき、甥は夢で見たのと同じ金色に輝くうろこをした美しい赤い魚に気づきました。それは魚とりの女の子が少しのあいだ姿を変えているのだとわかったのです。

男の子は「樫の木ねじり」にさからって女の子を守ろうとし、木靴で「樫の木ねじり」を叩きさえしました。「樫の木ねじり」はかんかんになって甥っ子の髪をつかみ、引きずり倒そうとします。ところが驚いたことに、相手はびくともしないではありませんか。男の子がしっかりと地面に足をふんばっているせいで、「樫の木ねじり」には倒すことも引きずることもできず、なんとか揺さぶって動かそうとしてもうまくいきません。

それでもとうとう男の子がこらえきれなくなったとき、森の木々がにぶい音を立ててふるえ出し、ざわめく枝が風を吹き鳴らしました。それが嵐となって「樫の木ねじり」をあとずさりさせ、「樫の木ねじり」は木こり小屋に逃げ込みました。

やがて小屋から出てきた「樫の木ねじり」は、恐ろしいことにオーディンの息子の(102)ようなすさまじい姿に変身していました。その手には、岩をも砕いたというトールの槌(つち)に似た、木々をおびえさせるスカンジナヴィア風の斧が輝いていたのです。

叔父であり、王位を奪い取った男である「樫の木ねじり」にしいたげられてきた若き森の王は、これまで知らされずにいた自分の本来の身分に気がついていました。森は彼を守ろうとしましたが、とはいえそれはどっしりとした木々が体を張って抵抗するというだけのことでした……。

いたるところで茂みや若枝がからみあって「樫の木ねじり」の行く手をはばもうとしても無駄なこと、「樫の木ねじり」は木こりたちを呼び集め、邪魔ものを切り倒して進みます。いにしえのドルイドたちの時代には神聖なものとされた木々が、斧やまさかりを振るわれて次々に倒れていきます。

さいわいなことに、魚の女王は手をこまねいてはいませんでした。マルヌ、オワーズ、エーヌという、となりあって流れる三本の大きな川の足元に身を投げ、こう訴えました――「樫の木ねじり」とその一味の目論みをやめさせなければ、森の木がすっかりまばらになって、水蒸気をとどめておくことができなくなります。水蒸気が雨を降らせて、せせらぎや川や沼に水をもたらしているのに。そうなったら泉も枯れ、川をうるおすだけの水を湧き出させることができなくなります。そればかりか、魚たちもみんなたちまち滅び、野の獣や鳥たちも死んでしまうでしょう。

その訴えを聞いて三つの大きな川は力を合わせ、「樫の木ねじり」が凶暴な木こりたちと木々を打ち倒している——ただし森の若い王にまではまだ追いついていない——場所に巨大な洪水を起こし、一面を水びたしにしてしまいました。水が引いたのは破壊者たちがすっかり退治されてしまってからでした。

そこでようやく森の王と魚の女王は、以前の無邪気なおしゃべりに戻ることができました。

それはもはや、木こりの男の子と魚とりの女の子ではなくて、——風の精(シルフ)と水の精(オンディーヌ)でした。二人はやがて正式に結ばれたのでした。

このあたりで引用は打ち止めとしよう。それぞれの民謡が忘れがたく胸に刻まれることになるのは曲調のおかげであり、場所や偶然のおりなす詩情のおかげであるのに、それらぬきでは何とも不完全な引用にすぎず、魅力をおわかりいただくのはむずかしい。リボンで飾った長い杖(同業者組合のしるし)を持つ職人たちがそこを通りかかる。かと思えば船頭たちが河を下っていく。昔日の酒飲みたち(いまどきの酒飲みはもはや歌など歌わない)、洗濯女たち、干し草作りの女たちが、先祖たちの歌のきれはしを風にゆ

だねる。残念ながら今日、彼らが繰り返し歌うのはもっぱら流行のロマンスばかりで、気がきいているといってもしょせんは平板、あるいはまったく精彩を欠いた代物であり、変わりばえのしない三、四種類のテーマを繰り返しているにすぎない。望むらくは現代の優れた詩人たちがわれらの父祖の素朴なインスピレーションを活用して、他の国々の詩人たちがしたように、過ぎ去った時代の善良な人々の記憶や暮らしとともに日々、失われつつある可憐な傑作の数々をわれわれに取り戻させんことを。

ジェミー

1　ジャック・トッフェルとジェミー・オドハティはいかにして二本の赤いとうもろこしを引き当てたか

アレゲニー川とモノンガヒラ川の合流する地点(1)から百マイル足らずのところに、いとも美しい谷がある。土地の言葉ではくぼ地(ボトム)といい、まわりを山々とオハイオ川の流れに囲まれた、まさしく楽園のようなところである。この川をフランス人たちは美しい川(ベル・リヴィエール)と呼んだ。地平線に向かってゆるやかに段をなす山並みの斜面と頂きは、樹齢百年にもなるシカモアや榛(はん)の木(き)、アカシアの豊かな茂みに覆われ、野生の葡萄のつるがそこかしこに伸びている。木蔭では爽やかなおいしい空気を吸い込むことができる。手前にはオハイオ川に合流する二筋の川が対になって穏やかに流れ、静かな水面のそこここに小舟が浮かび、ときおり蒸気船もやってきて、それが矢のようにすべっていったあとにはおびえた野鴨や雁の群れが現れ、シカモアやしだれ柳の蔭に身を寄せる。たった一本の小道が、高地と呼ばれるこの土地の上手に通じている。そこには六十年来、イギリス人、アイルランド人、ドイツ人、そして他のヨーロッパの国の人々が住みつき、互いにつながりをもち、あるいはすっかり一つに溶けあっていた。ただしその大きな共和国的一家が、生まれの多様さのしるしを完全に失っているわけではない。たとえばドイツ人の子孫はいまだにザワークラウト*への根強い愛着を見せている。そして隣人たちの優雅なフランクハウスよりも、自分自身と同じように素朴で田舎っぽいブロックハウスを好む。たっぷりと裾の広がった上着の色は、つねに青を好み、靴下の色もまた同じである。大きな丸っこい靴を日曜日になると太い銀のバックルで飾り、そしてこれまた先祖たちと同様に、膝下までの革のインエクスプレッシブルズ(2)の先を革帯で縛ったスタイルがお気に入りなのだ。

＊ シュークルートのこと。ブロックハウスは角材で建てた家。フランクハウスは石壁を石膏でかためた頑丈な作りの家。

猛威を振るう流行、あるいは彼の地でファッションと呼ばれているものはいまだほとんど勢力を拡張しておらず、麦わらと絹のごく質素な帽子、そして土地の布地で作ったさらに質素な服というのが、若いお嬢さんが自分の魅力を引き立たせようとするときに家族の許すおしゃれのすべてであった。

石頭のドイツ人たちの頑固な抵抗にもかかわらず、出自を異にする人々はきわめて円満に暮らしている。ささやかな違いがあること自体が、頻繁に行われる彼らの集会や祭り、一般に愉快な集い（フローリクス）の名で知られる催しに彩りを加えている。つまり、だれかの家でみんなそろってとうもろこしの皮をむく集いがそう呼ばれているのだ。秋の美しい日の夕べ、陽気な男女が四方から駆けてきて、垣根を乗り越え、藪をかきわけ、森を抜け、頬を真っ赤に染めて現れ、ちぎれんばかりに手を振りながら到着するさまをご覧いただきたい。やがて一同は集会場となった家の前に半円を描いて座る。彼らの前にはとうもろこしが山と積まれ、後ろのほうではその音楽の才によって祭りをしめくくる予定のバンボ老人が、出番を待つあいだストーブの横のベンチに寝そべって、いささかにぎやかな音を立てながら眠りこけている。

今から四十年ほど前、入植地でのそうした集まりの一つが、ジャック・ブロックスバーガーの家で開かれた。周囲五マイル以上も遠くから馳せ参じた若者たちの中には、まわりからとりわけ熱心な挨拶を受ける人物が二人いた。それはまず、みずみずしいアイルランドのお嬢さん（ミス）、響きのいい名前をもつジェミー・オドハティであった。肉付きよく若さにあふれたこの娘は、いたずら好きの妖精のような可愛らしい顔をし、頬は鮮やかな薔薇色、首は白鳥のようにほっそりと長く、灰色がかったその青い瞳で見つめられると胸が苦しくなる。小づくりな鼻は少しばかり鷲鼻で、アイルランド女ならではの聡明さや自信、そして強情さを備えた娘とおぼしく、将来夫となる者はよかれ悪しかれ、その意味するところを思い知らされるはずだった。ただし、この娘はヨブ(3)ほどの忍耐強さはなくとも、少なくともヨブと同じくらい貧しかった。それにもかかわらず彼女は、どこに出かけていくときでも、この土地の基準からして文句のつけようのない出で立ちをして、自分を魅力的に見せるすべを心得ていた。

ご紹介すべき第二の人物はミスター・クリストフォルス、あるいは普通呼ばれている名前でいえば金持ちのトッフェル(クリストフをドイツ式に縮めた呼び方)である。この若者はアメリカ流にいえば身長六フィート六インチ、やや軟弱そうにも見えるが、実は筋肉隆々のがっしりとした体をしていた。そうした長所はそれ自体軽んずべからざるものだが、それとは別にクリストフォルスは、三百エーカーの小作地、さらには上に描写したオハイオの渓谷すべてと、石造りの納屋、鎧戸(よろいど)を緑に塗り板張りの屋根を赤く塗った屋敷を所有していた。それに加えてうわさでは、父から青い羊毛の靴下を一足遺されたが、それには左右とも良質のスペイン金貨がぎっしり入っているとのことだった。かくしてトッフェルが灰色の馬にまたがってドイツの歌を口笛で吹きながら農家の前をとおりかかると、心臓の鼓動が早くなる金髪娘が一人ならずいるのだった。

という次第でジェミーがこのトッフェルの隣に腰かけることとなったのである。そうなった理由について、年代記にはっきりとした説明はない。とにかく確かだと思われるのは、その偶然がトッフェルの意志とはかかわりないものだったということである。すでにお話ししたとおり、トッフェルは肩幅の広い背の高い青年で、この土地のベンチというのが座り心地よろしからぬものだったから、彼はヒッコリーの幹に腰かけることにした。ジェミーはそのすぐ隣に腰かけたのだが、それはわれらの主人公よりも騒々しく、そして厚かましい若者たちの一団を避けようとしてのことであった。実際、トッフェルは何の下心も抱かず、合衆国の良識ある市民として静かに座り、とうもろこしの皮をむきながら、自分の所有する巨大な馬のことや、家畜のこと、青い靴下のこと、その他もろもろに思いをめぐらせ、隣に座った美人のことは何も考えていなかったのである。隣の美人のほうが彼のことを考えていたといいたいわけではない。ただ、彼女はキリスト教徒としてのまったくの親切心から、お隣さんの前に大量のとうもろこしを手際よく積み上げてやっただけであり、そうすればのっぽで不器用なお隣さんも、そこに腕を伸ばしさえすれば、いい調子でとうもろこしの皮をむけるわけなのだった。だがトッフェルはそうやって気を配ってくれる親切な手には少しも注意を払わずに皮をむきつづけた。やがて積み上げられたとうもろこしが少なくなってきて、彼としては面倒なことに、身を乗り出してとうもろこしをつかまなければならなくなった。するとそこでもまた、彼女が優しく体をかがめ、一ダースほどのとうもろこしをエプロンに集めると、そこから少しずつ彼の前に置いてくれた。そうしたしぐさのいちいちが、何ともたまらないほどの可憐さであった。だがそんな心遣いも、四角い頭をしたわれらのドイツ青年の目には入らずじまいだったに違いない、もしジェミーが実に愛らしい風情で彼のほうを向いたそのとき、彼女の目がたまたまトッフェルの目と出会わなかったならば。口さがない連中の話によると、そのときジェミーの瞳があまりに魅力的な表情を浮かべていたので、そこで初めてトッフェルは自分の目を大きく見開いたのだという。

それから彼はふたたびとうもろこしの皮むきに戻り、ときおりウィスキーをごくりとやりながら、隣にいる可愛い親切な娘には感謝の言葉もかけずにいた。こんな鈍感なでくの坊に彼女が愛想を尽かしたとしても驚くにはあたらない。それゆえ、三つ目の山が片づくと、ジェミーはもうトッフェルのことなどかまわずにいた。いずれにせよトッフェルのほうはかなりいい気分になってきて、ウィスキーを口に運ぶ頻度も増していた。すると嫉妬深い運命が、トッフェルのそんなお楽しみを取り上げようとしたのである。

一同が作業に取りかかってから、すでに何時間も過ぎていたが、そのとき偶然の思し召しにより、隣り合った二人はそれぞれ同時に赤いとうもろこしを引き当てた。ところで合衆国の敬うべき慣習によれば、ジェミー・オドハティやジャック・トッフェルのようなそれにふさわしい二人が同時に赤いとうもろこしを引き当てて皮をむいた場合、二人のうち力の強いほうがもう一人に接吻を与えるか、場合によっては接吻をしてもらう権利を得るのである。

それゆえトッフェルは正当きわまりない権利を手にしたわけだが、あと少しでそれを行使しないまま失ってしまうところだった。実際、彼はすでに自分のとうもろこしを捨ててしまっていたのだが、そのときジェミーが――あっぱれな娘である！――ふと彼のほうに目を向ける気になった。——「赤いとうもろこしが二本！」素朴な彼女はうっかり叫んだ。——「赤いとうもろこしが二本！」たちまち五十人がそれに唱和し、一同はあたかも雷に撃たれたかのように立ち上がった。さすがにわれらがトッフェルも、みんなの興奮している理由に気づかないわけにはいかなかった。そこでようやく彼は、偶然によって与えられた権利を行使したいという気になった。だがそのために彼はなお、女たちの一群の抵抗に打ち勝たなければならなかった。女たちはジェミーのまわりに方陣を組み、町の軽薄な男など束でかかってもかなわないような様子を示した。しかしトッフェルはそんなおどしに負ける男ではなかった。彼は一丸となった女たちの前に進み出て、一人また一人と手近なものからつかまえては、右側のとうもろこしの山に半ダースほど、左側の山にも半ダースほど放り投げ、そうやってジェミーのところまで道を切り拓いていった。ジェミーのほうも立派に抵抗したことはいっておかねばならない。だがどれほど強固な城砦（じょうさい）もついには陥落する。われらのアイルランド娘もとうとう降参して、トッフェルがその厚さ一インチはある大きな唇を彼女の唇にしっかりと押しつけるがままにさせたのだった。ただしそれに嫉妬した娘たちの何人かがいうには、ジェミーさえその気になれば、恐るべき接触をいくらかは逃れることができたはずだったのではあるが。

それからしばらくして、十二月のとある美しい晩、トッフェルは灰色のまだらの種(たね)馬(うま)に鞍をつけ、オハイオの山の中、今日もなおトッフェルズヴィルと高地のあいだを結ぶ曲りくねった道を速足で進んでいった。

馬を走らせる道すがら、美しい農地を眺めるのは心愉しいことだった。元気で気立てのいい娘が一人ならず、それどころかたっぷり持参金のある娘たちが何人も、粗末な外見の住まいに暮らしているのだった。きれいな口が次々にトッフェルに声をかけた。――「あら、トッフェル！　こんな遅くにお出かけなの？　うちに寄っていかない？」――だがトッフェルは耳を貸さず脇目もふらずに先を急いだ。農地は次第に貧しげな様子になっていく。とうとう栗の木で覆われた一片の土地に出たとき、彼は我慢ならなくなったらしかった。この種の樹木を目にすると、つい不愉快な気分になってしまうのだった。もっともなことながら、土地の不毛さを示す紛うことなきしるしとみなしていたからである。――それなのに、親愛なるトッフェルよ、きみはなおも馬を速足で駆けさせている。あの金色の髪をした可愛い妖精の瞳に惑わされるがままになって、みすみす自分の安寧を捨ててしまおうとしているのだ。あれは、悪魔でさえ抑えつけることのできない、猫のように引っかいたり撫でたり、笑ったり泣いたり、何もかもを同時にやるような娘なのだぞ。よく考えてみるがいい、親愛なるトッフェル。そんな表敬訪問はやめるがいい！　水と火、ウィスキーと紅茶にとうもろこしのお菓子。それらが一緒にやっていけるものだろうか……。だがいまや栗の林の端まで来た彼は、何といったらいいか、まるでインディアン戦争の時代(4)にさかのぼるような建物の前に出た。トッフェルは困ったように頭を振った。老ダヴィ・オドハティの家だった。何ともみすぼらしい家である。そして納屋は？　そんなものはなかった。垣根は？　恥ずかしくなるようなお粗末な代物である。その農家はまさしく、アイルランド人のなりわいの侘しい眺めを呈していた。馬はない、鋤もない。ダヴィの農業上の財産は、とうもろこしとじゃがいもを植えたいくばくかの狭い土地に尽きていた。

トッフェルは心を決めかねて悩みながら延々とたたずんでいた。まさしく老ダヴィが扉のそばに座り、かたわらにはその敬うべき赤毛の伴侶、そして同じ色の髪をした半ダースほどの腕白小僧たちがそろっていた。ジェミーだけが……(彼女は見事な金髪だったとちゃんといっておかないならば礼を失するだろう)、哀れな掘っ立て小屋の恵みであり魅力であった。彼女は紅茶の支度をし、テーブルにとうもろこしのお菓子を並べた。トッフェルは挨拶もそこそこに、暖炉の前の席に座りに行った。そして石炭の煙の臭いにへきえきさせられなかったなら、何しろドイツ人であるから、決してその場を動かなかっただろう。だが彼はより新鮮な空気を欲して不意に立ち上がった。一方ジェミーは彼が煙で目もくらんだ様子なのを見て、からかうような笑いを浮かべて台所に姿を消した。トッフェルは扉と扉のあいだで一瞬ためらっていたが、結局、知らず知らずのうちに台所の火の前にやってきていた。こちらは木を燃やしている分、彼にとって先ほどの石炭よりはましだった。やがてジェミーも隣に座りにやってきた。

十五分が経過したが、われらの騎士の脳裏を不謹慎な事柄にせよ何にせよ、考えなど何一つよぎることはなかった。唯一彼が自らに許した無遠慮は、帽子を片方のひざからもう片方のひざに置きかえることであった。しかしとうとう勇気を奮い起こし、隣に座った娘をまじまじと見つめると、自分を夫にしてくれないかと英語で尋ねた。

「このわたしがドイツ人と一緒になってどうしろというの?」それがいたずらっぽいアイルランド娘のいささか手厳しい返答だった。彼女としては、内心ほしくてたまらない商品にけちをつけるのは、より安い値段で手に入れられるようにと願ってのことにすぎなかった。だが考えてもみていただきたい。ジェミーのごとき取るに足りぬ娘が、身長六フィート、三百エーカーの土地と金貨のつまった青い靴下一足の所有者であるトッフェルほどの人物に向かって、かように返答するとは何たることであるかを。

トッフェルは誇り高い男だったが、すっかり狼狽して立ち上がり、別れの挨拶をし、嘆息を洩らしながら台所から出ていこうとした。そのとき駆け引き上手な娘は、男とドアの前に体をすべり込ませ、相手の手を取っていった。――「もしあんたを夫にしたら、いい子になるって約束してくれる?」二人の会話はたちまちより具体性を帯び、やがてトッフェルは将来の妻の手を荒っぽく握りしめてから、灰色のまだらの馬のところに戻っていった。

数日後、元仕立屋のプロテスタントの牧師、ガスパール・レデルモルがジャック・トッフェルとジェミー・オドハティの結婚を祝福した。われわれの物語もここでおしまいとなりそうなところだ――もしわれわれが、主人公たちを軽率に見捨てるとしたら、そして結婚はどれほど困難な恋にも負けないほど転変に満ちたものであるということを知らなかったとしたら。

2　ジェミー・オドハティが大きすぎる馬に乗って礼拝集会（ミーティング）に行ったのがどれほど間違いであったか

ジャック・トッフェルは新婚生活に入ったとき、まだ二十一歳でしかなかった。ここでわれわれは、ジャックが持ち前の慎ましさで自分の幸福を享受するすべをわきまえていたことを褒めておかねばならない。われわれは彼が放埒な男だなどといったことはなかった。そしてもちろん彼は、自分の妻をサラトガ（ニューヨーク州の保養地）の上流社会にデビューさせて青い靴下一足の中身をからにしてしまおうなどという誘惑に駆られることも決してなかった。トッフェル夫人（ミストレス）はといえば、確かに性悪な女ではなかった。ただし彼女のうちには相変わらずアイルランド人ならではのきかん気があって、夫が自分の意志に従わないかぎり黙ってはいないのだった。一言でいえば彼女のほうがズボンを、つまり英語式の上品な呼び方でいわゆるインエクスプレッシブルズを穿いているのだった。ともあれわれらの夫婦は幸福に暮らしていた。やがてトッフェル・ジュニアも生まれ、幸福な農夫はそのときこそ、自分が赤いとうもろこしを引き当てたことを悔やみはしなかったのである。

ところがそのころ、よき住民たちに天国の門に至るためのいっそうの近道を教えようという意図をもって、一人の伝道師が入植地にやってきた。自らの計画に勢いをつけるため、伝道師はあらかじめご婦人方の賛同を取りつけておいてから礼拝集会(ミーティング)の開催を告げた。敬うべき伝道師は、とりわけトッフェル夫人の後ろ盾を求めたのだが、特別扱いに応えるためトッフェル夫人は礼拝集会の際、生まれたばかりの息子に洗礼を受けさせることにし、父親が息子を腕に抱いて集会に連れていくこととなった。

そこまでは万事問題なく、トッフェルとしても文句はなかった。ただし二頭の馬に鞍をつけながら、彼は何となく不安を感じた。自分の灰色の大きな馬の準備をするあいだ、悪い予感めいたものを覚えた。トッフェル夫人はその馬を好むあまり、他の馬には乗りたくないといっていた。実際、去勢していないその大きな馬に比べれば、他の馬は猫にすぎなかった。だがジェミーは大女ではないのだから、小ぶりな馬は夫よりもやはりジェミーに似合っただろう。夫のほうは少し前から野心を抱き、公職につくことを願っていた。その彼が駄馬にまたがったぶざまな姿で登場し、人々の嘲笑や臆測に身をさらさなければならないとは！　馬たちを厩から出すとき、彼はちょうど家から出てくる妻の姿を認めた。その額には不抜の決意が刻まれていた。哀れな夫はそれに逆らえたためしがなかった。そこで夫は、妻を丸太の上に抱え上げてやり、妻はそこから灰色のまだらの馬に跳び乗って、優雅に堂々と手綱を取った。

そうやって巨大な馬にまたがった妻の姿は、あたかも辛抱強いらくだの温和さを試そうとするいじわるな狒々みたいだった。トッフェルは口を開けたまま妻をまじまじと見ていた。

「ねえ、お前！」彼はしばらく心のうちで戦ったのちにいった。「頼むから、小さいほうの馬に乗っておくれよ。そして大きいほうは私にゆずっておくれ」

「トッフェル」妻は叫んだ。「いまになってそんなことを言い出すなんて、頭が変になったんじゃないでしょうね」

「いや、頭が変でけっこうだとも。こんなアイルランドのへぼ馬に乗っていくなら、馬にまたがっていても自分の足で歩くようなもんだ」

夫の言葉、夫のまなざしは妻を驚かせた。そこには妻の権力に対する一種の反乱が示されていた。そして妻は、いまどういう決断を下すかが将来の支配力を左右することになると感じた。そう思えばこそ彼女は馬にぴしりと鞭(むち)をくれて、馬はたちまち彼女を庭から連れ去ったのである。

　そこでトッフェルとしては駄馬に乗るほかなく、嘆息しながら、わかってはもらえない自分の言語で切れ切れの文を呟くのだった。ザッペルメント（生畜）！とかフェルフリユヒト（忌々しい）！といったドイツ語のたわいもない言葉だが、彼としては必要に応じてその意味を隠すことができたわけである。不意に、山の高みから叫び声が聞こえてきて、彼の独り言は中断された。トッフェルは周囲を見回し、それから山を見上げたが何も見えなかった。引き続き何の物音もしなかったが、彼の耳をつんざいたのは確かに妻のよく響く鋭い叫び声であった。妻は馬を速足で走らせて数百歩先に進み、やがて山中の曲がりくねった道に入って、その後、姿が見えなくなっていた。――灰色の馬に振り落されたにちがいない、と忠実なる夫は思った。そんな考えが思い浮かぶやいなや、お気に入りの駿馬(しゅんめ)が山を下りてくるのが目に入った。トッフェルは恐怖にとらわれた。彼は両足をそろえて駄馬からすべりおりると、猛烈な勢いでやってくる駿馬に向かって駆け出した。馬はご主人に気づくと大人しく止まった。トッフェルはジェミーの鞍をはずしてから、息子を抱きかかえて馬に乗った。そして山の高みへと一目散に馬を走らせ、妻を救いに馳せ参じた。妻があんな態度を取ったあとだけに、他の夫ならこれほど心配してやらなかったかもしれない。だがトッフェルは気のいいドイツ人だった。彼は妻が横たわっているはずの運命的な地点に向かって全速力で急いだ。またもや叫び声が聞こえた。それはいつもの声ではなく、悲嘆の叫びだった。もう一度そんな叫びが聞こえ、トッフェルは冷汗をかきながら、妻の声がしたと思われる場所へ馬を飛ばした。だが何の痕跡もなかった。左右を見まわしてから地面を見て、とうとう何者かの足跡があるのに気がつき、胸をしめつけられる思いがした。そのかたわらに妻の足跡が残されていた。何人かの男たちがそこにいたのは明らかだった。だが妻がどうなったのかは判然としなかった。足跡は森の中に消えていた。彼はもう一度足跡をよく調べ、インディアンの横幅の広いモカシン（柔らかい一枚革の履物）の跡だと気づいて呆然となった。森の中に目をやると何か灰色がかった黒いものが見えた。鷲の羽根だった。もはや疑いはなかった。不幸にもジェミーはインディアンに襲われ、連れ去られたのだった。

トッフェルは心から妻を愛していたとはいえ、気を失ったりはしなかったし、いかに深く愛していても、一滴の涙も流しはしなかった。無意味に泣き悲しんで時間を無駄にするかわりに、猛然と馬を飛ばして礼拝集会に駆けつけ、来るはずだった妻が途中でインディアンに襲われてさらわれたことを近隣住民に告げた。そして何としても妻を見つけ出さなければならないと訴え、皆さんがよき隣人であるなら、そして自由な人間でありたいと願うならば、自分と一緒にすぐさま出発し、妻のジェミーを奪還すべく赤肌の連中を追跡してほしいと懇願した。彼が呼びかけた相手は実際、心ある人たちだったので、たちまちのうちにトッフェルは五十人の若者を率いることとなり、片手にカービン銃、片手に馬の手綱を握った一行は、この新たなヘレネの誘拐[5]に相応の報復をせずにはおくものかと誓ったのである。

当時、合衆国の入植民たちがこうした理由でインディアンを追跡する例はまれではなかった。しかしながら、トッフェルと勇敢な仲間たちがジェミー・ベーレンホイター[6]をさらった連中のあとを追っているあいだに、われわれはより直截に騎士道的作法にのっとって、われらが淑女のもとへと赴き、必要とあらば救援の手をさしのべるとしよう。

というわけで、ジェミー、あの強情なジェミーは、すでにお話ししたように夫に先んじること数百歩、一人で馬を駆っていた。これはまず、分別ある女であれば決してしなかったはずのことである。夫のかたわらに控えているのが当然だったろうし、それがトッフェルがまちがいなくそうだったような良き夫だったならなおさらのことである。しかもこの頃は、未開人たちがいまだオハイオ州全土でゲリラ的に出没していた危険な時期だった。彼らはピット砦(ピッツバーグの旧名)にまで侵攻していたのである。何しろまさにこの頃、合衆国はインディアン相手に血まみれの戦争をたたかっていたのだ。おそらくジェミーは勇気をふりしぼって叫んだのだろうが、すでに遅すぎた。インディアンたちはこれまでにさんざん苦杯をなめていたから、叫び声を上げられたくらいで、かくも美しい獲物を手放すわけにはいかなかったのだろう。彼らの一人が灰色の馬によじ登り、ジェミーを自分の馬の尻に乗せ、もう一人が彼女に、馬上の男にしがみつくよう命じた。素直に従わないのを見た三人目の男が、ベルトからナイフを取り出して彼女の白鳥のような首に突きつけたので、哀れなジェミーはやむなしとあきらめた。それから延々と馬で運ばれていくあいだ、振り落とされないことのみを考えていた。

とはいえ、彼女はときおり「立派な馬だこと！　立派な馬だこと！」と叫ばずにはいられなかった。そして彼女のしとやかながら決然とした態度に、誘拐者たち、とりわけ彼らの酋長であるトマホーク(斧の意)は敬意をかきたてられた。トマホークはインディアンの陣地マイアミ[7]に到着すると、ジェミーに女官の地位を与えて母親に預けた。これは、もし母后の息子が立派な領地でももっていたなら、けっこうな身分だったかもしれない。だがトマホークの兄であるショーニー族[8]の王の支配は、せいぜい数百マイル四方の土地にしか及んでいなかった。臣下はいまだ文明化されない未開人であり、彼らの限られた知性では、王が神聖な権利を持つなどというのは理解も及ばない話だった。要するに、彼らは王様のために働くなどまっぴらごめんで、王様だって仕事ができるよう「大いなる精霊」に腕を二本授けてもらっているではないかというのだった。

寛大なる読者の皆さんは理解なさるだろう。かくも物のわからない人間の寄り集まった中にあって、トッフェル夫人は立派な地位を与えられているとはいえ、特別扱いは期待できなかったということを。そもそも彼女は、涙を流して嘆き悲しんだところで自分の立場を悪くするばかりであり、むしろ毅然とそれを受け入れて、役に立つところを示したほうがいいとすぐに悟った。そこで皮肉を隠しきれない表情を浮かべなから、彼女は翌朝、狩りの獲物でいっぱいの鍋をつかむと、インディアンたちの食事を手ずから調理し始めた。やがて彼らはそのまわりに腰を下ろしてあぐらをかいた。「ウォー！」と王様が叫んだ。「こりゃいったい何だ？」これまで、こんなにうまいフォークつきの朝食を食べたことがなかったのである――未開人のところにフォークがあればの話だが。母后は優しくほほえみながら女官をさし示し、褒美にあばら肉をたまわった。ジェミーは大きな馬にでも乗っているかのような誇り高い態度を保っていた。まもなくインディアンたちは新たな遠征に出かけ、二週間後には女物の服、短上着（スペンサー）、帽子、コルセットなどあらゆる種類の占領品をもって戻ってきた。衣装ひとそろいがトマホークの分け前となった。翌日、彼は赤いリンゼイ＝ウールゼイ（亜麻と羊毛の混じった粗布）のドレスをまとい、緑の絹の帽子をかぶり、その上にさらに、そうしたほうが趣味がいいと思ったのだろう、妊婦用のボンネットをのせた姿で現れた。王様のほうはかわいらしい子供服の上にひなげし色のスペンサーをはおり、ルイ十五世時代の頭巾をかぶっていた。主（あるじ）たちの変身ぶりを一目見るや、ジェミーはスクウォウ（インディアンの妻）たちに森までついてくるよう合図した。森の中には野生の亜麻が豊かに生えていた。彼女は女たちにかなりの量の亜麻を採集させ、陣地まで運ばせた。それから女たちに亜麻をつむぐやり方を教えてそのとおりにやらせ、ほんの数週間のうちにジェミーの誘拐者たちは婦人服ではなく、絹やキャラコ（平織綿布）のリボンをあしらった狩猟服に身を包むようになった。二週間ほどして、男たちはまた遠征に出かけたが、遠征先で王は戦死し、弟のトマホークは負傷した。ジェミーは他の忠実な臣下たちに倣って喪に服し、生き残った弟の傷を手当てした。若い酋長が回復すると、ジェミーは彼が臥っているあいだに作った新しい服をプレゼントした。トマホークの目から見ても、彼女の仕立て方は実に優雅だったので、以後彼はジェミーの崇拝者にして忠実なる騎士となった。翌日、その新しい服を着てみたところ、われながらびっくりするほどよく似合っていた。そこでトマホークは、ふだんトッフェル夫人に対して取っている丁重な態度――そのせいで、これまで自分の抱いている好意をよりはっきりと打ち明けることができずにいたのだが――を初めて捨て去った。トマホークは彼女のもとを訪ねていった。集落全体が大騒ぎになった。インディアンの女たちは絶望した。新しい王様が盛装をしてやってきたのが自分たちのためではないこと、王様の想いは高慢なアメリカ女に向かっていることを女たちは理解した。彼女らの意見では、アメリカ女はこの立派な出で立ちを目にしてたちまち降参するにちがいなかった。実際、ロンドンでもパリでもニューヨークでも、トマホークが忠実な女官の眼前にひけらかしてみせたほどのおびただしい贅沢品が、たった一人の人物のうわべを飾ったためしはなかったはずである。トマホーク自身、自らの抗しがたい魅力あふれる姿を、あぐらをかき、手鏡をもったまま、喜びに目を輝かせて三時間も飽かず眺めたのだった。三枚の幅広の銀箔が鼻のまわりを芸術的に取り囲み、それに加えてスペイン金貨が鼻から吊り下げられていた。両耳にも金貨が二枚ずつ下げられ、そして気のきいた思いつきにより、下唇も通算六枚目の金貨で飾られていた。髪には豪猪（やまあらし）の針を豊かに混ぜ込み、頭のてっぺんからは水牛の尾が三本、おごそかに垂れていた。アリゲーター（鰐の一種）の歯を五十枚以上も用いた首飾りをかけ、それよりひとまわり小さい、大粒の水晶玉の首飾りもかけていたが、こちらはチカソー族(9)との戦いの際の戦利品であった。下半身の装いも同様に凝ったもので、両足はくるぶしのところまで銅とブリキの小さな輪で覆われていて、一歩ごとに素晴らしい音色で鳴った。その出で立ちにはさらにイギリスの三角帽（主に軍人がかぶるトリコーン）も加わっていた。非の打ちどころのない姿であることを自覚しながら母后の屋敷に向かった彼は、足を高く上げて踊りながら屋敷のまわりを二周し、自らの奏でる音楽を楽しんだ。入口までやってくると、念のためにもう一度だけ手鏡を取り出して、頭から足の先まで眺め、それから中に入った。

これほどの努力、これほどのよき趣味の結集がどのような成功を収めたのかについて、残念ながらわれわれには何の情報もない。知られているのはただ、身分の高い求婚者は母親の屋敷から出てきたとき、入っていったときに比べるならずいぶん自信を失くした様子だったということである。そして年代記によれば、このときからジェミーはインディアンの王に対して、少なくとも以前トッフェルに対して及ぼしていたと同じほどの絶大な支配力をもったのだという。そして彼女はその力をさっそく行使し始めたらしい。何しろ強力に言い寄ってくる相手をはねつけなければならなかったのだから、それも当然である。さらに記録によるならば、彼女はあっぱれなまでに抵抗した。実際、彼女の想いは別のところに向いていたのだから、それ以外にどうふるまえたというのか。そう、彼女の目はいつでも、太陽の沈む方、いとしいトッフェルの暮らすあたりにひしと向けられていた。まるまる五年のあいだ、彼女は英雄的な、まさにアイルランド的な勇気と揺るぎなさで囚われの身を耐えてきた。だがいまや、自らの境遇のつらさが日々いやまして感じられるのだった。最初の年は新たな運命のさなかで必死だった。そのうえ、生き延びようという気持ちに突き動かされてもいた。

続く三年のあいだは、インディアンの崇拝者にちやほやされて悪い気がしなかったかもしれない。――とはいえ未開人を相手に媚を売るのは結局のところ、侘しい暇つぶしにすぎず、それが長続きするはずもなかった。あらゆる思い出が一つに結集した場所をまた見たいという激しい願いが、日ましに強まっていった。脱走しようとするのは最初の年であれば愚かな考えだったろう。夏のあいだ、インディアンたちは彼女をアルゴス(10)のように怠りなく監視していた。それというのも、何をやらせても腕のいい彼女はインディアンたちにとって不可欠な存在になっていたからだった。冬のあいだに脱走するのも実行不可能なことだった。食料や休息場所をどこで見つけるというのか。インディアンの陣地まで連れてこられるのに二十日間もかかっていた。ゆえに彼女が今いるのは家からはるかに離れた場所に違いなかったし、万一脱出計画が発覚したならば、恐ろしい運命が待っているはずだった。

3　ジェミーはいかにして
ジャック・トッフェルのもとに戻ったのか

連れ去られて五回目の夏がすぎるころ、ジェミーが心から待ち望んでいた好機がとうとう訪れた。男たちは秋の狩猟に出かけ、妻たちも同行していた。陣地に残っているのは非力な者、年老いた者ばかりだった。五年のあいだ、ここでの暮らしにさも満足したように見せかけていたおかげで、ジェミーはインディアンたちの警戒心を和らげることができ、見張りも手薄になっていた。人口増のために白人入植地の区域が広がり、その結果いまではインディアンの居住地と入植地との距離が縮まっていることを彼女は聞き知っていた。それゆえ彼女は、一週間では無理でも二週間もかければ故郷の人々と再会できるのではないかと考えた。そこで脱出を決心し、即座に実行に移した。携行したのは食料を詰めた小さな袋一つだけだった。大マイアミ川から上オハイオ川まで四百マイルも行かなければならなかった。しかし彼女には大旅行にひるまないだけの勇気があった。彼女はトッフェルを愛していた。あの気立てのいい、あんなに辛抱強くしかも思慮ぶかい青年を、いまでは以前よりもっと愛していた。フランクリンの沼地で、その勇気は厳しい試練にさらされた。サイオト川(オハイオ川の支流)では溺れそうな目にもあった。オハイオの州都コロンバスとニュー・ランカスターのあいだの人里離れた土地を何日もさまよって、熊や豹に食われる危険も冒した。だがさいわい沼沢や河川や荒野を無事に抜け出た。初めの五日間は持参した燻製肉を食べた。それから野生のポーポーや栗、葡萄で飢えをしのいだ。十日間、言い知れぬ苦しみと疲労に身をすりへらしたのち、とうとう安全な宿を提供してくれるブロックハウスを見つけた。ここに至ってもなお、彼女の不屈のアイルランド精神は健在で、ショーニー族の王様の前に出たときと同じような、自信に満ちた率直な態度で「ヒンターヴェルトラー」*に話しかけ、食料を乞うた。想像のつくことだが、住民たちは目を大きく見開いて驚いたものの、ありあわせの食べ物を恵んでくれた。そこからは、われらの善良なジェミーはオハイオ川沿いに進んでいけばよかった。やがて彼女の幸福なわが家を隠す美しい山並みが、青いもやに包まれて現れた。彼女は歩を速めた。そこはもう最初の丘の上だった。彼女の胸はようやく高鳴った。大きな馬のことを思い出して一瞬足を止めたが、ふたたび駆け出し、木の茂った丘の曲りくねった道に踏み込んでいった。目の前で雄大なオハイオ川の流れが二本の広い支流に引きつがれ、岩から湧き出る泉水のように澄んだアレゲニー川、またそのすぐ横を泥で濁ったモノンガヒラ川が流れていく。それはさながら、がみがみ屋の夫にほがらかで優しい妻が縛りつけられているかのようだった。彼女は最後の高台まできた。そこからは全領地を見渡すことができる。山々の尾根のあいだに見えるのはくぼ地でもっとも肥沃な美しい谷。そしてあちらには石造りの納屋が見え、屋根と鎧戸が塗りたてのペンキに輝いている。左手に見えるのは古い果樹園。そして右手にあるのは彼女自身も植樹を手伝った新しい果樹園。樹木はすでに果実の重みでしなるまでに育っていた。あたりを眺めながら彼女は自分の目が信じられない思いだった。そしてなおも彼女は見た……。いや、幻ではなかった。いとしいトッフェルがちょうど家から出てきた姿があちらに見える。そして父親の上着の裾をしっかりとにぎりしめて、金髪の小さな男の子があとからついてくる。そうだ、あれはまさしく、革のズボン、ふちの赤い青靴下、大きなバックルで飾られた短靴を履いたトッフェルに違いなかった。彼女はもはや我慢できず、しっかりとした足取りで丘を下り、大急ぎで畑を横切ると、たちまちトッフェルの目の前に立っていた。

「よき精霊たちがみな、神を讃えんことを！」トッフェルは叫んだ。不安に駆られた彼の口から出たのは、太古の昔から実直なドイツ人たちが幽霊や魔女、悪霊の類をはらいのけるときに用いるお決まりの文句であった。

そして実際のところ、このときトッフェルの頭をブロックスベルクのイメージ**(11)がよぎったとしても、それを咎(とが)めることはできないだろう。五年間家を留守にして、大マイアミ川のほとりの未開人たちのところで暮らしたあげく、苦労だらけの旅を経てきたことで、ジェミーの美しさが引き立てられていたとはいえないし、優雅な出で立ちで女らしい魅力を加えるというわけにもいかなかった。どんな男よりもファッショナブルではないトッフェルにとってすら、そこにいるのがあらゆるよき趣味の代表者とされていた彼のジェミーその人だとすぐにはわからなかった。思いがけなくも忽然と現れた彼女の、前よりもいくぶんやつれた姿は、何か超自然的な印象を与えた。その結果、繰り返すなら、トッフェルの頭脳がにわかに混乱をきたしたし、亡き父にかつてさんざん話を聞かされたことのあるブロックスベルクを思い出したのもしかたのないことだった。ジェミーのほうはどうやら夫の驚愕や叫び声、おびえた様子にむっとしたらしかったが、それでもできるだけ優しい調子でこういった。

「ちょっと、どうしたのよトッフェル、頭がどうかしちゃったの？　あんたの妻のジェミーじゃないの。わからない？」

トッフェルは両目をできるだけ大きく見開き、徐々に鷲鼻や、以前のようにきらきらと物おじせずにこちらを見つめている目を認めると、これは間違いないという気持ちになってきた。

「マ、イ、ン・ゴ、ッ、ト！　マ、イ、ン・シ、ャ、ッ、ツ！（わが神よ！　わがいとしい人よ！）」彼はこのうえなく甘美なドイツ語で叫んだ。そしてさめざめと涙を流しながら感動のうちにジェミーを抱擁した。

ジェミーはトッフェルがこんなに喜んでいるのを見てとても嬉しい気分だった。しかしながら、ことわざにもあるとおり、過ぎたるは及ばざるがごとし。どうやらトッフェルの感激には際限がないらしいとジェミーははっきり見て取った。実際、彼女はもうしびれを切らせ始めていた。早く息子の顔が見たい、そして家の様子がどうなっているのか見たいと思っていた。そこで彼女はそれら二つの願いを口にして夫の抱擁から身を振りほどき、家の扉に向かおうとした。トッフェルは彼女の服をつかみ、前に立ちふさがって行かせまいとした。

「お前、もう少しだけ待っておくれよ。お前に話しておきたいことがあるんだ……」

「話すって、何を？」彼女はじりじりとしていった。「いったい何の話があるっていうの？　わたしの坊やに会いたいし、家の中がどうなってるのかも見てみたい。何もかもちゃんとしているといいけど……」

彼女は哀れなトッフェルに探るようなまなざしを向けた。トッフェルは困りきった様子である。

「愛しい妻よ！」なおも彼はいった。「もう少しだけ我慢してくれ！」

「我慢なんかしたくない」と彼女はいいかえした。「どうして家に入るのをいやがるの？」そういいながら彼女はドアに近づいた。トッフェルはいよいよ困惑しきって、なおも行かせまいとし、彼女の両手をつかんだ。

「何よ！　キリストにかけて（バイ・ヤジュス）***、それからあらゆる神々にかけて！」彼女は夫の奇妙きわまる態度に驚いて叫んだ。「家の中が全然片づいていなくて、そこにわたしが帰ってきたものだから困っているみたいね！」

「きみが帰ってきてぼくが困っているだって？　愛しい妻よ！　そう、そうさ。きみをもう一度、ぼくの妻にしようじゃないか！」善良なる若者は答えた。

「わたしがもう一度、あんたの妻になるですって？」彼女は目を光らせ、かわいい鼻をひくつかせた。「もう一度妻になるですって？」と小声で繰り返し、夫の手を振りほどいた。そしてまっしぐらに階段を上るとドアに飛びつき、掛け金を押してドアを開いた。そこで彼女が見たのは、入植地で一番きれいな金髪娘、かつては彼女のライバルだったマリー・ランタールが、今や妻の座を奪い取って幸せそうに、肘掛け椅子に座ってのんびりと体を揺らしている光景だった。

＊　ドイツ語の複合語。森のはずれの住人の意味。

＊＊　魔女の集う山。

＊＊＊　アイルランドの感嘆句。

4　ジャック・トッフェルとその二人の妻に何が起こったか

われらが女主人公の顔の上に激しく表れ出たさまざまな情念のしるしを描き出すには、心理描写に熟達した筆が必要だろう。軽蔑、憤怒、復讐心というだけでは到底足りなかった。彼女の目からはあまりに強烈な火花が放たれたので、ヤ、ン、キ、ー、流のいい方を借りるなら、部屋が燃え上がった。こぶしを痙攣的に握りしめ、歯ぎしりをし、不倶戴天の敵が自分の居場所にいるのを見たときの猫のように、相手に飛びかからんばかりの様子だった。そんなことになれば、トッフェル夫人はもうひと月も爪を切っていなかっただけに、マリー・ランタールのきれいな顔は致命的なダメージを負いかねなかった。

ジェミーのあとから入ってきたトッフェルは、その恐ろしい剣幕に当然ながらふるえあがり、強力な対戦相手二人のあいだに割って入った。だが彼の仲裁が功を奏するかどうかはいまだ定かではなかった。その時突然ドアが開いて、トッフェルの息子が、母を異にする弟たちの一群を引き連れて入ってきた。ジェミーが最後に息子を腕に抱いてから五年が過ぎていた。敵のことは忘れて、彼女は息子に駆け寄り、抱きしめようとした。息子はおびえ、大声で叫ぶと、継母のほうへ逃げた。哀れにもジェミーはその場に立ちすくんだ。憤怒も復讐心も消え去っていた。言い表しようのない苦しみが彼女の胸を満たした。彼女はふるえながらドアのほうに向かい、掛け金をつかんだがそこで倒れそうになった。このとき、哀れな女の苦しみは恐るべきものだった。自分は息子にとって見知らぬ女になってしまった。自分の家にとっても、全世界にとっても見知らぬ女になってしまった。だが彼女は立ち直った。彼女のような魂の持ち主は簡単にはくじけない。

「わたしのお父さんはどうしてるの？」彼女は手短かに尋ねた。

「亡くなった」とトッフェルが答えた。

「お母さんは？」

「亡くなった」同じ答えが返ってきた。

「弟や妹たちは？」

「ちりぢりばらばらさ」

「つまり、わたしにはだれも残っていないんだわ！」彼女はほとんど聞き取れないような声でいった。

「ぼくはね」トッフェルはより優しい声でいった。「ぼくはまる一年、きみの帰りを待ったんだよ。きみの消息がつかめないものかと、ドイツ語や英語のあらゆる新聞に気を配ってね。それでも帰ってこないもんだから」彼はためらいながら付け加えた。「もう死んだものと思って、それでマリーと結婚したんだよ」

「それならそのままでいなさいよ」ジェミーは断固とした口調で答えた。まなざしにはこの上ない軽蔑の念がこめられていた。それからもう一度わが子に駆け寄ってひしと抱きしめると、彼女はドアを開けた……。

「待って！　待ってくれ！　お願いだから！」トッフェルは苦しみの深さを物語る声で叫んだ。実際、彼はジェミーを心から愛していたし、彼女を見つけるためにあらゆる手を尽くしたのだった。二十里（リュー）四方をくまなく探しまわり、新聞広告に多額の金をかけた。残念なことに新聞は、特にこの地方の東部では普及していたのだが、ジェミーが女官役を務めていたのは西部においてだった。そしてこれまた残念なことには、一年後に敬うべきガスパール牧師が「婚姻は胸の燃ゆるよりも勝(まさ)ればなり」(コリント前書、七・九)の立派な一節を用いて説教を行い、それをドイツ語に訳してトッフェルに言葉巧みに聞かせたのである。トッフェルはそれがよきプロテスタントの行いであると信じて、善良で美しい娘を娶(めと)った。ただしこの妻には夫に反抗したり夫をからかったりするだけの気骨、毒舌や気のきいた言葉遣いは備わっていなかった。それらがかつては、トッフェルの呑気な性格にうまいこと刺激を与えていたのだが。

われらのトッフェルはかくして、二人の妻をもつ夫という立場に身を置いてしまったのであり、両者のあいだで心は揺れに揺れている様子だった。族長レメクのように二人とも妻にしたならば(創世記、四・一八―一九)、世間は何というだろう？　とうとう彼は叫んだ。――「判事のところ、そしてガスパール博士のところに行ってみよう。人の法と神の法がそれぞれ何というかを聞きに行こう」

そういいながら、トッフェルは自分の頭一つで決めるのではなく、神および人の権威に自分の状況の全責任を取ってもらおうと考える、善良で誠実なドイツ人として行動したのである。

ジェミーはふるえあがった。法という言葉、あるいはその結果としての裁判という考えが彼女の耳元で不快な響きを立て、思わずたじろいだ。そのとき、隣室にしりぞいていたライバルが、夫婦の共有財産である金貨がいっぱい詰まった重い靴下二本を腕に抱えて現れた。

「これをお取りなさい」彼女は優しい声でジェミーにいった。「さあ、お取りなさい。それから、ジェレミアス・ホーソンはまだ独身ですよ。お幸せにね、ジェミーさん」

彼女の声には心を打つものがあり、その申し出は誠実だった。アイルランド女でなければだれでも感動させられたことだろう。だが相手の幸せそうな様子を見てジェミーの怒りはよみがえったらしかった。マリーに心の底からの軽蔑のまなざしを注ぐと、彼女はトッフェルに近づき、さよならをいいながら手を握り、そそくさと部屋から出ていった。

「追いかけて、追いかけて、トッフェル。できるだけ速く」とマリーが叫んだ。「お願いだから追いかけてよ！　あのひと、自殺しかねないわ」

トッフェルはいわば感情をなくしたかのように、じっとしたままでいた。何もかもが夢のように思えたのだろう。だが妻の声で現実に引き戻された。逃げ去った哀れな女のあとを追って全力で駆け出した。しかし相手はすでにはるか遠くまで行ってしまっていた。さらに大股で走り続け、いよいよ追いつきそうになったとき、ジェミーは振り返って、家に戻るよう彼に命じた。あまりに毅然とした口調だったので、いまだ彼女の意志に従う癖の抜けていなかったトッフェルは命令どおり、のろのろと自宅に引き返した。とはいえ何歩か進んでから立ち止まり、駆け足で去っていくジェミーをじっと見送ったのだった。やがてその姿は丘の茂みの奥に消え、そこで彼は頭を振って考えた。……いったい何を？　われわれにはそれを語ることができない。

ジェミーはいまやおびえた尾白鹿のように山の頂きを目指して急いでいた。そしてふたたび、この世での幸福が自らの過失によって――といわねばならないが――かくも恐るべき打撃を受けた、あの宿命の山端にさしかかった。彼方にはトッフェル父子のいる家があった。そこでは彼女の乳牛や若い牝牛、そしてほかでは見たことのないような立派な馬が半ダースほど、草をはんでいた。本当なら、そのどれでも自分の好きに選べたはずなのに！　それなのにすべてをあきらめなければならないとは！　そう思うと痛恨の涙が流れた。いまや家族もいない、友人だって残っていないだろう。こんなに長いあいだ行方不明になっていたジェミー、インディアンのスクウォウにな、、、ってしまったジェミーのことを、人は何というだろう……。徐々に、彼女の気持ちは静まっていった。新たな考えが胸中に芽生え、刻々と決意が固まっていくようだった。とうとう、心変わりの可能性を封じようとするかのように、彼女は突然、勢いよく立ち上がると、森に向かって全速力で駆け出し、奥へ奥へと入っていった。

5　それでもなお、二本の赤いとうもろこしが将来のお告げであったことが証明される

ジェミーがそこから逃げてきた連中のところに戻るための長い旅に出たのは、一八二六年頃[12]のことであった。彼女はふたたび揺るがぬ勇気を取り戻し、合衆国北西部(現オハイオ州)の奥に定住した、最前線の入植民たちに近づいた。そして余計な同情をかきたてることなくもてなしを受けた。人家が絶えるところまで来ると、また野生のポーポーや葡萄、栗でしのぎ、そうやって大マイアミ川の水源地まで四百マイルの旅を終えた。逃亡から二か月後、まるで朝出かけて戻ってきたかのように、不安も恐

れもなく姿を現したのである。

いまだかつて、トマホークの母の屋敷こと掘っ立て小屋にジェミーが入ってきたときほど、スクウォウ[13]たちの本拠地に歓喜の叫びがこだましたことはなかった。ウィグワム[14]の全住民は大騒ぎになった。トマホークは喜びを抑えられなかった。彼はまる五年のあいだ彼女の忠実な崇拝者だったが、未開人としては立派なことに、その間、勝手なふるまいに及んだことはいっさいなかったのである。彼女はこの小部族に対し少なからぬ影響力を獲得していた。女たちにとっては教師、男たちにとっては仕立屋にして調理人、全員にとっての何でも屋であり、後者(男たち)がもはやオランウータンのような様子をしていないとするなら、それは彼女の功績によるものだった。トマホークは嬉しさのあまり飛び跳ね、踊った。「白い男、よくない!」と彼はいった。そして「赤い男、いい!」と叫んだ。彼の母をはじめすべての人たちが喜びの輪に加わった。

とはいえ、ジェミーはその固い決心にもかかわらず、恋する未開人をあまり有頂天にさせないだけの慎重さをもっていた。さんざん考えてからようやく、ごくはかない希望を彼に抱かせるにとどめた。彼女は二十日間もトマホークの母親のもとに閉じこもり、そのあいだトマホークは二度しか彼女に会えなかった。とうとう二十一日目の朝、彼はその心の女王のもとに呼び出された。彼の装いは、おそらく最初のときよりもさらに奇妙なものだった。口ごもりながらも彼はまた願いを打ち明けた。ジェミーは裁判官のように真剣な面持ちで耳を傾けた。彼が話し終えると、彼女は黙って、テーブルの上に広げられた米国風衣類一式を指さした。トマホークは喜びの叫びをあげながら自分の小屋に戻り、半時間後、別人となって恋人の前に現れた。実際、彼はなかなか悪くない顔立ちをしていた。すらりとした体の、容姿の整った青年だった。――トッフェルなど比較にならなかった。――しかも彼は何百という家族を束ねる頭であり、夫として決して侮るべき相手ではなかった。そこで彼女は喜んで手をさし出そうと思った。さらに新たな試練があった。母后の命令で連れてこられた馬が二頭、戸口で待っていた。ジェミーはトマホークに、鞍をつけるようにいった。彼は何もいわずに従った。彼女は馬にまたがると、彼も馬に乗って後に従うよう促した。未開人の王は驚いた様子だった。じっと彼女を見つめたが、結局は恋人に従った。彼女はウィグワムを出て南に馬を進めた。彼は何度か行く先を尋ねたが、彼女はそのたびごとに意味ありげに遠くを指し示すばかりで、彼は黙って従った。ジェミーが捕まっているあいだに、インディアンと入植民たちのあいだには和平が成り立っていた。そして前回の旅の経験がジェミーにとって役に立った。彼女はマイアミ川の水源地から四十マイルほど南の地域にアメリカ入植地ができたことを知っていた。いま向かっているのはその新しい入植地だった。

彼女は到着するとすぐ、治安判事に会いたいと申し出た。判事は突然、若く美しい女性(ジェミーは二十日間隠れているあいだに美貌を取り戻していた)と、ジェントルマンの身なりをした若くてハンサムな未開人が入ってきたのを見て大いに驚いた。だがジェミーは判事に驚きにひたる暇を与えず、すぐさま連れのほうを振り返るとこういった。――「トマホーク！　知り合って五年間、あなたが分別ある人だというしるしをたくさん見てきて、あなたを夫にしたいという気持ちになったの。だから結婚する決心をしたのよ」

トマホークは夢でも見ているのではないかと思った。判事も同様だった。しかし、ジェミーが正式に、自分、すなわちジェミー・オドハティとスクウォウ族の酋長トマホークを結婚させてくれと願い出て、かつまたぴかぴかの一ドル金貨十枚がその願いに添えられたとあっては、判事にももはや疑う余地はなく、結婚を宣告して二人の手を結び合わせたのだった。それで式は終わったが、哀れな未開人はこの儀式が何を意味するものなのかいまだに理解していなかった。しかしジェミーが彼の手を握って、わたしはもうあなたの妻、あなたはわたしの夫と教えると、トマホークはびっくり仰天してしまった。

翌日、トマホークとその妻は家に戻り、いよいよ新郎にとっての蜜月が始まった。ところが新しい住みかに落ちつくや否や、トマホーク夫人はみじめな小屋が二人で暮らすには狭すぎるし、不潔すぎることに気づいた。実際それは人間の住まいというよりは熊の洞穴に比すべきものだった。そこでトマホークと部下たちは、いまや木を切り倒す仕事に取りかからなければならなくなったが、部下たちは給料代わりにウィスキーの瓶が支給されるのでなければ働こうとしない。そこでジェミーは入植地の中心地に行ってウィスキーを仕入れ、自分の同国人も何人か連れてきて新居建築を手伝わせた。本当のところトマホークは、二週間も斧をふるわなければならないことになってまたも飛び上がった。ただしそれは喜びのあまりではなかったし、しかめつらさえしてみせた。だが飛び上がろうがしかめつらをしようがどうしようもない。とにかくやらねばならなかった。四週間後、彼はとても快適な家で暮らすようになっていた。

トッフェルの家に負けないくらい快適な家だった。そこでトマホークはまるまる四週間、休みを取った。だが春がそこまで来ていた。麦を植えるのに使われている土地は明らかに小さすぎた。しかも垣根さえついていなかったから、馬や豚が勝手に入り込んでは穂が出るはるか以前に若い茎を食べてしまった。そのままにしておくわけにはいかなかった。そこでトマホーク夫人の野蛮なる配偶者は、さらに数千本の木を切り倒して、半ダースほどの畑を垣根で囲わなければならなかった。——この仕事が終わると、トマホークはまた何週間か休みを取った。ところで、はるか大昔から狐や鹿、ビーバーや熊の毛皮はたいそう珍重されてきたものである。トマホークは狩人として名をとどろかせていた。ただ、何週間もの狩りの成果を何ガロンかのウィスキーに替えてしまうこともまれではなかった。仲間の多くと同様、彼もまた折あらばウィスキーを一杯、それどころか何杯もやるのが大好きだった。とはいえその点に関して、彼は伴侶の目をひどく恐れていたので、木々の洞にうまいこと酒の瓶を隠しておいた。しかしトマホーク夫人はそのやり口をただちに見破り、以後トマホークをあらゆる誘惑から遠ざけておくため、これからは毛皮をすべて陣地まで持ち帰り、彼女の裁量にゆだねるということに決めた。彼女が毛皮取引を統括することになったのである。たちまちのうちに、マイアミ川のほとりで牝牛が何頭も草をはむ姿が見られるようになり、トマホークはコーヒーととうもろこし粉のケーキを初めて賞味した。しかし事態はさらにひどいことになった。トマホーク・ジュニアが生まれると、年寄りのスクウォウたちはすぐさまその母親のもとに、手を堆肥や熊の油だらけにして現れ、自分たちの宗教政治共同体の新しい頭の誕生を正式に寿ごうとした。だがジェミーは彼らに向かって顔をしかめて見せ、それだけでは足りないと知るや王杖、すなわち大きなほうきを断固たる態度でつかんだので、悪霊に追いかけられては大変とばかり、老いも若きもあわてて逃げ出した。ジェミーは産褥を離れると、またもトマホークに馬を二頭用意するよういいつけた。

このたびも入植地に向かって馬を進めたのだが、訪れたのは判事ではなく、司祭のところだった。トマホークは粛々と式次第に従った。しかし司祭が息子の体に水をかけるのを見るや、堪忍袋の緒が切れた。猛然と怒り出し、トマホーク夫人を魔女、悪霊、医者(これはインディアンたちにとってはかなりひどい呼び方である)呼ばわりした。ジェミーは一言も聞き逃さなかったものの、眉をひそめ鼻先を突き出すにとどめ、トマホーク・ジュニアは他のキリスト教徒の子どもと同じように洗礼を授けられた。

コロンバスとデイトンのあいだの荒野を渡って北に旅する者は、マイアミ川の水源地[15]のすぐ南に大きな家があるのに気づくだろう。厚板で建てられた家の隣には納屋と馬小屋があり、周囲には素晴らしいとうもろこし畑および草原が広がっていて、立派な牝牛や馬や若駒が草を食んでいる。一面に果樹の植わった果樹園もある。家のまわりでは若者や娘たちが五、六人、戯れているのが見える。明るい赤い肌をして、フィラデルフィアのスタッブスの店であつらえたような恰好をしている。日曜には聖書を読むか、馬に鞍をつけてトマホーク夫人と一緒に教会に行く。子どもたちは酋長に新聞を読んで聞かせてやり、酋長のほうはそんな新しい暮らし方にすっかり満足して、年長の子どもらを博士にしようか、弁護士にしようかと誇らしく考えている。年に二度、トマホーク夫人は六頭立ての馬車にバターやメイプルシュガーや穀物粉や果物を積んでシンシナティ（オハイオ州の都市）まで出かけるのだが、知事の行列にも負けない華やかさである。息子二人が馬に乗って、つねに先払い役を務める。そしてジェミーは市場のあらゆる検査官たちの恐怖の的となっている。それと同様にあらゆる女たち、……そして男たちのご意見番にして人気者となったのだった。

（ドイツ語作品に倣って）[16]

オクタヴィ

イタリアを見たいという激しい気持ちにとらえられたのは、一八三五年の春のことだった。毎日目を覚ますと、ぼくはまだ旅にも出ないうちから、アルプスの栗の木のつんとする匂いを胸に吸いこむのだった。晩になればテルニの滝や、テヴェローネ川(1)の泡立つ泉が、小劇場の舞台裏にある傷んだ大道具のあいだから、ぼく一人のためにほとばしり出た……。セイレーンのように甘美な声が耳元で響いた、あたかもトラジメーノ湖(2)の葦が不意に声を発したかのように……。かなわぬ恋をパリに残して、ぼくは旅立たなければならなかった。気晴らしをしてその恋から逃れたかったのだ。

まず足を止めたのはマルセイユだった。毎朝、シャトー＝ヴェール(3)に海水浴に出かけ、泳ぎながら入江に浮かぶのどかな島々を遠くに眺めた。そしてまた毎日、その紺碧の湾で一人の若いイギリス娘と出会った。ぼくのすぐそばを彼女のすらりとした体が緑の水をかきわけて泳ぎ去るのだった。この水の娘はオクタヴィという名前だったが、ある日、変わったものをつかまえたといって得意顔で近づいてきた。そして白い両手に抱えた魚をくれたのである。

そんなプレゼントをもらって、微笑まずにはいられなかった。ところがそのころ、マルセイユの街ではコレラが蔓延しており、ぼくは船の検疫を避けるために陸路を取ることにした。ニース、ジェノヴァ、フィレンツェを見た。大聖堂(ドゥオーモ)と洗礼堂、ミケランジェロの傑作の数々を嘆賞し、ピサの斜塔と納骨堂(カンポサント)を見物、それからスポレートに向かい、ローマで十日間滞在した。サン・ピエトロ大聖堂、教皇庁(ヴァチカン)、円形闘技場はまるで夢の光景のようだった。そしてあわただしく、チヴィタヴェッキア行きの郵便馬車に乗り込んだ。そこから船に乗る予定だった。――ところが三日間、海が荒れ続け、蒸気船の到着が遅れた。人けのない浜辺を物思いにふけりながら散歩していて、危うく犬の群れにむさぼり食われるところだった。――出発の前日、劇場ではフランス人劇団のヴォードヴィルが上演されていた。潑剌とした金髪の顔に目を引かれた。例のイギリス娘が前桟敷に座っていたのである。娘は父親に付き添っていたが、父親は体が不自由な様子で、医者に気候のいいナポリでの療養を勧められていたのだ。

翌朝、ぼくは喜び勇んで乗船券を買った。イギリス娘は甲板に出て元気よく歩きまわっていた。船足ののろさに焦(じ)れて、象牙のように真っ白な歯でレモンの皮に歯形をつけるのだった。――「お気の毒なお嬢さん」とぼくはいった。「きっと胸を病んでいらっしゃるにちがいない。でもそんなことしてもだめですよ」娘はぼくをまじまじと見つめていった。――「いったい、だれからお聞きになったのです？」――「ティヴォリの巫女(4)からですよ」とぼくは落ち着き払って答えた。――「何ですって！」と彼女はいった。「わたし、あなたのおっしゃることなんか一言だって信じませんから」

そういいながらぼくを優しく見つめたので、ぼくはその手に口づけせずにはいられなかった。――「わたしがもっと強かったなら、嘘なんかついたらどうなるか、思い知らせてあげるのに！……」そして笑いながら、金の握りのついたステッキを手に、ぼくを脅すのだった。

船はナポリの港にさしかかり、ぼくらはオリエントの輝きに浸されたイスキア島とニシダ島のあいだを抜け、湾内を横切った。――「もしわたしを好いてくださるなら」と彼女がいった。「あした、ポルティチ(5)でお待ちくださらないかしら。わたし、だれとでもこんな約束をするわけではありませんのよ」

彼女は埠頭広場(モール)に降り立ち、父親を連れて、桟橋に面して新しく建てられたローマ・ホテルに入った。ぼくはフィレンツェ人劇場の後ろに宿を取った。昼間はトレド通りや埠頭広場を歩き回ったり、考古学博物館を訪れたりして過ごした。夜はサン・カルロ劇場(6)にバレエを見に行った。そこで、パリで知り合っていたガルガッロ侯爵(7)と再会し、バレエが終わってから侯爵に連れられて、侯爵の姉妹たちの屋敷にお茶を飲みにいった。

そのあとの素晴らしい夜会のことは決して忘れないだろう。侯爵夫人が自ら、外国人客でいっぱいの広々としたサロンを案内してくれた。会話はどこか、十七世紀の才女たちの会話を思わせ、まるでランブイエ館の青の間(8)にいるかのようだった。侯爵夫人の姉妹は美の三女神のような美しさで、古代ギリシアの魅惑をよみがえらせるかと思われた。一同はエレウシス教の石(9)の形をめぐって延々と意見を戦わせ、三角か、四角かと議論した。侯爵夫人は自信をもって意見をいえたはずである。何しろウェスタ女神のように美しく気品のあるひとだったから。ぼくは思弁的議論で頭がふらふらになって屋敷を出た。そして自分の宿にたどりつけなくなった。町をさまようちぼくはとうとう、ある冒険の主人公となった。この夜の出会いについては以下の手紙に記されている。パリを離れることで逃れようとした宿命的な恋の相手に向けて、のちに書き送った手紙である。

「私は極度の不安にさいなまれています。もう四日もあなたにお会いできず、お会いできたとしてもあなたは大勢に囲まれていらっしゃる。何か不吉な予感がします。あなたが私に対して誠実であったこと、それは信じています。しかしこの数日で心変わりなさったのではないか。本当のところはわかりませんが、そうではないかと私は心配なのです。ああ！　自信のない私を憐れんでください。さもなければあなたは、私たちに何か不幸を招くことになるかもしれません。でも、わかってください。そうなったとしても私はむしろ自分を責めるでしょう。私は男としてふさわしくないほどに慎ましく、あなたに忠誠を尽くしてきました。自分の恋をあまりに遠慮深く囲い込み、あなたの気分を損ねることを怖れすぎたのです。何しろすでに一度、あなたにはそのことで手ひどい罰を下されたのですから。そのせいであまりに慎重になりすぎ、あなたは私の熱が冷めたと思ったのかもしれません。でも私としては、あなたにとっての重要な一日を大事にしてあげたかったのです。胸の張り裂けるような想いをこらえて、にこやかな仮面をかぶったのでした。心のうちでは、息も苦しいほど恋いこがれていた私なのに。ほかの人たちならこれほどの気づかいはしなかったでしょう。そして、これほどまでに真実の愛情をあなたに示した者も、あなたの真価をこれほどよく感じ取った者も、私のほかにはいなかったでしょう。

率直にお話ししましょう。女性にとって苦痛なしには絶ち切れない絆、ゆっくりとでなければ解消できない厄介な関係というものがあることは私も知っています。私はあまりにつらい犠牲をあなたに求めたのでしょうか？　苦しい胸の内をお話しくださるならば、きっと私にも理解できるでしょう。あなたが何を恐れようが、どんな気まぐれを起こそうが、立場上どんな事情があろうが、何一つとして私があなたに捧げている果てしない愛を揺るがすことなどできないし、澄み切ったわが恋を曇らすことすらできないでしょう。とはいえ、私たちには何を許容し、何と戦うことができるのか、これから一緒に考えてみましょう。そして解きほぐすのではなしに切って捨てなければならない結び目があるとしたら、その始末は私にお任せください。この期に及んで率直に打ち明けてくださらないとしたら、それはあまりに非情な仕打ちということになりましょう。なにしろ、すでに申し上げたとおり、私の命はただあなたの意志一つにかかっているのです。そして私の一番大きな願いは、あなたのために死ぬこと以外にありえないのですから!

死ぬ、ああ神よ、なぜそんな考えが何かにつけ頭をよぎるのでしょう、まるであなたが約束してくれる幸福に釣り合うものとしては、私の死をおいて他にないかのように。死! とはいえこの言葉は、私にとって少しも暗い影を広げるものではありません。それは祝宴の果てるときのように、色褪せた薔薇の冠を戴いて私の前に現れるのです。私はときおり夢に見ることがあります。愛する女性の枕元で、幸福ののち、陶酔ののちに死神が微笑みながら私を待っていて、こういうのです。——「さあ、お若い方! あんたはこの世での喜びの分け前を味わい尽くした。いまはもう、こちらに来てお眠り、私の腕のなかでお休み。私は美しくはないさ。でも私はやさしいし、救いにもなる。快楽ではなく、永遠の静けさを与えてあげよう」

それにしても、このイメージはいったいどこで私の前に現れたのだったか? そう、あなたにはお話ししましたね、それは三年前、ナポリでのことでした。一夜、ヴィラ・レアーレ[10]のそばで、あなたに似た若い女性と出会ったのです。とても気立てのいい娘で、教会の祭服に金の刺繍をする仕事で生計を立てていました。そのときは、何か取り乱しているようでした。私は娘を自宅まで送っていきました。娘は、自分にはスイス人衛兵隊(11)の愛人がいて、いつやってくるかもしれないとふるえていたのですが。とはいえあっさり、あなたのほうが気に入ったと打ち明けてくれたのです……。どう申し上げればいいのでしょう？　私は気まぐれな考えを抱いたのです。一夜限りわれを忘れて、言葉もよくわからないとはいえ、この女はあなた自身であり、あなたが魔法の力で降りてきたのだと思うことにしたのです。この冒険の一部始終を、そして夜食の席で注がれた何杯かの泡立つラクリマ・クリスティ(12)のおかげで、私の心がやすやすと受け入れたこの奇妙な幻想のことを、あなたにお話ししないわけにはいきますまい。私が通された寝室は、たまたまそう思えたのか、あるいはそこに置かれた品々の奇妙な趣向のせいか、どこか神秘的な雰囲気がありました。金襴(きんらん)で覆われた黒い聖母像の古い衣装を新調するのが、私を迎え入れた女の仕事だったのですが、その聖母像が、緑のサージのカーテンのかかったベッドのそばの簞笥(たんす)に載っていました。さらに向こう側では、紫色の薔薇の冠を戴いた聖ロザリア像(13)が、子どもの眠る揺りかごを守っている様子でした。石灰で白く塗った壁は、神話の神々を表す四大元素（火・地・風・水）の古い絵で飾られていました。それに加えて、輝く布地やら、造花やら、エトルリアの壺やらが盛大に散らかっています。金ぴかの枠に収まった鏡が何枚か置かれ、部屋に一つだけある銅のランプの灯りをきらきらと反射させています。テーブルには占いと夢判断の本が一冊置かれ、この女にはどことなく魔法使いか、少なくともボヘミアンじみたところがあると私には思えました。

彫りの深い、おごそかな顔立ちの親切な老女が出たり入ったりして、私たちをもてなしてくれました。あれはきっと女の母親だったのでしょう！　私は考えにふけりながら、あなたの思い出をまざまざと想起させる女を、何もいわずにじっと眺めておりました。

女はたえずこう繰り返すのです。――「あなた、悲しいの？」私は答えました。「何もいわないで。ぼくにはほとんどわからないから。イタリア語は聞くのも話すのも疲れるんだ」「あら！　私はほかの言葉だってしゃべれるのよ」――そして彼女は突然、これまでに聞いたこともない言葉で話し出しました。響きのよい喉音の、鳥がさえずるような魅力あふれる声で、おそらく原初の言葉なのでしょう。ヘブライ語か、シリア語か、私にはわかりません。女は私の驚きを見て微笑み、簞笥のところまで行き、首飾りに腕輪、冠など、まがいものの宝飾品を取り出しました。それらで身を装い、テーブルに戻ってくると、しばらくのあいだやけに澄ました様子でいました。そこに老女が戻ってきて大笑いし、これはお祭りのときの出で立ちなのだというようなことを私に説明しました。そのとき子どもが目を覚まして泣き出しました。二人の女は揺りかごに駆けつけましたが、やがて若いほうの女は、すぐ泣きやんだ赤ん坊(バンビーノ)を誇らしげに腕に抱いて私のそばに戻ってきました。

女は、先ほど私が感嘆したあの言葉で赤ん坊に話しかけました。赤ん坊をあやす様子はあだっぽい魅力に満ちていました。ヴェスヴィオ山の灼熱のワイン(14)の効き目にあまり慣れていない私は、目の前のものが回り出すような気がしました。風変わりな様子をし、華麗に飾り立てた、誇らかで気まぐれなこの女は、魂と引き換えに夢を見させてくれるテッサリア(15)の魔女の一人かと思えました。ああ、なぜ私はこの話をあなたにするのを恐れなかったのでしょう。それはあなたがよくご存知だからです、これもまた夢にすぎず、あなただけがその夢に君臨なさっていたのだということを！

私を誘惑すると同時におびえさせもしたこの幻から、私はやっとの思いで逃れました。人けのない町を、最初の鐘が鳴る時刻までさまよいました。朝の気配を感じながらキアイア(ナポリの庶民街)の裏の路地に入り、洞窟の上のポジリポの丘を登り始めました。丘の上まで達すると、はやくも青くきらめく海や、まだ朝方の物音が聞こえてくるだけの町、そして太陽がヴィラの屋根を金色に輝かせ始めた島々を眺めながら散策しました。少しも悲しい気分ではありませんでした。大股で歩き、駆け、斜面を下り、湿った草の中を転がりました。とはいえ心の内には、死の想念があったのです。

おお、神々よ！　いかなる深い悲しみがわが魂に巣食っていたのかは知りませんが、それはまさしく、自分が愛されてはいないのだという辛い思いにほかなりませんでした。私は幸福の幻影のごときものを見、神から賜った才能をことごとく使い果たしたあげく、世界で最も美しい空の下、最も完璧な自然と、人間が目にしうる最も広大な景色を前にしていました。しかしながら、私のために存在している唯一の女性からは四百里（リュー）も離れていて、しかもその女性は私がここにいることさえ知らないのです！　愛されておらず、いつか愛される望みもないとは！　そんな私の奇妙なありようについて、神様に説明をつけてもらおうという気になったのはその時でした。一歩、踏み出しさえすればよかったのです。私のいた場所で、山は断崖のように削られ、下では青く澄んだ海が唸っていました。ほんの一瞬の苦しみでかたがつくのです。ああ！　そんな考えにはめまいを起こさせるほど恐ろしい力がありました。二度まで、私は身を投げようとしましたが、得体の知れない力によって荒々しく地面に押し戻され、地面をかき抱いたのです。いいえ、神様！　あなたは永遠に苦しませるために私を創られたのではありません。私は自分の死によってあなたを冒瀆するつもりはありません。けれども私に勇気を、力を、とりわけ強い意志を与えてください。ある者を王座へ、ある者を栄光へ、またある者を愛へと辿りつかせる強い意志を！」

この不思議な一夜のあいだに、めったに起こらないような現象が起こっていたのである。夜明け近く、ぼくがいた家の窓という窓が煌々と照らされ、硫黄の匂いのする熱い灰のせいで息が苦しくなっていた。たやすくわがものとなった相手がテラスで眠っているのをあとに残して、ぼくはサンテルモ城[16]に通じる路地に入っていった。――丘を登るにしたがい、朝のすがすがしい空気がぼくの肺を満たした。ぼくはヴィラの葡萄棚の下で心地よく憩った。そしてなおも噴煙の丸屋根で覆われたヴェスヴィオ山を、怖いとも思わずに眺めていたのである。

ぼくが先に述べためまいに襲われたのはそのときだった。イギリス人の娘と約束があったのを思い出して、心にとりついた不吉な考えから何とか逃れた。市場の女たちが売っている巨大な葡萄の一房で口を爽やかにしてから、ポルティチに向かい、ヘルクラネウム[17]の遺跡を見にいった。通りにはどこもかしこも、金気(かなけ)混じりの灰が降りつもっていた。遺跡の近くまで来ると、ぼくは地下に埋もれた都市に降りていき、建物から建物へと過去の秘密を尋ねながらゆっくり歩きまわった。ウェヌスの神殿やメルキュールの神殿[18]が、想像力にむなしく語りかけてきた。そこに必要なのは生きた人間の姿だった。――ぼくはポルティチに戻り、葡萄棚の下で思いをめぐらせながら未知の娘を待った。

まもなく、歩くのもつらそうな父親を助けながら娘が現れ、「嬉しいわ」といってぼくの手を力強く握った。ぼくらは貸馬車を選び、ポンペイ見物に出かけた。古代ローマの植民地の静まり返った通りに入っていって、ぼくはどれほど心愉しく彼女の案内をしたことか。どんな人目につかない横道までも前もって調べてあったのである。イシスの小神殿までやってくると嬉しいことに、アプレイウスの本[19]で読んだことのある信仰と儀式の詳細を、彼女に正確に説明してあげることができた。彼女は女神の役を演じたがった。ぼくはオシリスの役を引き受けて、その聖なる秘儀を説明した。

二人でよみがえらせた観念の偉大さに感激するあまり、戻る道すがら、ぼくは彼女に恋を語る気分にはなれなかった……。彼女はぼくのつれない態度を責めた。そこでぼくは、自分があなたにふさわしいとはもはや思えないのだと打ち明けた。昔の恋を心の内に呼び起こしたあの幻の神秘、そして宿命的な夜に続いて味わった悲しみのすべてを彼女に語った。その夜に出会った幸福の幻影は、不実に対する非難でしかなかったのだ。

ああ！　そんな一切はぼくらからなんと遠くなってしまったことか！　十年前、オリエントからの帰りにふたたびナポリを通った。ローマ・ホテルに宿を取り、そこであのイギリス娘と再会した。彼女は有名な画家と結婚したが、画家は結婚後まもなく全身不随になってしまっていた。病床に横たわり、顔面で動くのは二つの大きな黒い目だけ、まだ若いのに、ここの気候でないと回復の望みさえないのだった。気の毒な娘は、夫と父親のあいだに挟まれた侘しい生活に身を捧げたのだが、その優しさをもってしても、そして生娘のようなその無邪気さをもってしても、夫の心中にくすぶる恐るべき嫉妬をなだめることはできないのだった。この夫はどうあっても妻を一人で自由に散歩させてやろうとはしなかった。彼はぼくに、精霊たちの洞窟で永遠に見張りを続ける黒い巨人を思い出させた。巨人は眠りに落ちるのをふせぐために、妻に無理やり自分の体を叩かせるのである。[20] 人間の魂の不思議さよ！ こんな光景のうちに、神々の復讐のむごい刻印を見出さなければならないとは！

ぼくがこの苦しみに満ちたありさまに立ち会えたのは一日だけだった。マルセイユへと連れ戻す船が、懐かしい幻の記憶を夢のように運び去った。そしてぼくは、自分はきっとあそこに幸福を置いてきたのだとひとりごちた。その秘密はオクタヴィが大切に守ったのだ。

イシス

1

ナポリからレジーナまでの鉄道が敷設される以前、ポンペイに行くのはちょっとした旅行だった。ヘルクラネウム、ヴェスヴィオ山、――さらに二キロ先のポンペイを順番に訪れるのに丸一日かかった。[1] 翌日まで現地で過ごすということもしばしばだった。夜のあいだ月明かりのもとでポンペイを散策して、錯覚を完全なものにしようというのである。実際にだれもが、何世紀もの時をさかのぼって、眠れる町の通りや広場を散策する許可を突然与えられたような気分に浸ることができた。おそらく、これらの遺跡には輝く太陽よりも穏やかな月のほうがふさわしいかもしれなかった。遺跡は始めのうちは賛嘆の念も驚きもかきたてず、古代はいわば慎ましい普段着のまま姿を現すのである。

数年前、ナポリにいる大使の一人が創意に富む祝典を催したことがある。――彼は必要な許可をすべて取ったうえで、大勢の人々に古代風の衣装をまとわせた。招待客もその趣向にあわせ、一昼夜、古代ローマ植民地のさまざまな風習の再現が試みられたのである。細部の多くに関し学問的な指導を受けて企画されたことはいうまでもない。二輪馬車が通りを走りまわり、商人が店に満ち、おもだった屋敷では時間になると、さまざまな階層の招待客たちを集めて軽食がふるまわれた。あちらでは造営官パンサ、そちらではサルスティウス、またあちらではスカウルスの裕福な娘ユリア・フエリクスが来客を出迎え、家に招き入れていた。(2)――「ウェスタの巫女」の家に住む女たちはヴェールで覆われ、「踊り子」の家には看板に偽りなしの優美な娘たちがそろっていた。二つの劇場では喜劇と悲劇が上演され、広場の列柱の下では暇な市民たちがその日のニュースを交換しあっている。一方、広場に面して開かれた裁判所(バシリカ)の内部では、弁護士の鋭い声や訴訟人の呪詛が響き渡る。――こうした光景を呈するほうぼうの場所ではたいていの場合、屋根がなくなっていたから、舞台装置の効果が損なわれかねないところだが、天幕と壁掛けがそれを補っていた。しかしその点を除けば、人も知るとおり大半の建物は完全に保たれていて、古代再生の試みを大いに楽しむことができた。――なかでも最も面白い演し物(だしもの)の一つは、遺跡全体のうち、完璧な保存状態によっておそらく最も興味をそそる、あの立派なイシス小神殿で日没時に催された儀式だった。

この祝祭がきっかけとなり、エジプトに由来するイシス信仰が当時、どのような形式のもとに行われたかについて以下のごとき研究がなされたのである。(3) そのころイシス信仰は、生まれたばかりのキリストの宗教と直接、競い合う局面を迎えていた。

その時代の活力を失った男たちにとって、古代からよみがえったイシス信仰がどれほど力強く、また魅力的なものだったにせよ、イシス信仰は主として女たちの心に働きかけた。——ギリシアのカベイロイ(4)やエレウシス(5)の神々の祭儀や密儀、カンパニアのリベル・パテルやヘボンのバッコス祭(6)が、不可思議への情熱を抱き迷信をかつぎもする人々に対して個別に提供していた一切の要素が、宗教的な手段によって、エジプトの女神に対するひそかな信仰のうちに集められていた。それはあたかも多くの支流の注ぎこむ地下水流のようであった。

毎月の特別な祝祭や盛儀のほかに、男女の信者たちのために毎日二回、一般向け集会と祭式が催された。(7) 女神は朝の第一の刻から起き出すので、何か特別の恩恵にあずかりたい者は起床の儀に加わって朝の祈りを捧げなければならなかった。——神殿の門は厳かに開かれた。大神官は部下の神官たちを従えて内陣を出た。祭壇には薫り高い煙がたなびき、やさしい笛の音が響いた。――そのあいだに信者たちの一団は神殿の前庭で、最初の段のところまで二列に分かれて並んだ。――神官の掛け声で祈りが始まり、一種の連禱が唱えられた。すると何人かの信者の打ち鳴らすイシスの振鈴（シストルム）（振って音を出す楽器）が高らかに響くのが聞こえた。しばしば、女神の縁起の一部が無言劇や象徴的な踊りによって演じられた。信仰の基本となる教えが祈りとともに示され、ひざまずいた信者たちはさまざまな祈禱の文句を歌ったりつぶやいたりした。

そして日の出とともに女神への朝の祈りを唱えたならば、夕べの礼拝も忘れるわけにはいかず、女神に幸せな夜を祈らなければならなかった。これは典礼の重要な一部をなす特別の儀式だった。最初にまず、女神自身に向かって夕べの刻が告げられた。

確かに古代人たちには、時刻を打つ時計などという便利な代物は存在しなかったし、時計自体がなかった。だが彼らはできる限り、われわれの鋼（はがね）と銅の機械のかわりに、生きた機械ともいうべき者たち、つまり砂時計や日時計に従って時刻を告げる役の奴隷たちで間に合わせていた。――なかには自分の影の長さを目測して朝夕の正確な時間をいうことのできる者さえいたのである。――時を告げるこうしたやり方は神殿内でも認められていた。ローマには、カピトリウムの丘のユピテルのそばに控えてこの神に時刻を知らせるという、一風変わった勤めを果たす信者たちがいた。――しかしそうした慣わしはとりわけイシス大女神に捧げる朝と晩の祈りにおいて守られていたのであり、それをもとにして毎日の典礼が進められるのだった。

2

それは午後、神殿の扉が厳かに閉められるとき、現代の時刻では四時ごろ、古代の時刻では昼の第八の刻が過ぎたときに行われていた。――いわば女神の就寝前接見(8)である。いつの時代でも神々は人間たちの慣わしに合わせせなければならなかったのだ。――オリュンポスの山で、ホメロスのゼウスは妻たちや息子たち、娘たちに囲まれて一家の長老として暮らし、トロイア人やパイエケス人の国におけるプリアモスやアルキノオス(9)とまったく同様の生活を送っていた。ナイル河の偉大な二神、イシスとセラピス[10]もまた、ローマやイタリアの岸辺に身を落ち着けたからには、ローマ人の暮らし方に合わせる必要があった。最後の皇帝たちの時代になってもなお、ローマの人々は朝早くから起きて、昼の第一の刻ないし第二の刻には広場や法廷、市場で人々の活動が始まっていた。――そののち昼の第八の刻、つまり午後四時に一切の活動は停止した。そしてさらに遅くなってから、イシスの夜の祭式が荘厳に営まれたのである。

その祭式はおおむね、朝の儀式と同様だったが、ただし連禱や讃歌が振鈴や笛、ラッパの響きとともに、まず朗唱者ないし先導歌手によって唱えられ、歌われる点が異なっていた。それは聖職位階においては詠唱官（ヒュムノドス）の役職に相当した。――式が最も厳粛なときを迎えると、二人の補佐役ないし聖具運搬役（パストフォロス）を左右に従えた大神官が祭壇の前の最上段に立ち、信仰の主たる対象にして豊穣なナイルの象徴である聖水を高く掲げ、信者たちはそれを熱心に崇めた。祭式の最後は散会の儀でしめくくられた。

特定の日と結びついた迷信、沐浴、断食、贖罪、体を痛めつける難行苦行などは、千ものありがたい徳をもつ最も神聖な女神に身を捧げるための第一歩であり、男女の信者は多くの試練、無数の犠牲ののち、三段階を経てその女神の高みへと上っていくことができる。しかしながら、そうした秘儀を取り入れたことで何がしかの不品行への扉も開かれた。――多くの場合何日にもわたって続く準備や試練の数々は、いかなる夫もその妻に、いかなる恋人もその愛する女に参加を拒むわけにいかないものであり、さもなければオシリスの鞭(むち)かイシスの蝮(まむし)による罰を覚悟しなければならなかったのだが、そうした試練の折に乗じて聖域内で、秘儀伝授の厚いヴェールに隠れていかがわしい逢引にいそしむ者も現れた。――とはいえそれはどんな信仰の退廃期においても共通して見られる不品行にすぎない。同様の非難は初期キリスト教徒たちの秘儀や愛餐(アガペー)(11)に対してもなされたのである。――あらゆる民族にとっての始原の伝統の記憶や、父祖に対する子どもの敬愛にも似た想いが結びついた聖地の観念、――信者たちを聖別し清めるにふさわしい聖なる水の観念、――それらは研究に値するような、イシス信仰とキリスト教のあいだのより高貴なつながりを指し示している。一方はいわば他方への橋渡し役を果たしたのだ。

エジプト人にとってあらゆる水は甘美なものだったが、とりわけナイル川で汲まれた水はオシリスの顕現とみなされていたのだからなおさらだった。――オシリス復活を祝う年祭では、悲嘆の歌が延々と続いたのち、「神が見つかった、さあ、みなで喜ぼう!」という叫びが発せられる。そして全員は大神官の抱える、新たにナイル川から汲んでこられた水を満たした壺の前に身を投げ出す。人々は手を天に上げ、神の慈悲がもたらす奇跡を褒め称えるのだった。

聖なる壺に収められたナイル川の聖水は、イシスの祝祭においても、生者たち、死者たちの父オシリスの最もいきいきとした象徴となった。イシスがオシリス抜きで崇められることはありえなかった。――信者はオシリスがナイル川の水のうちに実在していると信じてさえいたのであり、晩と朝の祭式のたびに、大神官は信者たちに水甕（ヒュドリア）と呼ばれる聖なる壺を示し、拝ませるのだった。――信者たちにこの聖なる実体変化[12]を深く感得させるためにあらゆる手立てが尽くされた。――予言者その人さえ、いかに高徳な人物といえども、その中で神の秘蹟が行われている壺を素手でつかむわけにはいかなかった。――彼は極上の亜麻布の帯（ストラ）をまとい、その上から肩と両腕を覆う、やはり亜麻かモスリンのケープの一種(大外衣（ビヴァーレ）)をはおった。そのケープで彼は片腕と片手をくるむ。――そうやって身を整えたうえで神聖な壺をつかみ、アレクサンドリアの聖クレメンスの伝えるところによると、壺を胸元にひしと抱くのだという[13]。――そもそも敬虔なエジプト人にとって、ナイル川に備わっていない効用などあったろうか？　至るところでナイル川は、回復と奇跡の源として語られていた。

——ナイルの水を壺に何年間も保存している場合もあった。「私の家の地下倉には四年物のナイルの水がある」エジプト商人はそう誇らしげにいって、ファレルノやキオス[14]の古い葡萄酒を自慢するビザンチンやナポリの住人に対し胸を張るのだった。死んだのち、包帯で巻かれミイラの状態になってさえ、エジプト人はなおもオシリスがそのありがたい水で自分の渇きをいやしてくれることを願った。——「オシリスが汝に爽やかな水を与えんことを！」と墓碑銘には記されている。——ミイラの胸元に盃の絵が描かれているのはそのためなのである。

3

おそらく旅に出るときには、前もって本を読むことで有名な土地の第一印象を損ねてしまわないよう気をつけるべきだろう。オリエントを訪れたとき、私のうちにあったのは学校で習った事柄の記憶だけで、それもすでにおぼろなものとなっていた。

——エジプトからの帰路、ナポリは私に休息と研究の場を与えてくれた。(15) それまで、説明など何もない沈黙したままの遺跡の数々を目の当たりにして、自分の中でさまざまな仮説を作り上げていたのだが、当地の図書館や博物館の貴重な所蔵物を参照することで自分の仮説を立証したり、捨て去ったりすることができた。——ポンペイのイシス神殿を二度目に見て、私が宗教的なまでの印象を受けたのも、おそらくはアレクサンドリアやテーベ、そしてピラミッドのまばゆい思い出のおかげだったのかもしれない。旅の仲間たちが「ディオメデス荘」(ポンペイ屈指の大邸宅)の隅々までをも感嘆して眺めているのを尻目に、私は番人たちの注意をのがれ、古代都市の通りを行きあたりばったりにさまよい、ときおり物乞いが、どこへ行くのかと遠くから声をかけてくるのも意に介さず、あれこれの建物や神殿、屋敷や店舗が学問のおかげでどのような名前を取り戻したのかを知りたいとも思わなかった。通訳たちやアラブ人たちのおかげでピラミッドを台なしにされてしまったのだから、そのうえナポリ人の案内役たち(チチェローニ)の横暴まで耐え忍ばずともよいではないか。私は「墓の道」に入りこんだ。溶岩で舗装されたその道には、古代の馬車の車輪が深いわだちを残しているのだが、その道に従って行けば間違いなくイシス神殿にたどりつくはずだった。神殿は街の端、悲劇専門の劇場の近くにある。かつては柵で囲まれていた狭い中庭には、いまなお円柱が立ち並び、左右には祭壇が残っていた。左側の祭壇はとりわけ完璧に保たれている。そして奥には、かつてパロスの大理石[16]が張られていた七段の階段の上に、いにしえの神像安置所（ケルラ）が建っていた[17]。

八本のドーリア式円柱が、柱盤を欠きながらも側面を支え、さらに十本が正面のペディメント（三角形の妻壁）を支えている。露天式（ヒュパエトロン）と呼ばれる建築様式に従って、神殿自体には屋根がないが、神殿周囲の柱廊は屋根で覆われていた。内陣は小さな四角い寺院の形をしており、丸天井は瓦葺きで、エジプトの三位一体[18]を安置するための三つの壁龕（へきがん）があった。——内陣奥に置かれた二つの祭壇にはそれぞれイシス像を載せる台があったが、片方のみ現存している。そして内陣中央に位置する女神の主像を載せていた台座には、地方参事会議員の命によりL・C・フェビュス[19]これをこの場所に建造す、という文字が判読された。

中庭左手の祭壇の近くには、浄めのための小房があり、壁面に浅浮彫りが施されていた。また内側の門の手前には浄めの水を収めた壺が二つ置かれていた。われわれの聖水盤のようなものである。神殿内部の漆喰を塗った壁は絵で飾られ、エジプト——

聖なる土地――の田園風景、動植物が描かれていた。

私は博物館で、この神殿からもってこられた貴重な品物の数々、灯火台や盃、香炉、水瓶、灌水器、神官のきらびやかな冠や錫杖、振鈴、ラッパ、シンバル、金色のウェヌス像、バッコス像、数体のヘルメス像、銀や象牙の椅子、玄武岩の偶像、そして銘文や紋章で飾られたモザイクの舗石を見た。素材からしても入念な細工からしても神殿の豊かさをよく示すそれらの品々の大半は、神殿後方、五本のアーチからなる拱門をくぐった先の最も奥まった聖所で見つかったものだった。小さな縦長の中庭を抜けると、かつて祭礼用の衣装を収めていた部屋がある。神殿左手のイシスの神官たちの住まいは三室からなっていた。神殿の敷地内からは神官数名の遺体が見つかっており、おそらく彼らは信仰ゆえに聖域を捨てて逃げるわけにはいかなかったのだろうと思われる。

この神殿はポンペイで最も保存のいい遺跡だが、それは町全体が埋もれた時点（西暦七九年）で最新の建造物だったからである。古い神殿はそれより数年前に地震で倒壊しており、いま見られるのはその跡に建て直された神殿である。――ナポリ博物館に三体あるイシス女神像のうち、この神殿で発見されたものがあるのかどうかはわからないが、前日それらの像を拝んだばかりの私としては、そこに二枚の絵画[20]の記憶を加えて、夕べの儀式のありさまをそっくり思い描くのはたやすいことだった。

ちょうど太陽はカプリ島の方角に沈もうとし、薄い煙の天蓋で覆われたヴェスヴィオ山の方角に月がゆっくりと昇りつつあった。——私は岩に腰を下ろし、この神殿でかつて人々が、オシリスとイシスの名のもとに、両者の示す諸相を暗示する神秘的象徴を介して長きにわたり崇めたそれら二つの天体を眺め、強い感動に襲われた。すべてを否定した大革命と、キリスト教信仰をまるごと取り戻そうとする反動の世の中と、二つの時代の相反する教育のあいだで迷う、不信心というよりは懐疑的な世紀の子である私は、哲学者だったわれらの父たちがいっさいを否定する方向に導かれていったのとは逆に、いっさいを信じる方向に導かれていくのだろうか？——私はヴォルネー[21]の『廃墟』の壮大な序文を思い起こしていた。ヴォルネーはその序文でパルミラの遺跡に「過去の亡霊」を出現させたのだが、しかし彼はそうした崇高な発想から、人類の宗教的伝統全体を残さず破壊し去るための力を借りるのみだった[22]！　こうして近代的理性の力のもと、かつて異教の神々をより高次の理性の名において滅ぼした最後の啓示者キリストその人も滅びていった。おお、自然よ、永遠の母よ！　それが本当に、汝の聖なる息子たちの最後の者に残された運命だったのか。死すべき人間たちはあらゆる希望、あらゆる幻惑を退けるに至ったのか。そしてサイスの女神よ![23] あなたのもっとも大胆な弟子はあなたのヴェールをもちあげて「死」の像と向きあったのだろうか?

さまざまな信仰が次々に失墜したことがそうした結果を招いたのだとしたら、むしろ逆の行き過ぎに陥って、過去の幻想を取り戻そうと努めるほうがまだしも慰めになるのではないか?

4

異教はその最後の時期において明らかに、エジプトに端を発する自らの起源にもどって活力を回復し、多様な神話的概念を次第に統一性の原理へ導こうとした。唯物論者ルクレティウス[24]その人が天空のウェヌスの名のもとに祈りを捧げた永遠なる「自然」は、ユリアヌス[25]によってはむしろキュベレ[26]と呼ばれ、プロティヌス、プロクロスそしてポルピュリオス[27]によってはウラニアないしケレスと呼ばれた。――アプレイウスは女神にそれらすべての名を与えつつも、とりわけイシスの名で呼んでいる。それは彼にとって他のすべてを要約する名だ。それこそがこの幾多の属性をもち、変化（へんげ）する仮面をつけた天の女王のそもそもの正体なのである！　それゆえ女神はエジプト女性の身なりをして、ただし細帯を巻かれて身動きの取れない状態からは解き放たれ、最初期の素朴な形態を脱した姿で彼の前に現れたのだ[28]。

その豊かな長い髪は毛先が巻いて、神々しい両肩の上であふれんばかりに波打っている。さまざまな花々をとりどりに編みこんだ冠が頭を飾り、額には銀の月が輝いている。月の両脇では冠から垂れた金の穂のあいだを蛇がうねり、色合いを変えつつ輝く長衣は襞（ひだ）の動きに従って、純白からサフランの黄色まで移ろい、ときには炎のように赤く燃え上がるかとも見える。漆黒の外衣（マント）には星がちりばめられ、光輝く縁飾りが施されている。右手に持った振鈴が澄んだ音を響かせ、左手にはゴンドラ型の金の器を持っている。

そのような姿で、幸福なるアラビアのもっともかぐわしい香りを放ちながら、女神はルキウスの前に現れてこういった。「おまえの祈りにわたしは動かされました。わたしこそは自然界の母、四大元素の支配者、諸世紀の源泉にして神々のうち最も偉大な神、冥界の女王です。わたしこそは神々と女神たちを一身のうちに合体させるもの、わたしこそはその唯一全能の神性が世界中であらゆる形のもとに崇められてきたものです。そうやってわたしはフリギアではキュベレと呼ばれ、アテナイではミネルヴァ、キュプロスではパフォスのウェヌス[29]、クレタでは狩りをするディアナ、シシリアでは冥府の川のプロセルピナ、エレウシスでは太古のケレス[30]と呼ばれ、あるいはユノ[31]、ベロナ[32]、ヘカテ[33]、ネメシス[34]とも呼ばれています。しかし学問において他のあらゆる民族に先駆けたエジプト人は、わたしの本当の名であるイシス女神の名のもとに奉ってくれています」

「覚えておきなさい」女神はルキウスに、彼を呪縛していた魔法を解く方法を教えてからいった。「おまえの残りの人生はわたしに捧げなければならないということを。そして暗い淵を越えたのちにも、たとえアケロン（冥府の川）の闇のなかにいようが、エリュシオン（死後の楽園）にいようが、わたしを崇め続けなければなりません。わたしへの信仰と純潔を守るなら、おまえはわたしにふさわしいものとなるでしょう。運命の定めた寿命を超えておまえの精神を生き永らえさせることのできるのは、わたしだけだと悟るでしょう」——こうした尊い言葉を発してから敗れることなき女神は姿を消し、そ、い、そ、い、の本来の無限のうちへと帰っていくのだった。

確かに、もし異教が神について常にこれほど清らかな観念を表してきたならば、エジプトの古い土地を起源とする宗教的原理はいまなおその形のままで、現代文明の上に君臨していただろう。——だが、キリスト教の最初の基盤もまたエジプトからやってきたものであると指摘しておくべきではないだろうか。いずれもイシスの秘儀に通じていたオルフェウスとモーセ[35]は、単に別々の民族に同じ崇高な真実を告げたのだった。——それが風習や言語の相違や時間の経過によって少しずつ歪められたり、すっかり変えられたりしたのである。——今日では、カトリシズム自体、国によっては多神教の末期に起こったのと同様の反動を被っているように思える。イタリア、ポーランド、ギリシア、スペインといったローマ教会に心からの忠誠を捧げるすべての国々において、処女マリア崇拝が一種の絶対的信仰となっているのではないだろうか？それはつねに、救世主にして仲介者であり人々の精神を支配する子を腕に抱いた聖なる「母」であり、——その出現がいまなお、アプレイウスの主人公のそれにも匹敵する回心を生み出しているのではないか？[36] イシスは処女マリアと同じく、腕に子どもを抱くか、手に十字架をもつかしているばかりではない。同じ星座が両者に捧げられ、両者の足下には月がある。同じ光輪が両者の頭のまわりで輝いている。われわれはすでに、典礼に関して数々の類似点を指摘した。――イシス信仰においても、教えが純粋に保たれているかぎり、同じような純潔の観念が見出される。結社や信心会の組織という点でもよく似ている。もちろん私は、そうしたすべての類似点からヴォルネーやデュピュイと同じ結論を引き出すつもりはない。[37] 反対に、神学者とはいわずとも哲学者の目で見たならば、――あらゆる知的な信仰のうちにはある程度、神による啓示が含まれていたと考えられるのではないだろうか？ 原初のキリスト教は巫女の言葉を援用し、[38] デルフォイの最後の神託による証言をも退けようとはしなかったのである。[39] 教説の新たな展開とともに、さまざまな時代の宗教的証言をいくつかの点で符合させることができるかもしれない。古代の英雄や賢者たちに赦しを与え、永遠の呪いから解放することができるなら何と素晴らしいことだろう！

以上のような細かな事柄を集めてみたのは、単にキリスト教が異教の最後の形式から多くを借用したことを証明しようとしてのことでは毛頭なかった。その点について否定した者などだれもいない。一つの宗教を引きついだ宗教は必ずや、過去の信仰のある種の慣習や形態を長きにわたって尊重するのであり、それを自らの教義と調和させることのみをめざすのだ。それゆえ、エジプト人とペラスゴイ人（ギリシアの先住民族）の古い神々の系統はギリシア人によって多少かたちを変えて翻訳され、新たな名前と象徴で飾られただけなのである。――さらにのち、われわれが右に描写した宗教的時期になると、すでにしてオシリスの変化であったセラピスがユピテルの変化の一つとなる。イシスがギリシア神話のなかに入るにはイナコス――エレウシスの秘儀の開祖[40]――の娘イオの名を取りさえすればよかったのであり、以後は、戦いと服従の時代の象徴だった獣の仮面を捨てたのである。キリスト教がそうした雑多な教義のすばやい変容のうちに、どれほど容易に同一化の手立てを見出すこととなったか、考えてみていただきたい！――セラピスの「十字架」[41]や、「魂を裁く」神の冥府逗留などは脇におこう。――地上に約束され、詩人たちや神託によって以前から予感されていた「贖い主」とは、神々しい母に授乳される幼子ホルスであり、それが後世にとっての「御言葉」（ロゴス）[42]となるのではないか？――それがエレウシスの秘儀におけるイアッコス＝イエススなのか、すでに大きく成長し、「汎神的」な女神であるデメテルの腕から飛び出していこうとするあの神なのだろうか？　というよりも、同じ一つの観念のこれらもろもろのありさまをすべて結びあわせるべきであり、世界の希望となるような子を抱く天上的な「母」を人びとに敬わせようとするのは、つねに感嘆すべき神統学的な考えだったというのが真実なのではないか？

そして今日、一年のある日には陶酔と喜びの叫びが上がり、天を讃える歌が歌われ、棕櫚（しゅろ）の枝が振られ、人々が砂糖菓子をわかちあうのはなぜか？　それは救世主である幼子がかつてそのときに誕生したからである。――そして別の日に人々が涙や追悼の歌とともに、傷つき血にまみれた神の遺骸を探すのはなぜなのか、――そのとき嘆きの声は、ナイルの川岸からフェニキアの岸辺まで、レバノンの山上からかつてトロイアのあった平原まで響きわたるのだが？　人々が悼みつつ探し求める者は、なぜこちらではオシリス、あちらではアドニス[43]、さらに彼方ではアティス[44]と呼ばれるのか？　そしてアジアの奥から轟いてくる別の叫び声もまた、犠牲に捧げられた神の遺骸を神秘的な洞窟の中に見出そうとするのはなぜか[45]？――神として崇められる女、母、妻あるいは愛人が、血にまみれ損なわれた遺骸を涙で浸す。神は敵対する原理の犠牲となったのであり、その原理は神の死によって勝ち誇るものの、いつの日かきっと打ち負かされることだろう！　神聖な犠牲者の血まみれの体は、大理石ないしは蠟を用いて、なまなましい傷口ともども象られ、信者たちがやってきてそれにうやうやしくさわり、接吻する。しかし三日目にはすべてが一変する。遺骸は消え失せ、不滅の者が姿を現す。涙に喜びが取ってかわり、地上には希望がよみがえる。それは若さと春の新たな祭りである。

原始的であるとともにギリシア神話のあとにやってきたものでもある、そしてホメロスの神々の領域を徐々に侵し占領してしまったオリエントの信仰とは以上のようなものである。ギリシア神話の天空はあまりに純粋な光で輝き、その美はあまりにくっきりと鮮明で、あまりに幸福と豊饒と麗らかさに満ちていたため、つまり一言でいうなら幸せな人々の視点、富裕な勝利者の視点に立って構想されたものだったため、動揺し苦しむ世界において長らく保たれるわけにはいかなかった。――ギリシア人は、ホメロスが歌ったあのほとんど天地開闢的な戦いでの勝利によって、神話的天空の支配をもたらした。さらにのちには神々の力と栄光がローマの運命に具現されることとなった。――だが苦悩と復讐の精神は、絶望の宗教にしか身を捧げようとしない世界の他の部分に働きかけた。――他方、哲学の力によって同化と精神的統一がなしとげられていった。人々の心のうちで待望されていた事柄が事実となって現れたのである。世界の果てから果てに至るまでの各地で、一種の予言的な幻影をとおして予告されていたあの「神なる母」、あの「救世主」が、あけぼのの漠とした明るみに続く白日の光のごとく、ついに出現したのだ。

コリッラ

ファビオ
マルチェッリ
マゼット、劇場の雑用係
コリッラ、プリマドンナ

ナポリのサンタ・ルチア大通り、オペラ座[1]近く

ファビオ、マゼット

ファビオ　マゼット、もしぼくをだましているのだとすれば、きみもあそこでずいぶん情けない仕事をしているのだな……。
マゼット　そりゃしがない仕事ですけどね。でもあなたさまには忠実にお仕えしていますよ。あの人は今晩きっと来ます、きっとそうですとも。あなたのお手紙も花束も受け取っているんですからね。
ファビオ　それに金の鎖や、それから本物の宝石のブローチだって。
マゼット　そちらもちゃんと届いていますから、疑いっこなしです。きっとあの人のお首やベルトにそれと見わけられますよ。ただ、何しろとても今風の宝石でございますから、それを衣装の一部としてつけて出られるような役柄がこれまでのところまったくなかったわけでして。
ファビオ　それにしても、あの人はぼくをちらりとでも見てくれたのだろうか？　あの人を崇め、喝采するために毎晩あの場所にぼくがすわっているのに気づいたのだろうか？　あの人が来てくれるのは、ぼくの贈り物のためだけではないと思ってもいいのかな？

マゼット　おやおや、旦那さま！　あれほどの女性にとって、あなたさまの贈り物など何でもありませんよ。お知り合いになったあかつきにはすぐ、お返しに、真珠でぐるりと囲んだ肖像画か何か、倍も値打ちのあるものをくださるでしょう。先だってわたしが旦那さまから頂戴した十ドゥカート（ヴェネツィア共和国の金貨）のお金や、最初のあいびきができるとなったらすぐに払うと約束してくださった二十ドゥカートについても同様でございます。前に申し上げたとおり、それは単に貸付金というだけのことで、いずれたっぷり利息つきで戻ってきますとも。

ファビオ　よせよ。ぼくは何もあてになんかしていない。

マゼット　いいえ、旦那さま。相手にしているのがどういう人間なのか、わかっていていただかなければ。そしてあなたさまは破産するどころか、まさに幸運の途上にあるのだということも。ですから、とにかく約束の額をお支払いくださいませんか。わたしはこれから劇場に出かけて毎晩のつとめを果たさなければなりませんので。

ファビオ　でも、あの人はなぜ返事をくれなかったのだ。会う約束もしてくれなかったし。
マゼット　なぜなら、あなたが舞台上のあのかたを桟敷席からしかご覧になっていないのと同様に、あの人も桟敷席のあなたを遠く離れた舞台からしか見ていないので、何よりもまずあなたの態度、物腰を知っておきたいと思っていらっしゃるんですよ。おわかりですか？　あなたがどんな声をなさっているかとかね。サン・カルロ劇場第一の歌姫が、どこの馬の骨とも知れぬ男の好意を受け入れるとお思いですか？
ファビオ　そうはいっても、ぼくにはあの人のそばに近づく勇気さえないんだよ。おまえの言葉を信じてあの人に肘鉄を食らわされたり、下品な色男みたいに思われたりする危険を冒せというのか？
マゼット　もう一度いいますが、あなたはこの河岸にそって歩いているだけでいいんです。この時刻、ほかに人もいませんよ。あの人はマンティーラ(2)の房で顔を隠して通りかかります。そしてあちらから声をかけてきて、今晩どこで会うかを言い渡すでしょう。何しろ河岸ではじっくり話をするわけにもいきませんからね。これでご満足ですか？

ファビオ　ああ、マゼット！　それがもし本当なら、おまえはぼくの命を救ってくれたぞ！

マゼット　その感謝のしるしとして、約束の二十ルイをお貸しくださいますね。

ファビオ　あの人と話ができたそのときに渡してやろう。

マゼット　疑りぶかいお方ですな。でもわたしはあなたの恋に味方したいんです。もしわたしに養う家族がなかったなら、まったくの好意だけでお助けしたところでしょう。じゃ、そのままそこで、何か物思いにふけり、ソネットでも作っているような様子をしていらっしゃい。わたしは邪魔が入らないよう、あたりを見まわってきます。

（退場）

ファビオ（独白）

もうすぐあの人に会える！　初めて大空の光の下であの人を見て、あの人が自分で考えた言葉を聞くことができるのだ。あの人の一言でぼくの夢はかなえられるか、それとも永遠に消えてなくなるのか。ああ！　得る喜びよりも失う恐れのほうが大きいのではないか。ぼくの情熱は激しく純粋で、この世のものに触れることなく地上を漂い、輝かしい宮殿や魅惑の岸辺にしか住まわなかった。それが地面に引き戻されて、平凡な様子をして道を歩かなければならない。ぼくはピグマリオン(3)のように女の外観だけを崇めたのだ。ただし彫像は毎晩ぼくの目の前で神々しくも優美に動き、その口からこぼれ出るのは珠玉のメロディばかりだった。それがいま、あの人はぼくのもとに下りてくる。でも、そんな奇跡をもたらした愛の神は、喜劇に出てくるような卑しい従僕なのだし、あの恋しい偶像をぼくのために生かしてくれる光は、ユピテルがダナエの胸元に注いだ光と同じものだ(4)！……　やってきたぞ、まさしく彼女だ。ああ！　とても勇気が出ない。逃げ出したいところだが、あちらはもうぼくの姿に気づいてしまった！

ファビオ、一人の婦人（マンティーラをかぶっている）

婦人　（彼に近寄りながら）騎士さま、わたくしに腕をお貸しください。人に見られては困りますので。そして何気ない様子で歩きましょう。お手紙、頂戴しました……。

ファビオ　わたしは一通も返事をいただいておりません。

婦人　文字のほうがわたくしの言葉よりも大事だとおっしゃるの？

ファビオ　あなたの口か手か、むりに選べばどちらかにうらまれてしまいます。

婦人　一方がもう一方の保証となってほしいものです。あなたのお手紙には心を打たれました。だからお会いすることを承知したのです。なぜわたくしのところにお越しいただくわけにいかないかはご存知ですね。

ファビオ　事情は聞きました。

婦人　取り巻きが多くて、何をするにも邪魔が入るのです。夕方の五時に、ヴィラ・レアーレ(5)の円形広場でお待ちください。姿を変えてまいります。少しのあいだお話しできるでしょう。

ファビオ　ぜひまいります。

婦人　では、腕をお放しください。もうついてこないでくださいね。わたくしは劇場に行きますから。今晩は劇場にいらっしゃいませんよう……。秘密を守って、わたくしを信じていてください。（退場）

ファビオ　（独白）本当にあの人だった！……　別れぎわに、まるでウェルギリウスのウェヌスさながら(6)、身ぶり一つで自分の正体を明らかにしたのだ。顔もろくに見えなかったけれど、彼女の目の輝きはぼくの心を射抜いた。劇場で、あの人のまなざしと客席のぼくのまなざしが交わるときと同じように。ふだん話すときだって、あの人の声は魅力を失いはしないんだ。ところが今までぼくは、あの人は鳥のように歌しか歌わないと信じていた！　でも彼女がいってくれたことはメタスタージオ[7]のすべての詩句にも負けない値打ちがあるし、あの清らかな声の響き、あの甘美な口調はパイジエッロ[8]やチマローザ[9]のメロディを借りなくても心を魅惑する。ああ！　彼女はソフォニスブ[10]やアルシーム[11]、エルミニー[12]、それよりも衣装の地味な金髪のモリナラ[13]だって、見事に演じてみせたものだ。でも、ぼくの崇めたそれらすべてのヒロインたちが、あの思わせぶりなマンティーラの下、繻子のかぶりものの下に隠されているのがぼくにはわかった……。おや、またマゼットだ！

ファビオ、マゼット

マゼット　さてと、旦那さま。わたしはペテン師ですか、約束を守らない男、名誉を知らない男ですか？

ファビオ　この世でいちばん立派な男さ！　だがな、ほら、この財布を取れ、そしてぼくを独りにしてくれよ。

マゼット　何かお困りのご様子ですな。
ファビオ　幸せだから悲しくなるんだ。幸せのあとには必ずや、不幸がついてくるのかと思うとね。
マゼット　今夜、ランスクネ(トランプ遊び)をするのにお金が入り用ではありませんか？　それならお返ししますよ。もっとお貸しすることだってできます。
ファビオ　そんな必要はないよ。それじゃ。
マゼット　邪眼(ジェッタトゥーラ)(14)にお気をつけて、ファビオさま。　（退場）

ファビオ（独白）

あの下司野郎の顔がぼくの恋につきまとうのはもううんざりだ。でもありがたいことに、あんな仲介役はもういらなくなりそうだ。そもそも、これまで断られ続けてきた手紙や花を、巧みに言い訳しながらぼくに返す以外、あいつが何をしてくれたというんだ？　さあ、いよいよ手はずは万端整って、大詰めも近づいてきた……。それなのに今晩、どうしてこんなに気が滅入るのだろう。喜びに舞い上がり、得意満面でこの敷石を踏み鳴らしてもいいはずなのに？　あの人がぼくを受け入れたのはちょっと早すぎたような気がする。とりわけ贈り物を届けてからは……。いや、ぼくが物事を暗く考えすぎるんだろう。それより恋の文句でも考えておいたほうがいい。木の下で恋を語りあうだけで満足できるはずがないのだから。きっと、キアイアのどこかの旅籠(はたご)で夕食をとりに彼女を連れていくことができるだろう。でもそのためには才気に輝くようでなければならないし、情熱に燃え、恋に夢中というところを見せなければだめだろう。会話の調子も手紙の文体なみに調子を高くしなくてはならないし、手紙や詩で彼女に示したような理想を実際に示してみせなければならない……。それなのに、そうするだけの熱意も力も湧いてこない……。スペインのワインを何杯かひっかけて、想像力をかきたてるとするか。

ファビオ、マルチェッリ

マルチェッリ　それはまずいやり方だな、ファビオくん。ワインほど油断ならない相棒はいない。宮殿に連れて行ったかと思わせて、小川の中に置き去りにするのだから。

ファビオ　ああ！　きみか、マルチェッリくん。話を聞いていたのか？

マルチェッリ　いや、聞こえてきたものだから。
ファビオ　何か気にさわるようなことをいったか？
マルチェッリ　とんでもない。気がふさぐから酒を飲みたいというのが、きみの独りごとのうちぼくの耳に入ったすべてだよ。ぼくのほうは、このうえなく愉快なんだ。この河岸を歩いていても鳥になったような気分さ。あれこれ馬鹿なことばかり考えて、じっとしていられず、くたくたになってしまいそうなんだ。しばらくご一緒しようじゃないか。ぼくと一緒にいれば、酒を飲んでいるみたいに酔えるはずさ。しかもぼくの中身は喜びばかりだ。ぼくはまるでシルリ(シャンパーニュの銘酒)の瓶みたいに弾けたいんだよ。そしてきみの耳に驚くような秘密を打ち明けたいんだ。
ファビオ　お願いだから、打ち明け話の相手には自分のことに心を奪われていない男を選んでくれ。ぼくは頭がいっぱいで、今晩は何の役にも立てない。ミダス王の耳はろばの耳と聞かされたとしても、(15) 明日それを繰り返そうとしたって思い出せないくらいさ。
マルチェッリ　そう、それこそがぼくには必要なんだ！　墓石みたいに何もいわない相談役というのがね。

ファビオ　おや、そうかね。きみのやり方をぼくが知らないとでも？……　自分の艶福を人々に知らしめたい、そこでぼくを伝令に選んで自分の栄光を広めさせようというのだろう。

マルチェッリ　とんでもない。ぼくは秘密がもれる前に先手を打って、自分から打ち明け話をしたいんだ。きみがもう感づいているはずの一件だが。

ファビオ　意味がわからないな。

マルチェッリ　秘密はかぎつけられてしまえばもう守れないが、打ち明け話は内緒にしておいてもらえるだろう。

ファビオ　でもぼくはきみのことで何も感づいてなどいないが。

マルチェッリ　それならばやっぱり、きみに何もかも話すのがよさそうだ。

ファビオ　劇場には行かないのか？

マルチェッリ　ああ、今晩はね。きみは？

ファビオ　ちょっと考えごとがあるもので。独りでぶらついていたいんだ。

マルチェッリ　オペラでも作曲しているんだろう？

ファビオ　そのとおりだよ。

マルチェッリ　だれにだってわかることさ。きみはサン・カルロ劇場の演し物(だしもの)を一度だって逃しはしない。序幕からやってきているが、そんなのは上流人士のだれもしないことだ。最後の幕の途中で席を立つこともなく、きみだけが平土間の客といっしょに劇場に残っている。きみが自分の芸術をじっくりと粘り強く研究していることは明らかだよ。ひとつだけ気になるんだが、きみは詩人なのか、それとも作曲家なのか？

ファビオ　その両方さ。

マルチェッリ　ぼくはただの素人で、作るのはせいぜい小唄くらいだ。だからぼくがあの劇場に熱心にかよって、何週間か前からきみといつも顔を合わせるのも、色恋以外の理由からではないことはきみにもよくわかるだろう……。

ファビオ　そんな話は聞きたくもないね。

マルチェッリ　おい、そんなことをいって逃げようとしてもだめだよ。きみにすっかり知ってもらって初めて、ぼくの恋に必要な秘密が保たれるはずなんだから。

ファビオ　ということは相手はだれか女優……ド・ラ・ボルセッラあたりか？

マルチェッリ　そうじゃない。新しくきたスペインの歌姫、あの素晴らしく魅力的なコリッラだよ！……　バッコスの神にかけて！　ぼくらが狂おしく目配せをしあっていることは、きみも気づいただろう？
ファビオ　（むっとして）いや、全然！
マルチェッリ　観客の注意がよそに向いているときに、ふたりだけで合図をかわしているのさ。
ファビオ　そんなもの、目に入らなかったな。
マルチェッリ　何とまあ！　きみ、そんなにぼんやりしていたのか。ぼくの秘密にうっすら気づいているものと思っていたんだが、勘違いだったんだね。でも、もう打ち明け話を始めてしまった以上……。
ファビオ　（勢い込んで）そう、そうだとも！　こうなったら最後まで聞かせてもらいたいね。
マルチェッリ　ひょっとしたらきみはシニョーラ・コリッラにあまり注意を払ったことがなかったのか？　あの人の顔かたちより声のほうに気を取られていたんだろう。でもまあ、ちゃんと見てみたまえ。魅力的な人だぜ！
ファビオ　それは認めるさ。

マルチェッリ　イタリアやスペインの金髪女性というのはいつだって実に特別な種類の美しさを備えているものさ。まれなだけに値打ちがある。
ファビオ　それも同感だね。
マルチェッリ　王立美術館にあるカラヴァッジョの「ユディト」[16]に似ていると思わないか？
ファビオ　やれやれ、もう十分だよ。要するに、きみは彼女の愛人なんだな？
マルチェッリ　いや、まだあの人に恋しているというだけさ。
ファビオ　それは驚いた。
マルチェッリ　ずいぶんとガードの固い女性なんだよ。
ファビオ　そんなうわさだな。
マルチェッリ　冷酷非情な女、ブラダマンテ[17]みたいな女なんだ……。
ファビオ　アルシマデュール[18]か。
マルチェッリ　彼女はぼくの花束に対しては門を、ぼくのセレナーデには窓を閉ざしたきりなのさ。だからぼくは、つれなくするだけの理由が彼女にはあるのだろうと考えたんだ……。つまり、彼女が家にいるときにはね。でもオペラの舞台に立っているときは彼女の貞節も少しはゆるむはずだろう……。身辺を探ってみて、マゼットとかいうごろつきがそばにいるとわかった。劇場でやとわれている男でね……。
ファビオ　そこで花や手紙をあの悪党にことづけたわけだな。
マルチェッリ　知ってたのか？
ファビオ　あいつにそうしろといわれて、贈り物もしただろう。
マルチェッリ　さっきいったとおりじゃないか、きみは何もかもご存知だって。
ファビオ　で、彼女からは返事がなかったのか。
マルチェッリ　一通も。
ファビオ　そのご婦人自らが、道できみの傍らを通りすぎていくときに、小声で待ち合わせの約束をしてくれたのだとしたら、これはもうあまりに奇妙すぎる話だが……。
マルチェッリ　きみは悪魔だ、それともきみはぼく自身なのか！
ファビオ　約束は明日か？
マルチェッリ　いや、今日だ。
ファビオ　夕方の五時？

マルチェッリ　五時。
ファビオ　それなら、ヴィラ・レアーレの円形広場だな？
マルチェッリ　違う！　ネプトゥヌス噴水の前だよ。
ファビオ　もう何が何やらわからない。
マルチェッリ　そうだろうとも！　きみは何もかも見抜き、ぼく以上にすべてを知っているというのだな。おかしな話だ。さあ、ぼくは何もかも話したんだから、名誉にかけても秘密は守ってくれよ。
ファビオ　いいとも。まあ聞いてくれ、わが友よ……。ぼくらのどちらかは一杯食わされたのさ。
マルチェッリ　どういう意味だ？
ファビオ　あるいは二人ともかもしれない。ぼくらは同じ女性と同じ時間に待ち合わせしているんだよ。きみはネプトゥヌス噴水の前で、ぼくはヴィラ・レアーレで！
マルチェッリ　驚いている暇もないくらいだ。だが、何のためにそんな悪趣味な冗談を仕組んだのか。
ファビオ　その理由がきみにわからないとしても、ぼくがそれを説明する義理はない。

それとも剣の一撃がお望みならば、きみのほうから抜くがいい。

マルチェッリ　考えてみると、きみはいまのところぼくに対して完全に優位に立っているな。

ファビオ　そう認めるのか?

マルチェッリ　もちろんだとも! 何しろきみは見るからに不幸な恋人じゃないか。もしぼくと会わなかったなら、いまにも欄干から身を投げるか、菩提樹の枝で首を吊るかするところだったろう。反対にこのぼくは彼女に受け入れられ、好意を寄せられて、恋の勝利者といってもいいくらいさ。熱望した相手と今夜、夕食をともにするんだ。それなのにきみを殺したら、きみの手助けをすることになってしまう。逆にもしぼくが殺されたら、「後」ではなく「先」に死んでしまうのがいかにも悔しいことはきみもわかってくれるだろう。これでは対等の条件とはいえない。この一件は明日に延期しよう。

ファビオ　ぼくの考えもきみとまったく同じだ。きみの言葉をそのままお返ししてもいいくらいさ。だから、きみの愚かなうぬぼれを罰するのは明日まで待つことにしよう。これまではきみのことを、単に無遠慮なやつだとしか思っていなかったのだけれど。

マルチェッリ　いいだろう！　これ以上何もいわず別れよう。きみに無理やり気恥ずかしい告白をさせようとも思わないし、ぼくに対して好意のあかししか示していないご婦人の悪口を、これ以上聞きたくもないからね。きみの慎み深さに期待するよ。今夜の首尾については明日の朝ご報告しよう。

ファビオ　ぼくも同じことを約束する。でもそのあとは本気で剣を交えるんだぞ。では、また明日。

マルチェッリ　また明日、ファビオくん。

ファビオ（独白）

何やら不安に駆られて、自分の待ち合わせ場所に向かうかわりに、遠くからあいつのあとをつけてきてしまった。引き返そう！（何歩か行きかける）やけに自信満々の様子だったが、やつもああ言い出した以上引っ込みがつかず、嘘だと白状できなかったのだろう。当世流行の無茶な若者というのはああいうものだ。やつらを邪魔するものは何もなく、あらゆる女性の心を射止め、もてはやされる。その気になればドン・ジョヴァンニのリスト(19)だってすぐにできあがるだろう。それにしても、あの美女がぼくらのどちらかを騙しているとしても、同じ時間を指定するとはおかしいじゃないか。おや、約束の時刻が近づいてきた。ヴィラ・レアーレに向かったほうがいいだろう。もう散歩する人もいなくなって閑散としているはずだ。ひょっとして、あそこに見えるのはマルチェッリじゃないか、だれか女に腕を貸しているぞ……。本当に頭がおかしくなりそうだ。あの男だとしても、相手があの人のはずはない……。どうしよう？　彼らのほうへ行けば、自分の待ち合わせに遅れてしまう……。しかし心にとりつくこの疑いを晴らさなければ、約束の場所に行っても間抜け役を演じることになりかねない。どっちつかずの状態の何とつらいこと。時間は過ぎていくのに、行ったり来たりして、世にも奇妙な立場に置かれている。どうしてあんな軽率な男に出くわすはめになったのか。ひょっとしてぼくに一杯食わせたんじゃないか？　マゼットをとおしてぼくの恋のことを知ったのかもしれない。ぼくのところに来て話してきかせた事柄は全部、何か不可解な悪だくみにもとづくものなんだ。その謎もきっと解けるだろう。――よし、決心した。ヴィラ・レアーレに駆けつけよう。（引き返す）くそっ、二人がこちらにやってくる。あれはさっきと同じ長いレースのついたマンティーラ。さっきと同じ灰色の絹のドレスだ……。もう、すぐそこまできた。ああ！　もしあれが彼女なら、もしぼくが騙されたのなら……。明日まで待たず、あいつらに復讐してやるぞ！……　いったいどうすればいい？　馬鹿笑いをしているな……。この格子のうしろに身を隠して、本当にあの二人かどうかよく確かめることにしよう。

ファビオ（隠れている）、マルチェッリ、コリッラ（彼に腕を取らせている）

マルチェッリ　そうなのですよ、美しいお方。どんなにひどいうぬぼれ方をする人間がいるものか、おわかりでしょう。町にはもう一人、今晩やはりあなたと会う約束を勝ち得たといって威張っている騎士がいるのです。わたしとしても、もしいま嬉しいお約束どおり、こうしてあなたの腕を取っているのでなければ――とはいえさんざん焦らされたあげく、やっと約束を果たしていただいたわけですが……。

コリッラ　あら、ご冗談でしょう、マルチェッリさま。そのうぬぼれ屋の騎士という方は……　お知り合いなのですか？

マルチェッリ　まさに本人から打ち明けられたのです。

フォビオ　（姿を現して）　それは違うだろう。きみのほうがぼくに打ち明けたんじゃないか……。マダム、もうたくさんです。そんな思わせぶりな手管は我慢しないことに決めました。マルチェッリくんがあなたをご自宅までお送りするでしょう。何しろあなたは彼に腕を取らせていらっしゃるのですから。しかし彼にはそのあと、ぼくがここで待っていることを覚えておいてもらいましょう。
マルチェッリ　おやおや、きみはね、この一件ではただ笑い者になっていさえすればいいんだよ。
ファビオ　笑い者だと？
マルチェッリ　そうさ。騒ぎを起こしたいのであれば日が昇るまで待ってくれ。街灯のもとで闘うのはお断りだ。夜警に逮捕されるのもまっぴらだしね。
コリッラ　この人は気が触れていますよ。見ればわかるでしょう？　さあ、行きましょうよ。
ファビオ　ああ！　マダム！　もうたくさんです……。ぼくが心の奥底に抱いていた汚れなく神聖な美しい面影を台なしにしないでください。ああ！　ぼくはあなたを遠くから恋するだけで、そしてあなたに手紙を書くだけで満足だったのです……。

期待などほとんどしていなかったし、あなたが約束してくださったほどのことも願ってはいませんでした！

コリッツラ　手紙を書いたですって？　わたくしに！……

マルチェッリ　まあ、どうだっていいじゃありませんか。そんな説明を聞いている場合ではありませんよ……。

コリッツラ　それで、わたくしはどんな約束をしたとおっしゃるんです？……　わたくしはあなたを存じ上げませんし、お話ししたことだって一度もありません。

マルチェッリ　いいじゃないですか！　あなたがこの男についうっかり何かいったのだとしても、お気の毒さまだ！　そんなことでぼくの恋が不安を覚えるとでもお思いですか？

コリッツラ　あなたまで、何ということをお考えになるのです？　こんなゆゆしい事態となっては、いますぐすべてをはっきりさせていただきたいものです。こちらの騎士はわたくしに苦情をいおうと思っていらっしゃる。ぜひお話しいただきましょう、その前にまず名乗っていただかなくては。わたくしにはどなたなのか、何がお望みなのかわかりませんもの。

ファビオ　ご安心ください、マダム！　こんなふうに騒ぎ立てたことを、そして驚きのあまりついかっとなってしまったことを恥じています。あなたはぼくが中傷しているとおっしゃる。あなたの美しい口が嘘をつけるはずはありません。おっしゃるとおりぼくは気が触れています、夢を見たのです。まさにここを一時間前、あなたの幻のような何ものかが通りかかり、ぼくに甘い言葉をかけてまた来ると約束したのでした……。ひょっとすると何か魔法のしわざだったのでしょう。でも細かなところまでありありとぼくの脳裏に刻まれています。ぼくはそこにいて、太陽がイスキア島の上に赤みがかったマントのすそを投げかけながらポジリポの丘の背後に沈んでいくのを眺めたところでした。湾の中で海は暗くなっていき、白い帆が陸へと急いでいました、まるで帰り遅れた鳩のように……。おわかりでしょう、ぼくは哀れな夢想家です。そのことは手紙から察していただけたはずですが。でも、あなたがぼくのうわさをお聞きになることはもうないでしょう。請け合います。ではさようなら。

コリッラ　手紙ですって……。何もかもが、お芝居の込み入った筋立てめいていますのね。申しわけありませんが、これ以上うかがってはいられません。マルチェッリさま、またわたくしの腕をお取りになって、家まで急いで送ってください。

（ファビオはお辞儀をして去る）

マルチェッリ　ご自宅までですか、マダム？

コリッラ　ええ。いまの一幕にはすっかり驚いてしまいました！……　こんなにおかしなことってあるでしょうか？　もし宮殿前広場にまだ人がいるならば、駕籠かきか、それとも角灯持ちくらいは見つかるでしょう。あら、劇場の召使たちが出てきましたわ。一人呼びとめてください……。

マルチェッリ　おい！　だれか！　こっちだ……。でも本当にお具合が悪いのですか？

コリッラ　これ以上はもう歩けないくらい……。

ファビオ、マゼット、先の二人

ファビオ　（マゼットを引きずりながら）天の神さまがこいつを連れてきてくださった。こいつがぼくを騙した裏切り者だ。

マルチェッリ　おや、マゼットじゃないか！　両シチリアきってのペテン師め。何と！　こいつがきみの使者役もやっていたのか？
マゼット　苦しい！　息がつまります。
ファビオ　さあ、説明してもらおうか……。
マゼット　旦那さま、こんなところで何をしていらっしゃるんです？　いい思いをなさっていらっしゃるものとばかり思っていましたが。
ファビオ　おまえのほうこそ運の尽きだぞ。悪だくみをすっかり白状しないなら死んでもらうことになる。
マルチェッリ　まあ待て、ファビオくん。こいつにはぼくも弁明を求める権利がある。さあ、今度はぼくの番だ。
マゼット　旦那さまがた、わけがわかりません、どうかお二人いちどに叩かないでください。いったい何のことです？
ファビオ　わけがわからないだと？　見下げはてたやつめ。ぼくの手紙をいったいどうしたんだ？
マルチェッリ　おまえはいったいどうやってシニョーラ・コリッラの名誉に泥を塗ろうとしたんだ？

マゼット　旦那さまがた、人に聞かれますよ。

マルチェッリ　ここにはご本人とわれわれ二人しかいない。われわれ二人は明日、あの方のせいで、あるいはおまえのせいで殺しあおうというのだぞ。

マゼット　すみません。こりゃずいぶん大事(おおごと)になってしまいました。わたしにも人情がありまさあ。これ以上隠しとおすわけにはいかない……。

ファビオ　さあ話せ。

マゼット　とにかく、剣はお収めなすって。

ファビオ　それなら杖にするぞ。

マルチェッリ　いや、こいつが真相をすっかり話すならそれはなしにしてやろう。さもなければ許さん。

コリッラ　この男のあつかましさにはつくづく腹が立つわ。

マルチェッリ　話す前に打ちのめしてやりましょうか。

コリッラ　それはだめよ。すべてを知りたいし、こんな悪辣なできごとのせいでわたくしの誠実さが疑われるようなことは、いっさいあってほしくありませんから。

マゼット　わたしの告白はあなたへの賛辞となりますでしょう、マダム。あなたが身持ち正しく暮らしていらっしゃることはナポリじゅうが知っております。ところがここにおられるマルチェッリさまが、あなたにぞっこんになってしまったのです。あなたが劇場を去るなら、結婚の約束をしたっていいとまでおっしゃるじゃありませんか。ともかくマルチェッリさまとしてはあなたの足元に、ご自分の財産をとは申しませんが、少なくとも心からの賛辞を捧げるための手立てが必要でした。何しろ財産なら、あなたが優に二人ぶんの財産をおもちであることは、みんな知っていますし、マルチェッリさまだってご存知です。

マルチェッリ　下司野郎め！……

ファビオ　終わりまでいわせてやろう。

マゼット　繊細なお気持ちゆえのことでしたので、わたしも味方しようと思ったのです。劇場の雑用係ですから、あなたの化粧台の上に手紙を置くのは簡単なことでした。最初のころの手紙は燃やされ、続く手紙は開封されただけ、まだましな扱いでした。最後の一通であなたは、マルチェッリさまにお会いになる決意をなさったのでしたね。それでわたしはマルチェッリさまからたっぷりと報酬をちょうだいしました！……

マルチェッリ　そんな話、だれがしろといった？

ファビオ　では、ぼくのほうはどうなのだ！　この裏切り者！　二枚舌！　どうやってぼくの役に立ったというのだ？　手紙は渡してくれたのか？　おまえがコリッラさまその人だといってさっきぼくのところに寄こした、ヴェールをかぶった女はだれだったのだ？

マゼット　旦那さまがた、もしわたしがコリッラさまに筆跡の違う二種類の手紙や、二人の恋人からの花束をお渡ししたならば、わたしのことをどうおっしゃったでしょうか。そしてコリッラさまはどうお思いになったことでしょう？　何事にも秩序ってものが必要ですし、それにわたしはマダムをあまりに尊敬申し上げておりますんで、マダムが二つの色恋を同時進行するような気まぐれを起こされるはずはないと思いました。とはいえファビオさまに最初、お役には立てないとお断りしたところ、あまり絶望されるものですから、ひどく同情してしまったのです。ファビオさまにはまずその熱情を手紙や詩で発散していただき、わたしはそれらをコリッラさまに届けるふりをしていました。これはてっきり、しょっちゅうフットライトの火で羽根を焦がしにやってくる連中の恋、わたしどもがさんざん目にしております、学生や詩人の情熱にちがいないと思ったのです……。ところがそれはもっと本気の恋でした。なぜならファビオさまはわたしの立派な決心を揺るがそうと財布を空にまでなさったんですから……。

マルチェッリ　もうたくさんだ！　シニョーラ、こんなたわ言に耳を貸してはいられませんよ……。

コリッラ　いいえ、話をさせておきましょう。何も急ぐことはありませんわ。

マゼット　そこでわたしは思ったのです。何しろファビオさまは目で見て恋しているだけで、マダムに近づけたためしはまったくなく、声だって音楽をとおしてしか聞いたことがないのだから、シニョーラ・コリッラと背格好や雰囲気が似ただれかと話をさせて満足させてあげれば十分ではないかと……。実は、トレド通り沿いか埠頭広場（モール）のカフェの前で花を売っているかわいい娘に前から目をつけておりました。この娘、ときおり足を止めてはスペインの小唄など歌うのですが、その声の響きの実に澄んでおりますこと……。

マルチェッリ　シニョーラに似た花売り娘だと！　それならこのぼくの目にも留まっていそうなものだが？

マゼット　それはシチリアのガリオン船[20]で着いたばかりの子でして、まだ自分の国の服装をしております。
コリッラ　まったく、信じられないようなお話ですこと。
マゼット　ファビオさまにうかがってみてくださいませ。衣装の助けもあって、マダムご自身がとおりかかったように思えなかったかどうか？
ファビオ　何ということだ！　あの娘……。
マゼット　その娘が、旦那さまをヴィラ・レアーレで待っております。あるいはもう待っていないかもしれません。ずいぶん時間がたってしまいましたから。
ファビオ　これほど入り組んだ悪だくみを想像できるだろうか？
マルチェッリ　そんなことはない。愉快な話じゃないか。それに、ほら。シニョーラご自身も笑わずにはいられないご様子だ……。さあ、騎士どの、恨みっこなしで別れよう。そしてこのならず者にきついお仕置きをしてやってくれ……。いや、それともこいつのアイデアを生かしたほうがいいかもしれないよ。イクシオン[21]が抱いた雲は、彼にとってはそれが象（かたど）っていた女神と同じくらい価値があったんだ。きみもたいそう詩人でいらっしゃるようだから、現実などあまり気にかけないのだろう。

――それではおやすみ、ファビオくん！

　　ファビオ、マゼット

ファビオ　（傍白）あの人はそこにいたのに！　あわれみの言葉ひとつかけてくれず、思いやりのしるしひとつ示してくれなかった！　口論のあいだ、ぼくが笑い者にされているのに冷ややかな気のない様子で立ち会って、さも軽蔑したように一言もいわず立ち去った。ぼくの不器用さや単純さを、ただ笑っていたのだろう！……ああ！　おまえはもう帰っていいぞ。さっさと行け、知恵のはたらく哀れなやつめ。ぼくはもう自分の悪い星まわりを呪いはしない。海沿いに歩きながらわが身の不運に思いをめぐらせるとしよう。もう怒る気力さえないのだから。

マゼット　旦那さま、考えごとならヴィラ・レアーレのほうに行ってなさるのがいいですよ。ひょっとしたら花売り娘がまだお待ちしているかもしれません……。

　　ファビオ（独白）

実際、その娘に会って分相応の扱いをしてやりたいところだった。こんな詐術に手を貸すなんて、いったいどういう娘なのだろう？　何も知らない子どもに教え込んだのか、金を払いさえすれば話に乗ってくるような恥知らずの娘なのか？　それにしてもこのぼくを、一瞬でもそんな罠にかけられると思うとは、下僕風情のあさましい考えだ。とはいえあの娘、ぼくの愛する人によく似ている……。ぼくだって、ヴェールをかぶった娘に会ったとき、あの人の物腰、あのきよらかな声に間違いないと思ったのだ……。おや、もうすぐ夜の六時、最後まで残っていた散策者たちもサンタ・ルチア(22)やキアイアのほうに去っていく。家々のバルコニーには人がたくさん出ている……。いまごろ、マルチェッリはたやすく手に入れたあの女と楽しく食事中だろう。女というのはああいう真心のない道楽者にしか惚れないものなんだ。

ファビオ、花売り娘

ファビオ　娘さん、何のご用？

花売り娘　旦那さま、わたしは薔薇の売り子です。春の花の売り子です。あなたの恋人のお部屋を飾るため、残った花を全部買ってはいただけませんか？　もうすぐ広場の閉まる時刻になります。これを父のところに持ち帰るわけにはいきません。きっとぶたれてしまいます。全部で三カルリーノ(ナポリ王国の金・銀貨)でけっこうですから。

ファビオ　今夜ぼくを待つ人などいると思うのか。このぼくが、幸せな恋人の顔をしているかい？

花売り娘　こちらの灯りのほうへおいでください。立派な騎士さまに見えますわ。だれかがお待ちでないなら、あなたがだれかを待っていらっしゃるのでしょう……。あら、困ったわ！

ファビオ　どうしたんだい、娘さん？　おや、この顔はたしか……。ああ！　何もかもわかったぞ。おまえがにせのコリッラだな！……　年端も行かぬ子どものくせして、いやしい仕事に手を染めているのか！

花売り娘　旦那さま、わたしは本当は真面目な娘なのです。あなたにもきっとわかっていただけるでしょう。貴婦人の身なりをさせられ、せりふを丸暗記させられました。でも、それが立派な紳士をだますためのお芝居だとわかったので、わたしは逃げ出して、貧しい身なりに戻り、毎晩そうしているとおり埠頭広場と王立公園(ヴィラ・レアーレのこと)の散歩道で花を売りに戻ったのです。

ファビオ　本当の話なのか？

花売り娘　間違いありません。ですから旦那さま、これでお別れさせていただきます。花もいらないとおっしゃるのですから、帰りに海に捨ててしまいましょう。明日になればもうしおれているでしょうから。

ファビオ　気の毒な子だ。その服のほうがさきほどの服よりもおまえにはお似合いだ。忠告しておくが、もうそれを脱がないほうがいいぞ。おまえは野に咲く花だ。それにしても、二人の見分けがつかない者などいるだろうか。おまえの顔立ちにはたしかにあの人に似たところがあるし、おまえの心はあの人の心よりもましかもしれない。でも恋する者が心のうちで日々、新たな魅力で飾っては喜びに浸っていた美しい面影に、だれが取って代われるものか。その面影は実をいえばもはやこの世のものではない。ただ忠実な心の底に刻まれているだけで、その不滅の美しさはどんな肖像画でも表わせはしないのだ。

花売り娘　でもわたしはその人にも負けないといわれましたし、正直にいって、もしシニョーラ・コリッラのように着飾り、照明を浴びて、演出と音楽の助けを借りたなら、わたしだってあの人に負けずあなたに気に入っていただけると思うのです。しかもおしろいや頬紅は使わなくたって。

ファビオ　娘さん、そんなふうに虚栄心に駆られるなら、ぼくがおまえを見てつかの間覚える喜びさえ失われてしまう。まったく、おまえはあの人がスペインとイタリアの真珠だということ、あの人の足はだれよりも華奢(きゃしゃ)で、手はだれよりも美しいということを忘れているのか。かわいそうな子だ！　貧しさはあれほどの完璧な美女を育むことなどできない。贅沢と芸術がかわるがわるお世話をしてこそだ。

花売り娘　この大理石のベンチの上で、どうかわたしの足も見てくださいな。茶色の靴をはいていても、とてもすっきりとして際立って見えるでしょう。それにわたしの手だって、せめてさわってみてはいかが？

ファビオ　なるほどかわいらしい足をしている。そして手のほうは……。おや！　なんとやわらかい！……　だがな、よくお聞き、おまえをだましたくはないからな。ぼくが愛するのはあの人だけなのだ。そしてぼくの心をとらえたその魅力は一夜にして生まれたものではない。ナポリにやってきて三か月というもの、ぼくは一日も欠かさずオペラ座であの人を見てきた。散歩道であの人を取り巻いている立派な騎士たちのようにあの人のそばで目を引くには貧乏すぎ、あの人に霊感を吹き込んで才能を引き立たせる音楽家の天才や詩人の名声もないぼくは、希望もなくただあの人の姿と歌に酔うため、だれにでもふるまわれる喜びに加わりに行ったのだ。とはいえそれはぼくだけのための幸福であり、生命だったのだが。ああ！　おまえだってたしかにひけは取らないだろう……。でも、あれほどさまざまに現れ出る神々しいまでの魅力をおまえはもっているのか？　あんな涙と微笑みがおまえにはあるのか？　あれほど崇高な歌を歌えるのか？　そうでなければたとえ女神だって見た目のいい偶像でしかない。だがもしそうだとすれば、おまえはあの人に取って代わることができる。ヴィラ・レアーレを散歩する人たちに花を売ったりしなくていいのだ。

花売り娘　あの人の姿を与えてくれた自然が、どうして声のことを忘れたりするでしょうか？　わたしだってとても上手に歌えるのですよ、本当です。でもサン・カルロ劇場の支配人がプリマドンナを広場で拾ってこようなどと考えるはずがありませんから……。このオペラの一節をお聞きください。ラ・フェニーチェの小劇場[23]で聞いただけで覚えたのです。

（歌う）

イタリア語のアリア

なんと嬉しいことかしら——心の平安と、——安らかな思いを保つのは人生の美しい季節に——恋をするのは賢いこと。——もっと賢いのは恋をしないこと。

ファビオ　(娘の足元に倒れ込んで)　ああ！　マダム、もはやだれがあなたを見違えたりするでしょう？　だがこんなことはありえない……。あなたは本物の女神、そしてすぐにも飛び去ってしまいそうだ！　ああ！　これほどの好意にどうお応えすればいいのか？　ぼくにはあなたを愛する資格はありません。あなただとすぐには気がつかなかったのですから！

コリッラ　ではわたくしはもう、花売り娘ではなくって？……　それなら、お礼を申し上げますわ。わたくしは今夜、新しい役柄を練習したのです。あなたはみごとに相手役を務めてくださいました。

ファビオ　では、マルチェッリは？

コリッラ　あら、樹々のアーチの下を、さっきまであなたがしていたように、悲しげに行ったり来たりしているのはあの方ではないかしら？

ファビオ　あいつを避けて、脇道に入りましょう。
コリッラ　見られたわ。こちらにやってきます。

ファビオ、コリッラ、マルチェッリ

マルチェッリ　おや、ファビオくん。花売り娘を見つけたんだね？　うまくやったな。今晩はきみのほうがぼくよりもついてるぞ。
ファビオ　ほほう。コリッラさんはどうしたんだい？　一緒に楽しく夕食のはずだが。
マルチェッリ　まったく、女の気まぐれというのは理解できないね。病気だとかいうので、自宅まで送っていっただけだよ。でも明日は……。
ファビオ　明日だって今晩と同様だろうさ、マルチェッリくん。
マルチェッリ　ともかく、うわさどおりそっくりなのかどうか見てやろう……。なるほど、悪くない！……　とはいえ、お話にならない。気品も優雅さもない。まあ、きみは好きなように錯覚に浸っているがいいさ……。ぼくはサン・カルロ劇場のプリマドンナのことを思うとしよう。一週間後には結婚するつもりなんだ。
コリッラ　（本来の調子に戻って）それについてはよく考えたほうがいいですよ、マルチェッリさま。だってわたくしは、まったく気持ちを決めかねておりますもの。財産はありますから、自分で選びたいのです。お詫びしますわ、恋愛でも劇場と同じようにお芝居をしていたことを、そしてあなたがたお二人を試してみたことを。正直にいって、いまではもう、お二人のどちらがわたくしを愛してくださっているのか、よくわからなくなりました。あなたがたのことをもっとよく知る必要がありますす。ファビオさまはきっと女優としてのわたくししか愛していらっしゃらない。その恋には距離とフットライトの光が必要なのです。そしてマルチェッリさま、あなたはだれよりもご自分自身を愛していて、ときによるとひどくつれなくなられるようですね。あなたはあまりに社交好きで、この方はあまりに詩人です。さあ、それではお二人にお供をお願いしましょう。お二人ともわたくしとお食事してくださるとのことでした。どちらにもわたくしがお約束したのでしたわね。みんなで一緒にお食事しましょう。マゼットに給仕をさせますわ。

マゼット　（ここで登場し観客に向かって）かくして、みなさま、このあぶなっかしい色事はこのうえなく道徳的な幕切れを迎えようとしております。――作者の落ち度にはどうかご容赦をたまわりますよう。

エミリー

「……デロシュ中尉の事件については、だれもよく知らないのです。去年、ハウスベルゲン(1)の戦いで戦死した中尉は、新婚二か月でした。あれがもし本当に自殺だったとしても、どうか神さまが彼をお許し下さいますように！　しかし、祖国を守って死ぬ者が、自分の行為をそんな名前で呼ばれるいわれはないでしょう。胸中にどんな思いを抱いていたにせよ」

「とするとわれわれは」医師(ドクター)がいった。「自分の良心と折り合いをつけるという例の問題に引き戻されるわけですな。デロシュは哲学者で、この世を去ることを決意していた。しかし無駄死にするつもりはなかった。そこで白兵戦のただなかに勇敢に身を投じたのです。これがいま自分にできる一番のよいことだ、自分は満足して死んでいくんだといいながら、片っぱしからドイツ兵を殺していった。そしてサーベルの一撃を受けて倒れ、「皇帝万歳！」と叫んだのです。そのことは彼の中隊の兵隊十人が証言してくれるでしょう」

「だが、それはやはり自殺にほかなりませんよ」アルチュールが応じた。「とはいうものの、彼に教会の門を閉ざすならそれは間違いだったでしょうがね……」

「その理屈でいくと、あなたはクルティウスの自己犠牲(2)も非難なさるのでしょうな。あのローマの若き騎士は、ひょっとして賭け事で破産したか、失恋したか、人生に倦んでいたのか。それはわかりません。けれどもこの世を去ろうと思ったとき、自分の死を他の人々のために役立たせようとするのは、何といっても立派なことです。だからこそ、それを自殺と呼ぶわけにはいきませんよ。なぜなら自殺とはエゴイズムの最たるものであり、人々に非難されるのもそれゆえなのですから……。何を考えていらしゃるのです、アルチュール？」

「いや、あなたがさっきおっしゃった、デロシュが死ぬ前に片っぱしからドイツ兵を殺したということですがね……」

「それが何か？」

「つまり、それらの勇士たちは神の御前に赴いて、デロシュ中尉の立派な死について痛ましい証言をしたことになりますね。つまりこういってよければ、それはじつに、殺人的な自殺であったと」

「おやおや。そんなことを思う者がいますかね。ドイツ人は敵ではないですか」

「しかし死ぬと決めた男にとって敵など存在するでしょうか？　そのとき、国民の感情などきれいさっぱり消えてなくなります。そうなればあの世以外の国、神さま以外の皇帝のことなど考えられるものでしょうか。ところで、神父さんはわたしたちの話を何もいわずに聞いていらっしゃる。わたしは自分の発言が神父さんのお考えにかなうものであるよう願っているのですが。さあ、神父さん、ご意見を聞かせてくださ い。そしてわたしたちを和解させてください。何しろここには議論の材料がたっぷり含まれていますからね。そしてデロシュの一件は、ドクターとわたしが知っているつもりの部分だけでも、深遠なる議論をかきたててくれたとはいえ、やはりまだ不可解な点が残りますから」

「そうですとも」医師がいった。「聞くところによれば、デロシュは最後に負った傷のことをひどく気に病んでいたらしい。その傷でひどく顔が変わってしまったのです。ひょっとしたら、新妻が顔をしかめたり、あざけりの色を浮かべたりするところを見てしまったのかもしれない。哲学者というのは感じやすいものですからね。いずれにせよ彼は死んだのです。それも自分の意志で」

「いいでしょう、あなたがあくまでそうおっしゃるならば、自分の意志だったということにしましょう。だが、戦闘中の死を自殺と呼ばないでいただきたいものですね。そう考えること自体がおそらく間違っているうえに、言葉遣いの間違いを付け加えることになりますよ。白兵戦で死ぬのはそこで自分を殺す何ものかと出会うからであって、死にたいから死ぬわけではないでしょう」

「なるほど。あくまでそれが運命だったとおっしゃりたいのですな」

「では私もいわせてもらいましょう」それまでじっと考え込んでいた神父が口をはさんだ。「あなたがたの逆説や仮説に私が異を唱えるのは、意外に思われるかもしれませんが……」

「いや、どうぞ話してください。もちろんあなたのほうが、詳しいことをご存知でしょう。あなたはずいぶん前からビッチュ(3)に住んでおられる。デロシュはあなたを知っていたそうですし、おそらくあなたに告解したこともあったのでは……」

「もしそうならば、私は黙っていなければなりますまい。だが残念ながら、私が告解を受けたことはありませんでした。とはいえ彼がキリスト教徒として死んだことは確かです。彼がなぜ、どのような状況で死んだのかをこれからお話ししましょう。そうすればあなたがたにも、高潔な人物でありかつ立派な兵士だった男が、人類のためにも彼自身にとっても時宜を得て、神の思し召しに従い死んだのだとわかっていただけるでしょう。

デロシュは十四歳で連隊に入ったのですが、それは兵士の多くが前線で命を落とし、われらが共和国軍が少年たちのあいだからも新兵を募っていたころのことでした。[4] 体が弱く娘っ子のようにかぼそくて青白かった彼が、肩にかけた銃の重さに耐えかねる様子なのを見て仲間たちも気の毒に思いました。仲間たちが隊長に許しを得て、彼の銃の端を六インチほど短くしてやったという話は聞いたことがおありでしょう。そんなふうに少年の力に合わせて調節された銃は、フランドルの戦いで素晴らしい働きを示したのです。のちにデロシュは、久しい前からわれわれが、つまりあなたがたが戦争をなさっている、このアグノー[5]の地に派遣されることとなったのでした。

これからお話しする時期、デロシュは男盛りの年齢で、連隊番号や軍旗以上に連隊を象徴する存在になっていました。二度の編成替えを経てなお生き残った兵士は、ほとんど彼一人だったのです。そしてとうとう中尉に任命されたのですが、その直後、今から二十七か月前にベルクハイム[6]で銃剣突撃を指揮した際、プロイセン兵にサーベルで顔をばっさりと斬られてしまったのです。恐ろしい傷でした。野戦病院の外科医たちは、デロシュが三十回も戦闘に出てかすり傷一つ負わずにいることをしょっちゅう冷やかしていたものでしたが、彼が運び込まれてきたときのありさまには眉をひそめました。治ったとしても、この気の毒な男は痴愚になるか狂人になるかのどちらかだろうというのでした。

中尉は養生のためにメス（フランス北東部の都市）に送られました。担架で何里（リュー）も運ばれていくあいだ、彼は意識がありませんでした。立派なベッドに寝かされ、手厚い看護を受けた彼は、五、六か月たってようやくベッドの上に起き上がることができました。片目を開けて物が見分けられるようになるまでには、さらに百日かかったのです。やがて彼は滋養になる食べ物や日光浴を勧められ、体を動かしたり散歩したりするようにいわれて、ある朝、仲間二人に支えてもらい、よろよろと覚束ない足取りで陸軍病院のすぐ近くのサン゠ヴァンサン河岸のほうに向かったのです。そして真昼の太陽のもと、公園の菩提樹の蔭の見晴し台に座らされたのでした。気の毒に、負傷兵はまるで初めて太陽の光を見るような気分でした。

そんなふうに慣らしていくうち、やがて一人で歩けるようになった彼は、毎朝見晴し台の同じベンチに座っていました。頭は黒いタフタ（光沢のある薄い絹織物）の包帯ですっかり覆われていて、そのあいだから人間らしい顔がちらりとうかがえるといったありさまで、彼が通りかかると、すれ違った散歩者のうち男たちは必ず深々とお辞儀をし、女たちは心から同情した様子を示すのですが、彼にとってはほとんど慰めになりませんでした。

しかしひとたびいつもの場所に腰を下ろすと、彼は自分の不幸を忘れ、これほどの重傷を負ったのちなお生きていることの幸運のみを思い、自分がいまどんなところで暮らしているのかを眺めては喜びを覚えるのでした。目の前にはルイ十六世の時代に壊された古い要塞(7)が傷んだ城壁をつらねています。頭上には花盛りの菩提樹が濃い影を落とし、足もと、見晴し台の下に広がる谷間ではモーゼル川(8)の水が岸からあふれ出てサン＝サンフォリアン島の牧草地をいきいきと潤しています。草むらは川の支流にはさまれて緑色に広がっています。それからあの小島、火薬庫のある緑のソルシー島(9)には、茂みや藁(わら)ぶきの家がちらばっています。モーゼル川が滝をなして白い飛沫(ひまつ)を上げ、曲がりくねった流れが日に輝き、そして一番端には視界を限るようにしてヴォージュ山脈の青みがかった山々がそびえ、陽光を浴びてけぶっています。こうした景色を見飽きぬ想いで眺めながら、デロシュはこれこそは自分の国、占領した土地ではなくまさにフランスならではの田舎だ、それに対し彼が戦争をしてきたあたりの新しい豊かな地方(ライン対岸地帯)の美しさは、きのう手に入れたのに明日は自分のものでなくなってしまう女たちにも似た、はかなく不確かなものでしかないと思うのでした。

六月初旬になると暑さが増してきました。デロシュのお気に入りのベンチはちょうど日蔭になっているので、二人の女性が負傷兵のそばに座りにやってきました。彼は物静かにお辞儀をして地平線を眺め続けましたが、女性たちは彼のありさまにすっかり関心をかきたてられて質問をしたり、同情を寄せたりせずにはいられませんでした。

二人のうちかなり年配の女性は、エミリーというもう一人の女性の叔母で、絹やビロードに金の刺繡をするのが仕事でした。デロシュも彼女たちの例にならって質問をし、叔母から、エミリーが彼女のお伴をしてアグノーからやってきたこと、教会のために刺繡をしていること、もうずいぶん前からほかに身寄りがないことを聞き出しました。

翌日もベンチには同じ顔ぶれがそろいました。一週間もすると、お気に入りのベンチの三人の所有者のあいだには同盟が結ばれていました。体はまだひどく衰弱したままで、若い娘がまるでまったく無害な老人に対するように何かと世話を焼いてくれることに屈辱を覚えながらも、デロシュは心が軽くなって冗談まで出るほどで、この予期しなかった幸運を悲しむよりはむしろ喜ぼうという気持ちになったのでした。

ところが彼は病院に戻ってきて、自分の醜悪な傷のことを思い出したのです。ふた目と見られない顔になったことを心のうちでしばしば嘆いていたものの、やがて慣れもあり、体調が回復したこともあって、かなり前からそれほど悲しまなくなっていたのでした。

しかしながらデロシュが、傷を覆っている包帯がもう無用なものになっているのに、それを持ち上げてみることもできなければ、自分の顔を鏡で見ることもできなかったのも確かでした。この日以来、そのことを考えるだけで彼はこれまでになくおびえてしまうのでした。それでも彼は、顔を保護するタフタの包帯の端をめくってみて、その下の傷痕はまだ少しピンク色ではあるがそれほど醜くなってはいないことを見て取りました。そうやって観察を続けるうち、顔のあちらこちらがうまく縫い合わされており、瞳は前のとおり澄み切っていて何の問題もないとわかったのです。なるほど、眉がところどころ削げ落ちてはいましたが、そんなのはほんのささいなことでした！

額から耳にかけて、斜めに頬を走っている線は……　そうです！　それこそはベルクハイムの戦線でサーベルの一撃を受けた跡でした。これほど立派なものはないということは、俗謡に歌われているとおりでしょう。

こうしてデロシュは、長いあいだ自分の顔を見ずに過ごしたのちに、自分が人前に出て恥ずかしくないような風采をしていることに驚きました。傷を負った側の髪は白髪がまじり始めていましたが、左側の黒々とした豊かな髪でそれをうまく覆い隠すことができました。線のように伸びた傷跡の上に、できるだけ長く髭をのばしました。そして新しい軍服を着込むと、翌日は得意満面といってもいいほどの様子で見晴し台に出かけていったのです。

実際、しゃんと胸を張ったその姿はじつに見栄えがよく、剣が腿にあたるさまも優雅で、しかも羽根の前立てのついた軍帽をいかにも軍人らしく深々とかぶっていたので、病院から庭園に来るまでのあいだ、だれも彼だとはわからなかったくらいでした。菩提樹のベンチに先に着くと、何食わぬ様子で腰を下ろしましたが、内心では、鏡で見て大丈夫だとわかっていたとはいえ、普段に比べてどきどきし、顔もずっと青ざめていました。

やがて二人のご婦人がやってきました。しかしいつもの場所に立派な士官が座っているのを見てすぐさま立ち去ろうとしました。デロシュはすっかり嬉しくなりました。「おや、どうしました！」彼は叫びました。「私がおわかりにならないのですか？……」

以上の前置きから、同情が恋に変わるといった、当節のオペラにあるような物語になるとはお思いになりませんよう。中尉はもっと真剣な考えを抱いていました。自分がいまだ騎士として通ることに満足しながら、彼は急いで二人のご婦人を安心させようとしました。二人は彼が見違えるように立派になったせいで、これまで三人のあいだに芽生えていた親密な関係をなかったことにしなければいけないと思ったようでした。しかしご婦人たちの慎重さは彼の真率な訴えを前に消え去りました。そもそも、この縁組はあらゆる点からみて申し分のないものだったのです。デロシュにはエピナルの近くにささやかな家産がありました。エミリーは両親の遺産としてアグノーに小さな家をもっており、それを町のカフェ経営者に貸して年に五、六百フランの収入がありました。ただしその半額は、シェンベールの公証人事務所で主任書記をしている兄ヴィルヘルムのものになっていたのですが。

話がすっかりまとまると、アグノーまで行って結婚式を挙げることになりました。というのも若い女性が実際に住んでいるのはその町であり、しばらく前からメスに滞在していたのはもっぱら、叔母に付き添うためだったのです。ただし式が終わったらまたメスに戻ってくることにしました。エミリーは兄との再会を大変楽しみにしていました。デロシュはその若者が、今どきの若者みなと同じように兵役についていないことをしきりにいぶかしみました。すると健康上の問題で除隊になったとの答えで、デロシュは大いに同情したのでした。

こうして婚約した二人と叔母さんはアグノーに向かい、ビッチュを経由する公共馬車の席を取ったのですが、当時はまだ、革と柳で作られたただのぼろ馬車でした。ご存知のとおり途中の道は快適です。デロシュはこれまでその道を、軍服姿で片手にサーベルをもち、三、四千人の仲間と一緒にとおったことしかありませんでしたから、人里離れた風景、奇妙な形の岩や、地平線に広がるぎざぎざの山並み、それを覆う濃い緑がところどころで途切れ、長い谷間になっている様子を夢中で眺めました。サン＝タヴォルドの豊かな高原や、サルグミーヌの陶器工房。そしてランベールの低木が密生した森では、とねりこ、ポプラ、糸杉が灰色から暗緑色まで移り変わる青葉の三重の層をくりひろげています。これらすべてがどれほど雄大で魅力ある眺めをなしているかはご存知のとおりです。

ビッチュに着くとすぐ、三人はドラゴン（竜騎兵の意あり）亭という小さな旅籠に宿を取り、デロシュは要塞にいる私を呼びにやらせました。私は駆けつけました。彼の新しい家族と会い、若い淑女にお祝いを述べました。花嫁はまれに見る美人で、物腰もやさしく、将来の夫に首ったけの様子でした。三人そろって私と一緒に、いまわれわれの座っているこの場所で昼食を取ったのです。デロシュが戻ってきたと聞きつけた仲間の士官たちが何人も、宿まで迎えにやってきました。彼らは司令部が借り切っている堡塁の飯屋で夕食を食べていけといってききません。ご婦人二人は早々に引き上げ、中尉は独身最後の晩を仲間たちとすごすことになりました。

食事は愉快でした。だれもが、デロシュのもたらした幸福と陽気さのおすそ分けにあずかりました。みんなはエジプトやイタリアの遠征のことを興奮した口調で彼に語り、大勢の立派な兵隊が国境の要塞に閉じ込められている不運をしきりに嘆きました。

「そのとおりだ」何人かの士官たちが呟きました。「ここでは息がつまる。単調でうんざりする。こんな風に戦闘もなく、気晴らしもなく、前進の見込みもなしに暮らすよりは船にでも乗り込んだほうがましだ。ドイツ方面軍に合流する途中でここをとおったボナパルトは、この要塞は難攻不落だといっていた。つまりわれわれはここで退屈のあまり死ぬしかない定めなんだ」

「おいおい、きみたち」デロシュは答えました。「私のいた頃だって面白いことなどなかったぞ。つまりな、私だって諸君同様、ここで暮らしたんだし、諸君のように嘆いたものなんだ。私は政府の支給してくれた靴の底を世界中の街道をめぐってすりへらすことで、一兵卒から士官にまで成り上がったわけだが、あのころ知っていたことといったら三つきりだ。軍事演習、風向き、そして田舎教師に教わった程度の文法さ。だから少尉に任命されてル・シェール(フランス中部の県)の第二大隊と一緒にビッチュに送られたとき、私はこう思ったんだ。ここでの滞在は、真面目に筋道立てて勉強するための絶好の機会になるとね。そう思って、本や地図や図面をまとめて入手した。理論を勉強したし、ドイツ語の方は勉強するまでもなく身についた。何しろここはフランス領内で、まごうかたなきフランスの土地だというのに、ドイツ語しか話されていないのだからな。だから、もうさして学ぶことのない諸君にとってはたいそう長く思えるだろう時間も、私にとっては短すぎて足りないほどだった。そして夜になると私は、大きな螺旋階段の下の石造りの小部屋にもぐりこんだ。銃眼のすき間をきっちりとふさいでランプを灯し、勉強したものさ。そんなある夜のことだった……」

ここでデロシュは少し間を置き、片手で目をこすり、酒杯を干すと、いいかけたことはそのままにして話を続けたのです。

「皆も知っているとおり、平原からここまで登ってくる小道がある。それを通行不能にするために大きな岩を爆破したので、今ではそのあとにぽっかり穴が開いている。さて、あの小道はこれまでずっと、要塞を攻めようとする敵にとっては必ずや命取りの場所となってきた。お気の毒に、小道に入ってくるやいなやただちに、二十四ミリ砲四門の砲火を浴びるはめになった。あの大砲、今も相変わらず鎮座ましましているだろうが、砲弾が坂の上から下まで地面すれすれに飛んでいったものさ……」「きみはそこで抜群の働きを見せたんだろう」一人の大佐が口をはさみました。「それで中尉の位を得たのだったね?」「そのとおりです、大佐殿。私が初めて敵を殺したのもあそこでした。それが、面と向かって、この手で倒したただ一人の相手なのです。だからこの要塞を見ると、いつも胸が痛むのです」

「なんだって?」一斉に声が上がりました。「きみは二十年ものあいだ戦争をしてきて、大規模な会戦に十五回加わり、戦闘の経験はおそらく五十回を超えるだろう。それなのにたった一人しか敵を殺したことがないというのか？」

「そうはいっていないぞ、諸君。これまで私が銃に詰めた一万もの薬莢のうち、ひょっとしたら半分ほどは、兵隊ならば必ず狙うはずの的に弾丸を命中させてくれたかもしれない。だが私のいいたいのは、ビッチュで初めて、私の手は敵の血に赤く染まったということ、サーベルの切っ先で冷酷な一突きを試みたところ、その切っ先が一人の人間の胸を裂き、刃はぶるぶるとふるえながら胸に刺さっていったということなんだ」

「たしかに」士官の一人が口をはさみました。「兵隊はいくら敵を殺してもそれをほとんど実感しないものだ。本当のところ、銃撃は殺人の実行ではなく、殺そうという意図にすぎない。銃剣(10)は、どんなに凄惨な突撃においてもほとんど出番はないものだ。戦いというのはどちらが戦線を持ちこたえるか、あるいは後退するかであって、両者が実際に剣を突きあうことはまずない。銃身と銃身をぶつけあうことはあっても、相手の抵抗がやめば銃口を上に向ける。それがたとえば騎兵だと、実際に斬りあいにもなるが……」

「というわけで」デロシュがふたたび話し始めました。「決闘で殺した相手の最期の眼差しや、あえぎ声、どさりと倒れた音を忘れられないのと同じように、私の心には——笑いたければ笑ってくれ——、要塞の小火薬庫の中で殺したプロイセンの軍曹の青ざめた沈鬱な面影が、ほとんど悔いのようにつきまとっているのだ」

みんなは静まり返りました。デロシュは話を続けました。

「夜のことだった。さっき説明したとおり私は勉強の最中だった。夜中の二時、歩哨以外は全員眠っているはずだった。巡回の音も静まりかえって、どんな音でも響きわたる。ところが、小部屋の下の地下壕から何かが動く音が聞こえてくるような気がした。やがて何者かが扉に突き当たって扉がきしむ音がした。私はすぐに飛び出し、廊下の端で耳を澄ました。小声で歩哨を呼んだが返事がない。そこですぐに砲兵たちを起こすと、軍服を着込み、抜き身のサーベルをつかんで音のしたほうに駆けつけた。三十人ほどが地下壕の中ほどにある円形交差点（ロータリー）に集結すると、角灯の明かりに照らされて、プロイセン兵たちの姿が浮かび上がった。裏切り者の手引きで、閉めてあった隠し扉から侵入してきたのだ。プロイセン兵たちは入り乱れ、ひしめきあっていた。われわれに気づくと銃を撃ってきた。平らな天井の下、薄暗がりの中で恐ろしい轟音が響いた。

そこで双方は対峙した。攻め込む側は続々到着し、防御する側も大急ぎで地下壕に下りてきた。お互い身動きする余地もなくなろうとしていたが、両陣営のあいだには六ピエか八ピエ(約二メートル)ほどのスペースがあった。その空白地帯にはだれも入ろうとしなかった。不意を突かれたフランス側は呆然自失の状態だったし、あてのはずれたプロイセン側も警戒していたのだ。

とはいえためらっていたのは一瞬にすぎない。その場は松明や角灯で照らされていた。何人かの砲兵が明かりを壁に吊るしたのだ。いかにも昔ながらの戦いが始まった。私は最前列にいて、背の高い、山型袖章や勲章をたくさんつけたプロイセンの軍曹と向かいあった。相手は銃をもっていたが、それを振りまわすこともできないくらいの混みあい方だった。ああ、いまだに細かな点までありありと覚えている！　相手にはたして私に抵抗しようという気があったのかどうか。私は飛びかかり、相手の気高い心臓にサーベルを突き刺した。男は両目を恐ろしく見開き、苦しげに両手を痙攣させたかと思うと、他の兵隊たちの腕の中に倒れた。

それからあとのことは思い出せない。気がついてみると私は血まみれになって中庭に倒れていた。隠し扉から押し返されたプロイセン兵たちは、砲撃を浴びて野営地まで撤退させられてしまっていた」

彼がそこまで話すと、長い沈黙が訪れました。そして皆は話題を変えました。物を考える人間にとって、このときの兵隊たちの顔は気の毒ながら興味をそそる光景でしたよ。彼らはすっかり顔を曇らせてしまったのです。一見ごく平凡に思えるこの不運な物語を聞いてね……。たとえそれがドイツ人であろうとも、一人の人間の命にどれほど値打ちがあるものか。ドクター、人を殺すことを本業とする彼らの怯えた目を見てそれがはっきりとわかりましたよ」

「たしかに」医師はいささか困惑したような表情で答えた。「人間の血はどういうふうに流されるのであれ、強烈に訴えかけるものでしょう。だがデロシュには少しも落ち度はありませんよ。自分の身を守ったのですから」

「本当にそうですかな」アルチュールが呟いた。

「ドクター、あなたは良心と折り合いをつけるとおっしゃったが、この軍曹の死はいささか人殺しじみてはいないでしょうか。そのプロイセン兵がデロシュを殺しただろうというのは確かなことでしょうか？」

「しかしこれは戦争なのだから、仕方がないじゃありませんか」

「そうでしょうとも、戦争ですからね。三百歩離れた闇の中で、だれなのかわからない、姿も見えない相手を殺すんです。あるいは向かいあった相手の喉を猛然と掻き切るんだ、別段、憎んでいるわけでもない人々の視線を浴びながらね。そして戦争だから仕方がないと考えて自分を慰め、誇りにさえ思う！　そんなことが、キリスト教国の国民同士で、名誉あることとして行われているのです！……」

「そういうわけで、デロシュの冒険談はそこにいた者たちの心にさまざまな印象を与えました。それから一同は寝床に向かったのです。中尉は自分の悲痛な物語を真っ先に忘れてしまいました。なぜなら彼に与えられた小部屋からは、終夜灯で室内の照らされたドラゴン亭の一つの窓が、木々の茂みのあいだに見えたのです。そこには彼の未来がそっくり眠っていました。夜中に巡回や誰何(すいか)の声で起こされたとき、たとえ危急の際でも昔のように勇気凜々として全身を燃え立たせることはもうできまい、どうしても心残りや恐れが混じってしまうだろうと彼は考えました。翌日、起床ラッパの時刻よりも前に、警備隊長が彼のために扉を開けてくれました。すると扉の向こうでは二人の婦人が外堀に沿って散歩しながら彼を待っていました。私はヌーノフェン(11)

まで彼らについていきました。なぜならアグノーの町役場に法的な結婚を届け出てから、メスに戻って教会で式を挙げることになっていたからです。

エミリーの兄ヴィレルムはデロシュにとても心のこもった歓待をしました。義理の兄弟同士は時々しげしげとお互いを見つめました。ヴィレルムは背の高さは普通ながら均整の取れた体つきをしていました。金髪は勉強か、それとも悩み事のせいか、すでに薄くなってきていました。青い眼鏡をかけていましたが、それは本人によれば目がひどく弱く、わずかな光も苦痛だからということでした。デロシュが書類の束を渡すと、若い法律家は興味ありげな様子で目をとおし、それから今度は彼のほうが一家のあらゆる証書類を差し出し、デロシュに確認を求めました。何しろデロシュは相手を信頼しており、恋に夢中で利害には無頓着でしたから、書類の検討に時間はかかりませんでした。事の次第にヴィレルムは気をよくしたようでした。そこで彼はまずデロシュの腕を取ると、最高級のパイプを貸し与え、アグノーじゅうの友人たちのところに案内しました。

どこにいっても、パイプをふかしてはたっぷりビールを飲みます。十人も紹介されたところでデロシュは許しを乞い、以後は毎晩、許嫁(いいなずけ)のそばで過ごしていいということになりました。

数日後、見晴し台のベンチの恋人二人は、アグノー町長の手で晴れて夫婦となりました。敬うべき町長は大革命前にも町長（ビュルクマイスター）だったはずの人物で、エミリーは幼いころ何度も抱かれたことがあり、ひょっとしたらエミリーの出生届を受理したのも彼だったかもしれません。それゆえ、町長は結婚の前日エミリーにそっとささやいたのです。「あんたはどうして立派なドイツ男と結婚しないのだね？」と。

エミリーはそんな区別をほとんど気にしていないようでした。ヴィレルムのほうもデロシュ中尉の口ひげに親しみを覚え始めていました。確かに、最初のうちは二人の男のあいだに打ちとけないところもあったのですが、デロシュはずいぶん下手に出ましたし、ヴィレルムも妹の顔を立て、さらに気のいい叔母は両者が会うごとに仲に入って、波風の立たないようにしましたから、完全な合意が成り立ったのです。結婚契約の署名がすむと、ヴィレルムは義弟を喜んで抱擁しました。その日のうちに、というのも契約すべては朝の九時ごろに整ったので、四人はそろってメスに向かいました。馬車がビッチュのドラゴン亭本館に着いたのは夕方の六時でした。

小川や木の茂みにさえぎられたこの土地を旅するのは骨が折れます。一里ごとに坂が十もあり、郵便馬車は乗客を乱暴に揺さぶります。宿屋に着いたときに若妻の気分が悪くなっていた最大の理由はおそらくそれだったのでしょう。叔母とデロシュは彼女に付き添いましたが、ヴィレルムはひどく腹をすかしていたので、八時になると士官たちに夕食を出す食堂に下りていきました。

今回はデロシュの帰還を知る者はだれもいませんでした。駐留部隊は日中はユスポレダン[12]の低木林まで遠出していました。デロシュは妻の看病の邪魔をされたくないと思って、自分の名前を出さないよう宿のおかみさんに言い渡しておきました。彼ら三人は部屋の小さな窓に身を寄せあうようにして、部隊が要塞に戻ってくるのを眺めました。やがて夜が近づくにつれ、堡塁前面の斜面沿いに兵隊たちがくつろいだ様子で集まってきて、軍用のパンと、酒保で出された山羊のチーズをうまそうに食べ始めました。

いっぽうヴィレルムは退屈と空腹を忘れるため、パイプに火をつけ、戸口近くに立って、煙草のけむりと料理の湯気という、暇でかつ空腹な男にとっての二重の喜びに包まれてゆったりとした気分を味わっていました。士官たちは庇つきの帽子を耳元まで深くかぶり、青い眼鏡を調理場のほうに向けたその民間人らしい旅行者を見ると、今夜のテーブルには別の客もいると知り、見知らぬ男と知り合いになりたいと思いました。なぜなら、その男は遠くから来た才気のある人物で、最新ニュースを聞かせてくれるかもしれず、それならばもうけものだし、あるいは近隣から来た男で、愚鈍に押し黙っているだけかもしれず、その場合はかいかにして笑いの種にできるわけです。教練担当の下士官が、馬鹿丁寧な態度でヴィレルムに近づきました。

「今晩は。何かパリのニュースをご存知でしょうか？」

「いや、知りませんね。あなたはいかがです？」ヴィレルムは穏やかにいいました。

「何しろ、われわれはビッチュから外に出ませんので。知りようもないじゃありませんか」

「私のほうは、事務室から外に出ないのでして」

「工兵隊(13)の方とお見受けしましたが？……」

ヴィレルムの眼鏡をあてこすったこの冷やかしで一同は大いに湧きました。

「私は公証人事務所で書記をしております」

「本当ですか？　その若さで、驚きですな」

「よろしければ」ヴィレルムはいいました。「私の旅券をお見せしましょうか」

「いや、けっこうですよ」

「なるほど。私をからかうおつもりでないのなら、何でもお望みどおり質問にお答えしましょう」

一同は真面目さを取り戻しました。

「私は何ら悪意なく、あなたは工兵隊に所属していらっしゃるのではないかとお尋ねしたのです。眼鏡をかけていらっしゃるものですから。眼鏡をかけることが許されているのは工兵隊の士官だけだということをご存知ないのですか?」

「それで私が兵隊か士官か、あなたのおっしゃるような者であることの証拠になるのでしょうか……」

「きょうび、だれもが兵隊ですよ。まだ二十五歳になっていないなら、軍隊に入っているはずです。それとも金持ちで、一万五千から二万フランの年金があり、両親が兵役免除金(14)を払ったのか……。しかしそんな金持ちなら、旅籠のほかの客と一緒のテーブルで食事したりはしないでしょう」

「おそらくあなたには」ヴィレルムはパイプを揺すりながらいいました。「私を尋問する権利がおありなのでしょう。それならはっきりとお答えします。私には年金などありません。なぜならいま申し上げたとおり、一介の公証人事務所書記にすぎませんから。目に問題があり除隊になったのです。手っ取り早くいえば近視なのです」

この言葉は一同の遠慮ない爆笑で迎えられました。

「ああ、お若いの、お若いの！」ヴァリエ大尉が彼の肩を叩きながらいいました。「まったくごもっともだ。『臆病者で長生きするに如くはなし』ということわざどおりにやっているわけだから！」

ヴィレルムは目まで真っ赤になりました。「大尉殿、私は臆病者ではありません！いつでもあなたにそれを証明してみせましょう。書類も規定どおりに整っていますから、あなたが徴兵担当の士官だというのなら、お見せしたっていいのです」

「もういい、やめておけ」何人かの士官が大声でいいました。「ヴァリエ、民間人にかまうな。その人にはだれに邪魔されるいわれもないのだし、ここで夕食する権利がある」

「そうだな」大尉がいいました。「それではテーブルにつこうじゃないか。恨みっこなしだよ、お若いの。安心なされい。私は検査医ではないし、この食堂は徴兵検査場ではない。悪気などないことを証明するために、若鶏だといって出されたこのカチカチの老いぼれ鶏の手羽を取り分けてあげよう」

「ありがとうございます」といいながらヴィレルムは、もう食欲をなくしていました。「私はテーブルの端にある鱒だけで十分です」そして彼は給仕女に鱒の皿をもってくるよう指図しました。

「ありゃ本当に鱒なのかね」大尉はヴィレルムにいいました。ヴィレルムはテーブルにつくときに眼鏡をはずしていました。「たしかに、あんたは私よりも目がいいようだ。なあ、銃のねらいだってほかの者にひけを取らず立派につけられるにちがいない……。だがあんたには後ろ盾があって、そのおかげをこうむっているんだろう。結構なこった。平和が好きなんだな。人の好みはさまざまだ。私があんたなら、戦況報告を読むたびに、自分と同じ年の若者たちがドイツに殺されに行っているのだと思って、血管の血がたぎる思いを味わわずにはおれないだろうな。あんたはフランス人じゃないのかね?」

「そのとおりです」ヴィレルムは思い切って明言し、心に満足を覚えました。「私はアグノー生まれです。フランス人ではありません。ドイツ人です」

「ドイツ人だと！　アグノーはライン川国境のこちら側ではないか。ありゃフランス帝国、バ゠ラン県の立派な美しい田舎町だよ。地図を見たまえ」

「何度もいいますが、私はアグノー生まれで、あそこは十年前まではドイツの町だったのが、いまではフランスの町になっているのです[15]。でも私がドイツ人であることに変わりはありません。もしあなたの国がいつかドイツ人のものになっても、あなたが死ぬまでフランス人であり続けるように」

「あんたのいうことは聞き捨てならないぞ、お若いの。よく考えてものをいえよ」

「あるいは私が間違っているのかもしれない」ヴィレルムは激した調子でいいました。「この気持ちはどうしても変えられない以上、胸にしまっておくべき類のものなんでしょう。だが、あなたがことを荒立てたからこそ、こちらは何としても弁明しなければ卑怯者扱いされるはめになったのです。そうです、私の体に欠陥があるのは確かとはいえ、勇敢な男ならそれくらいで諦めはしなかったかもしれません。それを言い訳として用いることを良心に恥じなかったのは、そういう理由があったからこそでした。そうです、正直にいいましょう。私はあなたがたが今日戦っている国民に対して少しも憎しみを抱いていません。もし不幸にも彼らに対し進軍しなければならなかったとしたら、私だってドイツの平原を荒らしまわり、町を焼き、自分の同国人の、あるいはかつての同国人といったほうがいいでしょうか、その喉を掻き切り、敵とされている人々のただなかに切り込んでいかなければならなかったでしょう。そう、ひょっとしたら親族か、それとも私の父の旧友たちを相手取って……。さあ、どうです。これでよくおわかりでしょう。私にとってはアグノーの公証人事務所で目録を書いていたほうがいいのだということが……。それに、私の家ではもう血が十分に流されました。父は自分の血を最後の一滴まで出し切ってしまいましたし、それに私も……」

「あんたの父親は軍人だったのか?」ヴァリエ大尉が尋ねました。

「父はプロイセン軍の軍曹でした。今日ではあなたがたが占領しているこの土地を長いあいだ守っていたのです。そのあげく、ビッチュ要塞の最後の攻撃の際に戦死しました」

全員はヴィレルムのこの最後の言葉に興味を引かれました。そのせいで先ほどまでの、彼の国籍の特殊な事例をめぐる逆説をあげつらおうという気持ちも消えてしまいました。

「つまり、それは九三年のことか?」(16)

「九三年十一月十七日でした。父は自分の中隊に戻るため、その前日、ピルマゼンス[17]を出たのです。大胆な策を用いることで戦わずして要塞を奪取できるだろう、と母に話していたようです。その二十四時間後、息も絶え絶えの姿で運ばれてきました。父は戸口で、母のそばについていることを私に誓わせると息を引き取りましたが、母も二週間後には亡くなりました。

この夜の攻撃で、父が若い兵隊のサーベルの一撃を胸に喰らったことをあとで知りました。その兵隊はホーエンローエ公[18]の軍隊きっての精鋭を一人倒したわけです」

「その話なら聞いたことがあるぞ」と准尉がいいました……。

「そうだ！」ヴァリエ大尉がいいました。「それはまさに、デロシュに殺されたプロイセンの軍曹の事件じゃないか」

「デロシュ！」ヴィレルムが叫びました。「それはデロシュ中尉のことですか？」

「いや、違う、違う！」何か恐ろしい秘密が暴露されることになりそうだと気づいた一人の士官が、あわてて打ち消しました。「いまいったデロシュというのは、この駐屯軍の歩兵だった男だが、四年前に死んだのだ。最初の手柄が幸運をもたらしはしなかったらしい」

「ああ、もう死んだ人ですか」ヴィレルムはそういって額を押さえたのですが、彼の額からは大粒の汗がしたたり落ちていました。

数分後、士官たちは別れの挨拶をし、彼を一人残していきました。士官たちがみな去っていくのを部屋の窓から見届けてデロシュが食堂に下りていくと、ヴィレルムは長いテーブルに両肘をつき、頭を抱えていました。

「さて、さて、もう寝る時間ですかね……。でも私は夜食を取りたいな。妻はようやく眠りましたが、私はひどく腹がへりました……。さあ、ワインでも一杯やれば、眠気がさめます。つきあってくださいよ」

「いいえ、頭痛がするものですから」ヴィレルムはいいました。「もう部屋に上がります。ところで、ここにいた人たちが要塞での逸話をたっぷりと聞かせてくれました。明日、私に要塞を案内してくれませんか？」

「ええ、いいですとも」

「それならば明日、私があなたを起こしましょう」

デロシュは夜食を取りました。それから義兄が先に上っていった部屋に用意されていたもう一つのベッドに入りました（なぜならデロシュはまだ民法上の夫でしかなかったので、妻とは別に寝ていたのです）。ヴィレルムは夜どおしまんじりともできないまま、声を殺して泣いたり、デロシュが寝ながら夢を見て微笑んでいるのを憤怒の目でにらみつけたりしていました。

人が予感と呼ぶものは、目がほとんど見えない巨大な鯨の先を泳いで、あそこに尖った岩が突き出ているとか、ここは砂の海底だとか教えてやる魚によく似ています。私たちはあまりに機械的に人生を歩んでいるので、とりわけ無頓着な人たちの場合、自分の幸福の表面に少しばかり泥がついたりしなければ、神を思い出すこともできないまま、壁にぶつかったり打ちのめされたりしてしまうでしょう。鴉(からす)が飛んでいたからといって、あるいは何の理由もないのに暗い気持ちになる者もいれば、いやな夢を見たせいで目を覚ましてから、ベッドの上で不安をぬぐえない者もいます。こうしたすべては予感なのです。あなたは危険な目にあいますよ、と夢が告げます。用心なさい、と鴉が鳴きます。悲しみに浸りなさい、と疲れた頭脳がささやきます。

デロシュは夜明けごろ、奇妙な夢を見ました。彼は地下壕の奥にいるのですが、かかとまで裾の垂れた衣をまとった白い幽霊がうしろからついてきます。ふり返ると、幽霊はあとずさるのです。やがて遠ざかっていって白い点しか見えなくなり、今度はその点が大きくなって輝きを放ち、洞窟を満たしたかと思うと消えてしまいました。

かすかな物音が聞こえました。それはヴィレルムが部屋に戻ってきた音で、彼は帽子をかぶり、丈長の青いコートをまとっていました。

デロシュははっとして目を覚ましました。

「おや!」彼は叫びました。「今朝、もう外に出ていたんですか」

「起きていただかなければ」ヴィレルムが答えました。

「だが、要塞の門を開けてくれるかな?」

「みなさん、演習に出かけたようです。歩哨しかいませんでした」

「もうそんな時間ですか。それなら、ご一緒しましょう……。妻におはようをいうあいだだけは待っていてください」

「元気ですよ。さっき会いました。どうぞおかまいなく」

デロシュはそういわれてびっくりしましたが、よほど早く出かけたいのだろうと考えました。そして今度もまた義兄の権威に譲歩したのです。じきにそれを揺るがすこともできるだろうと思いながら。

広場をとおって要塞に行く途中、デロシュは旅籠の窓に目をやりました。エミリーはまだ眠っているのだろうと彼は考えました。そのときカーテンが揺れたと思ったらまた閉まり、デロシュはだれかが姿を見られまいとして窓から離れたような気がしたのです。

要塞の小門はすぐに開けてもらえました。前日の夕食に加わっていなかった老兵の大尉が前哨を指揮していました。デロシュは角灯を取ると、押し黙ったままの連れを部屋から部屋へと案内し始めました。

しばらくのあいだいろいろと見てまわりましたが、ヴィレルムは少しも関心を引かれない様子でした。「それでは、地下壕を見せてください」と彼は義弟にいいました。

「いいですとも。でもいっておきますが、散歩して楽しい場所じゃありませんよ。何しろひどくじめじめしていますから。左翼には火薬庫があるが、あそこには上層部の許可がなければ入れない。右手には貯水槽につながる水道管と未加工の硝石があり、中央は対敵抗道と地下壕につながっています……。地下壕というのがいったいどんなものか、おわかりですか」

「かまいませんよ。私が行ってみたいのは数々の恐ろしい出来事が起こった場所なのです……。あなた自身、危険な目にあったことがあるという話を聞きましたが」

「どうあっても地下をあきらめない気だな」とデロシュは思いました。「さあお兄さん、ついてきてください。この地下壕は鉄の隠し扉に通じています」

かびの生えた壁に角灯が佗しげな光を投げかけ、光はサーベルの刃や錆びついた銃砲に反射してふるえていました。

「あそこにある武器は何です?」ヴィレルムが尋ねました。

「この要塞を最後に攻撃してきたときに死んだプロイセン兵たちの遺品ですよ。彼らの武器を仲間たちが戦利品として集めたのです」

「ということは、ここで何人ものプロイセン兵が死んだのですか?」

「このロータリーでは大勢が死にました……」

「あなたはここで軍曹を一人倒しませんでしたか。年配で背の高い、赤い口ひげを生やした人物ですが」

「そうだったかもしれません。その話をお聞かせしませんでしたっけ?」

「ええ、あなたからはうかがっていません。でも昨日、食卓でその手柄話を聞かされたのです……。これまで、謙遜して隠していたんですね」

「お兄さん、いったいどうしたんです。真っ青になって」

ヴィレルムはきつい調子で答えました。

「兄ではなく、敵と呼んでもらおう！……　いいか、私はプロイセン人なんだ！私はあんたが虐殺したあの軍曹の息子だ」

「虐殺だと！」

「殺したでもいい。同じことだ！　ほら、あんたのサーベルはここを突いたのだ」ヴィルルムはコートを脱ぎ捨て、下に着込んでいた緑色の軍服の破れ目を指さしました。それはうやうやしく保管されてきた父親の軍服だったのです。

「あの軍曹の息子だって！　ああ、何ということを。私をからかっているのか」

「からかう？　こんな恐ろしいことを冗談のたねにできるとでも？……　ここで私の父が殺された。父の高潔な血がこの敷石を赤く染めたのだ。ひょっとしたらこれが父のサーベルかもしれない！　さあ、あんたもサーベルを取るんだ。私に復讐戦の機会を与えてもらおう！……　いいか、これは決闘なんかじゃない。ドイツ人がフランス人に対して挑む戦いなんだ。構えろ！」

「どうかしているぞ、ヴィルルム。そんな錆びたサーベルなど置くんだ。私を殺したいというが、この私に何の罪がある？」

「あんたにも私を倒すチャンスはある。少なくとも倍も分がいいだろう。さあ、身を守るがいい」

「ヴィルルム！　私を殺せ、防御などしない。気が変になってきた。頭がくらくらする……。ヴィルルム！　私は兵隊としての義務を果たしただけだ。どうか、考えてみてほしい……。それに私はきみの妹の夫だぞ。彼女は私を愛している！　ああ！　戦うなんて不可能だ」

「妹だと！……　それこそは、われわれが同じ空の下で生きていくことができなくなった理由だ！　妹！　いまや妹は何もかも知っている。自分をみなし子にした相手に、二度と会うことはないだろう。昨日、あんたは妹に最後の別れを告げたのだ」

デロシュは恐ろしい叫びを上げてヴィルルムに飛びかかり、サーベルを奪おうとしました。そうやって二人は延々と揉みあいました。ヴィルルムは相手に揺さぶられながらも、怒りと絶望に駆られて抵抗したのです。

「こら、そのサーベルをよこせ」デロシュは叫びました。「こっちによこせ！　お前なんかにやられてたまるか、哀れな狂人め！……　情けを知らない妄想家め！……」

「そのとおり」ヴィルルムも息を詰まらせながら叫びました。「息子までもこの地下壕で殺すがいい！……　息子はドイツ人……ドイツ人だぞ！」

そのときだれかの足音が鳴りひびき、デロシュは手を放しました。打ちのめされたヴィレルムは立ち上がれませんでした……」

「足音のぬしは私だったのです」と神父は付け加えた。「エミリーが司祭館に来て、私に何もかも打ち明け、気の毒に、宗教の助けを求めたのです。私は心の奥底から湧き上がってくる憐れみをぐっとこらえました。そして、父親を殺した相手をなおも愛することはできるでしょうか、とエミリーに尋ねられても、返事をしませんでした。彼女は理解し、私の手を握ると泣く泣く立ち去りました。私はある予感を覚え、彼女のあとを追いました。あなたのお兄さんとご主人は要塞を見物に行かれましたよ、と彼女が宿でいわれているのを聞いて、私は恐るべき真実に気づいたのです。さいわい間にあって、怒りと苦悩で錯乱した二人の男たちのあいだに、新たな悲劇が起こるのを防ぐことができました。

ヴィレルムはサーベルを奪われても、なおデロシュの懇願を聞き入れようとしませんでした。ぐったりとしながら、その目はいまだ怒りに満ちていました。

「この強情者めが！」私はいいました。「おまえは死者の目を覚まさせ、恐ろしい不幸を引き起こそうとしているのだぞ！　おまえはキリスト教徒ではないのか、神の正義を踏みにじろうというのか？　この場所でただ一人の犯罪人、ただ一人の殺人者になりたいのか？　罪は必ずやあがなわれる。それを疑ってはならぬ。だがわれわれにはそれを予知したり、強いたりすることはできないのだ」

デロシュは私の手を握りしめていいました。「エミリーは何もかも知っています。もう二度と会うわけにはいきません。彼女を自由の身にしてやるために自分がどうすべきかはわかっています」

「何をいうのだ」私は叫びました。「自殺でもしようというのか？」

それを聞くと、ヴィレルムは立ち上がってデロシュの手を摑みました。

「それはいけない！」彼はいいました。「私が間違っていました。悪いのは私だけです。秘密と絶望は自分の胸にしまっておくべきだった！」

この運命の瞬間にわれわれがどのような苦悶にさいなまれたかは、お話しせずにおきましょう。私がわが宗教と哲学の理屈を尽くしたところで、このむごたらしい状況に満足のいく解決をもたらすことはできませんでした。いずれにせよ離婚は不可避でしたが、裁判所で理由をどう説明したものか！　つらい議論を耐えなければならないというだけでなく、宿命的な事情を明らかにしたならば、政治的な危険を招きかねません。

とりわけ私は、デロシュの不吉な計画をやめさせ、自殺を罪とみなす宗教的感情を彼の心にかきたてようとしました。あの気の毒な男が十八世紀の唯物論者たちの影響を受けていたことはあなたがたもご存知でしょう。しかしながら負傷して以来、彼の考えはずいぶん変わっていました。昨今多く見られるような、半ば懐疑的なキリスト教徒になっていたのです。つまり、結局のところ多少の宗教は害にならないと考え、神さまがいた場合にそなえて司祭の指導も我慢しようといった人たちのことですよ！そんな漠とした信仰心ゆえに、彼は私の慰めを受け入れたのです。何日か経ちました。ヴィレルムと妹はまだ宿に滞在していました。なぜならエミリーはショックが響いてすっかり体調を崩してしまったのです。デロシュは司祭館で暮らし、私が貸してやった信仰書を日がな読みふけっていました。ある日、彼は一人で要塞に出かけ、何時間かして戻ってくると自分の名の記された一枚の紙を私に見せました。それはパルトゥノー[19]の師団に合流するため出発しようとしていた連隊に、中隊長として参加することを命じる任命書でした。

一か月後、われわれは彼が名誉ある、とはいえ奇妙な戦死をとげたという知らせを受け取りました。彼を白兵戦に飛び込ませた一種の熱狂状態については、いろいろな説があるでしょうが、最初の突撃で多くの犠牲を出していた全軍の士気を、彼の示したお手本が大いに鼓舞したことは確かでしょう……」

物語を聞き終えて一同は黙り込んだ。このような人生、このような死によってかきたてられた異様な感慨を、各自は口に出さずにいた。神父は立ち上がってからいった。

「いかがでしょう、皆さん。今晩はいつもと違う方角に散歩したいと思われるなら、夕陽が菩提樹を黄色く染めているあの並木道を歩いてみましょう。木蔦の丘までご案内しますよ。あそこからなら、デロシュ夫人の隠遁した女子修道院(20)の十字架が見えるでしょう」

幻想詩篇

廃嫡者（エル・デスディチャド）(1)

私は闇に沈む者、――寡夫、(2)――慰めなき者、
塔の崩れた城に住まうアキタニア(3)の君主。
わが唯一の「星（エトワール）」は死んだ。――星を鏤（ちりば）めたわがリュートは
「憂鬱」の「黒い太陽」を抱く。

墓の闇夜（やみよ）の中で私を慰めたお前よ、
返しておくれ、ポジリポ(4)の丘とイタリアの海を、
悲嘆に暮れたわが心をあれほど喜ばせた花を、
そして若枝（わかえ）が薔薇にからまる葡萄棚を。

私は愛の神(アモール)か、それとも太陽神(ポイボス)か(5)?……　リュジニャン(6)か、それともビロン(7)か?

わが額は女王のくちづけでいまなお赤い。

人魚の泳ぐ洞窟で私は夢を見た……

そして私は勝利者として二度、冥府の川(アケロン)(8)を渡った。
オルフェウスの竪琴にのせてかわるがわる
聖女のため息と妖精の叫びを奏でながら。

ミルト(1)

私はお前を想う、ミルトよ、神々しい魅惑の女よ、
また想う、そびえ立つポジリポ、千の光で輝く丘を、
東方（オリエント）の光明に浸されたお前の額を、
お前の髪の金（きん）とまじりあう黒々とした葡萄を。

私が陶酔を飲んだのもやはり、お前の杯から、
そしてまた、お前のほほえむ目のつかの間の煌きからも、
それはイアッコス(2)の足元で祈るわが姿を人々が見たときのこと、
なぜなら詩の女神（ミューズ）は私をギリシアの息子の一人としたのだから。

私は知っている、かの地ではなぜ火山がふたたび火を噴いたのか[3]……
それはお前のすばしこい足がきのう火山に触れたから、
すると地平線はにわかに灰で覆われた。

ノルマン公[4]がお前の粘土の神々を壊してからというもの、
とこしえに、ウェルギリウスの月桂樹[5]の枝かげでは、
蒼ざめた紫陽花（オルタンシア）が緑の銀盃花（ミルト）と結ばれる！

ホルス(1)

クネフ神(2)はふるえ、宇宙を揺るがした。
母なるイシスは臥所(ふしど)で体をおこし、
残忍な夫に憎しみのこもった身ぶりをした、
するとかつての熱情がその緑の眼に燃え上がった。

「ご覧なさい」女神はいった。「死にかけていますよ、この邪悪な年寄りは、
世界のあらゆる氷霧(ひょうむ)はこの人の口から吐き出された、
あのねじれた足を縛り、やぶにらみの眼の光を消してしまいなさい、
あれは火山の神にして冬の王!

鷲はすでに飛び去った、新しい精神が私を呼んでいる、
その子のために私は大地母神（キュベレ）の衣をまとった……
それはヘルメス[3]とオシリスの愛し子！」

女神は黄金の巻貝に乗って逃がれ去った、
海はわれらの崇める女神の面影を映し出していた、
そして大空は虹（イリス）の女神の肩掛けのもと、光り輝くのだった。

アンテロス(1)

お前は尋ねる、なぜ私の心はかくも激しく憤るのか、
そして柔弱(にゅうじゃく)な首に不屈の頭をのせているのはなぜかと。
それは私がアンタイオス(2)の一族の出だから、
勝ち誇る神に向かって私は矢を跳ね返す。

そうだ、私もまた「復讐者(3)」に鼓舞される者の一人、
彼はその怒れる唇でわが額に刻印を押した、
ああ！　アベルの血にまみれた蒼白なおもての下に、
時として私はカインの根深い憎しみの赤をあらわす(4)！

エホヴァよ！　汝の天才に打ち負かされた末裔は、
冥府の底から叫ぶのだった。「何たる圧政！」
それはわが祖父ベリュス[5]か、あるいはわが父ダゴン[6]か……

彼らは私を三たび、冥府の川（コキュトス）[7]の水に浸した、
そして私はただ一人、母アマレクタ[8]を護りつつ、
その足元に老いたドラゴンの歯を蒔き直すのだ[9]。

デルフィカ(1)

きみは知るか、ダフネよ(2)、この古いロマンスを、
いちじくや、白い月桂樹のもと、
オリーヴやミルト、ふるえる柳のもとで、
この愛の歌が……いつだってまた始まることを！

きみは覚えているか、巨大な列柱をもつあの神殿を、
きみの歯形のついたあの苦いレモン(3)を？
うっかり入り込んだ者には命取りになるあの洞窟を、
そこには敗れたドラゴンのいにしえの種が眠る(4)。

戻ってくるだろう、きみがいまも悼む神々は！
古代の日々の秩序を時が呼び戻してくれるだろう。
大地は予言者の息吹に震動した……

それなのにラテン風のかんばせの巫女(シビュラ)たち(5)は
コンスタンティヌス門(6)の下でいまだに眠っている。
――そして厳めしい柱廊をなにも乱しはしなかった。

アルテミス(1)

「十三番目の女」が帰ってくる……　それはまた最初の女。
それはつねにただ一人の女、——あるいは唯一の瞬間(とき)。
なぜならお前は女王なのか、ああ、お前！　最初の、それとも最後の女？
そしてお前は王なのか、唯一の、それとも最後の恋人？……

ゆりかごから棺(ひつぎ)の中まで愛してくれた者を愛するがいい。
私だけが愛した女はいまなお私を優しく愛してくれる。
それは死——あるいは死んだ女……　ああ、無上の喜び！　激しい苦悶！
彼女の抱える薔薇、それは海の彼方の薔薇。(2)

両手に焔(ほのお)の満ちたナポリの聖女、
紫の心もつ薔薇、聖女ギュデュル(3)の花、
お前は天の砂漠に自分の十字架を見出したのか？

白薔薇よ、墜ちよ！　お前たちはわれらの神々を冒瀆する、
墜ちよ、白い幽霊(4)ども、燃え上がるお前たちの天から。
——深淵の聖女のほうが私の目にはより神聖なのだ！

オリーヴ山のキリスト

神は死せり！　天は空（くう）なり……
泣けよ！　子ら、汝らにもはや父はない！
ジャン＝パウル（1）

I

「主」は、天に向けてその瘠せた両腕を挙げ、
聖なる木々のもと、あたかも詩人たちのごとく、
声も上げず延々と苦悶に浸ったのち、
自分は恩知らずな友らに裏切られたのだと思い至った。

そのとき、「主」は下で待つ者たちのほうを振り返った
王、賢者、はたまた予言者になる夢を見ている者たちのほうを……
だが彼らは正体をなくし、獣じみた眠りをむさぼるばかり、
「主」は叫び出した。「否、神は存在しない！」

彼らは眠り込んでいた。「友よ、きみたちは「報せ（しら）」を知っているのか？
私はわれとわが額で永遠の天穹（てんきゅう）に触れた。
血にまみれ、打ちひしがれて、私は幾日も幾日も苦しんでいる！

兄弟たちよ、私は君たちを騙してきた。深淵！　深淵！　深淵！
祭壇に神はおらず、私はそこで供犠（くぎ）に付される……
神はいない！　神はもはやいないのだ！」だが彼らは相変わらず眠っていた！

II

「主」はまた語った。「すべては死んだ！　私はあらゆる世界を経巡った。そして飛翔の果てに天の川までさまよい出た、生命が、その肥沃な脈流のどこまでも、金の砂と銀の波を運ぶ彼方にまで。

いずこでも、見捨てられた土地が波濤（はとう）に洗われ、荒れた大洋の渦巻く乱流にさらされていた……漠とした息吹がさまよえる天球を動かすものの、無辺の空間にはいかなる霊もいない。

そして神の眼をさがすうち、私が見たのはただ巨大で暗い、底なしの眼窩（がんか）のみ。そこに巣食う夜が世界へと放射され、たえず闇を濃くしていく。
その暗鬱な井戸のまわりには奇怪な虹がかかっている、
それはいにしえのカオスの閾、虚無はその影であり、
螺旋が、あらゆる「世界」と「日々」を呑み込んでいく！」

Ⅲ

「不動の「運命」、沈黙の歩哨、
冷酷な「必然」よ！……　「偶然」よ、お前は
永遠の雪をかぶった死せる世界のさなかを進みながら、
世界を冷却させ、宇宙は次第に蒼ざめていく、
自分が何をしているのか、わかっているのか、始原の力よ、
あれらの恒星は互いに衝突しあい、光が消えてしまった……

お前は不滅の息を確かに伝達しているのか、
死にゆく世界と、ふたたび生まれ出る世界のあいだに？……
おお、わが父よ！　私が身のうちに感じるのはあなたですか？
生きる力、死に打ち勝つ力があなたにはあるのですか？
あなたはあえなくも敗れてしまったのではありませんか
呪われた夜の天使[2]の最後の抵抗に屈して……
私は自分がたった一人で泣き、苦しんでいると感じるのです、
ああ！　私が死ぬなら、それは万物が死ぬということです！」

Ⅳ

だれ一人聞く者もないまま、永遠の犠牲者は嘆き声をあげ、
世界にむなしく胸のうちを洩らした。

だが気を失いかけ、力なく体をかしげて、
彼はただ一人――ソリマ(3)でなお目を覚ましている者を呼んだ。

「ユダよ！」彼は叫んだ。「お前は私の値段を知っているな、
急いで私を売りにいけ、すぐさま取引きを終わらせろ。
私は苦しんでいるのだ、友よ！　この地上に横たわって……
さあ、来い！　ああ、お前には少なくとも罪を犯す力だけはある！」

だがユダは立ち去った。不満を抱え、表情を曇らせ、
これでは割に合わないと感じ、激しい悔恨にさいなまれ
壁という壁に自らの悪行が記されているのを目にする思いだった……

とうとうピラトがただ一人、カエサルのために警戒怠らず、
幾らかの憐れみを覚えながら、たまさか振り返った。
「その狂人を連れてまいれ！」彼は従僕たちに命じた。

V

それはまさしく彼のことだった、その狂人、崇高なる錯乱者とは……
天に昇って忘れられたイカロス(4)、
神々の雷(いかずち)により打ち倒されたパエトン(5)、
殺されたのちキュベレが蘇生させた、うるわしのアティス(6)!

卜占者(ぼくせん)は犠牲者のはらわたを探り、
大地はその聖なる血に酔いしれていた……
宇宙は茫然自失して軸から外れ、
オリンポス山は一瞬、深淵に揺らぎかけた。

「答えよ!」 カエサルはユピテル・アモン(7)に向かって声を荒げた、
「地上に押しつけられようとしているこの新しい神はいったい何者か?

神でないとしても、悪魔ではあるのか……」

だがいくら乞われても神託は永遠に黙し続けた。
その神秘を世界に向かって説明できる者はただ一人。
――それは泥土の子らに魂を与えた者。[8]

黄金詩篇(1)

何と！　万物は感覚を有す！
ピタゴラス(2)

人間よ、自由思想家よ！　考えるのはお前だけだと思っているのか
この世では万物に生命があふれているというのに？
自らのもつ力をお前は勝手気ままに用いる、
だがお前が何を言おうとも宇宙は耳を貸さない。

獣のうちなる活発な精神を敬え。
どの花も「自然界」に開いた一輪の魂である。
金属のうちには愛の神秘が眠っている。

「万物は感覚を有す！」　そして万物がお前の精神に力を及ぼす。
盲いた壁の中から、お前を窺うまなざしを恐れよ。
物質にすら言葉が結びあわされている……
それを不敬な目的に用いることなかれ！

目立たぬもののうちにしばしば隠れた「神」が宿る。
そして生まれいずる眼がまぶたに覆われているように、
純粋な精神は石の殻の下で育つのだ！

訳注

アレクサンドル・デュマへ

（1）ジュール・ジャナン（一八〇四―七四）、作家・評論家。批評の王者と謳われ影響力をふるった。ネルヴァルはドイツ、ベルギー、オランダの紀行文集『ローレライ』（一八五二）をこの批評家に捧げ、「ジュール・ジャナンへ」という序文を付した。

（2）一八四一年三月一日、ジャナンが「デバ（討論）」紙に発表した記事をさす。ネルヴァルは同年二月、精神錯乱の発作を起こし三月まで入院。ジャナンの記事によってその事実を周知のものとされ「私はジェラール・ド・ネルヴァルの生きた墓になってしまった」（一八四一年八月二十四日ジャナン宛書簡）と嘆いた。

（3）デュマは一八五三年十二月十日、自ら編集長を務める「銃士」紙に掲載した「わが読者との閑談」中でネルヴァルの精神の変調を伝えた。

（4）イタリアの作家ルドヴィーコ・アリオストの叙事詩『狂えるオルランド』（一五三二）

の登場人物。シャルルマーニュの聖騎士オルランドが神罰により失った理性を、月まで取り戻しにいき、理性を小瓶に収めて持ち帰る。オルランドは中身を吸いこんで理性を取り戻す。

(5) 頭と翼は鷲、胴体は馬。アストルフォが月まで乗っていった動物。

(6) このあと、デュマの文章は以下のように続くが、ネルヴァルはカットしている。「そのときわれらが気の毒なジェラールは、医者にとっては病人となり治療を必要とすることになるが、われわれにとってはたんに、かつてないくらい雄弁に語り、大いに夢を見、才気煥発になるというだけのことなのだ。」

(7) デュマの文章では「あるときはゲラ゠ゲライのスルタン、アビシニアの伯爵、エジプトの公爵、スミルナの男爵となり、私のことを自分の封主と思い込んで、ニコライ皇帝に宣戦布告する許可を求めてきたりする」。ネルヴァルは後半部分をカットしている。「ゲラ゠ゲライ」はクリミアを支配した一族の名だが、ネルヴァルはあとに続く「悲劇物語」の記述に合わせ、「クリミアのスルタン」に書き換えている。クリミアにスルタンは存在せず、架空の身元。エジプトの公爵、スミルナの男爵についても同様。なおネルヴァルはジョルジュ・サンドに宛てた一八五三年十一月頃の手紙で、自作の詩を引用しながら「エジプトの男爵」と署名していた。

(8) シャトーブリアンの小説『ルネ』(一八〇二)、およびデュマ自身の散文劇『アントニー』（一八三二）の主人公。いずれもゲーテの小説『若きウェルテルの悩み』（一七七四）の主人公と同じく、報われぬ愛を抱いて苦しむ青年たち。

（9）シャルル・ノディエ（一七八〇―一八四四）。ネルヴァルが敬愛した先輩であり、フランス幻想文学の始祖とされる小説家。ノディエとギロチンに関してはジャナンが、ノディエの最後の作品でありネルヴァルも愛読した『フランキスクス・コルムナ』（一八四四）のために書いた序文で、類似の逸話を披露している。

（10）ヴィクトル・ユゴーは『クロムウェル』（一八二七）の「序文」で、批評家ラ・アルプ（一七三九―一八〇三）の言葉として「想像するとは、結局思い出すことにほかならぬ」（『ヴィクトル・ユゴー文学館　第十巻　クロムウェル・序文、エルナニ』西節夫・杉山正樹訳、潮出版社）の一文を引用している。ネルヴァルが想起しているのはそのくだりか。ただしユゴーの意図は、想像力の限界をいましめたラ・アルプに反駁することにあった。ネルヴァルにおいては、想像と記憶は渾然となって一つの創造行為をなすものと考えられている。

（11）フランスの思想家（一七九七―一八七一）。ユートピア的社会主義を提唱するとともに、『人類について』（一八四〇）で輪廻転生説を展開した。ルルーは同書でピタゴラスを、プラトンとともに輪廻転生および魂の不滅を説いた元祖として位置づけている。

（12）クロード＝アンリ・ド・フュゼ・ド・ヴォワズノン（一七〇八―七五）、作家。『スルタン・ミザプーフとグリズミーヌ姫』(一七四六)でさまざまな動物に転生した過去を持つスルタンの物語を書いた。

(13) フランソワ＝オギュスタン・パラディ・ド・モンクリフ(一六八七—一七七〇)、作家。『競いあう魂』(一七三八)で輪廻転生を扱った。

(14) クロード＝プロスペル・ジョリヨ・ド・クレビヨン(一七〇七—七七)、フランスの作家。高名な劇作家の父と区別するためクレビヨン・フィス(息子)と呼ばれる。シャアバアムは彼が『千一夜物語』を模して書いた『ソファ』(一七四二)に登場するスルタン。

(15) 古代ローマの思想家キケロの『国家について』(前五四—前五一)全六巻のエピローグにあたる、小スキピオの物語をさす。小スキピオは夢の中で大スキピオ(アフリカヌス)に導かれ、宇宙を旅しながら魂の不滅についての認識を得る。

(16) イタリアの詩人トルクァート・タッソの叙事詩『エルサレム解放』(一五八一)の「第十四のエピソード」で語られる「驚異の光景」の物語をさす。

(17) フランスの作家ポール・スカロンによる旅回りの芝居一座の人間模様を描いた長編小説(第一部一六五一、第二部一六五七)。一座の立役者がデスタン、その相手役の女優エトワールは彼と相思相愛の仲である。以下はネルヴァルの未完の旧作「悲劇物語」からの抜粋。

(18) ブーヴィヨン夫人以下、いずれも『喜劇物語』の登場人物。ブーヴィヨン夫人は巨体の五十女。デスタンに色仕掛けで迫る。ラゴタンはへまばかりしでかす弁護士。ランキュ一ヌは人間嫌いの老男優。

(19) フランソワ・ヴァテル(一六三一―七一)。コンデ公に仕えた料理人。シャンチイ城にルイ十四世を迎えての晩餐会の際、食材の到着が遅れて自殺した。

(20) ギリシア神話のアキレウス。ラシーヌの悲劇『イフィジェニー』(一六七四)に登場。

(21) エウリピデスの悲劇『アウリスのイピゲネイア』(前四〇八―前四〇六)を源泉とする『イフィジェニー』で、女神アルテミスの怒りをかったアガメムノン王は、神託により娘イフィジェニーを犠牲に供するよう命じられる。

(22) ギリシア神話のヘレネがパリスに誘拐されトロイアに連れ去られたことを指す。

(23) それぞれラシーヌの悲劇『ミトリダート』(一六七三)、『ブリタニキュス』(一六六九)、『ベレニス』(一六七〇)の女主人公。ラシーヌの恋人だった女優マリ・シャンメレ(一六四二―九八)がそれらの役柄をすべて演じた。

(24) ルイ十四世の妻マントノン夫人が一六八六年に設立した、貴族の娘のための寄宿学校。ラシーヌは夫人の要望に応じ、サン＝シールの生徒たちのためにキリスト教悲劇『エステル』(一六八九)と『アタリー』(一六九一)を書いた。

(25) 本書「シルヴィ」にも同名の女優が登場する。その存在は続く『オーレリア』(一八五五)で一種神格化されるに至る。オーレリーという名前のおもな発想源としてホフマンの長編幻想小説『悪魔の霊液』(一八一五—一六)のヒロイン、アウレーリエが挙げられる。
(26) ラシーヌの同名悲劇の主人公。その婚約者ジュニーに、異母兄ネロン(後の皇帝ネロのフランス語読み)が横恋慕し、二人の仲を裂こうとする。
(27) ラシーヌの同名悲劇(一六七二)の主人公。異母兄のスルタンによって後宮に幽閉されたバジャゼにスルタンの妃が恋心を抱く。
(28) スエトニウス『ローマ皇帝伝』によれば「ネロはとりわけて、民衆の人気に身も心も奪われていた」(国原吉之助訳、岩波文庫)。音楽、体育、騎馬の「ネロ祭」を主宰して自らも競技に参加し、また詩作もよくした。
(29) ローマ大火(六四)の原因は明らかではないが、ネロはキリスト教徒たちを放火犯とみなして弾圧・処刑。自らの放火を隠蔽するためと噂され、暴君と呼ばれる原因の一つとなった。ローマに侮辱されたがゆえに放火したというのはネルヴァルの解釈。
(30) ネルヴァルの勘違いで、実際にはジュニーの誘拐を語るのはネロンの相談役ビュリュスではなくネロン自身。『ブリタニキュス』第二幕第二場。
(31) 薬学者アントワーヌ・カンケ(一七四五—一八〇三)が発明したオイルランプの一種。
(32) ギリシア神話の半人半獣族ケンタウロスの一人であるネッソスは、ヘラクレスの妻を犯そうとして毒矢で射殺された。のちにヘラクレスは、彼の心変わりを恐れた妻の策略によりネッソスの血に浸された肌着を身に着け、猛毒に侵される。その苦しみに耐えきれず自ら火葬の準備をして最期を遂げた。

(33)『喜劇物語』の一座の元座長の妻。

(34) パリの北東百キロ、古代ローマに遡る、フランスでもっとも古い都市の一つ。本書「アンジェリック」第十二の手紙および訳注174を参照。

(35) ピエール・コルネイユの喜劇（一六四四）。主人公である貴族の息子ドラントが、恋する女性の心をつかもうと大ぼらを吹きまくる。

(36) ギリシア神話に登場する、アテナによってクモに変えられた機織りの名人。

(37) ジャック・カロ（一五九二―一六三五）、版画家。グロテスクな戯画的人物像で知られる。

(38) ギリシア神話の女神。クレタ島の怪物ミノタウロスを退治しようとするテセウスを助け、迷宮に入るテセウスに糸玉を渡した。テセウスは入口扉に糸を結び、糸玉を繰って迷宮の最奥部まで入り、ミノタウロスを退治したのち無事帰還を果たした。

(39) ホメロス『オデュッセイア』第十一歌でヘラクレスが冥府を訪ね、亡き母やトロイア戦争の戦死者たちに会う場面を始めとして、ウェルギリウス『アエネイス』、アプレイウス『黄金のろば』の「クピドとプシケの物語」、さらにはダンテ『神曲』など、死後の世界に降りていく物語の系譜をさす。ネルヴァルは遺作『オーレリア』において自作を「冥府下りの物語」になぞらえるが、ここはその予告と考えられる。

(40) ネルヴァルが一八二七年に刊行したゲーテ『ファウスト』翻訳の「ヴァルプルギスの夜」の場面に「超自然主義的」の語が見られる。そののちネルヴァルは、ハイネ『間奏曲』仏訳の序文(一八四八)や『幻視者たち』(一八五二)の「カリオストロ」の章で「超自然主義」の語を用いた。この「シュペルナチュラリスム」の語をアンドレ・ブルトンは「シュルレアリスム」の先駆とみなした(『シュルレアリスム宣言』一九二四)。ブルトンによればシュルレアリスムの語以上に「いっそう適切なものとして、あるいは、ジェラール・ド・ネルヴァルが『火の娘たち』の献辞のなかで用いているシュペルナテュラリスム、つまり超自然主義という言葉をとりこんだほうがよかったかもしれない」(巖谷國士訳、岩波文庫)。

(41) デュマは「わが読者との閑談」(訳注3参照)中にネルヴァルの詩「廃嫡者(エル・デスディチャド)」を不完全な形で引用した。

(42) スウェーデンの宗教家・神秘思想家エマニュエル・スウェーデンボリ(一六八八—一七七二)の著作『真のキリスト教』(一七七一)に含まれる超常体験の記録。ネルヴァルはこの本をおそらくは一八一九年に出た仏訳で読んだものと思われる。

アンジェリック

(1)「編集長」(ムッシュー・ル・ディレクトゥール)の頭文字。「アンジェリック」は一八五〇年十月二十四日から十二月二十二日まで「ナシオナル」紙に編集長宛の書簡という形式で連載された「塩密輸人たち」を原型とする。

(2) ドイツの革命家(一八〇七―四八)。一八四八年、ウィーンの十月蜂起に加わり処刑された。

(3) ジャック゠シャルル・ブリュネ(一七八〇―一八六七)、フランスの書誌学者。

(4) 一見して架空のものとわかる版元名、および住所は、これがプロテスタントの書物であることを示す。この書物自体は実在のもの。ビュコワ伯爵ジャン゠アルベール・ダルシャンボー(一六五〇頃―一七四〇)は軍人、トラピスト会修道士、著述家。専制政治を批判してバスチーユ監獄に入れられたが脱走しドイツのハノーファーに逃げ延びる。その経緯を『世にも稀なる出来事(……)』(初版一七一九)に綴った。

(5) 一八五〇年七月、定期刊行物出版法に対するリアンセ修正案により、連載小説を掲載する新聞には一部あたり一サンチーム(約十円)の印紙税が課されることになった。小説に反体制的なメッセージが盛り込まれることを恐れた大統領ルイ゠ナポレオンによる、言論抑圧策の先触れをなす。

(6) ジョゼフ゠マリ・ケラール(一七九七―一八六五)、フランスの書誌学者。

(7) アンヌ゠マルグリット・デュノワイエ(一六六三―一七二〇)、フランスの作家。「ビユコワ神父物語」を含む『やんごとなき二人の貴婦人による歴史的かつ雅びな書簡集』(一七二〇)の作者。

(8) およそ五万円。以下、この時代の一フランは約千円に換算して読むことができる。

(9) 「ルイ」はここでは国王の署名。「フェリポー」はポンシャルトラン伯爵ルイ・フェリポー(一六四三―一七二七)、検閲官任命の権限を握っていた大法官。

(10) ポンス・ピラト、すなわちローマ帝国ユダヤ属州総督ポンティウス・ピラトゥス(生没年不詳)を指す。キリストの磔刑後、ピラトゥスは手を洗って、自分の責任ではないと述べた。

(11) 一七八九年、国民議会の討論内容を報道するために創刊された日刊紙。十九世紀半ばにおいては中道有力紙だった。

(12) 一七九〇年に創刊された王党派日刊紙。

(13) 「ナシオナル」については訳注18参照。本作品が連載された新聞。「シャリヴァリ」は一八三二年に創刊された風刺画入り日刊紙。共和派、反体制を旨とするが第二帝政下も生き延びる。

(14) フランスの作家ポール・ラクロワ(一八〇六―一八八四)の綽名。

(15) フランスの南部セヴェンヌ地方のカルヴァン派新教徒。ナントの勅令廃止(一六八五)後の弾圧に対し十八世紀初頭に蜂起した。呼称は白いシャツ(カミゾ)を着ていたことから。

(16)　ルイ・マンドラン(一七二五―五五)、フランスの密輸入者。徴税請負人に歯向かい、民衆の間で人気を博したが死刑になった。死後、義賊として伝説化される。

(17)　十九世紀前半に実在した奇人、シャンフルーリ『奇人伝』(一八五二)に登場。

(18)　アドルフ・チエール(一七九七―一八七七)、歴史家・政治家。『フランス革命史』(一八二三―二七)が好評を博したのち、「ナシオナル」を創刊、反復古王政の論陣を張る。七月革命後、政界の中心人物として活躍。一八五一年、ルイ=ナポレオンのクーデタでスイスに亡命。

(19)　ジャン=バティスト・カプフィーグ(一八〇一―七二)、歴史家。『フランス革命期のヨーロッパ』(一八四三)など多くの史書、伝記を著した。

(20)　紀元前三〇〇年頃開設、エジプトのプトレマイオス一世により世界の文献を集めるべく創設された古代最大といわれる図書館。各地から多くの優秀な学者を集めた学堂ムセイオンの付属施設という位置づけで、学術の一大中心地となった。

(21)　第二代正統カリフ(在位六三四―四四)。六四一年、アレクサンドリア図書館の焼失は彼のしわざとする説がある。

(22)　アムル・イブン・アル=アース(五八三―六六四)、カリフ・ウマルに仕えた武将。六四二年にエジプトを征服。

(23)　本来はセラピス神に捧げられた神殿。図書館分館でもあった。

(24) アレクサンドリアの女性数学者、新プラトン主義の哲学者(三五〇～三七〇頃―四一五)。後世に絵画、演劇、小説等の題材となる。

(25) ユゴー『パドヴァの暴君アンジュロ』(一八三五)第一幕第一場の台詞「閣下、あなたが通りに姿を見せれば／窓は閉ざされ、通行人は逃げ、家の中では皆が震え出します」のパロディ。

(26) フランスのシャンソン作者・詩人ピエール＝ジャン・ド・ベランジェ(一七八〇―一八五七)のシャンソン「卑しい男」(一八一五)をさす。庶民派詩人として人気を博しているにもかかわらず名前に貴族を示す「ド」がついている点を非難されたのに答えて、自分は下層の出で貴族ではないと歌った。

(27) ジェローム・フェリポー・ド・ポンシャルトラン伯爵(一六七四―一七四七)。訳注9のルイ・フェリポーの息子、ルイ十四世晩年の宮内卿。

(28) マルク＝ルネ・ド・ヴォワイエ・ド・ポルミ・ダルジャンソン侯爵(一六五二―一七二一)、パリ警視総監。

(29) パリの中心部サン＝ジェルマン＝デ＝プレ教会のそばでは大きな市が開かれ、とりわけ十七世紀には非常な賑わいを見せた。

(30) 一七八〇年から一八四五年までパリ・マレ地区にあった監獄。

(31) 「大通り」の意味。パリ右岸、タンプル大通りなどの目抜き通り(グラン・ブールヴァール)には娯楽劇専門の劇場が立ち並び、活況を呈していた。
(32) 十七、八世紀の男性が着た膝丈の上着。
(33) ジャック＝ベニーニュ・ボシュエ(一六二七―一七〇四)、フランスのカトリック司教・神学者。その説教は古典主義的文体の模範とされた。
(34) ルイ・ド・ルーヴロワ、サン＝シモン公爵(一六七五―一七五五)。その長大な『回想録』は一八二九年から一八三〇年にかけて初めて刊行され、十八世紀文学の金字塔と目されるに至った。『回想録』ではジェローム・ド・ポンシャルトランが虚栄心に満ち陰険で残忍な性格の人物であったことが強調されている。
(35) ジャン・フロワサール(一三三七頃―一四〇五頃)、フランスの歴史家。その『年代記』は百年戦争前半の記録。
(36) アンゲラン・ド・モンストルレ(一四〇〇頃―五三)、フランスの歴史家。フロワサールの『年代記』の続編を執筆した。
(37) スコットランドの小説家(一七七一―一八三二)。『アイヴァンホー』(一八一九、仏訳一八二〇)に代表される、史実にもとづく歴史小説によって全ヨーロッパ的に人気を博し、フランスでも大流行した。小説に時代色豊かな描写を盛り込んだ点に特色がある。
(38) 枢機卿マザラン(一六〇二―六一)の蔵書庫を母体として一六四三年に開設されたフランス最古の公共図書館。

(39) 作家、英文学者フィラレート・シャール(一七九九―一八七三)を指す。一八三七年から晩年までマザリーヌ図書館管理員を務めた。

(40) 一八三七年初演。主役のシルヴィアを演じた女優はネルヴァルが恋した相手とされるジェニー・コロン。

(41) セーヌ左岸にある大修道院。起源は六世紀に遡る。ゴシック建築の教会も著名。フランス革命時に損害を被ったが一八二一年から三十年以上かけて修復された。

(42) 一八四六年創設のアテネ・フランス学院を指す。

(43) 十八世紀、ポルミ・ダルジャンソン侯爵(一七二二―八七、訳注28のダルジャンソンの孫)の蔵書をもとに開設された図書館。フランス革命後一般に公開され、司書だった作家ノディエを中心として若いロマン派文学者たちが集う場となった。

(44) 紐の一端を輪にして、紐を引くと締まるようにする結び方。

(45) アントワーヌ・ジャン・サン＝マルタン(一七九一―一八三二)、フランスの東洋学者。アルスナル図書館司書。本文にあるように「かなりの高齢」で亡くなったとはいいにくい。

(46) フランスことフランソワ＝ノエル・チボー(一八〇五―九〇)、古書店主。チボーの子は作家アナトール・フランス。

(47) ジャック＝シモン・メルラン(一七六五―一八三五)、古書店主。

(48) ジャック＝ジョゼフ・テシュネル(一八〇二―七三)、古書店主。一八三四年、現在も刊行されている「書物愛好家会報」をノディエとともに創刊。

(49) 約五百円(一スーは五サンチーム)。

(50) ビュコワ伯爵シャルル・ボナヴァンチュール・ド・ロングヴァル(一五七一―一六二一)。アルトワはフランス北端、旧体制下の州だが一六五九年まではネーデルラントの一部だった。ビュコワ伯爵はハプスブルク家のフェルディナント(後の神聖ローマ皇帝フェルディナント二世)に仕え、ボヘミアでプロテスタント反乱を鎮圧した。

(51) フランスの文学者、「アレクサンドル・デュマへ」訳注9を参照のこと。

(52) ジャン=バティスト=オギュスタン・スリエ(一七八〇―一八四五)、文筆家。アルスナル図書館司書。

(53) 一七九〇年、憲法制定国民議会の決議により創設された公文書・史料の保存のための施設。一八〇八年以来、マレ地区にあるスービーズ館が書庫として用いられ、一般に公開された。

(54) ビュコワ伯爵家は十二世紀にまで遡るフランス最古の名家の一つロングヴァル家に連なり、ビュコワ神父は後出アンジェリックと遠い縁戚関係にある。

(55) イル=ド=フランスは直訳すれば「フランスの島」。セーヌ川、オワーズ川、マルヌ川にはさまれたパリを中心とする地域のこと。ヴァロワ地方はそのすぐ北、オワーズ県とエーヌ県にまたがる地域で、十四世紀から十六世紀までヴァロワ朝が置かれた。東端はベルギーに接する。ピカルディは広義ではヴァロワおよびその北西、アミアンを中心とするソンム県を含む。ロングヴァル家はピカルディの出身。

(56) ヴァロワ朝のアンリ二世(一五一九―五九)はフィレンツェのメディチ家から王妃カトリーヌ・ド・メディシス(一五一九―八九)を娶り、その影響下、イタリア文化が浸透した。

(57) 『三銃士』続編の『二十年後』第三十一章や『モンテ゠クリスト伯』第九十八章に登場。クロシュ・ホテルはコンピエーニュ町役場隣にあった。クロシュは「鐘」の意味。

(58) コンピエーニュ図書館司書で著述家のルイ゠ニコラ・ド・ケロル(一七七五―一八五九)を指す。

(59) クレマン・マロ(一四九六―一五四四)、フランス・ルネサンスの代表的詩人。

(60) ルソー『わが悲惨なる人生の慰め』(一七八一)所収の歌詞。

(61) パリの北東約五十キロ、ヴァロワ地方の町。十八世紀に造られた広大な庭園があり、ルソー終焉の地としても知られる。

(62) 十一月二日、「万霊節」とも呼ばれる。死者の魂のために祈りを捧げる日。

(63) 正しくはダロクール侯爵(一五八三―一六三二)。

(64) ベネディクト会修道士であり、のちの教皇ケレスティヌス(仏語読みはセレスタン)五世となったイタリア人ピエトロ・デ・モローネを創始者とする修道会。十四世紀以降フランスでも影響力をもったが一七七八年に解散。

(65) ヴァロワ地方エーヌ県のヴェルヌイユ゠スー゠クーシー。アンジェリックの父ダロクール侯爵の城があった。

(66) イタリアの詩人フランチェスコ・ペトラルカ(一三〇四―七四)が、おそらく実際には交際することのなかった女性ラウラに多くの恋愛詩を捧げたことを踏まえた表現。ただしネルヴァルにおいてプラトニズムは単に清純な恋というだけでなく、プラトンの哲学を受け継ぐ新プラトン主義、およびイタリア・ルネサンスにおけるその復興までを含む、古代神学・哲学の継承運動の全体を意味する言葉でもある。

(67) ネルヴァルは自らがカイロやコンスタンチノープルを旅した経験にもとづく『東方紀行』(一八五一)の第四部第三章「講談師たち」でその様子を紹介している。

(68) パリの北東約五十キロ、エルムノンヴィルの森やシャンチイの森に囲まれたヴァロワ地方オワーズ県の町。歴史は古く、古代ケルトの一部族の本拠地であったとされ、ガロ゠ロマン(帝政ローマ支配下のガリア)時代の城壁を残す。十世紀、カペー朝の開祖ユーグ・カペーから十九世紀のシャルル十世まで代々のフランス王の居住地。ただし町自体は百年戦争およびユグノー戦争により打撃を被り、往時の勢いを取り戻せなかった。

(69) パリとブリュッセルを結ぶ街道を指す。サンリスはその途上にある町。

(70) アントワーヌ・ヴァトー(一六八四―一七二一)、フランス・ロココ様式を代表する「雅びな宴」の画家。「シテール島への巡礼」(一七一七)および「シテール島への船出」(一七一八)があるが、ネルヴァルが想起しているのはルーヴル美術館所蔵の前者か。図1及び本書表紙カバーの部分図参照。本書「シルヴィ」第四章にも言及がある。

(71) 政治家ジョルジュ＝ジャック・ダントン(一七五九—九四)の言葉。フランス革命時、恐怖政治に反対し窮地に立たされながら、亡命を拒んでそう述べたと伝えられる。

(72) いずれもパリの北、イル＝ド＝フランスの町。北部鉄道はパリとオワーズ県の町クレイユを結ぶ路線で一八四六年開通。直接北に向かわず西に迂回する路線となっていた。

(73) 元々の文字を消してその上に新たに文字を書いた羊皮紙。「化学的方法」とは、中世の写本の下にあったキケロの『国家について』等を蘇らせて名声を得たイタリアの枢機卿アンジェロ・マイ(一七八二—一八五四)の

図1

用いた手法を念頭に置いたもの。

(74)ネルヴァルは『東方紀行』の「序章　東方へ」第二十章でシロス島の子どもたちの様子を描きながら「われわれの土地の娘たちが輪になって踊るときの歌」を想起していた。

(75)キリストは死後、復活するまでのあいだに冥府(=古聖所)に降臨し、旧約時代の善人たちを救ったとされる。

(76)アンジェリックの父の城のあるヴェルヌイユの南東九十キロの町。

(77)フランス中央部、ブルボン王家父祖の地。

(78)一八三六年、作家アシル・アリエ(一八〇七—三六)はこの民謡をネルヴァルの旧友である画家セレスタン・ナントゥイユの版画で飾って印刷し、ブルボン家出身のルイ=フィリップ国王妃マリ=アメリに献じた。

(79)灰の水曜日(復活祭の四十六日前)から復活祭前日までの悔い改めの期間。その年の復活祭がいつかによって開始日は二月四日から三月十日まで変動する。

(80)十七世紀前半においては一エキュ=三リーヴルないし六リーヴルの二種類のレートが併存していた。リーヴルの通称がフラン。

(81)十六世紀末、ヴェネツィア共和国が対オスマン帝国の軍事拠点として築いた城砦都市。

(82)一ピストルは十リーヴル。

(83)錫釉(すずぐすり)陶器、名前はイタリアのファエンツァに由来。フランスでも十八世紀末まで盛んに作られた。

(84) 当時のヴェローナはヴェネツィア共和国の一都市。

(85) 正式な題名は『重臣たちのもとでのシャルル七世』。アレクサンドル・デュマの韻文劇、一八三一年コメディ・フランセーズで初演。百年戦争の時代を背景に、ある伯爵の雇人であるアラブ人青年の伯爵夫人への悲恋を描く。一八五〇年十一月、サンリスでも上演されている。

(86) サンリスはカルヴァン派新教徒(ユグノー)の台頭後、自身ユグノーであるナヴァール(ナバラ)王アンリ(一五五三―一六一〇)が影響力を増していく際の拠点となった。アンリ三世(一五五一―八九)の死後、ナヴァール王アンリが王位継承権を得たことで、カトリック勢力の反発が強まった。アンリはカトリックに改宗しアンリ四世として即位、ヴァロワ朝は終焉を迎えブルボン朝の時代となる。

(87) フランス王アンリ二世とイタリア・メディチ家出身の王妃カトリーヌ・ド・メディシスの娘(一五五三―一六一五)。一五七二年八月二十四日、ナヴァール王アンリ(のちのアンリ四世)とマルグリットの婚礼の際に参集したユグノーの貴族数十名がルーヴル宮で殺され、続く三日間、二千とも三千ともいわれるユグノーがカトリック教徒によって殺害された(聖バルテルミーの虐殺)。虐殺は地方にまで波及。通説ではカトリーヌ・ド・メディシスが事件の黒幕とされる。以後、ユグノーとカトリック同盟の戦いが激化した。

(88) ウルビーノ公ロレンツォ二世デ・メディチの娘、フランスの第二王子オルレアン公アンリ・ド・ヴァロワ(後のアンリ二世)の妃。カトリーヌの出産した十人の子どもは、フランス王に即位したフランソワ二世、シャルル九世、アンリ三世の三人を含め、八人までが母親より先に死んでいる。アンリ三世はユグノー派と手を結んだため、カトリック同盟の狂信的修道士に暗殺された。

(89) 聖バルテルミー(バルトロマイ)の祝日は八月二十四日。「聖バルテルミーの虐殺」の記憶も重なる。

(90) 現ベルギーにあたる地域に住んだケルト(ガリア)人の部族。ヴァロワ地方やイル＝ド＝フランスにも痕跡を残す。「弓矢の大会」は「シルヴィ」第一章でも触れられる。

(91) ゲルマン民族中、西ゲルマンに属する部族。五世紀末にクロヴィス(四六六頃―五一一)がフランク王国を建国、西欧キリスト教社会の礎を築いた。

(92) ガリアとフランクの対立拮抗がフランス史の動因をなしたとする説を、十九世紀の有力な歴史家オギュスタン・チエリ(一七九五―一八五六)が唱えた。

(93) ピレネー山中、スペインに隣接するベアルヌ地方の出身であるアンリ四世の異名。プロテスタントだったが即位後カトリックに改宗した。

(94) ビュコワ伯爵については訳注50参照。フランス北部アラスは当時、スペイン・ハプスブルク家の領地で、反プロテスタントの牙城だった。ビュコワ伯爵はアラスの統治官としてスペイン王に仕え、一五九七年にアンリ四世を撃退。三十年戦争でも名を馳せた。

(95) オランダ・ドイツの北海沿岸地方。

(96) ワンピース型の服で、スカート部分は床までの長さ。図2は『二十世紀ラルース辞典』による。

(97) 「第七の手紙」で引用された「ルイ王」の民謡を指す。

(98) 「第七の手紙」最後に登場した「将軍」のこと。アンジェリックの実際の手記に即せば中佐が正しい。

図2

(99) ジル・ド・エース(一五九七—一六五七)、フランドルの軍人。スペイン王に仕え、三十年戦争で武勲を立てた。

(100) ベルギー南部に当たるワロン地方の住民。

(101) 「エジプト人」はかつて流浪の民、ボヘミアン(ジプシー)の意味で用いられた。彼らがエジプトからの流れ者であるとする俗説による。

(102) トゥスネルダはゲルマン民族の英雄アルミニウス(前一六—二一、ヘルマンはドイツ語表記)の妻。アルミニウスは紀元九年にウァルス率いるローマ帝国軍を撃破、ゲルマニア征服を阻止した。

(103) 紀元前一〇一年、ガイウス・マリウス率いるローマ帝国軍は北イタリアに侵攻したキンブリ族を撃退した。

(104)　シャルル勇胆公(一四三三―七七)率いるブルゴーニュ公国軍に抵抗してボーヴェの町を守った英雄的女性(一四五四頃―没年不詳)。本名はジャンヌ・レネ、アシェット(小斧の意)は後世の綽名。

(105)　フランク族の出自をめぐっては諸説あり、アジア起源との確証はない。

(106)　フランク王国の法典。女性の土地相続を否定し、これがのちにフランス王国における女王の禁止の根拠とされた。

(107)　オーストリア大公レオポルト五世(神聖ローマ皇帝フェルディナント二世の弟)の妃クラウディア・デ・メディチ(一六〇四―四八)。

(108)　甲虫の一種、土斑猫(つちはんみょう)。乾かして作った生薬は刺激剤、催淫薬として用いられた。

(109)　ヴィオーはユグノーの家に生まれ、のちカトリックに改宗した詩人(一五九〇―一六二六)。ルイ十三世およびモンモランシー公アンリ二世の庇護を受けたが危険人物としてイエズス会の執拗な迫害を受ける。筆禍により二年間の牢獄生活ののち病没した。長詩「シルヴィの家」(一六二四)でシャンチイの自然を理想化して描き、その魅力を象徴する女性シルヴィを讃えた。シルヴィはモンモランシー公アンリ二世の妃、フィレンツェ出身のマリ＝フェリス・デジュルサンを指す。マリ＝フェリスはシャンチイ城の庭園内にあずまやを作り「シルヴィの家」と名づけた。

(110) シャンパーニュはフランス北東部。ソワソン地方と接する。なおアンジェリックの父の城があったのは正確にはソワソンの北二十キロのヴェルヌイユ＝スー＝クーシー(訳注65参照)。

(111) ネルヴァルの思い違いで、ここで初めて紋章に言及。図3参照。

図3

(112) 本作品の原型となった新聞連載「塩密輸人たち」での、フランスの役人が権力を笠に着た態度を取りがちであるという一節への言及。過度に反体制的ととられることを恐れての弁解。

(113) 一八四八年二月二十二日から二十四日にかけてパリで起こった革命。ルイ＝フィリップの王政が倒され、共和派臨時政府の成立が宣言された。

(114) 一三四〇年頃に書かれたと推測される著者不明の散文物語。ペルスフォレ王とその臣下たちによるグレート・ブリテン創成を描く。貴重な十六世紀の刊本がルイ＝フィリップの蔵書に含まれていた。

(115) 十九世紀フランスを代表する画家(一七八九—一八六三)。フランス軍の戦闘やオリエントの風物を描いた絵で地位を築いた。

(116) テオドール・ギュダン(一八〇二—一八八〇)、フランスの海洋画家。

(117) フランソワ・アラゴ(一七八六—一八五三)、フランスの物理学者、天文学者、政治家。二月革命後、臨時政府の陸海軍大臣を務めた。

(118) サンリスはカロリング朝(七五一―九八七)において王領だった。
(119) ルソーの遺骸はフランス革命中の一七九四年、国民公会の決議によりエルムノンヴィルのポプラ島の墓からパリのパンテオンに移された。
(120) フランク王国皇帝カール三世(八三九―八八)。東西フランク王国を統一するも死後両国は分裂。
(121) ルイ＝ガブリエル・ミショー(一七七三―一八五八)の編纂による『古今万有伝記』(一八一一―二八)。古今東西の人物に関する情報を網羅した全五十五巻の事典。以下、ビュコワ神父に関する記述は同書の内容に従ったもの。
(122) オーストリア・ハプスブルク家(神聖ローマ帝国)の最高の名誉勲章。ビュコワ伯爵シャルル・ボナヴァンチュールについては訳注50を参照。
(123) アルマン＝ジャン・ル・ブチリエ・ド・ランセ(一六二六―一七〇〇)、トラピスト大修道院再興に尽力した宗教家、トラピスト大修道院院長。シャトーブリアンによるその特異な伝記『ランセの生涯』は一八四四年刊。
(124) ルイ二世ド・ブルボン(一六二一―八六)。ブルボン家の支流コンデ家の四代目。「大コンデ公」と呼ばれる。フロンドの乱でルイ十四世に抗ったのち国を追われ、スペインの客将として名を轟かせる。許されて帰国、引退後はシャンチイに隠居。
(125) ガブリエル・デストレ(一五七一―九九)、アンリ四世の愛妾。

(126) アンリ四世を称える叙事詩『アンリアード』(一七二一)。王とガブリエルのロワール地方アネ城での逢瀬を含む。ネルヴァルはそこにアリオストが『狂えるオルランド』で描いた、勇者ルッジェーロが美しき魔女アルチーナの囚われの身となる挿話の影響を見ている。

(127) アンジェリックの曽祖父フィリップ・ド・ロングヴァルの妻がガブリエル・デストレの叔母にあたるなど、両家には家系図上のつながりが存在する。

(128) シャーリの大修道院の廃墟は図4参照。水野千津子撮影。

(129) アルミニウスはローマによるゲルマニア征服を阻止したゲルマン諸部族の指導者。ヘルメスはギリシア神話の交通・商業・牧畜の守護神にして死者の魂を冥界に導く者。「ヘルメス文書」の作者に擬され、ルネサンス期には学問芸術の祖とされた。ネルヴァルはエルムノンヴィルの地名にこうした英雄や神話上の存在を重ね合わせている。

(130) イタリアからフランスにやってきて活躍した画家フランチェスコ・プリマティッチオ

図4

（一五〇四―七〇）による、シャーリ大修道院サント＝マリ礼拝堂の「受胎告知」。ネルヴァルの時代にはかなり色が薄れていたが十九世紀後半に修復された。図5参照。水野千津子撮影。

(131)　四分割された楯の形の紋章。図6参照。

(132)　カトリック同盟がシャルル十世の位を与えたのはシャルル・ド・ブルボン枢機卿。ここでネルヴァルが「別の枢機卿」として想起しているのは「第八の手紙」で言及のあったシャルル・ド・ロレーヌ枢機卿（一五二四―七四）。カトリック同盟を結成したギーズ公アンリの叔父にして、カトリック陣営の有力者。なお礼拝堂の紋章についてはネルヴァルによる作品末の補記を参照。

(133)　ヴォヴレ侯爵ルネ＝ルイ・ド・ジラルダン（一七三五―一八〇八）、フランスの貴族。一族はスイスではなくトスカナ地方の出身。ルソーを信奉しエルムノンヴィルに招いた。大陸初のイギリス式庭園である

図5

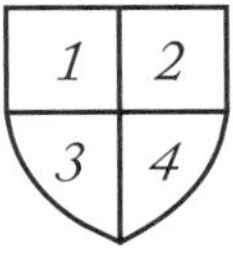

1　2
3　4

図6

エルムノンヴィルの庭園の創設者。

(134) フランスの化学者・神秘思想家(一六九一あるいは一七〇七?—一八四)。ルイ十五世の寵を得たが宮廷を追われヨーロッパを転々とする。不死の術を体得したとされ伝説的人物となった。

(135) アントン・メスメル(一七三四—一八一五)、ドイツの医師。動物磁気説にもとづく治療術によりパリで旋風を巻き起こすが一七八四年、アカデミーに科学性を否定された。

(136) イタリア出身の自称伯爵、医師、錬金術師(一七四三—九五)。ロシアやフランスの宮廷に出入りし名を知られたが、異端のかどでローマで有罪判決を受け獄死。

(137) 一七三七年に創設されたスイスで最初のフリーメーソン結社。

(138) エチエンヌ・ピヴェール・ド・セナンクール(一七七〇—一八四六)、フランスの作家。エルムノンヴィルで育ちルソーの強い影響を受ける。

(139) ルイ゠クロード・ド・サン゠マルタン(一七四三—一八〇三)、フランスの天啓主義(イリュミニスム)を代表する神秘思想家。

(140) ピエール゠サミュエル・デュポン・ド・ヌムール(一七三九—一八一七)、フランスの哲学者、経済学者、科学者、政治家。『宇宙の哲学』(一七九六)で輪廻説を展開。

(141) ジャック・カゾット(一七一九—九二)、フランスの幻想小説家。

(142) ル・ペルチエ・ド・モルトフォンテーヌ(一七三〇—九九)、フランス革命前のパリ市長。エルムノンヴィルに倣ってモルトフォンテーヌに庭園を造園した。

(143) ネルヴァルの勘違いで医師・占星術師ノストラダムス(一五〇三―六六)の同時代人はマリーではなくカトリーヌ・ド・メディシス。「四番目」とあるが息子のうち王となったのは三人で「三番目」が正しい。なおバルザック「カトリーヌ・ド・メディシスについて」(一八三〇)に、ノストラダムスの弟子の女占星術師がカトリーヌに息子たちの運命を予言したという挿話があり、ここはその記憶にもとづくか。

(144) ピエール＝オギュスタン・カロン・ド・ボーマルシェ(一七三二―九九)、フランスの劇作家。『フィガロの結婚』(一七八四)等で知られる。以下に紹介されている逸話の出典は一八三九年、「ルヴュ・ブリタニック」誌二月号に掲載された「幻視者たち」という匿名記事と考えられる。プロイセン国王フリードリヒ・ヴィルヘルム二世がフランス革命の波及を恐れ一七九二年、フランスに侵攻。ヴェルダンの戦いでフランス軍を破ったがヴァルミーで敗北し退却した史実をふまえる。

(145) アダム・ヴァイスハウプト(一七四八―一八三〇)、ドイツの神秘主義者。一七七六年、バヴァリア天啓主義結社(イリュミナティ)を創設。

(146) ドイツの神秘主義者・思想家(一五七五―一六二四)。

(147) ゲルマン人の一部族、ブルゴーニュに定住。

(148) ヨーハン・クリストフ・ヴェルナー(一七三二―一八〇〇)。秘密結社・薔薇十字団で指導的役割を果たし、フリードリヒ・ヴィルヘルム二世をその影響下に置いたとされる。

(149) シャルル六世(一三六八―一四二二)はフランス・ヴァロワ朝の第四代国王。「親愛王」の名で国民に親しまれていたが一三九二年夏、ブルターニュ公国に進軍した際精神に異常をきたす。以後たびたび錯乱に陥り「狂気王」の名を冠される。ネルヴァルが想起しているのはブルターニュ公国進軍の際、馬上の王に一人の狂人がつきまとい「これ以上進んではならない」と進言したという、ミショー『古今万有伝記』に見える逸話か。

(150) 本名ジョゼフ＝アブラアム・ベナール(一七五〇―一八二二)、フランスの俳優。コメディ・フランセーズで活躍。

(151) フランス革命の波及を恐れ神聖ローマ皇帝レオポルト二世、プロイセン王フリードリヒ・ヴィルヘルム二世およびザクセン王フリードリヒ・アウグスト三世は一七九一年八月第一次対仏同盟を結び、武力によるフランス国王解放を唱えた。

(152) 正しくは一八一四年三月に対仏同盟軍を率いてパリに入城したワールシュタット大公ブルヒェル(一七四二―一八一九)。これによりナポレオンは退位。

(153) ルソーは一七七八年五月二〇日から同年七月二日の逝去まで、エルムノンヴィルで過ごした。それ以前、一七五六年から一七六二年までパリ北郊の町モンモランシーに滞在したことがあった。

(154) サロモン・ゲスナー(一七三〇―八八)。スイスのドイツ語作家、詩人。『牧歌』(一七五六)で人気を博した。

(155) ジャン＝アントワーヌ・ルーシェ(一七四五—九四)、フランスの詩人。十八世紀に流行した「描写詩」ないし「自然詩」の作者。「人里離れた」の句はルーシェ作。

(156) ジャック・ドリール(一七三八—一八一三)、描写詩で知られるフランスの詩人。

(157) エルムノンヴィルのポプラ島にあるルソーの墓、図7参照。水野千津子撮影。

(158) 当時エルムノンヴィル城は訳注133のジラルダン侯爵の曾孫エルネストが所有していた。

(159) ルイ十五世およびその寵姫ポンパドゥール夫人の御前で自作オペラ『村の占者』(一七五二)を上演し成功を収めたルソーに、ルイ十五世は年金を下賜しようとしたがルソーはそれを拒み出奔した(『告白』第八巻)。

(160) ドミニク・ド・ヴィック(一五五一—一六一〇)、フランスの軍人、大法官。

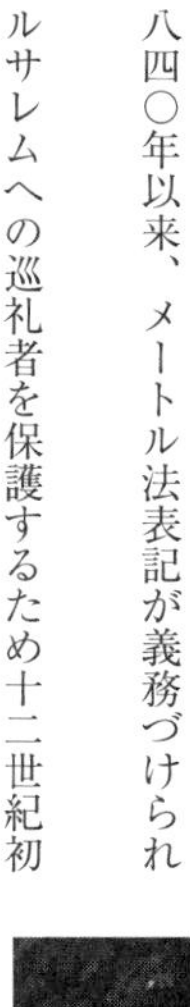

(161) 一八四〇年以来、メートル法表記が義務づけられた。

(162) エルサレムへの巡礼者を保護するため十二世紀初

図7

めに創立された騎士修道会。十四世紀初め、その勢力を恐れるフランス王フィリップ四世により弾圧され異端裁判により解体される。神秘的イメージに包まれ、のちにフリーメーソンが自らの起源とみなした。「赤い修道士」はテンプル騎士団員が赤い十字架のついた白衣を着ていたことに由来するか。

(163) パリ大学(ソルボンヌ)近くにあった通り。第二帝政下に消滅。

(164) ルイ・ジャン・ニコラ・モンメルケ(一七八〇—一八六〇)、フランスの文献学者。名前に「ド」は入らない。

(165) 前六世紀から前五世紀にかけて活躍したギリシアの抒情詩人。

(166) 前三世紀から前二世紀にかけて活躍したギリシアの牧歌詩人。

(167) 前二世紀頃に活躍したギリシアの牧歌詩人。

(168) 前七世紀末—前六世紀初頭、ギリシアの女性抒情詩人。

(169) イタリア・ルネサンスの奇書として名高い物語作品『ヒュプネロトマキア・ポリフィリ(ポリフィロの夢における愛の戦い)』(一四九九、仏訳題『ポリフィルの夢』)を指す。大橋喜之による邦訳がある。

(170) アルド・マヌーツィオ(一四五〇頃—一五一五)。ラテン名アルドゥス・マヌティウス。ヴェネツィアに工房を構えた印刷出版文化のパイオニア。『ヒュプネロトマキア・ポリフィリ』の版元。

(171)　イタリア・ヴェネツィア派の画家ジョヴァンニ・ベリーニ（一四三〇頃―一五一六）のフランスでの呼称。

(172)　ギヨーム・ド・ロリス作の「愛」をめぐる寓意小説（一二三〇）。フランス中世文学の代表的作品。続編はジャン・ド・マン作（一二七〇頃）。

(173)　ブルゴーニュ領ネーデルラント出身のルネサンスを代表する人文学者、思想家デジデリウス・エラスムス（一四六六―一五三六）の代表作『痴愚神礼賛』（一五一一）が想起されている。

(174)　ソワソンの起源はガリア人スエッシオネス族の都で、ローマ統治下こう呼ばれた。

(175)　ランスはマルヌ県の都市、五世紀初頭に遡る大聖堂で著名。ここで五世紀末にクロヴィスが聖別戴冠式を挙行した故事をふまえ、歴代フランス国王の戴冠式が行われた。ネルヴァルの想起している逸話は、ガロ＝ローマ人の歴史家トゥールのグレゴリウスの六世紀の著作『フランク史』第二巻第二十七章に基づく。クロヴィスは西ローマ帝国のガリア軍司令官の息子シアグリウスを四八六年、ソワソンの戦いで破ったのち、黄金の壺をランスの司教に返し、壺も戦利品として分け前に含めるよう要求した自軍戦士を死に至らしめた。

(176)　ローマ帝国では火山灰や石灰に水を加えて建材とした。

(177)　ピエール・アベラール（一〇七九―一一四二）、フランスの哲学者、神学者、修道院長。

女弟子エロイーズとの禁断の恋で知られる。三位一体の解釈をめぐりソワソン公会議(一一二一)で異端宣告を受けた。

(178) カール大帝(シャルルマーニュ)の第三子ルイ(ルートヴィヒ)一世(七七八―八四〇)。フランク王国カロリング朝の王、西ローマ皇帝。教会を守護し「敬虔王」と呼ばれる。帝国の領土相続をめぐり三人の息子と対立、長子ロテールの要求でランス司教主催の会議がサン゠メダール大修道院で開かれ、ルイ一世の廃位が決定。翌々年復位するが、ふたたび三男の反乱にあい死去。「温厚王(デボネール)」はその死の直後に書かれたと推測される『ルートヴィヒ皇帝伝』仏訳の表現だが、さほど一般化していない。

(179) ヴィクトル・ユゴーの戯曲(一八三三)。

(180) エーヌ県の町(現ロングヴァル゠バルボンヴァル)。ただしアンジェリックの父の本城の所在地は訳注65のとおり。

(181) ジャン・ド・ラ・フォンテーヌはフランスの詩人・文学者(一六二一―九五)。『寓話』(一六六八)で著名。生れはエーヌ県の町シャトー゠チエリ。シャトー゠チエリはパリとストラスブールを結ぶ鉄道路線上に位置する。

(182) 『運命論者ジャックとその主人』(一七九六)に見られるようなディドロの闊達自在な語り口を指す。

(183) ローレンス・スターン(一七一三―六八)、イギリスの小説家。代表作『トリストラム・シャンディ』(一七五九)でフランスでも人気を博した。

(184) メルリーノ・コッカイオ、本名テオフィロ・フォレンゴ(一四九一―一五四四)。スペインに生まれイタリアを放浪した詩人。ラテン語にトスカナ方言の俗語・卑語を混ぜたマカロニ文体と呼ばれる文体を創造。

(185) 帝政ローマの政治家、皇帝ネロの側近(二〇頃―六六)。西欧最古の小説『サテュリコン』の作者と考えられている。

(186) ギリシア語で著述したシリア人の風刺作家(一二〇／一二五―一八〇以後)。『本当の話』『神々の対話』。

(187) ネルヴァルによるこの列挙自体、シャルル・ノディエの小説『ボヘミアの王とその七つの城』(一八三〇)の同様のくだりの模倣になっている。

(188) ウェルギリウス『アエネイス』第六歌第一二六行。クーマエの巫女シビュラの言葉。

(189) 一三六七年、シャルル五世が創設した王立図書館はフランス革命時に国立図書館となり、さらにナポレオン三世治下には帝国図書館と改名された。ネルヴァルは本作

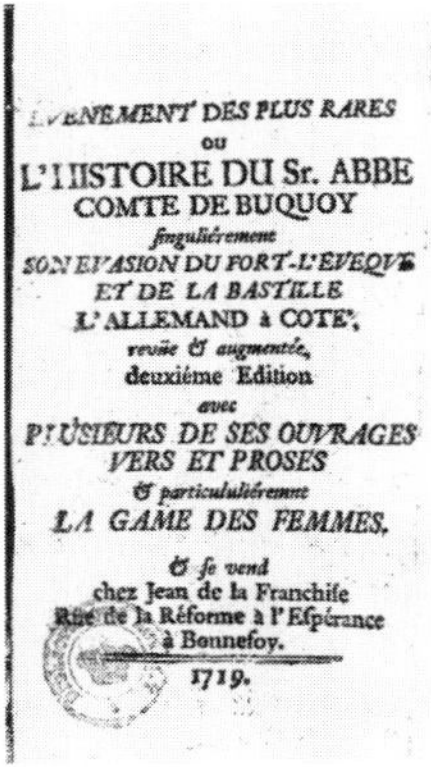

ÉVENEMENT DES PLUS RARES
ou
L'HISTOIRE DU Sr. ABBE
COMTE DE BUQUOY
singuliérement
SON EVASION DU FORT-L'EVEQUE
ET DE LA BASTILLE
L'ALLEMAND à COTE',
revûe & augmentée,
deuxiéme Edition
avec
PLUSIEURS DE SES OUVRAGES
VERS ET PROSES
& particuliérement
LA GAME DES FEMMES.
& se vend
chez Jean de la Franchise
Ruë de la Réforme à l'Espérance
à Bonnefoy.
1719.

図8

品「第一の手紙」では国立図書館と呼んでいた。なおネルヴァルが寄贈したこの本は帝国図書館に収蔵され、現在は国立図書館デジタルアーカイヴ Gallica で無料で公開されている。図8は同書の表紙。

(190) エステ家出身のフェラーラ枢機卿(一五〇九―七二)。ルクレツィア・ボルジアとフェラーラ公アルフォンソ・デステの子。一五三七年フランソワ一世の招きでフランスにやってきてリヨン大司教などを歴任、イタリアの芸術文化を広める。シャーリ大修道院長も務め、イタリアから画家・建築家を呼び寄せて大修道院の改修美化に努めた。甥のルイージ・デステ(仏名ルイ、一五三八―八六)が跡を継いだ。図9はエステ家の紋章(一四三一年以降)。

図9

シルヴィ

(1) ギリシア神話の時間(ホーラ)の女神。三姉妹とされ、季節と秩序を司る。

(2) ヴェスヴィオ火山の噴火で七九年に埋没した古代ローマの町(現エルコラーノ)。十八世紀になって発掘された。

(3) エリードは西ギリシアの地方(エーリス、現イリア)。ここではモリエールの祝祭喜劇『エリード姫』(一六六四)の姫君を指す。

（4）トレビゾンドは黒海に面したトルコの町。ルーヴェンとアルボワーズ共作のパントマイム劇『トレビゾンドの姫君』が一八五三年パリで上演された。

（5）恋人の小さな肖像画を収める開閉式ペンダント。

（6）ルイ十四世幼少時に起こったマザラン治下の王権に対する貴族と民衆の反乱（一六四八—五三）。

（7）ルイ十四世没後、オルレアン公フィリップ二世の摂政時代（一七一五—二三）。

（8）ロベスピエール失脚後、ナポレオンの統領政府までの行政府（一七九五—九九）。

（9）二世紀ギリシアの犬儒派の哲学者。オリンピアの祭典閉幕の夜に焼身自殺。

（10）二世紀のラテン語作家。ネルヴァルの愛読した小説『黄金のろば』の作者。

（11）『黄金のろば』の主人公はろばに姿を変えられ遍歴を重ねるが、最後にイシスの大司祭の差し出す薔薇の花を食べて人間に戻る。イシスは古代エジプトの豊穣の女神であり、その信仰はギリシア・ローマへと広まった。ネルヴァルにとっては、のちのキリスト教のマリア崇拝につながる意味をもつ。本書「イシス」参照。さらに遺作『オーレリア』ではネルヴァル自身の精神の救済にとってイシスが大きな役割を担うこととなった。

（12）二世紀末アレクサンドリアで栄えた新プラトン主義、およびその十五世紀フィレンツェにおける復活を指す。ネルヴァルはそこに異教とキリスト教の対立を超える思想を見出す。

(13) いずれも侵略者のイメージを喚起する。匈奴は五世紀に西欧に侵入。中央アジアのトルクメン人はモンゴル遊牧民と混同され、チンギス・ハンの脅威と結びつけられた。コサック兵はナポレオンの降伏直後の一八一四年、パリに入城した。

(14) 二人ずつ二チームで勝敗を競うトランプのゲーム、ブリッジの原型。

(15) 旧約聖書に登場するフェニキアおよびパレスチナで崇拝された神。人身御供として子どもが捧げられたことで知られる。

(16) ヴァロワ地方オワーズ県の村。パリの北東四十キロ。

(17) ドルイドはケルト人社会における祭司。サンリスやロワジーには弓術クラブが実在し、ネルヴァル自身が少年時に参加していた可能性もある。ただしその起源を古代にまで遡らせるのはネルヴァルの空想。

(18) ダンテ『神曲』「煉獄編」の最後でベアトリーチェが登場し詩人を天国へと導く。

(19) アドリエンヌと女優の類似を「時とともにぼやけてしまった鉛筆画」と完成した「油絵」にたとえたのち、今度は「巨匠の古いクロッキー」を女優に、発見された「まばゆい原画」をアドリエンヌになぞらえている(巨匠のクロッキーはその原画を模したものだったということ)。

(20) 当時、娘が嫁ぐ際には相手方に持参金を払うのが通例だった。

(21) ディアーヌ・ド・ポワチエ(一四九九/一五〇〇―六六)、アンリ二世の寵姫。古代ローマの女神ディアナになぞらえられた。ディアナは古代ギリシアの狩猟の女神アルテミスと同一視され、しばしば鹿を連れた姿で描かれる。

(22)　パレ＝ロワイヤルの賭場は一八三七年に閉鎖された。物語はそれ以前の一八三〇年代初頭から半ば頃を想定している。

(23)　ゴネスは十六世紀の宗教戦争時、カトリック改宗以前のナヴァール王アンリ(のちのアンリ四世)がパリに入城する際の拠点となった。またフロンドの乱の際には一時、大コンデ公(「アンジェリック」訳注124参照)により占領された。

(24)　ノネット川はサンリス、シャンチイを流れ、テーヴ川はその南、モルトフォンテーヌの湖を潤す。いずれもオワーズ川の支流。ここで舞台となっているのはテーヴ川の注ぐレピーヌ湖のモルトン島だと思われる。一八〇六年にできた人造島だが、ただしそこに古代風の神殿は存在しない。エルムノンヴィルにルネ・ド・ジラルダン侯爵が建てた神殿の記憶が混ざっているか。ジラルダン侯爵については「アンジェリック」訳注133を参照。

(25)　愛と美の女神アプロディテ(＝ウェヌス)の化身の一つ、天空のアプロディテ。

(26)　スタニスラス・ド・ブフレル(一七三八―一八一五)、フランスの詩人。ド・ショリユー神父、本名ギヨーム・アンフリ(一六三九―一七二〇)、フランスの詩人。いずれも古代異教趣味の作品により、ホラティウス(前六五―前八)に由来する詩の伝統をやや形骸化した姿で示した。

(27) 口元に微笑み(アルカイック・スマイル)をたたえた古代ギリシアの彫像への連想。
(28) ヴァロワ地方にその名の土地はなく、実際にはネルヴァルの母方の大叔父アントワーヌ・ブーシェの家があったモルトフォンテーヌを指すか。
(29) サン゠シュルピス゠デュ゠デゼール修道院を指す。ビルギッタ会男性修道院だったが、一七七八年に解散し、建物は個人の城館となっていた。
(30) 「アンジェリック」第十の手紙原注および訳注129を参照。
(31) ルソーが中年になったある日、野原で蔓日々草を目にした瞬間、三十年前のヴァラン夫人との思い出が蘇る(『告白』第六巻)。
(32) ルソーの書簡体小説『ジュリあるいは新エロイーズ』(一七六一)。スイスの自然を背景に平民の家庭教師と貴族の娘の悲恋を描く。
(33) ドイツの小説家アウグスト・ラフォンテーヌ(一七五八―一八三一)。父方はフランスを追われたユグノーの一族。田園を舞台とする感傷的な恋物語を多く書きフランスでも人気を博した。
(34) オワーズ県の町、ロワジーの北西約三十キロ。十八世紀末から磁器の生産が盛んになった。
(35) ブルボン゠コンデ公爵ルイ一世から始まるブルボン家の支流、フランス王族の血統。
(36) 一八一六年創設のパリの大衆劇場。パントマイムや妖精劇で人気を呼びロマン派の芸術家たちに愛される。映画『天井桟敷の人々』(一九四五)の劇場のモデルとなった。
(37) ジャン＝バティスト・グルーズ(一七二五―一八〇五)、フランスの風俗画家。
(38) 作詩法の規則からは破格とされる。
(39) 伝統的にソロモン作とされてきた旧約聖書の「雅歌」。乙女と若者が恋の歌を交わしあう。
(40) 「アンジェリック」訳注128の図4参照。
(41) 十六世紀から十七世紀にかけて、エステ家出身の枢機卿たちがシャーリ大修道院長を務めた。「アンジェリック」第十二の手紙および訳注190を参照。
(42) 「アンジェリック」訳注169の『ヒュプネロトマキア・ポリフィリ(ポリフィロの夢における愛の戦い)』の作者とされる。ポリアを恋するポリフィロが夢の中で様々な試練を経て愛の神の領するシテール島に辿り着くまでを描く同作品はネルヴァル鍾愛の書。
(43) ラシーヌ『エステル』『アタリー』を指す。「アレクサンドル・デュマへ」訳注24を参照。
(44) ヴァロワ朝末期、十五世紀から十六世紀にかけてイタリア音楽の影響により新しい声楽曲が生み出された。
(45) 「アンジェリック」訳注87を参照。
(46) 十七世紀にイギリスから入り農村に広まった陽気な踊り。

(47) オモダカ科の水生植物、花は白。星型の実をつけるのでこの名がある。
(48) サン゠プルーは『ジュリあるいは新エロイーズ』の平民の主人公、ジュリは貴族の娘。サン゠プルーと相思相愛でありながら別の貴族と結婚する。
(49) イタリア中部ウンブリア州の町テルニの近郊にあるマルモーレの滝。落差一六五メートルの雄大な景観で知られる。
(50) フランソワ・ブーシェ(一七〇三―七〇)、十八世紀フランスで人気を博した画家。
(51) ジャン゠ミシェル・モロー(一七四一―一八一四)、ルソー作品の挿絵で知られる画家・版画家。
(52) エルムノンヴィルの庭園に老年へのオマージュとしてしつらえられた石造のベンチ。
(53) バルテルミー神父の小説『若きアナカルシスの紀元前四世紀におけるギリシアへの旅』(一七八八)。古代ギリシアブームの火付け役となった架空の旅行記。
(54) ルネ・ド・ジラルダン。「アンジェリック」第十一の手紙および訳注133を参照。
(55) 古代エトルリアのティブル(現イタリアのティヴォリ)はウェスタ女神に仕える巫女の居処として知られ、円形のウェスタ神殿跡が残っている。
(56) 十八世紀半ばにルイ十五世の寵姫ポンパドゥール夫人が作詞し一般に広まったシャンソン「もう森には行かない」。
(57) 一七九四年、パンテオンに移されたため。「アンジェリック」第十の手紙および訳注

119を参照。下記「ガブリエルの塔」はガブリエル・デストレにちなむ塔。「アンジェリック」第十一の手紙にも言及がある。

(58) ルソーはいまわの際に部屋の窓を開けさせ、太陽を讃えたという伝承がある。訳注51で触れたモローの版画で一般に広まった。

(59) 「アンジェリック」第十一の手紙でも紹介されている。訳注162も参照。

(60) 「アンジェリック」第七の手紙および「ヴァロワの歌と伝説」を参照。

(61) 「アンジェリック」第六の手紙を参照。

(62) ニコラ・ポルポラ(一六八六―一七六八)、イタリアのナポリ出身の作曲家。

(63) モルトフォンテーヌの北にある村。ネルヴァルは「シャルル」(カール大帝)と「ポン」(橋)が地名の源であると考えている。

(64) ルソーはソクラテスのように毒杯を仰いで自殺したとする言い伝えがあった。

(65) 『エミール』第一編に見える「都市は人類の堕落の淵だ」という言葉を始めルソーはさまざまな著作で都市批判、パリ批判を繰り広げたが、この表現はネルヴァルの創作か。

(66) おそらく第七章で登場したシルヴィの兄をさすか。

(67) 白ワインに蒸留酒を加えたルーヴル地方の地酒。

(68) ルソーは『エミール』で乳母保育を批判し母乳育児を推奨した。

(69) 一八三〇年にコメディ・フランセーズそばのパレ＝ロワイヤルに開店したパリで最初

の花屋。

（70） コロンナは訳注42『ヒュプネロトマキア・ポリフィリ』（『ポリフィルの夢』）の作者とされるフランチェスコ・コロンナをさす。ラウラはペトラルカの恋人の名である（実際はコロンナと無関係）。『ヒュプネロトマキア・ポリフィリ』中に作者コロンナ自身の恋物語を読み取ろうとする解釈は同書の仏訳（一八〇八）に訳者ルグランが付した序文、およびノディエの小説『フランキスクス・コルムナ』（一八四四）に倣ったもの。

（71） ネルヴァルの読んだクール・ド・ジェブランの『原始世界』（一七七六）に、二世紀の神学者アレクサンドリアのクレメンスの言葉として引用されている。フリーメーソン関係書や神秘主義関連書にもしばしば見出される表現。

（72） フランスの作家ピエール・カルレ・ド・シャンブラン・ド・マリヴォー（一六八八―一七六三）の喜劇『愛と偶然の戯れ』（一七三〇）および『偽りの告白』（一七三七）に登場する恋人役。

（73） コンメルの池はシャンチイの森にあり、その西端に獅子王ルイ八世の妃にして聖王ルイ九世の母ブランシュ・ド・カスチーユ（一一八八―一二五二）が住んだという古城がある。

（74） フシェール男爵夫人ソフィー・ドーズ（一七九〇―一八四〇）をさす。最後のコンデ公ルイ六世アンリ（一七五六―一八三〇）の愛人で、公の没後モルトフォンテーヌの領地を相続した。

(75)　第二章を参照。アドリエンヌと出会った城を特定することはできないが、コンデ公、そしてソフィー・ドーズの所有したモルトフォンテーヌの城やオリーに近いラ・シャペル＝アン＝セルヴァルの城が想定されているか。

(76)　ルソーの『新エロイーズ』の女性主人公ジュリが住むレマン湖畔の村。

(77)　「アンジェリック」第十一の手紙および訳注154を参照。

(78)　牡牛座で最も明るい恒星、変光星として知られる。

(79)　十八世紀のこと。自然を描いた当時の詩の仰々しさについては「アンジェリック」第十一の手紙、その代表的詩人ルーシェについては同訳注155を参照。

(80)　ゲーテの小説『若きウェルテルの悩み』の主人公とその恋人シャルロッテを指す。

(81)　「アンジェリック」「シルヴィ」での引用を指す。

(82)　当時、ラ・ヴィルマルケ『バルザス＝ブレイス(ブルターニュのバラード集)』(一八三九)やフレデリック・リヴァレスの『ベアルヌ民謡集』(一八四四)が刊行されていた。

(83)　実際にはヴァロワの民謡というよりも中世にまでさかのぼりイタリアやドイツにも広がる古い定型的な歌詞。

(84)　原文ではJ'ai z'un coquin de frèreと、本来はJ'ai un「ジェ・アン」でいいところ、文法的には破格のzが入って「ジェ・ザン」となり、「エ」と「アン」という母音同士の衝突を回避している。フランス語は基本的に母音衝突を嫌い避ける傾向がある。

(85) シャルル・コレ(一七〇九―八三)、ピエール＝アントワーヌ＝オギュスタン・ド・ピイス(一七五五―一八三二)、シャルル＝フランソワ・パナール(一六九四―一七六五)はいずれもフランスのシャンソン作者。彼らの曲は地下酒場や演芸酒場で愛唱された。
(86) フランス南西部ガスコーニュ地方の人間は大ぼら吹きという俗説がある。
(87) ギリシア・ローマの詩に範を取った古典主義の詩人たちをさす。
(88) 女性に宛てた短い雅びな詩のこと。クロリスはギリシア神話で西風の神ゼピュロスの妻、花と春を司る女神。
(89) 「レノーレ」はドイツの詩人ゴットフリート・アウグスト・ビュルガー(一七四七―九四)の、「魔王」はゲーテの詩。いずれもネルヴァルによる仏訳がある。訳注96を参照。
(90) ルートヴィヒ・ウーラント(一七八七―一八六二)、ドイツの詩人。ネルヴァルによる仏訳がある。
(91) 「アンジェリック」第七の手紙で紹介されていた。
(92) パリ北郊の町。歴代フランス君主の墓がある大聖堂で知られる。
(93) アルカボンヌはスペインの作家ガルシ・ロドリゲス・デ・モンタルボの騎士道物語『アマディス・デ・ガウラ』(一五〇八)に登場する魔女。メリュジーヌはフランス各地の伝承に登場する下半身が蛇の妖精。一三九三年、ジャン・ダラスが南仏の名門リュジニャン家の由来を散文で綴った『リュジニャンの高貴な物語』、さらに十五世紀初め、クードレットが韻文で記した『メリュジーヌ物語』で知られる。ポワチエ伯レーモン（レイモンダン）は泉のほとりで出会った女を妻にした。妻に助けられてリュジニャンの領主となり、各地に城を築き嫡男にも恵まれる。ところが土曜日には決して姿を見ないことという妻との約束を破って正体を見てしまい、メリュジーヌは城から逃げ去った。リュジニャンは本書「幻想詩篇」冒頭に登場。またネルヴァルには本書の題名を『メリュジーヌあるいは火の娘たち』とするアイデアもあった。

(94)「アンジェリック」第七の手紙。

(95)ペルシアの都市。出身者であるハーフェズの詩に謳われた薔薇園で著名。

(96)ネルヴァルはビュルガー「レノーレ」の仏訳を一八二九年と四八年の二度発表している。若い娘レノーレ（仏訳ではレノール）は出征した恋人ヴィルヘルム（ギヨーム）が戻らぬことに絶望する。深夜ヴィルヘルムが騎兵姿で現われ、レノーレを黒馬に乗せて、婚礼の場へと夜通し駆け続ける。だが到着した先は墓地で、ヴィルヘルムも黒馬も灰となって消え去る。

(97)ギリシア神話の懲罰の女神。

(98)「アンジェリック」第五の手紙に引用あり。

(99)ビロン公爵シャルル・ド・ゴントー（一五六二―一六〇二）、フランスの元帥。忠実勇猛な軍人としてアンリ四世の信望厚かったが、スペインおよびサヴォワ公国と結び王に対する陰謀を企て、大逆罪で死刑に処せられた。ビロンの名は「幻想詩篇」冒頭にも登場する。

(100) グリセリディス(グリセルダ)はヨーロッパ中世の民話の女主人公で忍耐と従順の象徴。ペトラルカやボッカッチョ、シャルル・ペローなど多くの作家が取り上げたが、ここで想起されているのはオーストリアの作家フリードリッヒ・ハルム(本名ミュンヒ＝ベリングハウゼン)の詩劇『グリセルディス』(一八三五)。同作品の主人公ペルシヴァルは、炭焼きの娘グリセリディスが川辺で憩う姿を覗き見て恋に落ち、結婚する。

(101) メリュジーヌについては半身が魚とする伝承もある。北欧神話エッダの主神オーディンに仕える乙女たち(ワルキューレ)は白鳥の羽衣を持つ。

(102) オーディンの息子の一人、雷神にして最強の戦士。稲妻を象徴する槌を持つ。

ジェミー

(1) アメリカ北東部現ペンシルベニア州ピッツバーグで合流しオハイオ川となる。

(2) 膝下までの丈のズボン。十八世紀から十九世紀にかけて、下半身への言及を避けるブルジョワ階級の婉曲語法で「言い表せないもの」と呼ばれた。

(3) 旧約聖書「ヨブ記」の主人公。全財産と家族を失うが神への信仰を貫き、結局は幸福な人生をまっとうする。

(4) 一七五五年のモノンガヘラの戦いから六三年まで北米を舞台に、フランス軍およびフランス軍と同盟を結んだインディアンたちがイギリス軍と戦った、いわゆるフレンチ・インディアン戦争をさす。

(5) 古代スパルタ王の娘。絶世の美女である彼女をトロイアの王子パリスがさらったことでトロイア戦争が起こった。

(6) ジェミー・トッフェル(クリストフォルス)の誤記か。ベーレンホイターはこの作品の元になった短編中での主人公夫妻の名字。訳注16参照。

(7) オハイオ州の町(フロリダ州のマイアミではない)。

(8) アメリカ南東部サヴァンナ川流域やフロリダ、メリーランド、ペンシルベニアなどに住んでいた部族。やがてオハイオに移住し、フレンチ・インディアン戦争ではフランス軍側に加わる。フランス軍敗北ののちオハイオにやってきた入植者たちとのあいだで衝突を繰り返す。一七九〇年からはワシントン大統領が合衆国軍を向かわせたのに対し、マイアミ族と同盟を組み抗戦する(北西インディアン戦争)が打破され、一七九五年、グリーンヴィル条約により領土を奪われ西部移住を強制される。さらに一八〇五年から一三年までショーニー族少数派は最後の抵抗を続け敗れ去った。本作品のもととなったドイツ語原作では北西インディアン戦争直後の一七九六年に物語が設定されている。なおインディアンの首長はヨーロッパの王とは異なるが、ネルヴァルは原作に従っている。

(9) 元々アレゲニー川とミシシッピー川のあいだに住んでいたと考えられる有力部族。十九世紀、オクラホマ州に強制移住させられた。

(10) ギリシア神話の百眼の巨人。ゼウスの正妻ヘラの命令によりゼウスの恋人イオを見張る。

(11) ブロックスベルク山は現ハンガリーのゲッレールト山にあたる。ゲーテ『ファウスト』で魔女たちが夜宴を開くブロッケン山との混同か。

(12) 訳注8を参照。ネルヴァルは物語の時代を原作より三十年後にずらしている(ただし一八二六は初版時に生じた誤植という可能性もある)。

(13) ここでは妻の意味ではなく、部族の名として用いている。

(14) インディアンのテント小屋、および彼らの住む村。

(15) マイアミ川はオハイオ州ローガン郡のインディアン・レイクを水源とする。

(16) 本作品はモラヴィア(現チェコ)生まれの作家チャールズ・シールスフィールド(本名カルル・ポストル)が一八三四年に匿名で刊行したドイツ語による短編集の一篇「アメリカ人の国におけるクリストフォルス・ベーレンホイター」のネルヴァルによる翻案である。

オクタヴィ

（1）テルニの滝は「シルヴィ」訳注49を参照。テヴェローネ川はイタリア中部ラツィオ州を流れる現在のアニエーネ川。ローマ旧市街北側でテヴェレ川に合流。なおネルヴァルは（一八三五年ではなく）一八三四年十月にナポリを訪れ、十日ほど滞在している。

（2）イタリア中部ウンブリア州の湖。古代ローマ人の造った運河によってテヴェレ川と結ばれている。

（3）マルセイユ北部にあった海水浴場。

（4）古代ローマで信仰された火と竈の女神ウェスタの巫女。女神に捧げられる聖なる炎を守り、ときに神託を告げた。ティヴォリは訳注1のテヴェローネ（アニエーネ）川流域、ローマの東約三十キロ。

（5）ナポリ南東の町、ヘルクラネウムの遺跡近く。

（6）フィレンツェ人劇場は一六一八年に開場されたナポリ最古の劇場だったが現存せず。サン・カルロ劇場は一七三七年に開場された現存する最古の劇場の一つ。

（7）トマソ・ガルガッロ（一七六〇―一八四二）、シラクサ生まれの詩人・ラテン学者。ここはその息子の考古学者を指すか。

（8）十七世紀、イタリア出身のランブイエ侯爵夫人がパリの自宅、青いビロード張りの部屋で催した有名な文芸サロン。
（9）古代の大地母神デメテルが、冥府の神ハデスに奪われた娘ペルセポネを求めて諸国を遍歴したあげくエレウシスの地で腰を下ろしたと伝えられる石。エレウシスで歓待されたデメテルはそれに応えて秘儀を伝授し、エレウシスはデメテル信仰の中心地となった。
（10）現ヴィラ・コミュナーレ。ナポリ湾に面した、ポジリポの丘近くの公園。十八世紀末にナポリ王フェルディナンド四世が建設。
（11）ナポリではスイス人傭兵が国王の親衛隊員を務めていた。
（12）ヴェスヴィオ産ワイン、「キリストの涙」の意味。
（13）パレルモの守護聖女、「幻想詩篇」中の「アルテミス」訳注4を参照。
（14）具体的にはワインに蜂蜜、サフラン等を入れて温めたもの。
（15）ギリシア北東部、古代には魔法使いの国とされた。
（16）ナポリのヴォメロの丘にそびえる中世の城。ポジリポの丘までは五キロほどの距離がある。
（17）「シルヴィ」第一章および訳注2を参照。
（18）これらは実際にはポンペイの遺跡に存在する。
（19）『黄金のろば』を指す。「シルヴィ」第一章および訳注11を参照。『黄金のろば』第十一巻ではろばのルキウスの夢にイシス女神が現れ物語は大団円を迎える。
(20) 何の伝説が踏まえられているのかは不明だが、『千一夜物語』の「黒い島々の王」に登場する半身不随の夫や、ギリシア神話に登場する強力な巨人にしてエトナ火山の下に埋められたテュポンへの連想か。

イシス

(1) レジーナはナポリ南郊約十六キロ。ヘルクラネウム遺跡がある。ナポリ・レジーナ間の鉄道は一八三九年に開通し、四一年にはポンペイ遺跡に近いトッレ・アンヌンツィアータまで延びた。
(2) いずれもポンペイに実在した人物たちであり、遺跡の屋敷に名を遺す。
(3) 以下の記述が借用からなることをほのめかしている。次の段落から第二節の文末までの記述は、ドイツの考古学者カルル・アウグスト・ベティガー（一七六〇―一八三五）によるドイツ語論文「イシスの晩課、ヘルクラネウムの壁画による」（一八〇九）に多くを負っている。ネルヴァルにおけるイシスの重要性については「シルヴィ」訳注11を参照。
(4) 火の神へパイストスの息子たち。古代エジプトからフェニキア、小アジア、ギリシアにわたって秘儀的な崇拝の対象となった。エレウシスの秘儀やバッコス信仰とも共通の要素をもつとされる。

(5) 大地母神デメテルの密儀の中心地。「オクタヴィ」訳注9を参照。

(6) いずれも豊穣と酩酊の神バッコスと同一視された古代ローマの神。

(7) 古代ローマでは、日の出から日没までの日中の時刻を十二等分して表した。第六の刻の終わりが正午、第十二の刻は日没前になる(フローベール『サラムボー』中條屋進訳、第十章の訳注による)。

(8) ルイ王朝において王の就寝前に行われた内輪の会見。

(9) プリアモスはトロイア最後の王として『イーリアス』に登場。アルキノオスはパイエケス人の王。パイエケス人の住むスケリエに流れ着いたオデュッセウスをアルキノオスやその娘ナウシカアが歓待したことが『オデュッセイア』に書かれている。

(10) ヘレニズム期エジプトの神。イシスの兄にして夫であるオシリスと同一視された。

(11) 初期キリスト教徒が教会で礼拝ののち親睦のため行った会食。

(12) ミサの際にパンと葡萄酒がキリストの身体と血に変わることを示すカトリック用語を、ネルヴァルはイシス信仰に転用している(ベティガーの論文ではこの語は用いられていない)。

(13) ティトゥス・フラウィウス・クレメンス(一五〇?—二一五?)はアレクサンドリア学派を代表するキリスト教神学者。ここで参照されているのは『ストロマテイス』第六巻。

(14)　イタリア南部カンパニア地方のファレルノ、およびエーゲ海東部キオス島は古代ギリシア・ローマ時代、ワインの名産地として著名だった。

(15)　ネルヴァルは一八四二年末から一年がかりでカイロからベイルートを経てコンスタンチノープルに至る旅をし、帰路、一八四三年十一月末にナポリに十日間ほど滞在した（一八三四年十月に続き二度目の滞在）。

(16)　エーゲ海南部に浮かぶパロス島は美しい白大理石の産地として知られた。

(17)　以下、イシス神殿の描写はドメニコ・ロマネッリ神父の著作『ポンペイ紀行』仏訳（一八二九）に依拠している。現在も、七段の階段の上に、円柱と屋根のない神像安置所（ケルラ）がある。図10参照。

(18)　イシス、オシリス、および両者の子である太陽神ホルスを指す。キリスト教の教義である三位一体の観念をイシス信仰が先取りしていたとネルヴァルは考えている。

(19)　フェビュスの名は「幻想詩篇」の「廃嫡者」に登場する「太陽神（ポイボス）」（本書四七七頁）にこだましている。

図10

(20) フーリエ主義者たちの雑誌「ラ・ファランジュ」(一八四五)に「イシス神殿　ポンペイの思い出」として掲載された「イシス」初出形では「朝の聖なる勤めと夕べの勤めを描いたナポリ博物館所蔵の二枚の古代の絵」となっていた。

(21) コンスタンタン＝フランソワ・シャスブフ・ド・ラ・ジロデ、ヴォルネー伯爵(一七五七―一八二〇)、フランス啓蒙主義の思想家。エジプトやシリアを旅し『廃墟、または諸帝国の変遷についての考察』(一七九一)を刊行、地上の栄華のはかなさと寛容の大切さを説き影響を及ぼした。

(22) 『廃墟』第三章でヴォルネーは、シリア・パルミラの都市遺跡に佇み、人間の営みの虚しさを嘆く旅人の姿を描いた。彼の前に過去の亡霊が現れ、諸帝国の滅亡は神の意思ではなく「自然」の力の働きによると説き、非宗教的な歴史観を教示する。

(23) ナイル川デルタ地帯の町サイスの守護女神ネイト。イシスおよび知恵の女神アテナと同一視される。

(24) ティトゥス・ルクレティウス・カルス(前九九―前五五)、古代ローマの詩人、哲学者。『物の本質について』で唯物論的自然哲学を説く。ルネサンス期に再発見され、以後の思潮に大きな影響を及ぼした。

(25) フラウィウス・クラウディウス・ユリアヌス(三三一―三六三)、古代ローマ皇帝。キリスト教優遇政策を廃し異教の復興を試みたため「背教者」と呼ばれた。

(26) 古代アナトリア(現トルコ)のフリギア起源の大地母神。
(27) プロティヌス(二〇五頃—二七〇)、プロクロス(四一二—四八五)、ポルピュリオス(二三四—三〇五)はいずれも新プラトン主義の哲学者。彼らの思想はプラトン的哲学とキリスト教を融合させるものとして、ルネサンスにおけるプラトン哲学復興において熱心な受容と研究の対象となった。
(28) 以下の三段落はアプレイウス『黄金のろば』第十一巻において、主人公ルキウスの前にイシスが顕現する場面の記述にもとづく。
(29) アプロディテ(＝ウェヌス)は海の泡から生まれキュプロス島の町パフォスに流れついた。
(30) ローマ神話の豊穣の女神、ギリシア神話のデメテルと同一。プロセルピナの母。
(31) ローマ神話の結婚・出産の女神。
(32) ローマ神話の戦争の女神。
(33) ギリシア神話の月の女神。
(34) 「シルヴィ」訳注97を参照。
(35) オルフェウスおよびモーセを古代エジプトの秘儀に通じた者とする見方は、古代の新プラトン主義哲学者たちからルネサンスの思想家たちへと受け継がれた。ネルヴァルはそうした説を、直接にはファーブル・ドリヴェ(一七六七—一八二五)の『ピュタゴラスの黄金詩篇』(一八一三)や『人類の哲学的歴史』(一八二四)をとおして学んだと考えられる。

(36) フランス十九世紀においては「聖母の出現」と呼ばれる目撃事例が頻出し(カトリック教会公認のケースが十九世紀前半で四回、後半で三回)、聖母崇拝熱が高まった。

(37) ヴォルネーは『廃墟』において、諸宗教の類似は、宗教全般の根底に自然を前にした人間の恐怖があることに由来すると無神論的な立場から主張。シャルル゠フランソワ・デュピュイ(一七四二―一八〇九)は『あらゆる宗教の起源あるいは普遍宗教』(一七九四)で、キリスト教がそれに先立つ異教と多くの共通点をもつことを論じつつ、あらゆる宗教の迷信性を批判した。

(38) ウェルギリウス『牧歌』(前三七)の中で巫女の予言する黄金時代の回帰は、初期のキリスト教父たちにより、キリスト到来の予言だったと解釈された。

(39) ネルヴァル『幻視者たち』所収の「クゥイントゥス・オクレール」によれば、デルフォイの最後の神託はイアッコスの千年にわたる支配、およびそののちのアポロンの回帰を予言したという。ネルヴァルはエレウシスの秘儀におけるイアッコス(゠ディオニュソス)をイエス・キリストと同一視しようとしている。

(40) エレウシスの秘儀の開祖とされるのはイアッコス。イオの父イナコスは同名の川の神で、ネルヴァルの勘違いか。

(41) セラピスはヘレニズム期エジプトにおいて、ギリシア神話の最高神ゼウスや冥界の神ハデスと古代エジプトのオシリスが合体した神。古代ローマではイシスとともに信仰された。セラピスの十字架とはいわゆるエジプト十字(アンク)を指すか。なお古代異教の諸要素がキリスト教のうちに取り込まれているという見方は訳注37のデュピュイの著作やドイツの考古学者フリードリッヒ・クロイツァー(一七七一―一八五八)の『古代民族、とりわけギリシア人の象徴と神話』(一八一〇―一二、仏訳『古代宗教』一八二五)で提示されたものであり、ネルヴァルの主張はそれらの議論を踏まえている。

(42) ロゴスはキリスト教では三位一体の第二位である「御言葉」、「子なる神」を指す。

(43) アプロディテに愛されたギリシア神話の美少年。アプロディテの恋人である軍神アレスに殺され、死後アネモネの花に化身した。元々はレバノン起源の植物神。

(44) 大地母神キュベレの息子にして愛人、死と再生の神。

(45) ペルシアの洞窟が発祥の地とされる古代ミトラ教をさすか。

コリッラ

(1) 「オクタヴィ」にも出ていたサン・カルロ劇場のこと。同訳注6を参照。サンタ・ルチア大通りは海岸沿いのプロムナードで劇場まで徒歩十分の距離。

(2) イタリアやスペインの女性が着用した頭から肩、腕までを覆うヴェール。

（3）ギリシア神話のキュプロス王にして彫刻家。自らの彫った象牙のガラテ像に恋をし、同情したアプロディテがその像に命を吹き込んだ。

（4）ユピテルが黄金の雨に変身してアルゴスの美貌の王女ダナエと交わったという神話の挿話に、金を払って歌姫に近づく自らの行為を重ね合わせている。

（5）「オクタヴィ」訳注10を参照。サンタ・ルチア大通りの西約一キロ。

（6）ウェルギリウス『アエネイス』第一歌、第四〇二―四〇五行。アエネアスの母であるウェヌスが森の中で正体を明かさぬままアエネアスに語りかける場面。

（7）ピエトロ・メタスタージオ（一六九八―一七八二）、イタリアのオペラ台本作家。代表作にモーツァルトら多くの作曲家によるオペラの原作となった『皇帝ティートの慈悲』（一七三四）など。

（8）ジョヴァンニ・パイジエッロ（一七四〇―一八一六）、イタリアのオペラ作曲家。『セヴィリアの理髪師』（一七八二）など。

（9）ドメニコ・チマローザ（一七四九―一八〇一）、ナポリ生まれのイタリアのオペラ作曲家。『秘密の結婚』（一七九二）など。

（10）グルックのオペラ『ソフォニスバ』（一八四四）の女主人公。

（11）ヘンデルのオペラ『アルシナ』（一七三五）に登場する女魔術師。

（12）ミケランジェロ・ロッシのオペラ『ヨルダンのエルミニア』（一六三三）の女主人公。

(13) パイジエッロのオペラ『モリナラ』(一七九〇)の女主人公。
(14) 邪悪な者の眼差しによって呪いがかけられるというナポリの迷信。
(15) オウィディウス『変身物語』第十一巻。
(16) ユディトは旧約聖書外伝「ユディト記」に登場するユダヤ女性。アッシリア軍司令官ホロフェルネスの首を短刀で斬り落とす。ネルヴァルは一八三四年ナポリで当時カラヴァッジョ作とされていた「ユディト」を見たが、現在ではこの絵は別人による模写とされている。
(17) ルドヴィーコ・アリオスト『狂えるオルランド』に登場する女戦士。
(18) ラ・フォンテーヌ『寓話』二十四章「ダフニスとアルシマデュール」でダフニスの恋をはねつけ神々に罰せられる女性。
(19) モーツァルトのオペラ『ドン・ジョヴァンニ』では、従者レポレッロが主人ドン・ジョヴァンニが陥落させた女性のリストを作っており、その数およそ二千人とされている。
(20) 本来は南米からスペインへ金銀を運んだ大型帆船のこと。
(21) ギリシア神話のイクシオンはゼウスの妻ヘラを誘惑しようとしたが、ゼウスは雲でヘラの似姿を作り、イクシオンを欺いた。
(22) ナポリ民謡で人口に膾炙した、ナポリ湾に面する街並みの美しい地区。
(23) ヴェネツィアの有名な劇場ではなく、ナポリの埠頭広場にあった小劇場。フェニーチェは不死鳥の意味。

エミリー

(1) フランス北東のアルザス地方、ストラスブール北西の一帯を指す。帝政末期の一八一五年、ここでナポレオン軍とオーストリア帝国軍が戦った。なお原著にハンベルゲンとあるのは誤植か。

(2) ティトゥス＝リウィウス『ローマ建国史』第七巻第六章の逸話。前四世紀ローマの英雄マルクス・クルティウスは、冥界の神々の怒りを鎮めるため、地震によってできたフォロ・ロマーノの地割れの中に馬もろとも飛び込んだ。

(3) フランス北東、モーゼル県のドイツ国境に接する町。一六八〇年以来、フランス領となった。なお本短編は一八三九年の初出時には「ビッチュの要塞　フランス革命の思い出」と題されていた。

(4) フランスは革命後の第一共和政時代、一七九二年から反革命を標榜する対仏大同盟との戦争に突入、この物語の舞台となるプロイセンとの国境地帯ではナポレオンの時代まで戦闘が続いた。

(5) アルザス地方バ＝ラン県の町。神聖ローマ帝国の自由都市の一つだったが、一六四八年のウェストファリア条約によりフランスに併合された。一七九三年にはライン戦線におけるフランス共和国軍の拠点の一つとなった。

（6）ベルクハイムの名のついた町はドイツ・ケルン近郊、オーストリア・ザルツブルク近郊、あるいはフランス・アルザス地方コルマール近郊に存在する。ここはコルマール近郊の町を指すか。

（7）神聖ローマ帝国の自由都市であったメスは十六世紀半ば、フランス王国の統治下に入り、町の周囲に城砦が築かれた。城砦はフランス革命勃発後に壊された。

（8）アルザス・ロレーヌ地方にまたがるヴォージュ山脈に源を発して北上、メスからドイツ国境を流れたのちライン川に合流する国際河川。

（9）ソルシー島は軍用地で（火薬庫ではなく）火薬工場があった。

（10）銃の先端に装着し白兵戦の際、槍として用いる。

（11）ビッチュの東方の村、一七九三年からフランス領。

（12）ビッチュの北東の村アスペルシェトを指すか。

（13）戦闘ではなく築城・架橋・爆破・測量など技術的な任務に従事する兵隊。

（14）ナポレオンが一八〇四年に皇帝に即位したのち、政令により富裕階層の子弟は兵役免除金を支払うことで兵役を免れることができるようになった。

（15）アグノーはフランスに属しており、史実とは異なる。ただし元来ドイツの自由都市であったのがルイ十四世時代に武力によってフランスに併合された過去をもつ。
(16) 一七九三年十一月十七日、ビッチュ要塞は対仏同盟のプロイセン軍による攻撃を受けたがこれを退けた。
(17) ビッチュから国境をはさんで北三十キロのドイツの町。一七九三年末、フランス共和国軍により占領され一八一四年までフランス領となった。
(18) フリードリヒ・ルートヴィヒ・ツー・ホーエンローエ＝インゲルフィンゲン（一七四六―一八一八）、プロイセンの軍人、対仏同盟軍の指揮官。
(19) ルイ・パルトゥノー（一七七〇―一八三五）、ナポレオン軍将軍。ネルヴァルの父エチエンヌ・ラブリュニーは妻と死別したのち、一八一二年、パルトゥノー師団の軍医としてドイツ遠征に加わった。
(20) ビッチュの西方、木蔦の丘を登ったシエルスタールの地にかつて女子修道院の修練所があった。

幻想詩篇

廃嫡者（エル・デスディチャド）

(1) ウォルター・スコットの長編歴史小説『アイヴァンホー』(「アンジェリック」訳注37)に登場する謎の騎士(正体はアイヴァンホー)の盾に書かれた文字であり、この騎士の呼称。同書第八章に「エル・デスディチャド、つまり廃嫡者」とある。ただしスペイン語の本来の意味は「不幸な男」。なおこの詩は草稿では「運命」と題されていた。

(2) 草稿の注に「故実、マウソロス(?)」。紀元前四世紀、アナトリア半島南西部カリアの王マウソロスの姉にして妻アルテミシアは夫の死後、のちに世界七不思議の一つとされる巨大な霊廟を建立したとされる。

(3) フランス南西部、ピレネー山脈からガロンヌ川一帯の古名。ネルヴァルの父方の故郷。

(4) ナポリ湾に面した高台の一郭。「オクタヴィ」の主人公がこの丘を登る。ギリシア語のパウシリュポン(苦しみの終わる場所)が語源。

(5) ギリシア神話の神アポロンの別称、「輝く者」の意味。

(6) ギ・ド・リュジニャン(一一五九—九四)、フランスの騎士。エルサレム王となるもサラディンに敗れる。リュジニャン家興隆の祖、ポワチエ伯レーモン(レイモンダン)の妻メリュジーヌは下半身が蛇の妖精だったとする伝説がある。「シルヴィ」訳注93を参照。

(7) 「シルヴィ」訳注99を参照。ビロンはフランス語発音ではイギリス・ロマン派の詩人バイロンとも音通。

(8) ギリシア神話ではオケアノス(海洋)の支流ステュクスが冥界を七重に取り巻くが、ステュクスには四つの支流があり、アケロンはその一つ(他はコキュトス、プレゲトン、レテ)。この川で渡し守カロンが死者の魂を冥界に渡す。「二度アケロンを渡った」とは、「私」が冥界から戻ったオルフェウスに自らをなぞらえた表現。「アレクサンドル・デュマへ」で言及されているネルヴァル自身の二度の「狂気」体験、さらには「オクタヴィ」に見えるポジリポの丘の断崖から二度、身を投げようと試みて押し戻された体験とも響きあう。

ミルト

(1) Myrtho は最終行に見える「銀盃花(ミルト)」myrthe から作られた名か。ミルトは古代ギリシアでは豊穣の女神デメテルや愛と美と性の女神アプロディテに捧げられた花。

(2) 狂乱と陶酔を伴うエレウシスの秘儀の開祖とされる。ギリシア神話に入りディオニュソスと同一視された。「イシス」訳注39、40も参照のこと。

(3) 「オクタヴィ」で主人公が謎めいた女のもとで過ごした一夜のあいだに、ヴェスヴィオ火山が噴火したエピソードが連想される。

(4) ノルマン人で、山賊から傭兵となったのち、カラブリアおよびシチリアを平定、中世シチリア王国を建国したプッリャ・カラブリア公ロベール・ギスカール(イタリア名はロベルト・イル・グイスカルド、一〇一五—八五)を指すか。

（5）ナポリにあるウェルギリウスの墓の傍らには立派な月桂樹があったがダンテ逝去の際に枯れ、ペトラルカが新たな月桂樹を植え直したとされる。

ホルス

（1）イシスとオシリスの子にして、古代エジプトにおいて最も偉大とされた天空と太陽の神。はやぶさの頭、太陽と月の目をもつ男の姿で描かれる。

（2）古代エジプトの創造神。クネフとイシスを夫婦としたのはネルヴァルの創案。

（3）ギリシア神話の神々の伝令使にして冥界への導き手。ヘレニズム期にエジプトの冥界の神アヌビスと融合した。

アンテロス

（1）ギリシア神話のアプロディテと戦の神アレスの息子、エロスの弟。エロスの弓で射られた者が片想いをかきたてられるのに対し、アンテロスは片想いの者が恋している相手に弓を射かけ、相思相愛の恋人たちを生み出す。あるいはまた、恋を蔑む者を罰し、報われない恋の仇を討つ神ともされる。

（2）ギリシア神話の大地の女神ガイアと海神ポセイドンの息子。ヘラクレスとの闘いによって知られる巨人で、何度倒されても大地に触れるたびに力をよみがえらせるが、最後はヘラクレスに抱え上げられたまま絞め殺された。

（3）ローマ神話の戦と農耕の神マルス（ギリシア神話のアレスと同一）の綽名。

（4）旧約聖書「創世記」（四章一―十六節）によれば、アダムの長男カインは神が弟アベルの献げ物には目を留めたのに対し自分の献げ物には目を留めなかったため激しく怒り、野原でカインを襲い殺害した。ここではバイロンの『カイン』（一八二一）以来の、神に対する批判者、反逆者としてのカイン像が重ねられている。

（5）古代バビロニアで信奉された嵐と慈雨の神バアルのラテン語形。

（6）古代パレスチナでペリシテ人が信奉した種蒔きと農耕の神。

（7）「廃嫡者」訳注8参照。「三たび」は「廃嫡者」の「二度」に対しさらなる試練を意味するものか。アキレウスを不死にするために母テティスが三度、冥府の川ステュクスに息子の体を浸したというギリシア神話の挿話も想起させる。

（8）旧約聖書に登場する人物名「アマレク」およびその子孫を示す「アマレク人」から作られた女性名か。「創世記」によればアマレクは、双子の弟ヤコブを恨み殺害を企てた（のちに和解）エサウの孫にあたる（三十六章十二節）。その子孫アマレク人は「民数記」（二十四章二十節）によれば「諸国民の頭」であるが「その末はとこしえの滅びに至る」。すなわちイスラエルと敵対して敗れ去り、神はモーセに「私はアマレクの記憶を天の下から完全に消し去る」といった（「出エジプト記」十七章十四節）。

(9)　ギリシア神話でドラゴンを退治した英雄カドモスがその歯を地面に蒔くと、そこから武装した戦士スパルトイが生じた。彼らが殺し合い、生き残った五人がカドモスの家来となってテーバイの創建を助けた。その挿話をふまえつつ、エホヴァの「圧政」にあらがう新たな種族の誕生が思い描かれている。

デルフィカ

(1)　古代ギリシアのデルフォイの聖域の巫女。神からの託宣を下した。

(2)　ダフネ(ダプネ)はアポロンの愛した処女のニンフ(ニュンペ、下級女神)。その名はギリシア語で月桂樹の意。ダプネがアポロンの求愛から逃れるため月桂樹に身を変えたという神話による。

(3)　「オクタヴィ」で主人公の出会ったイギリス人の娘がレモンに歯形をつける場面が連想される。

(4)　この詩が範を取ったゲーテ『ヴィルヘルム・マイスターの修業時代』所収の「ミニヨンの歌」(ネルヴァルによる仏訳あり)には、「ひろきほらの中には/も、年経たる龍の所えがほにすまひ」(森鷗外訳)の一節がある。「アンテロス」最終行とも響きあう。

(5)　ウェルギリウス『牧歌』第四歌で語られているクーマエのアポロ(アポロン)の巫女たちを想起させる。同作品によればクーマエの巫女たちは、ある「子ども」の誕生とともにこの世に黄金時代が帰ってくると予言した。中世以降、その一節をイエス・キリストの出現の予言とする解釈がなされた。

(6) ローマ皇帝コンスタンティヌス一世(二七二―三三七)はミラノ勅令(三一三)によってキリスト教信仰を容認、以後キリスト教が異教に取って代わり発展していく社会的基盤を築いた。

アルテミス

(1) アルテミスは古代ギリシアの狩猟の女神(ローマのディアナ)。純潔な処女神だが、小アジアの大地母神キュベレと同一視され、イオニアのギリシア人都市エペソス(エフェソス)で熱心な崇拝の対象となった。ネルヴァルにおいては女神イシスの顕現の一つであるとともに、「シルヴィ」冒頭で喚起される時の女神とも同一視されている。またマウソロス王の妻アルテミシア(「廃嫡者」訳注2を参照)も重ねあわされているか。なおこの詩は草稿段階では「時の女神たち(ホーライ)の舞踏」と題されていた。

(2) 「海の彼方の薔薇」とは立葵(たちあおい)のこと。草稿には「フィロメナ」の注がある。フィロメナは四世紀に殉教したギリシアの少女で、十九世紀初頭にローマのカタコンベで遺骨が発見された。遺骨はナポリ、次いでムニャーノに移され、彼女の生涯と殉教を幻視する修道士や修道女が現れたことにより崇敬の的となった。

（3）　ブリュッセルの守護聖女（七一二頃没）。信心深い彼女は毎朝早く家を出て遠くの教会に向かったが、あるとき悪魔が道に迷わせようとそのランタンを吹き消した。しかし天使がふたたび明かりを灯したという伝説で知られる。片手にランタンをもった姿で描かれる。

（4）　草稿余白には「聖ロザリー（ロザリア）」と記されている。聖ロザリア（一一三〇―一一六六）は幼少時から信心深く、十四歳で聖母マリアのお告げによりシシリア島パレルモのペッレグリーノ山中の洞窟にこもって、祈りに生涯を捧げた。パレルモの守護聖女だが、「オクタヴィ」ではナポリの女の部屋に「聖ロザリアの像」があったとされており、ネルヴァルはナポリの聖女と考えていたふしがある。『オーレリア』草稿では聖ロザリアには黙示録の聖処女やシバの女王とともに世界を救済する女神としての役割が与えられている。ネルヴァルの愛読したホフマンの『悪魔の霊液』のヒロイン、アウレーリエ（仏訳ではオーレリー）が受難の末、聖ロザリアの再来と崇められるに至ったことへの連想もあるか。

オリーヴ山のキリスト

（1）　ドイツ・ロマン派の作家ジャン＝パウル（一七六三―一八二五）の『ジーベンケース』（一七九六）の一節の、ネルヴァルによる自由な翻案というべき引用。スタール夫人『ドイツ論』(一八一〇)の第二十八章「小説について」において「夢」という題で紹介され、有名になった箇所である。

(2) 反逆天使の長リュシフェール。

(3) エルサレムのラテン語名。

(4) 蠟で固めた翼で天に飛翔したが太陽の熱で蠟が溶け墜落した。

(5) ギリシア神話に登場するアポロンの息子。太陽の戦車を駆って天界に昇ろうとしたがゼウスの雷で墜落させられた。

(6) 古代アナトリア中西部のフリギアを起源とする死と再生の神。有翼の青年として表象される。大地母神キュベレの息子にして愛人。キュベレの嫉妬によって狂気に陥り自らを去勢して死んだが、キュベレの力により常緑樹である松に生まれ変わった。

(7) 古代エジプトの太陽神アモンと古代ローマの主神ユピテルの習合神。

(8) 泥土(土の塵)から人間を造ったキリスト教の主なる神のこと。

黄金詩篇

(1) 一八四五年「アルチスト(芸術家)」紙三月十六日号初出時の題は「古代の思想」。黄金詩篇とは古代ギリシアの哲学者ピタゴラス(前五八二—前四九六)作とされる教訓・格言集をさす。

(2) この題辞はフランスの哲学者・思想家ドリール・ド・サール(一七四一―一八一六)の『自然哲学』(一七七七)におけるピタゴラスについての記述からの引用と考えられる。

サン＝ドニ門
市立病院
タンプル大通り
フュナンビュール座
サン＝マルタン運河
中央市場
古文書館
ペール＝ラシェーズ
墓地
市役所
ロワイヤル
広場
シテ島
フォルス監獄
バスチーユ
広場
サン＝ルイ島
ノートル＝ダム
大聖堂
アルスナル
図書館
ソルボンヌ
植物園
セーヌ川
パンテオン
（偉人廟）
サルペトリエール病院
ヴァル＝ド＝
グラース
（旧修道院）

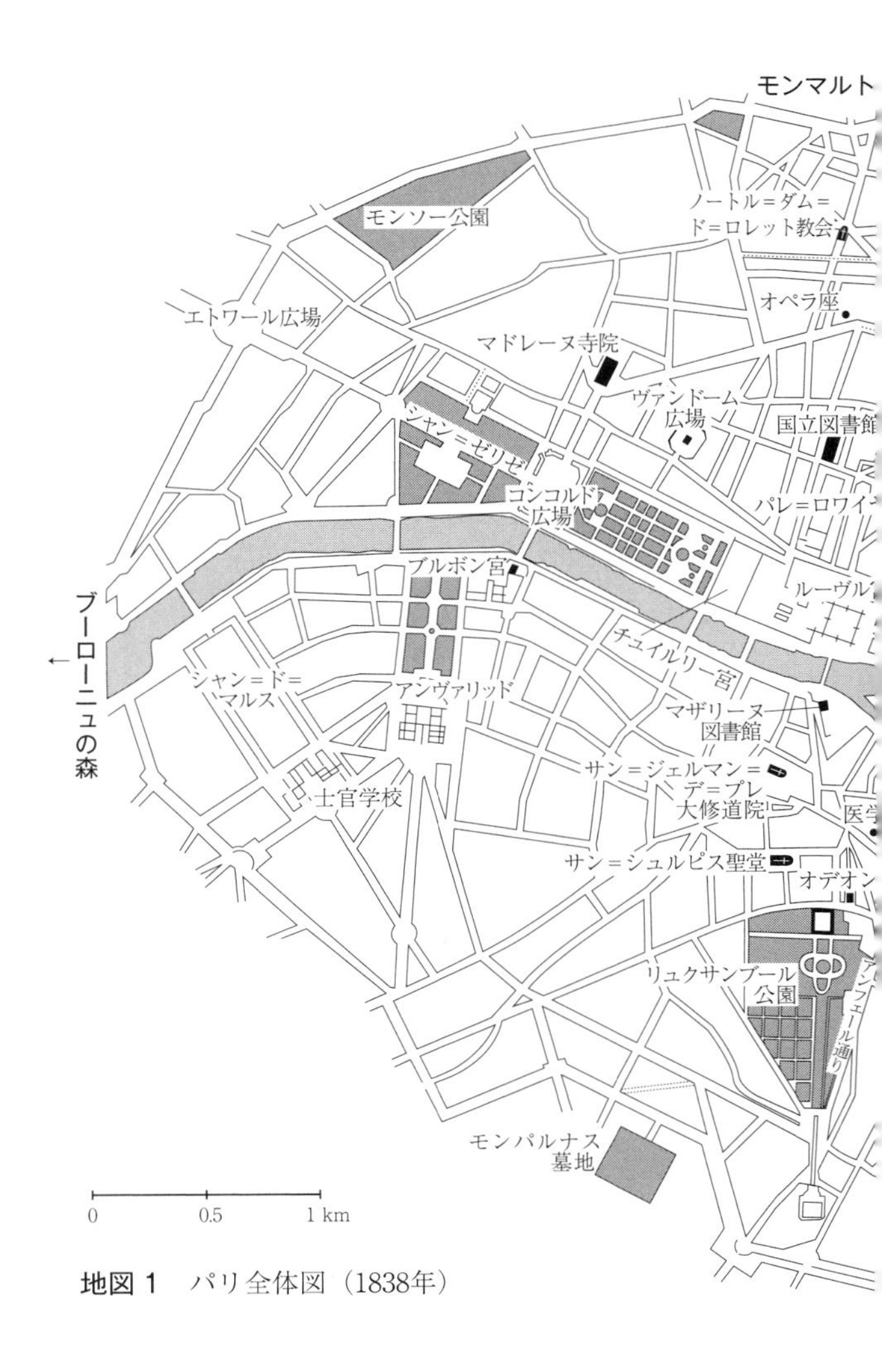

地図 1　パリ全体図（1838年）

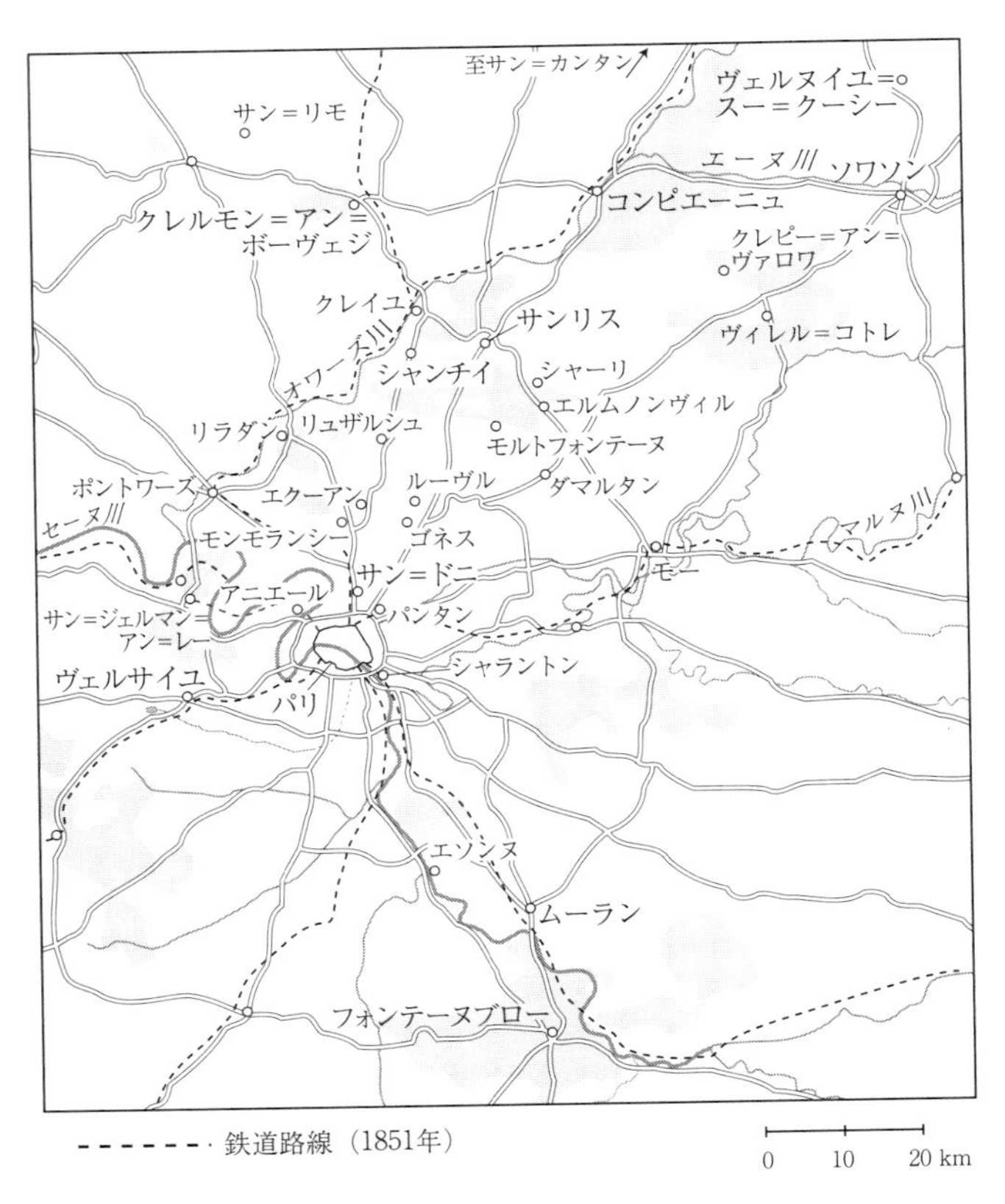

地図２　イル＝ド＝フランス地方

至クレルモン
オワーズ川
至コンピエーニュ
クレイユ
アラートの森
サンリス
ジャン＝
ダルムの丘
アプルモン
シャンチイ
モン＝レヴェック
ノネット川
ポンタルメの森
ナントゥイユ＝
ル＝オードゥアン
シャンチイの森
ブランシュ王妃の城
エルム
ノンヴィルの森
テーヴ川
コンメルの池
チエール
シャーリ
シャルルポン
モンタニー
ポンタルメ
「砂漠」
モンタビー
エルムノンヴィル
ラ・シャペル＝
アン＝セルヴァル
リュザルシュ
ロワジー
ヴェール
エーヴ
モンメリアン
サン＝ロランの森
モルト
フォンテーヌ
オチス
ダマルタン
エクーアン
ルーヴル
至パリ
モンモランシー
ゴネス
0
5 km

地図３　ヴァロワ地方

ガエタ湾
ナポリ
サンタ・ルチア
ヴェスヴィオ山
ポルティチ
クーマ
(クーマエ)
キアイア
レジーナ
ポジリポ
ニシダ島
ミゼーノ岬
エルコラーノ
(ヘルクラネウム)
ポンペイ
プローチダ島
トッレ・
アンヌンツィアータ
イスキア島
ナポリ湾
アマルフィ
ソレント
サレルノ湾
カプリ島
0
5
10 km

地図４　ナポリ付近

解説

作家の生涯

ジェラール・ド・ネルヴァルことジェラール・ラブリュニーは、一八〇八年五月二十二日、パリで生まれた。父エチエンヌ・ラブリュニーは医者だったが、息子誕生の七か月後、ナポレオン軍軍医に任命され、妻マリー＝アントワネット＝マルグリットを伴ってドイツに旅立った。ところが妻は二年後、シレジアで病没してしまう。ジェラールには、敬愛するジャン＝ジャック・ルソーと同じく、母の顔の記憶がない。

父が出征しているあいだ、ジェラールはパリの北、ヴァロワ地方モルトフォンテーヌの母方の親戚に預けられた。一八一四年に父が戻ってからはパリで暮らしたが、以後もたびたび彼の地で休暇を過ごした。その思い出は本書の重要な構成要素となっている。

父のあとを継いで医学を修めることを期待されたジェラールは、一時パリ大学医学部に籍を置いたが、結局は卒業することのないまま学業を放擲している。それは早々に文学への志望を固めていたからだった。一八二六年、十七歳のとき、ロマン派の版元として有名なラヴォカから最初の詩集を出したジェラールは、翌年にはゲーテ『ファウスト』第一部の翻訳を刊行。好評裡に迎えられ、以後、文筆活動にいそしむこととなった。

二十代半ばで相続した母方の祖父の遺産を、自ら創刊した演劇雑誌の経営不振や、ボエーム(=ボヘミアン)暮らしの無駄遣いの末に失ったのち、ジェラールは当時勃興期を迎えていたジャーナリズムの世界に飛び込み、雑文を書くことで生計を立てようとした。演劇での成功も夢見るが、これはなかなか実現しない。そこで、新聞雑誌の文化欄(フイユトン)に劇評や旅行記事を提供する「フイユトニスト」業に——シャルルマーニュ中学校以来の親友テオフィル・ゴーチエともども——活路を見出したのである。ゴーチエと「G・G」なるペンネームを共有した時期もあったが、やがて「ド・ネルヴァル」の筆名を用い始めた。祖父から相続したモルトフォンテーヌのネルヴァルという土地の名にちなむものである。

ところが、文筆活動が軌道に乗り始めたかに見える一八四一年、彼は精神錯乱の発作を起こし入院を余儀なくされる。一八四二年末から一年以上をかけてのオリエントへの大旅行は、心身の健康を取り戻したことのアピールの意味を持っただけではない。帰国後、やがて大作『東方紀行』に結実するオリエント旅行記の連載を続けながら、ネルヴァルの文学は広がりと深さを着実に増していった。一八五一年に『東方紀行』を出し、翌一八五二年には「社会主義の先駆者たち」の副題を付した思想家・冒険家列伝『幻視者たち』や、ドイツ紀行『ローレライ』、幻想小説「悪魔の手」を含む『短編小説と諧謔集』を立て続けに刊行する。

だが作家としての収穫期をむかえたときに、精神の病がふたたび彼を襲った。一八五五年一月にパリの路地で縊死するまで、入退院を繰り返しながらの懸命の執筆が続く。そのなかから代表作と目される『火の娘たち』(一八五四年)、および夢と狂気の記録『オーレリア』(一八五五年)が生み出された。本書はその『火の娘たち』の全訳である。

『火の娘たち』の成立

ぱらぱらとページを繰ってみるだけでわかるとおり、『火の娘たち』は多様な種類の文章を収めた作品集である。デュマ宛の序文に始まって、雑誌編集長宛の手紙の体裁で綴られた「アンジェリック」、パリとヴァロワ地方を舞台とする中編小説「シルヴィ」――付録に民謡やおとぎ話を収録した「ヴァロワの歌と伝説」――、アメリカを舞台とする短編「ジェミー」、イタリア・ナポリをおもな舞台とする短編「オクタヴィ」、宗教文化論「イシス」、ナポリを舞台とする戯曲「コリッラ」、独仏戦争にまつわる悲劇的物語「エミリー」と続き、巻末には象徴詩を予告するようなイメージの煌めく「幻想詩篇」が収録されている。ほかにまず類のない、ヴァラエティ豊かな一巻だ。そこに何らかの統一性を見出せるのかどうかを探ることが、本書を読む面白さのひとつでもある。

本をまとめあげるまでの過程にも、かなり混沌とした状況があったようだ。版元のダニエル・ジロー宛書簡(一八五三年十月)からは、当初ネルヴァルが『メリュジーヌあるいは火の娘たち』という題のもと、「ジェミー」「アンジェリック」「ロザリー」(おそらく「オクタヴィ」を指すか)からなる短編集を構想していたことがわかる。彼にとってとりわけ重要な作品「シルヴィ」は、挿絵入りの小型本として別に出版する意向だったが、ジロー側は一冊の分量を増やすため「シルヴィ」も加えることを提案し、ネルヴァルも了承している(同年十二月)。さらにネルヴァルは、十四年前に発表した「ビッチュの要塞」の収録を思いつく。これが「エミリー」となった。こうして収録作品は徐々に定まっていったが、タイトルに関してはなかなか決心がつかなかった様子で、一八五四年初め、刊行直前の段階でなお、「火の娘たち」では「いかにもうわついているように」感じる、「内容とあまり合っていないのではないか」と迷いを見せ、「失われた恋」ないしは「過ぎ去った恋」という代案をジローに提案している。しかし同年一月二十八日、最終的に『火の娘たち』として刊行された。

ところがこの間に、ネルヴァルにとっては重大な事件が起こっていた。アレクサンドル・デュマが、自らの編集する「銃士」紙の一八五三年十二月十日号第一面の記事「わが読者との閑談」で、ネルヴァルの精神の変調を広く知らせてしまったのである。悪意ある文章ではなく、むしろネルヴァルの「狂気」を擁護しようという意図も察せられる。だが、これを読んだネルヴァルは反論の必要を強く感じたのだろう。すでに準備していた「序文」を破棄し、デュマに宛てた長文の献辞を巻頭に置くことにした

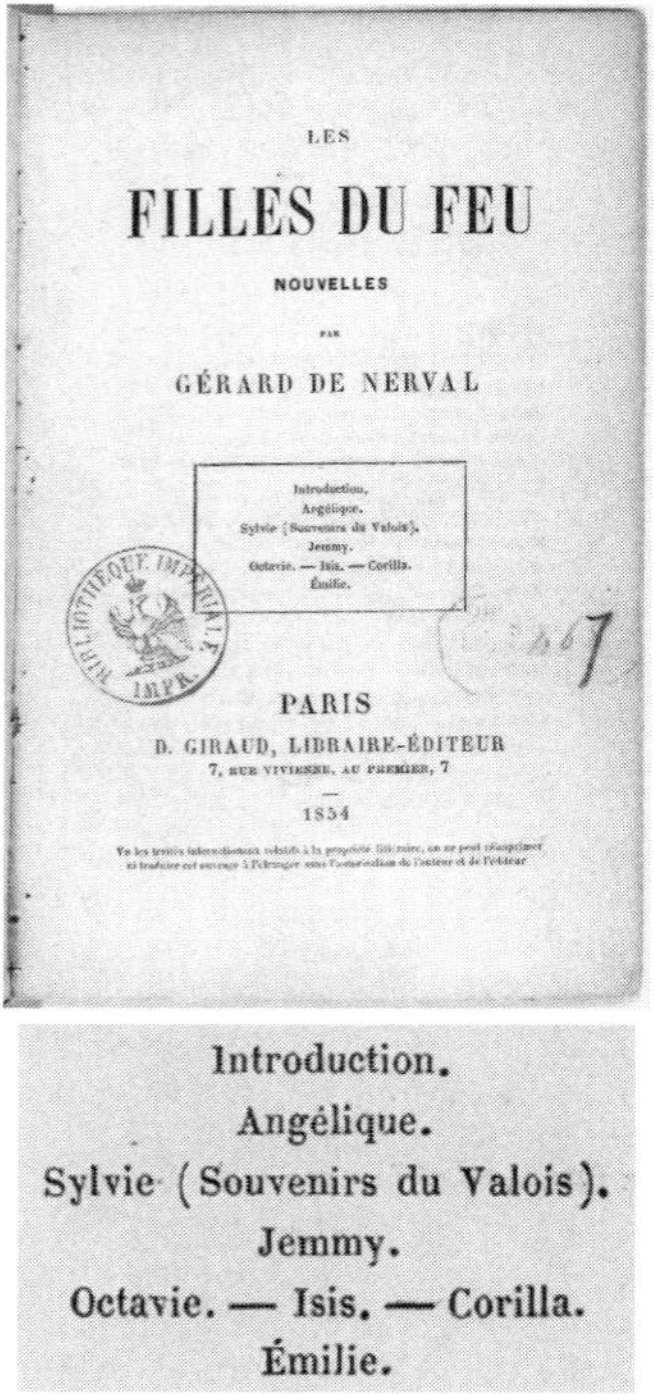

のである。またデュマの文章中に自らの詩「廃嫡者（エル・デスディチャド）」が勝手に引用・紹介されていたのを受けて、一冊の最後に「幻想詩篇」を据える決心をした。

初版本を見てみると、扉に示された内容紹介では「序文」と表記されたままで、「アレクサンドル・デュマへ」となっておらず、また最後は「エミリー」で終わっていて「幻想詩篇」が記されていない（写真参照）。実際の内容と齟齬をきたしているわけで、扉ページが印刷されたのち、最終段階での変更だったことをうかがわせる。し

LES
FILLES DU FEU
NOUVELLES
PAR
GÉRARD DE NERVAL

Introduction.
Angélique.
Sylvie (Souvenirs du Valois).
Jemmy.
Octavie. — Isis. — Corilla.
Émilie.

PARIS
D. GIRAUD, LIBRAIRE-ÉDITEUR
7, RUE VIVIENNE, AU PREMIER, 7
1854

Introduction.
Angélique.
Sylvie (Souvenirs du Valois).
Jemmy.
Octavie. — Isis. — Corilla.
Émilie.

『火の娘たち』初版，扉ページと内容案内（フランス国立図書館所蔵）

かしそこで生じた変化はこの本にとって、大きな意味を持つこととなったのである。以下、個々の作品に即して解説しながら、『火の娘たち』全体を考えるための鍵を探ってみよう。

同一化と創造――「アレクサンドル・デュマへ」

デュマによる記事への応答として急遽、執筆された「アレクサンドル・デュマへ」は、ネルヴァルが自らの文学について説明した貴重な一文である。ネルヴァルは、長年にわたる友人であるこの有名作家を「師」と呼んで敬意を示しつつ、デュマ流のやり方との違いを強調することで自己の創作方法を明かしたのだ。

『三銃士』の作者デュマは、年代記や回想録を操って歴史物語をやすやすと生み出していく。彼にとって「遊びでしかないはずの」そうした営みが、自分の場合は「執念となり、眩惑となった」。そこには、「物語の抗いがたい力」に精神をゆだね、過去の人物、さらには自らの「想像力の生んだ」架空の人物に「同一化」し「化身」することで作品を作り上げる、狂おしさをはらんだ創造のメカニズムがあった。「創り出すとは結局のところ思い出すことだ」。いわば文学的な「魂の転生」の連鎖のうちに身を投じ、他者のドラマを自ら生きなおしながら、それを作品に綴ろうとするのだ。

そんな自作の例として、旧作「悲劇物語」がまるごと引用されている。十七世紀の作家スカロンの『喜劇物語』(『滑稽旅役者物語』渡辺明正訳、国書刊行会)を下敷きにした短編である(初出は一八四四年、「アルチスト」紙)。「牢獄の中」にいる主人公の身の上には、幾度も病院に収容された作者自身の境遇と共通する要素がある。主人公ブリザシエの想いびとの名オーレリーは、「シルヴィ」で「ぼく」が憧れを寄せる女優オーレリーや、遺作『オーレリア』へとつながる。

さらに興味を引くのは、この俳優が舞台上で一種の錯乱にとらわれることである。ラシーヌの古典悲劇のアシル(＝アキレウス)役やネロン(＝ネロ)役を演じながら、彼は脚本をものたりなく感じ、自分と女優のあいだの関係を劇に投影させたいと願う。そして観客に「口笛」を吹かれる屈辱を味わうと、ネロ皇帝さながら、劇場に火を放ち、オーレリー一人を救って逃げ去るという空想のシナリオを胸中に抱く。だが現実には「愛する女にも仲間たちにも見捨てられ」、置き去りにされて手も足も出ない状態に陥ってしまう。

「私の狂気は自らをローマ人、皇帝であると信じることでした」。自分の役柄と一体化した主人公の苦境を描きながら、ネルヴァルは「ほかならぬ自分自身の物語を綴っているのであると確信」したと打ち明ける。つまりネロと自分を同一視した主人公に、作者自身が同一化したわけである。そんな同一化の重なりあいが「奇怪な精神の錯乱」を引き起こした。狂気と見えかねないものは、ネルヴァルにとって文学的な想像力が熱を帯び、昂進した状態にほかならない。そのさなかで、複数のアイデンティティをまとい、他者に化身することをとおして、「私」は「アリアドネの糸」をつかみ、自らの真実に到達しようとする。

そうした複数化し、分裂しながら統合をめざす運動が、『火の娘たち』の全体にわたってさまざまに展開されていく。「私」の存在や、あるいは彼の夢見る女性像が複数化や分裂を繰り返すというだけではない。作品のそれぞれが、異質な要素を抱え込みながら、それらを結びあわせて新たなまとまりを作ろうとするのだ。デュマの記事の引用や旧作の挿入を含む最初の文章からして、「いたるところ刺繍だらけ」というネルヴァル作品の特異なあり方をまざまざと感じさせる。

遊歩するテクスト――「アンジェリック」

あくまで諧謔を忘れないネルヴァルとはいえ、デュマ宛の文章には切羽詰まった宣言としての真剣さがにじんでいた。続く「アンジェリック」とともに、読者はぐっとくつろいだ遊歩者ネルヴァル、フイユトニスト・ネルヴァルの真骨頂に触れることができる。語り手の「私」は一見、とりとめない足取りで、パリの北へとさまよい出ながら、意外な発見に満ちた旅の記録を紡いでいく。

そののびやかな書きぶりは、ルイ＝ナポレオンによる権力奪取というフランス社会の一大事と鮮やかなコントラストを示している。

一八四八年、二月革命後の大統領選挙で圧勝したルイ＝ナポレオンは、一八五一年十二月にクーデタを敢行し、まんまと成功。新憲法を公布して大統領の任期を十年に延ばしたのち、一八五二年十二月には皇帝に即位しナポレオン三世となった。専制体制を厳しく推し進める、いわゆる「権威帝政」期の始まりである。そこでは「とくに言論・出版の自由が抑圧の対象になった」(木下賢一「第二共和政と第二帝政」、柴田三千雄・樺山紘一・福井憲彦編『世界歴史大系　フランス史3』山川出版社)。「アンジェリック」冒頭で語られている「新聞法に対するリアンセ修正案」なるものはその先触れをなす。小説が政権批判の要素を含むことを恐れての、連載小説抑止措置だった。

「アンジェリック」のもととなったのは、「ナシオナル」紙の編集長宛の手紙という体裁で、一八五〇年十月から十二月にかけて同紙に連載された「塩密輸人たち」という作品である(連載の前半が「アンジェリック」、後半が『幻視者たち』収録の「ビュコワ神父の物語」となった)。「ナシオナル」は一八三〇年に創刊された日刊紙で、七月革命および二月革命の際に指導的な役割を果たした。しかしルイ＝ナポレオンのクーデタ後、発禁処分を受け、編集長ケリュスは一八五一年末にニューヨークに亡命、編集スタッフは収監された。ネルヴァルは『東方紀行』の最終部分を連載するなど、この新聞とは近しい関係にあった。一八五〇年の「塩密輸人たち」連載時には「「ナシオナル」紙編集長へ」となっていたのが、「アンジェリック」では「M・L・Dへ」という略号に変えられている。また冒頭には「一月ほど前、私はフランクフルトに立ち寄りました」と記されていたのが「一八五一年」とされている。ぼかしやずらしは、この時期、亡命せずにパリに残る作家としては必須の戦略だったろう。文学が「名状しがたい恐慌状態」にあったというのは誇張ではなかった。「第十の手紙」にあるとおり、「権力の濫用」に対する「反対方向への反動」の可能性を語ることさえ憚られたのである。

そんなときこそ、長年のフイユトニスト業でつちかった臨機応変、自在な筆の冴えを発揮すべきだった。連載小説などめっそうもない、私が書くのはれっきとした実在人物についての「信頼に足る資料」にもとづく伝記です、とネルヴァルは申し立てる。ところが十八世紀に「改革通り、希望県、誠実国」で刊行されたという肝心の「資料」が入手できない。行方知れずのその本を追いかけての図書館探訪が、鍾愛の土地ヴァロワへの遠出の口実となり、そしてフランスの歴史をさかのぼる旅へとつながっていく。

ネルヴァルがアンジェリック・ド・ロングヴァルの手記をパリ古文書館で発掘したことは、おそらく偶然の産物だった。本来、彼の追いかけていたはずのビュコワ神父と、「大叔母」アンジェリックの縁戚関係は、ごく遠いものでしかない。だがネルヴァルは「褪せた薔薇色の絹リボン」に引き寄せられるようにして、埋もれていた古文書を手に取り、そこから語りかけてくる女性をおのが物語のヒロインの座につかせたのである。

ビュコワ神父とは、ルイ十四世の時代に専制権力打倒を唱え、バスチーユに投獄されながら脱走し、諸国を遍歴したいわくつきの人物だった。いっぽうアンジェリックのほうは、大貴族の令嬢に生まれながら若くして身分違いの恋に人生を賭け、恋人と手に手を取ってイタリアまで逃げた女性である。父権が絶対的な力をふるっていた時代――その痕跡はここで紹介される数々の民謡に留められている――に、アンジェリックは毅然として不服従の道を選んだ。いずれも、旧体制の重圧に反抗し逃走した者たちといっていい。「恐慌状態」のパリを逃れ、ナポレオン三世が志す徹底した近代化の象徴である「鉄道」から置き去りにされたヴァロワの地をさまようネルヴァルは、彼らへの共感をとおして自らもゆるやかな抵抗を実践している。彼の遊歩は、歴史をとおして脈打つ「反抗精神そのもの」(第八の手紙)に触れ、そしてまた自らの大切な思い出の光景を取り戻す機会を作り出す。

「アンジェリック」の各「手紙」はもともと、締切に追われながら、連載記事としてその都度、編集部に書き送られたものである。何を書くのかもあらかじめ定まってはいなかっただろうから、執筆はかなりの綱渡りだったろう。そう考えるとき、この作品のかもしだす飄然たる趣きと、晩秋のヴァロワ地方のしっとりとした空気まで伝えるかのような文章の味わいがいや増す。「新聞小説」を書くわけにはいかないという事態を奇貨として、分類不可能なユニークさをもつ作品が生み出されたのである。

よみがえる幻影――「シルヴィ」

「アンジェリック」には「パリンプセスト」という語が登場していた。元々の文字を消してその上に新たに文字を書いた羊皮紙のことだが、見えなくなっていた文字が、化学的処理によって浮かび上がってくる。まさしくそんな現象さながら、ふとしたきっかけによって記憶の古層から思い出がよみがえってくるさまをとらえた小説が「シルヴィ」である。

冒頭はおそらく一八三〇年代の中頃だろうか、一人の女優を目当てに夜な夜な劇場に通う語り手の姿が描かれる。そして夢うつつのヴィジョンのなかで、彼はその女優が、幼いころにヴァロワ地方の田舎で一度だけ会ったことのある少女と瓜二つであるという啓示を得る。同時に、幼なじみのシルヴィの面影もよみがえる。その夜がまさにヴァロワの祭りの夜であることに気づいて、いてもたってもいられなくなり、夜中、馬車でシルヴィのいるロワジーへと向かう道すがら、「ぼく」は過去の思い出を組み立てなおす。

この作品はマルセル・プルーストをして、「『シルヴィ』のなかには、つねづね私が表現したく思っているいくつかの謎めいた思考法則が、みごとに表現されてい」るといわしめ、「自分にも、あの『シルヴィ』のような幾ページかが書けたら」と嘆息させた(「サント・ブーヴに反論する」出口裕弘・吉川一義訳、ちくま文庫)。その評価は、ネルヴァルが「自分の画面を夢の色彩に染めあげるすべをみつけることができた」点に由来する。プルーストによれば「純朴な絵ともみなされているこの物語が、実は、とある夢のそのまた夢なのだということ」を忘れてはならない。ひとつの夢想がさらに記憶のより深い淵へと導かれていくような「シルヴィ」の展開は、プルーストをはるかに先取りして「失われた時」を探求する歩みを描き出していた(第一章は奇しくも「失われた夜」と題されている)。

ただしプルーストは、ネルヴァルの作には「なお少々、知的にすぎるところがある」と留保をつけてもいる。中編小説の枠組みのなかに仕組まれた、過去を遡及していく構造が、プルーストの求める「心の間歇」に比べてみるなら巧妙にすぎると感じられたのだろうか。

「これまでに地上で書かれた最高にうつくしい書物のひとつ」であるとしてこの作

品をこよなく愛するウンベルト・エーコは、『小説の森散策』(和田忠彦訳、岩波文庫)で「シルヴィ」に多くのページを捧げ、時制や語りの構造について詳細な分析を試みている。その他、あまたの研究者たちによる読解が存在するのだが、ここではごく単純に、大きく二種類の時間が枠組みをなしていることを指摘しておこう。第一章「失われた夜」の「ぼく」が青春を生きた時代と、最終章「最後のページ」の時点である。一八三〇年代の半ばごろと考えられる前者に対し、後者は、「ぼく」がすでに中年に達してこの物語を書いた「現時点」、つまり「シルヴィ」が「両世界評論」誌に発表された一八五三年八月の少し前にあたるだろう。全十四章からなる小説の前半では、青年の「ぼく」が深夜思い立ってパリからロワジーに向かい、その途中で少年のころの思い出にふける(第七章まで)。続いて、ロワジーに着いてからのできごとが語られるが(第十二章まで)、そこまででじつは丸一日しかたっていない。さらに後日談が語られ(第十三章)、最後に冒頭からはおそらく二十年近く隔たった、語り手の現時点に到達する(第十四章)。つまり、プルーストふうにいうなら「回想のそのまた回想」であり、ラストからふり返ってみると、「青年時代に少年時代を思い出したときのこと」を、中年の語り手が思い出していたわけなのだ。

その青年期の回想のさなかに、「現実をしっかり踏みしめよう」(第三章)とか「いまごろ、あの娘は何をしているだろう?」(同)といった文章が織りまぜられている。こうした現在形の使用が、「シルヴィ」に、ノスタルジックな追憶に終始するのとは異なる、生き生きとした躍動を与えている。かつての「現在」をたえず再帰させるかのような、語りのマジックである。

そしてまたこの作品の大切な要素のひとつが、地名だろう。主たる舞台となるヴァロワ地方の村々は、われわれにとって(フランスの読者にとってさえ)なじみのある場所ではない。何しろめったによそ者がやってくることのない、交通の不便な土地なのである。だがプルーストが『失われた時を求めて』の「土地の名」で考察したような、地名に触発される人間の想像力の働きを「シルヴィ」は活性化させ、読む者にも共有させる。ロワジーやシャーリやエルムノンヴィルといった地名が、シルヴィやアドリエンヌやオーレリーの名前と同じように、なにか得も言われぬ魅力を湛えて息づいているのだ。

プルーストがいうとおり、「ジェラールの土地へ行って散策することもできるのだと考えて、私たちがかぎりない心の波立ちを覚える」とすれば、それは川の流れにひたされたこの地方の緑蔭と廃墟の光景が、「ある種の夢の照明を浴びて浮び出る」からに違いない。実際、ネルヴァルの描写はときに記憶と夢の境の定かならぬ領域をさまよいながら(「こんな記憶の細部をたどるうちに、いったいそれが現実のことなのか、それとも夢に見たものなのかわからなくなってしまう」)、くっきりと彩色を施されたいわば夢幻的なリアリズムによって鮮烈な印象を与える。同時に、十八世紀の啓蒙思想や十七世紀の宗教戦争、ルネサンス期の王朝、さらには古代ローマや、さらにそれ以前のケルトの文明の痕跡までをも土地のそこここに見出そうとする、「アンジェリック」ですでに明らかだった姿勢がここでも際立っている。歴史の痕跡をたどり直す努力によって、時代を超えて「鼓動」し続けるもののありかが示されるのだ。

したがって、「シルヴィ」に「ヴァロワの歌と伝説」が付されていることには大きな意味がある。これは一八四二年に「フランスの古いバラード」として「シルフィード」誌に発表されたのち、六回にわたりさまざまな雑誌に掲載されたテクストに、一八五〇年に「ナシオナル」紙に発表された「魚の女王」を結合させた文章である。ネルヴァルの子ども時代を育んだ歌や物語は、同時にその土地に生きた多くの農民、庶民たちによって愛され、伝えられ続けたものである。「フランスでは文学が一般大衆の水準まで降りてきたためしがいまだかつてな」いとはいえ、民衆に根差す詩情にこそ「アカデミック」な文化をしのぐ生命が宿っている。それはロマン主義とともに広まった発想だが、本書では「歌」や「伝説」が、作品から作品へとリフレインのように繰り返され、「私」を超えた共同体の富として立ち昇ってくる。思い出の「よみがえり」をさまざまな次元で反響させ拡大させる点に、この作品の特色がある。

もちろん、時間によって破壊され、失われるものの大きさを、ネルヴァルは痛切に意識している。民謡は忘れられていく一方だし、「シルヴィ」の物語には、過去は決して戻ってこないという苦い教訓が含まれている。語り手は、夜のあいだの夢想（第七章までの部分）が昼の現実（第八章以降）によって破られる、悲痛でも皮肉でもある展開のうちに、自らの心を支配していた「面影」が幻想でしかなかったことを認識せざるをえない。彼の少年時を光芒のように照らして過ぎ去ったアドリエンヌ Adrienne の名に「無」rien の一語が含まれることはあまりに象徴的だ。また彼はシルヴィ Sylvie が具現する幸福な「生」vie をつかみとることもできない。全編の結びの言葉「一八三二年ごろに」は、この作品で唯一、年数を刻みつける箇所になっている。その刻印とともに、主人公の幻想にはとどめが刺されたかのようだ。

だが、「分別をもたなければね」というシルヴィの言葉の正しさをそっくり認めたくはない気持ちが、われわれのうちにもいくらか残るのではないだろうか。そうだとすれば、それは夢想家の挫折を描く作品が「物語の抗いがたい力」によって読者に取りつき、幻影のたえざるよみがえりを実感させてくれるからだろう。ネルヴァル再評価に大きな役割を演じた批評家アルベール・ベガンはこう記している。「悲しい結末や心の孤独も、この魔術的魅惑の印象を壊しはしない(……)。ネルヴァルは不幸すらも甘美な何かに変えてしまう者たちの一人だ。それはネルヴァルが音楽家であるからだ」(『ジェラール・ド・ネルヴァル』一九四五年)。

荒野を横断する女――「ジェミー」

「アンジェリック」「シルヴィ」(そして「ヴァロワの歌と伝説」)と、「古きフランス」の霧深い土地に根ざす作品が続いたあとに、「ジェミー」(一八四三年、「シルフィード」誌に初出)は読者を突如としてオハイオの大自然のなかへと連れ出す。舞台転換とともに物語のトーンも一変し、ぐっと気楽でユーモラスな昔話調になる。同じ作者とも思えないくらいだが、実際これはネルヴァルではなく別の作者が書いた小説の翻訳ないし翻案というべき作品なのだった。原作の存在は一九三〇年、ネルヴァル研究者ニコラ・ポパによって突き止められた。「アメリカ人の国におけるクリストフォルス・ベーレンホイター」なるその作品は、一八三四年、チューリッヒで刊行されたドイツ語の短編集『太平洋横断の旅のスケッチとクリストフォルス・ベーレンホイター』に、作者名なしで収録されたものだった。作者が現在のチェコ、当時のモラヴィアに生まれ、のちにアメリカ市民権を得た作家チャールズ・シールスフィールド(本名カルル・ポストル)だったことも明らかになっている。

ネルヴァルは、一八三八年にアレクサンドル・デュマとの共作戯曲の資料集めに、費用はデュマ持ちでドイツに旅している。また翌年から翌々年にかけてもドイツ、オーストリアに旅しており、そうした折に彼の地の図書館で原作を読み、訳出を思い立ったのだろうと推測される(パリの図書館ではこの本の所在が確認されていない)。翻訳を自分の創作集に収めるのは、たんに本のヴォリュームを増すためではなかった。先に見たとおりネルヴァルは『火の娘たち』の刊行三か月前の書簡で、収録すべき作品として「ジェミー」を筆頭に挙げていた。翻訳から創作へという作家ネルヴァルの歩んだ軌跡自体を反映する選択になっているように思える。「同一化」による創造のプロセスをそこに見ることも可能だろう。

原作が主人公のクリストフォルスの名をタイトルに掲げていたのに対し、ネルヴァルは妻ジェミーの名を表題とした。その他、ネルヴァルはかなり改変の手を加えている。そうやっていわば他人の作をわがものとしたわけだが、それはとりもなおさず、たまたま出会った(のであろう)ドイツ語作品のうちに、彼が自己にとって重要な主題を見出したからにほかならない。『火の娘たち』の他の作品と並べたとき、そのことが浮き彫りになった。語り手が昔の文書から——ネルヴァルは「年代記」によるとしている——物語を掘り起こすという趣向や、はるか遠くまで未知の土地を横断していく女性像は「アンジェリック」と共通する。ジェミーは二人の夫をもち、トッフェルは二人の妻をもつ。「シルヴィ」につうじる二重性のテーマが感じられる。シルヴィが「燃えるような賑わい」を家にもたらすのに対し、ジェミーは目から「火花」を放ち「部屋が燃え上がった」というのだから、本書のヒロインの一人となるにふさわしい。

なお今日の視点からすると、本作品におけるインディアン(この呼称自体、さまざまな議論がある)の描き方は必ずしも首肯しうるものではない。とはいえ、白人社会とインディアン社会との境界を超えるジェミーの姿には、のちのハリウッド西部劇のあらすじを先取りしつつ、それを女性の視点から描き替えるような斬新さを見出すことができるのではないだろうか。

ナポリの夜——「オクタヴィ」「イシス」「コリッラ」

「ジェミー」に続く三作はいずれも、ナポリの地に深くかかわっている。ネルヴァルが初めてナポリを訪れたのは一八三四年(小説中では一八三五年)のことで、さらに一八四三年、東方旅行の帰路にも立ち寄っている。「オクタヴィ」はそのナポリへの二度の旅を踏まえながら、女たちとの出会いと別れを語った小説である。どこまで事実にもとづく話なのかは——本書に収められた他の作品についても同様だが——わからない。確かなのはネルヴァルにとって、ナポリでのアヴァンチュールという物語が一種、固定観念ともいうべき力を及ぼしていたことである。「オクタヴィ」の不思議な構成にもそれがうかがえる。つまりこの作品は中間部で、ネルヴァルの旧作「小説素材」(一八四二年)のナポリに関わる一部分を引用し、その前と後ろを新たに書かれた文章で挟む形になっている(「オクタヴィ」の初出は一八五三年、デュマが編集する例の

「銃士」紙の十二月十七日号)。同じ題材をもう一度語り直し、新たなパースペクティヴのもとに置きなおそうとする執拗な意志をうかがわせる短編なのである。

オクタヴィという女性像は「小説素材」には登場していなかった。恋する女性をパリに残してのナポリへの旅、そこで出会ったパリの女性と瓜二つの名前のない女。ここに第三の女性人物が加わることで、「シルヴィ」におけるシルヴィ、アドリエンヌ、オーレリーの交錯に似た複雑さが生まれている。シルヴィの名と韻を踏むオクタヴィは、シルヴィ同様、昼の秩序に属する娘であり、それに対し「私」が——「灼熱のワイン」の酔いに身をゆだねて——ナポリの一夜をともに過ごす女は、夜の神秘に浸された存在といえるだろう。「黒い聖母像」を部屋にまつり、「原初の言葉」を思わせる異様な響きの言葉を話す女には、太古の宗教性を呼び覚ますような気配がある。その夜ヴェスヴィオ山が噴火したことも女の呪力のあらわれかと想像させるくらいだ。一方、オクタヴィはむしろ主人公を現実に引き戻す役割を担っている。ヘルクラネウムの遺跡で主人公は彼女とともに、古代のイシス信仰の儀式をなぞるようなひとときを過ごすが、それはつかのまの戯れにすぎない。オクタヴィの前に待っていたのは不幸な結婚生活によって鎖(とざ)された人生なのだった。

だが、イシスの小神殿の前で「聖なる秘儀」を演じる「オクタヴィ」のひとこまに、じつは真摯な希求がこめられていたことを、われわれは「イシス」の記述によって知る。遺跡で古代の「再現」を試みたのは「オクタヴィ」の主人公ばかりではなかった。十八世紀以来の、古代の文化、とりわけ宗教をめぐる学術的探究の成果にもとづいて、ポンペイでは人々が古代ローマの衣装を身にまとっての「祭典」が催され、「異教の神々」の実相に迫ろうとする気運が高まっていたというのである。そこで注目すべきは、ネルヴァルと啓蒙思想の関係だろう。

「イシス」(一八四五年、「イシスの神殿　ポンペイの思い出」の題でフーリエ主義者たちの雑誌「ファランジュ」誌に初出)もまた、他者のテクストを取りこむことで成り立った文章だった。第一節と第二節はドイツの考古学者カルル・アウグスト・ベティガーの論文(一八〇九年)の借用を多く含むことを、かつてニコラ・ポパが明らかにした。第三節はドメニコ・ロマネッリ神父によるポンペイ案内書の仏訳(一八二九年)を下敷きにしていることを近年、水野尚が明らかにしている。それらの文書はいずれも、啓蒙思想以来の視点に立っての、古代の信仰に対する嘲笑的な記述や批判を含むものだった。ところがネルヴァルは典拠のそうした傾向を消し去っている。

「すべてを否定した大革命と、キリスト教信仰をまるごと取り戻そうとする反動の世の中と、二つの時代の相反する教育のあいだで迷う、不信心というよりは懐疑的な世紀の子」という「イシス」に見られる自己規定は、ネルヴァルの世代の直面した困難をよく表している。ユゴーによればネルヴァルはあるとき、「おそらく神は死んだ」と言い放ったという（『レ・ミゼラブル』第五部第一編第二十章）。だがネルヴァルには、「人類の宗教的伝統全体を残さず破壊し去る」ような「近代的理性の力」を無条件で受け容れることができなかった。合理主義にひそむ「死」の否定性にあらがおうとする、ロマン主義者としてのネルヴァルの立場がそこにあった。啓蒙思想がもたらした、キリスト教を相対化する知見に学びながら、彼は聖なる母とその子という形象のたえざる蘇生のプロセスとして宗教の歴史をとらえ、滅ぼされたかに見えるものが回帰するきざしを感知したいと願う。イシス女神の具現する、変化（へんげ）と同一化のダイナミズムは、ネルヴァルの創作の根幹部分とも通じあうのではないか。

　古代ローマの小説『黄金のろば』におけるイシス女神出現の反復を含む、重厚な「イシス」に続くのは、がらりと趣向を変えた寸劇「コリッラ」である（「二つの逢い引き　幕間劇」の題で一八三九年「プレス」紙に初出）。取り違え（キプロコ）という古来の設定にもとづくささやかな喜劇が、やはり他の短編との響きあいによって意外な輝きを放っている。背景は「オクタヴィ」と重なり、女優をめぐる筋立ては「シルヴィ」と呼応する。そして男たちを眩惑しつつみちびくヒロインには、信者に試練を課す「イシス」の女神を思わせる側面もある。「『火の娘たち』全体に潜在する演劇性がここに結晶している」というベルトラン・マルシャルの評言(フォリオ版解説)はうなずけるものだ。

戦争の悲劇――「エミリー」

「エミリー」の初出は一八三九年に「使者(メサジェ)」紙に掲載された「ビッチュの要塞　フランス革命の思い出」であり、「コリッラ」と並び本書を構成する作品中もっとも古いテクストということになる。一八五三年末の編集者宛の手紙には「巻末のほうに手ごたえのある作品がなく、あまりに細切れ」になってしまいそうなので、一巻を「締めくくるために」ぜひこの「大変面白い」作品を入れたいと記されている。この小説に対する作者自身の評価が意外なまでに高かったことをうかがわせる。

意外なまでにというのは、今日の読者にとって「エミリー」は、ネルヴァルとしては古めかしい、型にはまった作品と思えるかもしれないからだ。内容は独仏国境地帯における両軍の戦闘をめぐる因縁話であり、一七九三年十一月十七日の夜、ビッチュ要塞に奇襲をかけたプロイセン軍をフランス軍が撃退したできごとにもとづいている。

だが、この史実を踏まえた客観的小説にも、ネルヴァル自身の生と直結する要素が書きこまれていた。作品の最後でデロシュは死地を求めるようにして「パルトゥノーの師団」に志願する。ネルヴァルの父が妻に先立たれたのち、一八一二年に加わったのがまさにルイ・パルトゥノー将軍の率いる師団だった。そのことを知って読むとき、古典的に整った物語の裏側に、ネルヴァルにとって抜き差しならない意味をもつ主題がひしめきあっていることが感じられる。とりわけ終盤、要塞の地下でヴィレルムが父の軍服をまとって父の霊をよみがえらせる場面は、ネルヴァル的な「再現」のドラマとしてもっともおどろおどろしく、忌まわしい例といえるかもしれない。ドイツ語を学ぶフランス人という点で、デロシュにはネルヴァルと共通点がある。その名の下に「ヴィルヘルム」のドイツ名が透けて見えるヴィレルムの二重性もまた、ネルヴァルにとって近しいものだろう。そして薄幸なエミリーは、家族、さらには国家の呪縛がもたらす悲運を体現している。

フランスとドイツのあいだの戦いがこの作品ののちも、約一世紀にわたり、途轍もない損害を両国にもたらし続けたことを思うとき、反戦と両国融和への願いのこめられた作品として「エミリー」を改めて評価する余地が残っているのではないか。

回帰と照応の詩法――「幻想詩篇」

こうして、「アレクサンドル・デュマへ」から始まる八篇の作品を読み進め、改めて初版本の扉ページを眺めると、表題の下に「中編小説集(ヌーヴェル)」と銘打たれていたことに気づく。それが当初のアイデアだったのかもしれないが、到底そうした呼称には収まらない。ジャンルの壁をすり抜けていくのみならず、作品のなかに他の作品がはめこまれて一体化したり、翻訳や引用と自作の区別が消されていたりと、さまざまな次元で境界を無にするような動きがたえず見て取れる。

そのことをいわば決定的なかたちで印象づけるのが、巻末に置かれた「幻想詩篇」である。「解釈など加えたら魅力を失ってしまう」とネルヴァルは自負をこめていう。翻訳をとおしてもなお、これらの詩行が放つ魅力が伝わることを願いつつ、「幻想詩篇」の意義に触れておく。

タイトルの「幻想(シメール)」はもともと、ギリシア神話のキマイラ、つまり獅子の頭、山羊の胴体、蛇の尾をもち、口から火を噴く怪獣のことである。それがフランス語では絵空事、実現不可能事、妄想、幻想といった意味で用いられるようになった。自作の詩八篇の総題としてこの語を選んだ背景には、デュマの一文があったと思われる。ネルヴァルが引用しているとおり、問題の記事には「幻想(シメール)と幻覚の国へと導いていくこのガイドのあとを追って、だれもが自分も狂人になりたくなってしまう」という一節があり、また先に述べたように「廃嫡者」が紹介されていた。その「廃嫡者」を改めて読者に示すにあたり、ネルヴァルはあえて「幻想」の語を引き受け、自己の詩の特質を言い表す言葉としたのではないか。

ギリシア神話の怪獣をタイトルとしながら、キリストを歌った詩を含む点に、「幻想詩篇」の混淆性が端的に見て取れる。「オリーヴ山のキリスト」は「アンテロス」とともに、一八四一年末に友人ヴィクトル・ド・ルーバンに宛てて書いた手紙のなかで一部が引用されていた。その手紙でネルヴァルは、二つの詩は「私の頭脳で混ぜあわされていた半ば神話的、半ばキリスト教的な混合物から生まれてきた」と述べ、「これらの詩が書かれたのは私の病気がもっともひどかったときではありませんが、錯乱のさなかで書かれたのです」と率直に説明している。残る六篇のうち、「ミルト」「ホルス」「デルフィカ」も上記二篇と同じく、一八四一年、最初の精神的変調の時期に書かれていたことが草稿の研究で明らかになっている。そして一八五三年、ネルヴァルは苦労の末に「シルヴィ」を完成したのち、ふたたび精神の病に倒れ病院に収容された。「廃嫡者」と「アルテミス」という、詩人ネルヴァルを代表する二篇が書かれたのはまさにその時期のことだった。なお「黄金詩篇」は一八四五年「アルチスト＝パリ評論」紙、「オリーヴ山のキリスト」は一八四四年「アルチスト」紙に掲載されており、「デルフィカ」は一八五三年に刊行されたネルヴァルの文学的回想『ボヘミアの小さな城』に「ダフネ」の題で（「オリーヴ山のキリスト」「黄金詩篇」とともに）収録されていた。他の詩篇は、「廃嫡者」がデュマの記事で引用・紹介されたことを除けば『火の娘たち』が初出である。

ルーバン宛書簡には、医者たちが「狂気」と呼ぶ状態にあって「私の頭のなかではあらゆる哲学、あらゆる神々の祝祭（カーニヴァル）のようなものが繰り広げられていた」と綴られている。「ドイツ人なら超自然主義的と呼ぶような夢想状態」（「アレクサンドル・デュマへ」末尾）における精神の異様な昂揚が、「幻想詩篇」に直結していたことは確かなのだろう。

同時に、狂気と正常の境界をネルヴァルは作品によって突破し、無化してみせたともいえる。なぜなら読者はネルヴァルの詩篇――「フランス語で書かれたもっとも美しい詩句」(プルースト「サント＝ブーヴに反論する」)――を、錯乱とは別の次元に位置する高度に文学的な作品として、感嘆の念とともに受け止めることができるからだ。完全にはロジックを追いきれなくとも、それが読み手にとっては詩的な緊張感の高まりをもたらす。謎めいた象徴表現のつらなりが奔放な想像力の飛翔を描き出すとともに、十二音節の詩行十四行からなるソネットの整然たる秩序が硬質の美を湛えている。そして神話上の名前やディテールの積み重ねが、何か濃厚なストーリー性を紡ぎ出すように感じられるのだ。

冒頭に置かれた「廃嫡者」で、メランコリックな「私」が自己をさまざまに規定し直していくさまは、あたかもカーニヴァルでの仮面の氾濫を思わせる。「私」は変幻し、複数の同一性を受け容れる存在となる。以後の詩で展開されるのは、古代ギリシアやエジプト、あるいは旧約・新約聖書の世界の形象や伝承を再生させ、ホラティウスやピタゴラス、ゲーテやジャン＝パウルの言葉を引き継いで新たな詩の構築をめざす企てだ。そこには廃嫡された者というより継承する者としての姿勢が示されている。

そんな一見矛盾した事態が、ネルヴァルの根源的な願望のありかを照らしだす。「神は死せり！」とエピグラフに掲げながら（ユゴーの証言に通じるこの表現は、実はジャン＝パウルの有名な「夢」には見当たらずネルヴァルの創作である）、「オリーヴ山のキリスト」は最後に、造物主がなお存在する気配を漂わせる。完全な「死」が支配するのではなく、滅び去ったとされている者がよみがえってくる空間。それが「幻想詩篇」によって創出される詩の場所なのだ。そこでは時間もまた、輪になって舞う時の女神たち（ホーライ）とともに円環をなす。「「十三番目の女」が帰ってくる……　それはまた最初の女」。

しかも「幻想詩篇」の各作品は、先立つ散文作品とのあいだに幾重にも反射や照応の関係を作り出している。「廃嫡者」の「星（エトワール）」は「悲劇物語」や「シルヴィ」、「ポジリポの丘」と「イタリアの海」は「オクタヴィ」を喚起し、「若枝（わかえ）が薔薇にからまる葡萄棚」はシルヴィの部屋の窓辺につながる。以下、「ミルト」の「火山」や「ホルス」の「母なるイシス」、「デルフィカ」の「きみの歯形のついたあの苦いレモン」といったさまざまな細部が、先行するテクストとの結びつきを訴えかけるように明滅する。そのとき『火の娘たち』は、作品の深い統一性を示唆する主題やイメージが、互いにしるしを送りあうような、有機的なアンサンブルをなすものとして、読み手の心のうちに全体像を浮かび上がらせる。

あまりに早い晩年に至るまでの、ネルヴァルの夢と生を凝縮して封じ込めると同時に、どこまでも枠を超えて伸び広がろうとする文学の自由な可能性を啓示する作品が、ここにはまぎれもなく成立しているのだ。

＊

卒業論文で扱って以来、思えばネルヴァルとのつきあいはもう四十年近くに及ぶ。『火の娘たち』の拙訳を上梓できることは訳者にとってこのうえない喜びだ。

わが国でネルヴァルは一部の熱心な読者に恵まれてきた。二度にわたり全集が刊行されたことはそのあかしだろう。また研究においても、優れた専門家たちによって着実に業績が積み上げられているし、近年はフランス語で成果を発表する日本人研究者も増えている。

しかし現在、肝心の作品の邦訳が入手しにくくなっていることも確かだ。『火の娘たち』に関していえば、二〇〇三年に出た中村真一郎・入沢康夫訳(ちくま文庫)が品切になって久しい。本書によってネルヴァルの読者が新たな広がりを獲得することを切望するばかりだ。なにしろ(少なくとも訳者にとっては)四十年読み続けても飽きない作品なのだから。

翻訳に際しては、ジャン＝ニコラ・イルーズの編集による新版ネルヴァル全集の『火の娘たち』Gérard de Nerval, *Œuvres complètes*, t. XI, *Les Filles du feu*, édition de Jean-Nicolas Illouz, Classiques Garnier, 2015を底本とし、必要に応じてフランス国立図書館所蔵の初版本を、同図書館のデジタルアーカイヴGallicaで参照した。イルーズ氏はありがたいことに拙訳の進行をたえず気にかけ、助言を惜しまなかった。Un grand merci à Jean-Nicolas Illouz.

また以下の刊本も参照した。訳注の作成に際してはイルーズ版およびこれらの本の注に大いに助けられた。Nerval, *Œuvres complètes*, t. III, édition de Jean-Guillaume et de Claude Pichois, Gallimard, «Pléiade», 1993 ; Nerval, *Les Filles du feu*, *Les Chimères et autres textes*, édition de Michel Brix, Livre de poche, 1999 ; Nerval, *Les Filles du feu*, *Les Chimères*, Folio, édition de Bertrand Marchal, 2005(これは先に「フォリオ版」として示したものである)。

なお本文中、アステリスク(＊)を付した注はネルヴァルによる原注である。訳注のうち短いものは割注で本文中に挿入し、長いものは作品ごとに通し番号を振って巻末にまとめた。

中村・入沢訳の『火の娘たち』からは、これまで多くを教えられてきた。自分なりの翻訳を世に問うこととなったが、両氏の磨き上げられた日本語表現への敬意は変わらない。篠田知和基訳の『火の娘たち』(思潮社、一九八七年)からも示唆を得た。さらに、日本で出た二度目の全集には非常にお世話になった(『ネルヴァル全集』監修・中村真一郎、入沢康夫、編集・田村毅、丸山義博、筑摩書房、全六巻、一九九七—二〇〇三年)。同全集は作品の翻訳のみならず、最終巻巻末の詳細な年譜や「ネルヴァル事典」によっても、裨益するところが大きかった。

本書の地図はかつて同全集のために梅比良節子さんが作成したデータにもとづくものである。また注には水野千津子さんがヴァロワの地で撮影した貴重な写真三点(シャーリの廃墟、サント＝マリ礼拝堂壁画、ルソーの墓)をご提供いただいた。イタリア語については佐野夕香さんに相談に乗っていただいた。フランス語の解釈に関しては、訳者が東京大学文学部フランス文学研究室に奉職していたときの同僚、マリアンヌ・

シモン゠及川さんにしばしばご教示を願った。水野尚さんにはいろいろと相談に乗っていただいた。みなさんのご協力に深く感謝します。

学部や大学院の授業で幾度か本書を講読したことも、自分の読み方を深めるための大切な機会となった。ネルヴァルのフランス語をともに読んでくれた学生諸君、ありがとう。

企画段階から数えると、十年を超える時間が流れ去ってしまった。編集をご担当くださった岩波書店の清水愛理さんは、その間ずっと忍耐強く見守り、励まし続けてくださった。そして翻訳の仕上げの時期に入ると、校正の美濃部苑子さんとともに、フランス語の原文と首っ引きで訳稿を徹底的に検討し、次々に的確なアイデアを提言してくださった。訳注や地図を含め、お二人の細心綿密なチェックにどれほど助けられたことか。こうして最後までたどり着くことができたのは、ひとえに清水さん、そして美濃部さんのご助力のおかげである。心から御礼を申し上げます。

野崎　歓

火の娘たち　ネルヴァル作

2020年3月13日　第1刷発行
2022年1月14日　第2刷発行

訳　者　野崎　歓

発行者　坂本政謙

発行所　株式会社 岩波書店
〒101-8002 東京都千代田区一ツ橋2-5-5
案内 03-5210-4000　営業部 03-5210-4111
文庫編集部 03-5210-4051
https://www.iwanami.co.jp/

印刷・三秀舎　カバー・精興社　製本・中永製本

ISBN 978-4-00-325752-4　Printed in Japan

読書子に寄す

――岩波文庫発刊に際して――

岩波茂雄

真理は万人によって求められることを自ら欲し、芸術は万人によって愛されることを自ら望む。かつては民を愚昧ならしめるために学芸が最も狭き堂宇に閉鎖されたことがあった。今や知識と美とを特権階級の独占より奪い返すことはつねに進取的なる民衆の切実なる要求である。岩波文庫はこの要求に応じそれに励まされて生まれた。それは生命ある不朽の書を少数者の書斎と研究室とより解放して街頭にくまなく立たしめ民衆に伍せしめるであろう。近時大量生産予約出版の流行を見る。その広告宣伝の狂態はしばらくおくも、後代にのこすと誇称する全集がその編集に万全の用意をなしたるか。千古の典籍の翻訳企図に敬虔の態度を欠かざりしか。さらに分売を許さず読者を繋縛して数十冊を強うるがごとき、はたしてその揚言する学芸解放のゆえんなりや。吾人は天下の名士の声に和してこれを推挙するに躊躇するものである。このときにあたって、岩波書店は自己の責務のいよいよ重大なるを思い、従来の方針の徹底を期するため、すでに十数年以前より志して来た計画を慎重審議この際断然実行することにした。吾人は範をかのレクラム文庫にとり、古今東西にわたって文芸・哲学・社会科学・自然科学等種類のいかんを問わず、いやしくも万人の必読すべき真に古典的価値ある書をきわめて簡易なる形式において逐次刊行し、あらゆる人間に須要なる生活向上の資料、生活批判の原理を提供せんと欲する。この文庫は予約出版の方法を排したるがゆえに、読者は自己の欲する時に自己の欲する書物を各個に自由に選択することができる。携帯に便にして価格の低きを最主とするがゆえに、外観を顧みざるも内容に至っては厳選最も力を尽くし、従来の岩波出版物の特色をますます発揮せしめようとする。この計画たるや世間の一時の投機的なるものと異なり、永遠の事業として吾人は微力を傾倒し、あらゆる犠牲を忍んで今後永久に継続発展せしめ、もって文庫の使命を遺憾なく果たさしめることを期する。芸術を愛し知識を求むる士の自ら進んでこの挙に参加し、希望と忠言とを寄せられることは吾人の熱望するところである。その性質上経済的には最も困難多きこの事業にあえて当たらんとする吾人の志を諒として、その達成のため世の読書子とのうるわしき共同を期待する。

昭和二年七月

《イギリス文学》〔赤〕

ユートピア　トマス・モア　平井正穂訳
完訳カンタベリー物語　全三冊　チョーサー　桝井迪夫訳
ヴェニスの商人　シェイクスピア　中野好夫訳
十二夜　シェイクスピア　小津次郎訳
ハムレット　シェイクスピア　野島秀勝訳
オセロウ　シェイクスピア　菅泰男訳
リア王　シェイクスピア　野島秀勝訳
マクベス　シェイクスピア　木下順二訳
ソネット集　シェイクスピア　高松雄一訳
ロミオとジューリエット　シェイクスピア　平井正穂訳
リチャード三世　シェイクスピア　木下順二訳
対訳シェイクスピア詩集 ―イギリス詩人選(1)　柴田稔彦編
から騒ぎ　シェイクスピア　喜志哲雄訳
言論・出版の自由 ―アレオパジティカ 他一篇　ミルトン　原田純訳
失楽園　全二冊　ミルトン　平井正穂訳
ロビンソン・クルーソー　全二冊　デフォー　平井正穂訳
奴婢訓 他一篇　スウィフト　深町弘三訳
ガリヴァー旅行記　スウィフト　平井正穂訳
ジョウゼフ・アンドルーズ　全二冊　フィールディング　朱牟田夏雄訳
トリストラム・シャンディ　全三冊　ロレンス・スターン　朱牟田夏雄訳
ウェイクフィールドの牧師 ―むだばなし　ゴールドスミス　小野寺健訳
幸福の探求 ―アビシニアの王子ラセラスの物語　サミュエル・ジョンソン　朱牟田夏雄訳
マンフレッド　バイロン　小川和夫訳
対訳ブレイク詩集 ―イギリス詩人選(4)　松島正一編
対訳ワーズワス詩集 ―イギリス詩人選(3)　山内久明編
湖の麗人　スコット　入江直祐訳
キプリング短篇集　橋本槙矩編訳
対訳コウルリッジ詩集 ―イギリス詩人選(7)　上島建吉編
高慢と偏見　全二冊　ジェーン・オースティン　富田彬訳
ジェイン・オースティンの手紙　新井潤美編訳
対訳テニスン詩集 ―イギリス詩人選(5)　西前美巳編
虚栄の市　全四冊　サッカリー　中島賢二訳
床屋コックスの日記・馬丁粋語録　サッカレ　平井呈一訳
デイヴィッド・コパフィールド　全五冊　ディケンズ　石塚裕子訳
炉辺のこほろぎ　ディケンズ　本多顕彰訳
ボズのスケッチ 短篇小説篇　全二冊　ディケンズ　藤岡啓介訳
アメリカ紀行　全二冊　ディケンズ　伊藤弘之・下笠徳次・隈元貞広訳
イタリアのおもかげ　ディケンズ　伊藤弘之・下笠徳次・隈元貞広訳
大いなる遺産　全二冊　ディケンズ　石塚裕子訳
荒涼館　全四冊　ディケンズ　佐々木徹訳
鎖を解かれたプロメテウス　シェリー　石川重俊訳
ジェイン・エア　全二冊　シャーロット・ブロンテ　河島弘美訳
嵐が丘　全二冊　エミリー・ブロンテ　河島弘美訳
アルプス登攀記　全二冊　ウィンパー　浦松佐美太郎訳
アンデス登攀記　全二冊　ウィンパー　大貫良夫訳
ハーディ テス　全二冊　井上宗次・石田英二訳
緑の木蔭 和蘭派田園画　トマス・ハーディ　阿部知二訳
緑の館 ―熱帯林のロマンス　ハドソン　柏倉俊三訳
ジーキル博士とハイド氏　スティーヴンソン　海保眞夫訳
新アラビヤ夜話　スティーヴンソン　佐藤緑葉訳

南海千一夜物語　スティーヴンスン　中村徳三郎訳
若い人々のために 他十一篇　スティーヴンスン　岩田良吉訳
マーカイム・壜の小鬼 他五篇　スティーヴンソン　高松雄一・高松禎子訳
怪談 —不思議なことの物語と研究　ラフカディオ・ハーン　平井呈一訳
心 —日本の内面生活の暗示と影響　ラフカディオ・ハーン　平井呈一訳
ドリアン・グレイの肖像　オスカー・ワイルド　富士川義之訳
サロメ　ワイルド　福田恆存訳
嘘から出た誠　ワイルド　岸本一郎訳
童話集 幸福な王子 他八篇　オスカー・ワイルド　富士川義之訳
人と超人　バーナド・ショー　市川又彦訳
分らぬもんですよ　バァナード・ショウ　市川又彦訳
ヘンリ・ライクロフトの私記　ギッシング　平井正穂訳
南イタリア周遊記　ギッシング　小池滋訳
闇の奥　コンラッド　中野好夫訳
密偵　コンラッド　土岐恒二訳
コンラッド短篇集　中島賢二編訳
対訳 イエイツ詩集　高松雄一編

月と六ペンス　モーム　行方昭夫訳
人間の絆 全三冊　モーム　行方昭夫訳
サミング・アップ　モーム　行方昭夫訳
モーム短篇選 全二冊　行方昭夫編訳
アシェンデン —英国情報部員のファイル　モーム　中島賢二・岡田久雄訳
お菓子とビール　モーム　行方昭夫訳
ダブリンの市民　ジョイス　結城英雄訳
荒地　T・S・エリオット　岩崎宗治訳
悪口学校　シェリダン　菅泰男訳
オーウェル評論集　小野寺健編訳
パリ・ロンドン放浪記　ジョージ・オーウェル　小野寺健訳
カタロニア讃歌　ジョージ・オーウェル　都築忠七訳
動物農場 —おとぎばなし　ジョージ・オーウェル　川端康雄訳
対訳 キーツ詩集 —イギリス詩人選(10)　宮崎雄行編
キーツ詩集　中村健二訳
阿片常用者の告白　ド・クインシー　野島秀勝訳
20世紀イギリス短篇選 全二冊　小野寺健編訳

オルノーコ 美しい浮気女　アフラ・ベイン　土井治訳
イギリス名詩選　平井正穂編
タイム・マシン 他九篇　H・G・ウエルズ　橋本槇矩訳
解放された世界　H・G・ウェルズ　浜野輝訳
大転落　イヴリン・ウォー　富山太佳夫訳
回想のブライズヘッド 全二冊　イーヴリン・ウォー　小野寺健訳
愛されたもの　イーヴリン・ウォー　中村健二・出淵博訳
フォースター評論集　小野寺健編訳
白衣の女 全三冊　ウィルキー・コリンズ　中島賢二訳
対訳 ブラウニング詩集 —イギリス詩人選(6)　富士川義之編
灯台へ　ヴァージニア・ウルフ　御輿哲也訳
船出 全二冊　ヴァージニア・ウルフ　川西進訳
アーネスト・ダウスン作品集　南條竹則編訳
ヘリック詩鈔　森亮訳
フランク・オコナー短篇集　阿部公彦訳
たいした問題じゃないが —イギリス・コラム傑作選　行方昭夫編訳
英国ルネサンス恋愛ソネット集　岩崎宗治編訳

文学とは何か
——現代批評理論への招待 全二冊
テリー・イーグルトン
大橋洋一訳

D・G・ロセッティ作品集
南條竹則
松村伸一編訳

真夜中の子供たち 全二冊
サルマン・ラシュディ
寺門泰彦訳

《アメリカ文学》〔赤〕

- ギリシア・ローマ神話 付インド・北欧神話 — ブルフィンチ 野上弥生子訳
- 中世騎士物語 — ブルフィンチ 野上弥生子訳
- フランクリン自伝 — 松本慎一 西川正身訳
- フランクリンの手紙 — 蕗沢忠枝編訳
- スケッチ・ブック 全二冊 — アーヴィング 齊藤昇訳
- アルハンブラ物語 全二冊 — アーヴィング 平沼孝之訳
- ウォルター・スコット邸訪問記 — アーヴィング 齊藤昇訳
- エマソン論文集 全二冊 — 酒本雅之訳
- 完訳 緋文字 — ホーソーン 八木敏雄訳
- 哀詩 エヴァンジェリン — ロングフェロー 斎藤悦子訳
- 黒猫・モルグ街の殺人事件 他五篇 — ポオ 中野好夫訳
- 対訳 ポー詩集 —アメリカ詩人選(1) — 加島祥造編
- ユリイカ — ポオ 八木敏雄訳
- ポオ評論集 — 八木敏雄編訳
- 森の生活（ウォールデン） 全二冊 — ソロー 飯田実訳
- 市民の反抗 他五篇 — H・D・ソロー 飯田実訳

- 白鯨 全三冊 — メルヴィル 八木敏雄訳
- ビリー・バッド — メルヴィル 坂下昇訳
- ホイットマン自選日記 全二冊 — 杉木喬訳
- 対訳 ホイットマン詩集 —アメリカ詩人選(2) — 木島始編
- 対訳 ディキンソン詩集 —アメリカ詩人選(3) — 亀井俊介編
- 不思議な少年 — マーク・トウェイン 中野好夫訳
- 王子と乞食 — マーク・トウェーン 村岡花子訳
- 人間とは何か — マーク・トウェイン 中野好夫訳
- ハックルベリー・フィンの冒険 全二冊 — マーク・トウェイン 西田実訳
- いのちの半ばに — ビアス 西川正身訳
- 新編 悪魔の辞典 — ビアス 西川正身編訳
- ビアス短篇集 — 大津栄一郎編訳
- ヘンリー・ジェイムズ短篇集 — 大津栄一郎編訳
- あしながおじさん — ジーン・ウェブスター 遠藤寿子訳
- 荒野の呼び声 — ジャック・ロンドン 海保眞夫訳
- どん底の人びと —ロンドン1902 — ジャック・ロンドン 行方昭夫訳
- マクティーグ 死の谷 全二冊 — ノリス 石田英二 井上宗次訳

- 熊 他三篇 — フォークナー 加島祥造訳
- 響きと怒り 全二冊 — フォークナー 平石貴樹 新納卓也訳
- アブサロム、アブサロム! 全二冊 — フォークナー 藤平育子訳
- 八月の光 全二冊 — フォークナー 諏訪部浩一訳
- オー・ヘンリー傑作選 — 大津栄一郎訳
- 黒人のたましい — W・E・B・デュボイス 木島始 鮫島重俊 黄寅秀訳
- フィッツジェラルド短篇集 — 佐伯泰樹編訳
- アメリカ名詩選 — 亀井俊介 川本皓嗣編
- 魔法の樽 他十二篇 — マラマッド 阿部公彦訳
- 青白い炎 — ナボコフ 富士川義之訳
- 風と共に去りぬ 全六冊 — マーガレット・ミッチェル 荒このみ訳
- 対訳 フロスト詩集 —アメリカ詩人選(4) — 川本皓嗣編
- とんがりモミの木の郷 他五篇 — セアラ・オーン・ジュエット 河島弘美訳

《ドイツ文学》〔赤〕

- ニーベルンゲンの歌 全二冊 相良守峯訳
- 若きウェルテルの悩み ゲーテ 竹山道雄訳
- ヴィルヘルム・マイスターの修業時代 全三冊 ゲーテ 山崎章甫訳
- イタリア紀行 全三冊 ゲーテ 相良守峯訳
- ファウスト 全二冊 ゲーテ 相良守峯訳
- ゲーテとの対話 全三冊 エッカーマン 山下肇訳
- スペインの太子 ドン・カルロス シルレル 佐藤通次訳
- 改訳 オルレアンの少女 シルレル 佐藤通次訳
- ヒュペーリオン —希臘の世捨人 ヘルデルリーン 渡辺格司訳
- 青い花 ノヴァーリス 青山隆夫訳
- 夜の讃歌・サイスの弟子たち 他一篇 ノヴァーリス 今泉文子訳
- 完訳 グリム童話集 全五冊 金田鬼一訳
- 黄金の壺 ホフマン 神品芳夫訳
- ホフマン短篇集 池内紀編訳
- O侯爵夫人 他六篇 クライスト 相良守峯訳
- 影をなくした男 シャミッソー 池内紀訳
- 流刑の神々・精霊物語 ハイネ 小沢俊夫訳
- 冬物語 —ドイツ ハイネ 井汲越次訳
- 芸術と革命 他四篇 ワーグナー 北村義男訳
- ブリギッタ・森の泉 他一篇 シュティフター 宇多五郎・高安国世訳
- みずうみ 他四篇 シュトルム 関泰祐訳
- 村のロメオとユリア ケラー 草間平作訳
- 沈鐘 ハウプトマン 阿部六郎訳
- 地霊・パンドラの箱 —ルル二部作 F・ヴェデキント 岩淵達治訳
- 春のめざめ F・ヴェデキント 酒寄進一訳
- ゲオルゲ詩集 手塚富雄訳
- 花・死人に口なし 他七篇 シュニッツラー 番匠谷英一・山本有三訳
- リルケ詩集 高安国世訳
- ドゥイノの悲歌 リルケ 手塚富雄訳
- ブッデンブローク家の人びと 全三冊 トーマス・マン 望月市恵訳
- トオマス・マン短篇集 実吉捷郎訳
- 魔の山 全二冊 トーマス・マン 関泰祐・望月市恵訳
- トニオ・クレエゲル トオマス・マン 実吉捷郎訳
- ヴェニスに死す トオマス・マン 実吉捷郎訳
- 車輪の下 ヘルマン・ヘッセ 実吉捷郎訳
- 青春はうるわし 他三篇 ヘッセ 関泰祐訳
- 漂泊の魂 —クヌルプ ヘルマン・ヘッセ 相良守峯訳
- デミアン ヘルマン・ヘッセ 実吉捷郎訳
- シッダルタ ヘッセ 手塚富雄訳
- ルーマニア日記 カロッサ 高橋健二訳
- 若き日の変転 カロッサ 斎藤栄治訳
- 幼年時代 カロッサ 斎藤栄治訳
- 指導と信従 カロッサ 国松孝二訳
- ジョゼフ・フーシェ —ある政治的人間の肖像 シュテファン・ツワイク 高橋禎二・秋山英夫訳
- 変身・断食芸人 カフカ 山下肇・山下萬里訳
- 審判 カフカ 辻瑆訳
- カフカ短篇集 池内紀編訳
- カフカ寓話集 池内紀編訳
- 三文オペラ ブレヒト 岩淵達治訳
- 肝っ玉おっ母とその子どもたち ブレヒト 岩淵達治訳

ドイツ炉辺ばなし集 —カレンダーゲシヒテン　ヘーベル　木下康光編訳
悪童物語　ルウドヰヒ・トオマ　実吉捷郎訳
ウィーン世紀末文学選　池内紀編訳
ティル・オイレンシュピーゲルの愉快ないたずら　阿部謹也訳
大理石像・デュラン デ城悲歌　アイヒェンドルフ　関泰祐訳
チャンドス卿の手紙 他十篇　ホフマンスタール　檜山哲彦訳
ホフマンスタール詩集　川村二郎訳
インド紀行 全二冊　ボンゼルス　実吉捷郎訳
ドイツ名詩選　生野幸吉・檜山哲彦編
蝶の生活　シュナック　岡田朝雄訳
聖なる酔っぱらいの伝説 他四篇　ヨーゼフ・ロート　池内紀訳
ラデツキー行進曲 全二冊　ヨーゼフ・ロート　平田達治訳
暴力批判論 他十篇 —ベンヤミンの仕事1　ベンヤミン　野村修編訳
ボードレール 他五篇 —ベンヤミンの仕事2　ベンヤミン　野村修編訳
パサージュ論 全五冊　ヴァルター・ベンヤミン　今村仁司・三島憲一・大貫敦子・高橋順一・塚原史・細見和之・村岡晋一・山本尤・横張誠・與謝野文子・吉村和明訳
ジャクリーヌと日本人　ヤーコプ　相良守峯訳
人生処方詩集　エーリヒ・ケストナー　小松太郎訳
第七の十字架 全二冊　アンナ・ゼーガース　山下肇・新村浩訳

《フランス文学》〔赤〕

ロランの歌　有永弘人訳
ラブレー第一之書 ガルガンチュワ物語　渡辺一夫訳
ラブレー第二之書 パンタグリュエル物語　渡辺一夫訳
ラブレー第三之書 パンタグリュエル物語　渡辺一夫訳
ラブレー第四之書 パンタグリュエル物語　渡辺一夫訳
ラブレー第五之書 パンタグリュエル物語　渡辺一夫訳
ピエール・パトラン先生　渡辺一夫訳
日月両世界旅行記　シラノ・ド・ベルジュラック　赤木昭三訳
ロンサール詩集　ロンサール　井上究一郎訳
エセー 全六冊　モンテーニュ　原二郎訳
ラ・ロシュフコー箴言集　二宮フサ訳
ブリタニキュス ベレニス　ラシーヌ　渡辺守章訳
ドン・ジュアン —石像の宴　モリエール　鈴木力衛訳
完訳 ペロー童話集　新倉朗子訳
カンディード 他五篇　ヴォルテール　植田祐次訳
哲学書簡　ヴォルテール　林達夫訳
ルイ十四世の世紀 全四冊　ヴォルテール　丸山熊雄訳
フィガロの結婚　ボオマルシェエ　辰野隆訳
美味礼讃 全二冊　ブリア＝サヴァラン　関根秀雄・戸部松実訳
アドルフ　コンスタン　大塚幸男訳
近代人の自由と古代人の自由・征服の精神と簒奪 他一篇　コンスタン　堤林剣・堤林恵訳
恋愛論 全二冊　スタンダール　杉本圭子訳
赤と黒 全二冊　スタンダール　桑原武夫・生島遼一訳
ゴプセック・毬打つ猫の店　バルザック　芳川泰久訳
艶笑滑稽譚 全三冊　バルザック　石井晴一訳
レ・ミゼラブル 全四冊　ユーゴー　豊島与志雄訳
死刑囚最後の日　ユーゴー　豊島与志雄訳
ライン河幻想紀行　ユーゴー　榊原晃三編訳
ノートル＝ダム・ド・パリ 全二冊　ユーゴー　辻昶・松下和則訳
モンテ・クリスト伯 全七冊　アレクサンドル・デュマ　山内義雄訳
三銃士 全二冊　デュマ　生島遼一訳
エトルリヤの壺 他五篇　メリメ　杉捷夫訳

岩波文庫の最新刊

ジェイン・オースティン作／新井潤美・宮丸裕二訳
マンスフィールド・パーク(上)

オースティン作品中〈もっとも内気なヒロイン〉と言われるファニーを主人公に、マンスフィールドの人間模様を描く。時代背景の丁寧な解説も収録。(全二冊)
〔赤二二二-七〕 定価一三二〇円

ポール・ヴァレリー著／塚本昌則訳
ドガ ダンス デッサン

親しく接した画家ドガの肉声と、著者独自の考察がきらめくたぐい稀な美術論。幻の初版でのみ知られる、ドガのダンスのデッサン全五十一点を掲載。〔カラー版〕
〔赤五六〇-六〕 定価一四八五円

徳田秋声作
あらくれ・新世帯

一途に生きていく一人の女性の半生を描いた「あらくれ」。男と女の微妙な葛藤を見詰めた「新世帯(あらじょたい)」。文豪の代表作二篇を収録する。(解説=佐伯一麦)
〔緑二二-七〕 定価九三五円

バーリン著／松本礼二編
反啓蒙思想 他二篇

徹底した反革命論者ド・メストル、『暴力論』で知られるソレルなど、啓蒙の合理主義や科学信仰に対する批判者を検討したバーリンの思想史作品を収録する。
〔青六八四-二〕 定価九九〇円

……今月の重版再開……

徳田秋声作
縮図
定価七七〇円
〔緑二二-二〕

幸田文作
みそっかす
定価六六〇円
〔緑一〇四-一〕